剑来

36 浩荡百川流

◎ 烽火戏诸侯 著

浙江文艺出版社
Zhejiang Literature & Art Publishing House

第一章
日月皆如水上萍

正午时分,下起一场滂沱大雨,天色晦暗,道路泥泞不堪,泥浆四溅。

有条横跨江水的索桥,桥下水浪滔滔,古桥铁索木板,随风雨剧烈飘摇,几乎要翻转过来。

有一行人撑伞走在江边,有青衫刀客,身边是一位黄衣女子。他们身后跟着一对年轻男女,男子玉树临风,女子扎丸子发髻。还有两位随从模样的男子,一老者一青年,黄帽青鞋绿竹杖,走在最后边。

雨点大如黄豆,砸在油纸伞上,噼啪作响。

远处依稀有一粒灯火小如流萤。

陈平安看了眼随风飘荡的江上索桥,问道:"那幅仙人图最早现世之地,就是这条敕鳞江?"

叶芸芸点点头,沉声道:"正是此地。"

今天拂晓时分,叶芸芸突然找到陈平安,开门见山地说要请他帮个忙,既然她和金顶观杜含灵捉贼捉赃是肯定做不成了,那就看看能否顺藤摸瓜,好让她和杜含灵有个说得过去的上山问拳理由。

这位桐叶洲山上君王,竟然敢与自己当那"片刻道侣"?叶芸芸倒要掂量掂量,一个藏头藏尾的金顶观修士,一身道法按斤称,到底有几斤几两。至于杜含灵如今到底是元婴境,还是已经偷偷摸摸跻身玉璞境,只需她问拳一场,自会水落石出,到时候就可以知晓杜观主那一身金枝玉叶的仙家筋骨拆散架之后,到底有几两重。

叶芸芸又没有失心疯，如今肯定不会再去钻研那幅面壁图的所谓"扶鸾飞升法"，已经将其交由蒲山密库封存起来。

反正欠一个人情是欠，欠两个也是欠，叶芸芸就想要拉上陈平安，来这敕鳞江探一探虚实，看看陈平安能否帮她找出点遗漏线索。

对方答应一同下山。

不愧是绣虎师弟，果然心思缜密，同样是山主，两人差了不是一星半点，人比人气死人，动脑子算计人这种事情，还是这些读书人更擅长。昨夜在那凉亭内，年轻山主只是看了仙人图几眼，就能看破层层迷障，帮她数语道破天机。

叶芸芸开始为陈平安详细解说那幅仙人图的入手脉络："仙人图一路辗转，真正被我得手之地，却是个山上的小渡口，名为绿裳渡，位于沉国境内，与我们脚下这座仙苑国相邻。前些年，我听说刚刚复国没多久的沉国边境有头大妖隐匿山中，不小心露出了蛛丝马迹，薛怀先赶过去了，按照大伏书院那边的谍报，推断对方是个元婴境的鬼修妖族，我担心对方还隐藏了境界，书院君子去了也是送死，薛怀救不了人，就又独自下山去了一趟，可惜在那边待了十几天，搜山无果。

"其间偶然路过那座蒲山早年租借出去的绿裳渡，当时有个下五境的山泽野修老人带着个少年，一起在路边摆摊，我随便扫了一眼，都是些不值钱的家伙什，其中有只做工精美的金匮品相尚可，倒是可以勉强拿来装物，就打算送给叶璇玑。老修士见我视线有所停留，便开始自卖自夸，说这是从沉国宫里边流出的老物件，还是皇帝御书房那边的案头清供，一眼货，大开门，而且挨着沉国历代皇帝那么近，大几百年，是沾了龙气的。老修士就抬起双手，开价十个钱，估计是怕我嫌贵，说八个也成，价格真的不能再低了。"

听到这里，曹晴朗有些疑惑，一件宫中御制金匮，只卖十文钱？于是转头望向一旁的裴钱，她对江湖门道和山上行话门儿清。

裴钱笑呵呵解释道："包袱斋有自己的一套黑话，说是十个钱，其实就是十枚雪花钱。如果有人连这个都听不懂，那个包袱斋就可以尽情……杀猪了。"

陈平安问道："沉国皇宫秘藏的这只金匮里边刚好装着那幅仙人图？"

叶芸芸恼火道："问题就在这里了，其实当时金匮是空的，才会让我误以为捡了个天大的漏，等我用八枚雪花钱买下那只金匮，野修才好像想起一事，问我懂不懂字画，他手头还有一件品相更好的宝贝，绝对更是沉国传承有序的珍藏之物。老修士抬起手，发誓若有作假，保管天打五雷轰，我没当真，只说可以看一眼，结果老修士身边的那个木讷少年直接就在脚边一个麻袋里边随手翻拣，抽出了那支仙人图卷轴，再随便丢在摊子上。"

陈平安闻言笑道："老少配合唱双簧，是个合格的包袱斋了。"

叶芸芸只当没听见这个调侃，继续说道："当时那卷轴一入手，我就已经知道此物不俗，因为道心随之生出一份涟漪起伏，正是修道之士抓住大道契机的迹象，等到我摊开画卷些许，好不容易才稳住心神，当时误以为是自己跻身玉璞境没多久，是山上那种玄之又玄的连带'福缘'馈赠，就毫不犹豫又花了十枚雪花钱买下了那幅仙人图。双方买定离手后，我才离开摊子没几步路，发现老修士就已经带着少年卷起铺盖跑了，当时我还觉得好笑，现在才知道原来自己才是那个傻子。

"我得到仙人图后，自认为足够小心了，因为还曾秘密走了一趟沅国的皇史宬，旧的已经沦为废墟，是战后新建的，所以确实有不少密卷档案流散，我还在那边的皇史宬库房里找到了一大堆相仿的古樟木金匮，自然不是那个包袱斋所说的什么皇帝文房了。之后我就继续查阅簿籍，果真被我找到了关于那幅古画的条目，确有其事，上边的文字记录清晰，原来得自沅国三百年前敕鳞江畔的一座采石衙署，采石匠人无意间从江底打捞起了一只铁盒，那座衙署不敢藏私，当年将那铁盒画卷，与江中开采出的那批美石，一并入京贡物。而那一代沅国皇帝对画卷观感一般，看过很快就丢给了皇史宬收藏，而那只根据档案记载显示'六面皆绘水图'的装画铁盒，早已不知所终。我最后还是不太放心，就亲自来了敕鳞江这边，辟水勘探六百里江底，几条支流都没有放过，就是想要看看有无仙府遗址，只是当初没能发现任何异常。"

正因为那个包袱斋老修士的言语被验证是假，叶芸芸反而更加当真。

陈平安笑道："皇史宬遭贼很常见，而且都是家贼难防的雅贼。"

看了眼河水汹涌浑浊的敕鳞江，陈平安没来由想起了家乡那条龙须河，自己当年离乡后没多久，无数人闻风而动，几乎家家户户都有人曾背着箩筐下水寻宝，就了寻找那种以前谁都只会视为家中稚童玩物的蛇胆石，只是小镇百姓去得晚了，收获极少。

大概这就算早起的鸟儿有虫吃？

所以昨晚在蒲山凉亭那边，陈平安和叶芸芸说了句"山上消息，就是神仙钱"，诚意十足。

先前御风来时路上，见识广博的薛怀已经向陈平安他们提起过，这条敕鳞江自古就无任何一位水神河伯坐镇，但是江中盛产美石，声如清磬色若玉，颜色不一，碧色居多，又以赤红最佳，石纹若红鲤鳞片，极负盛名，大的可以当作富贵门庭的风水石，小的也可以被文人雅士拿来当作文房摆设，所以沅国历史上曾经断断续续在江边建立采石衙署，开采江石充盈国库。

每当朝廷裁撤衙署的封水期间，就会有精通水性的健儿偷摸入江底采石，绿裳渡的财源很大程度就来自此，只是商贾逐利，作假、拼接的手段层出不穷，会刻意"凿山"成瘦漏之姿，这就叫石带孔洞价格翻番，无中生有黄金万两。和被人故意剪裁成奇形异状的病梅、官梅，价格远胜寻常野梅，是一样的道理。久而久之，沅国当地和一些周边仙师就都心照不宣了，反正也是坑骗那些人傻钱多的外乡人。

蒲山云草堂子弟才情风雅，几乎都会有一两件美石雕琢而成的案头清供，当然不可能是赝品了。

桐叶洲中部地带门阀郡望的门第高下，往往会按例分为膏粱、华腴和甲、乙、丙、丁总计六等，一洲多平原，膏腴之地太多，皆是鱼米之乡或灵气充沛的山水形胜之地，物产丰茂，不计其数。桐叶洲又是浩然九洲当中最为"闭关锁洲"的一个，不然当年桐叶洲虽说宗门数量不多，但是无一例外都是底蕴深厚的大仙家，也不会到头来却连一条跨洲渡船都没有。

山上仙家与山下的帝族王侯、外戚公主，可谓富兼山海，最为豪富。拥有一箱子山上地契的蒲山，就是一个极佳的例子。只不过蒲山的那些"飞地"还算来路正，是历代祖师用实打实的神仙钱或是香火情，以极低价格购入的。

陈平安突然问道："既然都说是几百年的老皇历了，那么历史上河流改道、辞旧迎新就是常有的事了，叶山主当初来这敕鳞江探幽访仙，有没有问过当地百姓，或是仔细搜寻沅国历代堪舆图，翻阅本地郡府县志？"

叶芸芸闷不吭声，满脸尴尬。自己当时着急赶路，哪里想得到这么多。

为了缓解叶芸芸的尴尬处境，还得陈平安主动转移话题："皇史宬秘档上边关于那只铁盒，除了说六面绘制水图，还有没有更多文字记录？"

叶芸芸立即点头道："有。六面除了水图，分别古篆两字，是跌宕、盘曲、浑浊、潋滟、幽深、清浅。"

陈平安只得说了句昧良心的话："叶山主还是很细心的。"

叶芸芸笑容牵强，身边男子的这句好话听着怎么像是在骂人呢。

只是陈平安还是忍不住多问了一句："六面水图，沅国新落成的皇史宬档案房那边有无摹拓？"

照理说，皇史宬那边肯定是会有相关的拓片的，而且皇史宬和库房之间肯定没有几步路。

于是叶山主继续沉默。自己怎么跟个学塾蒙童遇见了个检查课业的教书先生似的？

陈平安就有些无奈了。

算了，反正都是一笔笔秋后算账的糊涂账，事已至此，多说无益。

一旁的裴钱扪心自问，自己至多也就是能够比叶芸芸多想到找寻拓片一事，那还是因为想要将宝贝一窝端了。可是比如江河支流改道一事，裴钱就绝对想不到。

薛怀则是心中感慨不已，真是应了那句老话，货比货得扔，人比人得死，云草堂还是少了个真正的顶梁柱，不然光靠师父一个支撑门面，方方面面都要师父拿主意，难免会有些纰漏，自家蒲山，若是能有这么个心细如发的年轻剑仙坐镇山头，估计就真的可以高枕无忧了。

薛夫子不露痕迹偷偷看了眼自己师父,再看了眼叠刀悬佩的青衫剑仙,嗯,师父有无机会,好让自己与某人喊声……师公?

只是不知道陈剑仙如今有无山上道侣。不过想必以陈平安的境界、身份和相貌气度,山上山下的红颜知己定然不会少了,否则也不会和姜尚真成为挚友。

陈平安哪里知道薛夫子在想些什么,只是转头笑着闲聊:"到蒲山之前,看了本志怪小说,书上除了东海妇与青洪君的恩怨情仇,还写了一位龙虎山真人的游历故事。书上内容有几分真几分假?"

薛怀摇头说道:"真假难料,无据可查了。曾经只能是凭借一些捕风捉影的小道消息,尝试着找出那些仙迹遗址,可惜是按图索骥,毫无收获。"

传闻数千年前,有位龙虎山天师下山游历桐叶洲时,遇到大渎龙宫旁支,有一窟十数条陆地孽龙作祟,兴风作浪,水患无边,这位当时并未证道的天师府黄紫贵人,与那些为祸一方的蛟龙斗智斗勇,以分而治之之法,斩杀大半,又用桃木剑将一蛟钉在崖壁上,斩断蛟尾,炼为一截青竹剑,炼山脉作为捆龙索,向它下了一道天师敕令,命其千年之内不得离山半步。另外一蛟四处逃窜,走投无路,最终被天师逐入一座当地道观,不得不化作一枚门环,答应那位天师庇护道观三百年。最后天师亲手开凿一口古井,在旁铸炼铁树,将那条为首孽龙镇压其中。

天师这才去往大渎龙宫,向那条管教无方、有渎职过失的老龙问罪。老龙叫屈不已,不得不向掌管整个东海水域的龙君求情。据说这场山水官司最后都打到了中土文庙那边。

浩然山下的小说题材众多,笔墨写尽光怪陆离、传奇公案、烟粉狐怪、幽婚神异、游仙会真……

陈平安笑道:"薛夫子将来有机会的话,可以去大泉王朝那边碰碰运气,从皇史成或是礼部入手,看看能否抽调借阅档案。"

薛怀点头道:"就听陈山主的,如果真有线索,被我不小心找出那座大渎龙宫主体遗址所在,我肯定第一时间通知陈山主,到时候一同进入龙宫探宝,事后一切收益,落魄山与蒲山四六分账。"

叶芸芸没好气道:"薛怀,你做什么美梦呢?今时不同往日了,浩然天下如今重新有了四海水君,这类遗址就算侥幸重见天日,也要理所当然地归宝瓶洲那条真龙,你胆敢贪墨龙宫重宝,就不怕被她从东海登岸,兴师问罪,到时候一言不合,就直接来个水淹蒲山?"

说到这里,叶芸芸好奇问道:"陈山主,听闻那条真龙的修道之地,正是你们落魄山所在的那座骊珠洞天,如此说来,她与你岂不是近在咫尺的邻居?"

陈平安以诚待人,点头道:"是邻居。"

叶芸芸追问道:"我还听说这位新晋东海水君已经是飞升境了,陈山主跟她熟不熟?"

昨夜凉亭一别,除了生闷气,其实叶芸芸半点没闲着,赶紧将那山水邸报给亡羊补牢了一通,甚至还专程下山走了一趟寇渲渠的水神庙,向入海口的青洪水君府索要了一大摞与宝瓶洲尤其是落魄山相关的邸报。不看不知道,一看吓一跳,才发现原来那个破碎坠地后降为福地品秩的小洞天,竟然一股脑涌现出了那么多的"年轻天才",除了那条成为世间唯一一条真龙的女子飞升境,还有落魄山陈平安、龙泉剑宗刘羡阳、数座天下年轻十人候补之一的马苦玄,还有一个道号粲然、绰号狂徒的白帝城郑居中的嫡传弟子……

陈平安只得说道:"隔壁邻居。"

叶芸芸有些听不明白。毕竟山上修士,即便隔着千里之遥,不也算是"隔壁"?

陈平安无奈道:"字面意思。"

叶芸芸见对方好像不太愿意多聊那条真龙,她就又想起一件趣事,随口问道:"陈山主参加过几次你们北岳披云山的夜游宴?"

陈平安尴尬不已:"一次都无。"

叶芸芸就有点纳闷了,怎么感觉自己误打误撞,找回了全部场子?

大雨中,一行人循着那粒微弱灯光走去,原来岸边有座茶棚,生意冷清,当下都没有个避雨的客人,里边只有个老妪,带着个约莫是孙女的少女,一起看着棚子外边的这场暴雨,围坐在火盆旁闲聊,炉火温煦,上面正烫着一壶用以驱寒的黄酒。少女瞧着十四五岁,虽衣衫寒酸,但是雪肤花脸,举止妍媚。

陈平安站在茶棚门口,率先转身,背对茶棚,将雨水抖在外面。

一行人各自收起手中油纸伞。不过其中少了个小陌。

见着了这拨登门客人,虽然备感意外,老妪还是立即起身待客,询问客人们要几碗热茶。

叶芸芸笑着说先每人来一碗,等到确定真有生意临门,少女这才起身,走出几步后回眸斜睨,不知看见了什么,又低鬓微笑。

老妪和孙女一同端茶上桌,再重新坐在火盆那边,老妪笑道:"这是老鱼吹浪呢,客官们不用大惊小怪。"

茶棚生意好坏得看日子,县城那边如果有庙会,或是逢年过节,一些赶集的老百姓往返途中,可能会在这边落脚喝碗茶汤。

此刻老妪说的是一国官话,而且还带着浓重的乡音。不同于宝瓶洲大骊官话即一洲雅言,出门游历,除非是在一些小国的偏远郡县,否则言语交流极为顺畅。桐叶洲的一洲雅言,可以算是浩然天下九洲中最名不副实的,往往是各国官话各说各的。那场大战过后,依旧只有大泉王朝才会不遗余力去推广一洲雅言与中土神洲的浩然雅言,并且纳入京察大计的考评内容。上行下效,其实没过几年,从京城到地方,有官员带头,朝野上下几乎很快就熟稔了两种雅言。

叶芸芸便帮忙给陈平安转述内容。

老妪看了眼那个坐在黄衣女子身边的青衫男子,笑问道:"这位夫人,是陪着老爷来咱们这儿看风景?"

瞧着就蛮般配啊。

叶芸芸有些无奈,就不复述了,摇头道:"跟他只是朋友。"

老妪笑道:"真是可惜了。"

得了陈平安的心声提醒,叶芸芸不过是照搬原话,向那老妪笑问道:"老嬷嬷,可晓得这条救鳞江上下游,早先有没有已经干涸的河流、溪涧之类的?如今有无古怪?"

老妪笑了笑:"回夫人的话,从没听说过什么没水的河流,但是这江边时常有鬼作祟,喜好白日迷人下水,找阳人替死,莫说是咱们这些当地人,便是那些过路的神仙老爷,亦是没法子。县衙那边的官老爷,几乎每年都会来这边请人做法事,我这茶棚开了好多年,倒是见过一些道士、和尚,至于里边有没有传说中的神仙老爷,我哪敢多问。"

小陌走入茶棚,坐在陈平安身边,陈平安方才就多要了一碗热茶,递给小陌。

小陌接过茶碗后,从袖中摸出几颗石子,轻轻放在桌上。

陈平安拿起其中一颗红色石子,纹路果然如层层叠叠的赤红鱼鳞。

裴钱聚音成线,问道:"师父,这几颗江底石子,是不是有点像龙须河的蛇胆石?"

陈平安点头道:"像,但是品秩低了许多。可能是真有蛟龙后裔在此长久隐匿修道,无形中就将一部分天地灵气转为了龙气,江底石子千百年浸染那份道韵龙气,形同修士结丹,或是……故意剥下了一些老旧鳞片,化作可以被山上仙师当作炼造仙材的赤色美石,就像是在与某人打招呼,遥遥高呼一语:'莫忘此地。'"

陈平安没有聚音成线或是以心声言语:"如果书上传闻不假,真是龙虎山真人路过此地,还有过降妖伏魔的仙迹,想来是那蛟龙余孽,当年罪不至死,便以戴罪之身自囚于此,不敢擅自离境越过雷池半步,必须趴窝不动,只能是千百年来,辛苦等候一道来自天师府的真人法旨。"

看似无心,却意有所指。

老妪看了眼那个青衫刀客。陈平安则刚好转头,朝那位老妪笑了笑。

老妪却是望向叶芸芸,指了指那壶黄酒,问道:"夫人,要不要喝酒?比起茶汤更能暖胃,自家土酿的,茶铺也可以卖的,就是不便宜,一壶酒二十文钱。"

叶芸芸看了眼陈平安。陈平安得了小陌的心声提醒,朝叶芸芸点点头,然后手心攥着那颗石子,起身直接走到火盆旁蹲着。他将石子放入炭火中,如煨芋一般,就近取暖,低着头,搓手笑道:"天公不作美,风雨接滔流。纵化大浪中,不惧亦无忧。"

原来小陌方才定睛一看,巧了,这里竟然是一座定婚店。

动手之人,并非老妪,而是这位老妪身边的少女,方才竟然新人重操旧业,但在小陌这边就露出了马脚,不然还真就又要灯下黑一遭了。

远古定婚店,掌天下婚牒,向月检书,按照不同姻缘,分别为男女牵线脚踝、手腕与心口。

旧天庭曾设置有一处姻缘司,由各位明月女主人分掌一方,辖境内定婚店数量不等。

万年之后,重返人间,在此之前小陌别说亲眼遇见这类定婚店,就算翻遍山上邸报和山下杂书,都已经没看到这个历史久远的称呼了。反观月老牵红线和翻检姻缘簿一说,倒是不计其数。人间姻缘,阴骘之定,不可变也。

老妪的大道根脚,没半点稀罕的,一条垂垂老矣的老虬而已。估计也是半道得来的机缘和身份,才搭建起了这座定婚店。

搁在当年的人间大地,小陌遇见了,都懒得正眼瞧一下。一般来说,对方也不太敢瞧自己,担心被误认为是一场问剑?故而就算是那些手持天庭行雨符的水陆真龙,万年之前,见着了自己,都会立即让路。

当年小陌喜好独自游历天下,大概是因为他装束鲜明的缘故,所以很好被辨认出身份。

一个能够和碧霄洞主聊到一块去,还能共同酿酒的剑修,脾气性情如何,自然不用猜了。

抬起头,陈平安看了看那个挪了挪板凳,坐去老妪身边的妙龄少女,他站起身,抬了抬脚,笑道:"小姑娘,姻缘线可不能乱牵连,劳烦收起来。"

少女一脸茫然,模样娇俏,天真懵懂。

陈平安双指并拢,轻描淡写,轻轻朝自己脚边一划,就将那根将自己和叶芸芸脚踝牵引的无形红线当场斩断。

少女骤然间眯起一双杏仁眼眸。按照师父的说法,是一位山上剑仙无疑了!都没有用上神兵利器或是本命飞剑,就瞬间斩断了自己设置的那根姻缘线,而且如刀切豆腐一般轻松,那就必须有仙人境修为了。

老妪怔怔地看着那位青衫刀客,叹了口气,拍了拍少女的脑袋,示意莫怕。老妪兴许知道今日注定无法善了,她低头笑了笑,从袖中摸出一枚弧度微妙的紫色镜片,再拈起衣角,轻轻擦拭。镜片材质类似琉璃却非琉璃,而且那份砑工之精密,绝非山下能工巧匠能够磨砺而出。

老妪抬起头,恢复原本嗓音,沙哑开口道:"不承想还能在离着古蜀国这么远的地方,有幸遇见一位如此年轻的陆地剑仙。"

陈平安置若罔闻,只是双手笼袖,瞥了眼老妪手中物件,长见识了。

龙宫种玉芝,耕得紫玻璃。质地莹澈,近乎后世白帝城琉璃阁秘制之物。而且在中土神洲那边,此物犹有一桩妙用,最适宜拿来炼制成一种辅助望远的器物,一些个年老昏花的山下公卿,或是年纪轻轻就伤了目力的达官显贵,凭此可以使眼力恢复如年少时。此外中土各国钦天监,还拥有一种由阴阳家陆氏秘制之物,传闻肉眼凡胎的俗子,亦可远观星辰如看目前之物,脉络分明,如神人掌观人间山河一般轻而易举。

陈平安重新蹲下身,双手烤火取暖,笑问道:"那只绘制水图的河底铁盒,是某处龙宫旧物,老嬷嬷的珍爱旧藏?三百年前,又是被谁捞起送去的沅国皇宫?"

老妪看着那个神色和煦的青衫剑仙,笑道:"只要剑仙能够帮忙取走一道符箓,老身今天一定知无不言言无不尽。不然……"老妪摇摇头,"不然就算公子是一位山上剑仙,还真不敢杀我。"

陈平安点头道:"一道天师府真人亲笔符箓,确实既是雷池禁制,又可以拿来当一张保命符。"

老妪看了眼那个蒲山叶芸芸,再收回视线,看着眼前这个说一口桐叶洲醇正雅言的青衫男子,由衷赞叹道:"公子委实是慧眼独具,翻老皇历,检点内幕,如数家珍。"

三千年前斩龙一役,杀得天下蛟龙后裔、万千水族,纷纷停滞于元婴境,就此止步不前,至多走江化蛟,绝不敢走渎化蛟。世间再无鱼龙变化。

如今山河解禁,天下水族如获大赦,汇聚在白帝城那边的龙门,逆流而上,跃过龙门,只要能够成功跻身黄河小洞天,便可以一举获得文庙封正。

可惜龙虎山那边,再无天师府真人来此,为她揭走那张拥有浩荡天威的禁制符箓。好像完全忘记了这件事。

叶芸芸喝了一口茶汤,气闷不已。

茶棚外暴雨骤停,走入一位紫衣道人。

老道士梁爽如今身份是梁国的护国真人、龙虎山外姓大天师。

老妪看着这个一身浓郁黄紫道气的老真人,熟悉,实在是太熟悉了,虽然并非当年那位龙虎山年轻天师,但是终于被自己等到了一位天师府真人,她神色呆滞片刻,蓦然嗓音尖锐,双手十指如钩,死死抵住干枯脸颊,似笑非笑,似哭非哭,状若疯癫,近乎哀求,颤声道:"恳请天师取走符箓,求求真人法外开恩,我知道错了……"

梁爽双手负后,根本不理睬那个神色悲苦的老妪,只是笑呵呵道:"这个世道,学人做好事,并不是件多简单的事啊,如果还想要善始善终,就更难了。"

梁爽来到火盆旁,轻轻按下想要起身的陈平安一侧的肩膀,然后一起蹲着。他拿起那壶滚烫黄酒,一饮而尽,双指拈起一块通红木炭,擦了擦嘴角,再将空酒壶随手往后一抛,丢入那条救鳞江中。

梁爽依旧是自顾自说道:"就像我身边这位一见投缘的陈小友,何尝不是年少轻狂,容易不知天高地厚,故而意气用事、舍身成仁的事情,年纪轻轻就做过好几次了,侥幸不死,在外人眼中,自然是'运气好'三字就完事了,只是此间滋味到底如何,甘苦自知,不足为外人道也。"

陈平安取出两壶糯米酒酿,放入炭火中。

梁爽等着酒酿渐渐温热,随口问道:"陈小友,既然那么喜欢看杂书,有无最为心头好的几篇传奇小说?先别说,容我猜一猜,有无温岐,若是有的话,可是温飞卿那篇?嗯?"

"真人算人,堪称一绝。"陈平安会心一笑,点头道,"晚辈最喜欢的三篇传奇当中,确实有那篇《窦义》。"

当年使用化名,在一大箩筐的备用名字当中,这个名字罕见的窦义,其实曾与曹沫并驾齐驱,如今打算将来跟刘景龙一起游历中土神洲就用这个化名。

梁爽又问:"此篇最妙,又在何处?"

陈平安答道:"少年窦义,曾经五年默默植树。想来此间滋味,唯有书中人甘苦自知,恐怕温飞卿都未能感同身受。"

梁爽将那块炭火丢入盆中,拊掌而笑,大声道:"果然我与陈小友投缘,是大有理由的!"

作为真人梁爽的阴神,一切喜怒哀乐皆无拘无束。

除了对话双方,茶棚内其余人全部一头雾水。

曹晴朗和小陌,还有蒲山薛夫子,这几个读书人,当然听说过那位被誉为婉约词宗的温飞卿,只是他们还真不知道温岐写过什么传世的小说。

梁爽这才视线上挑,看着那个早已匍匐跪地的老妪,说道:"求个什么,有用吗?"

梁爽笑了笑:"何况已经不用求了,我不白喝你一壶酒。"

老妪这才惊喜发现自己身上的那道天师符箓竟然不知不觉间就已烟消云散了。

梁爽提醒道:"莫磕头,小心折我寿,一怒之下,再给你贴张新符。赶紧起来吧,本就是福祸自招如开门迎客的事情,就不是什么求与不求的事情。"

老妪坐在板凳上,望向那位青衫剑仙,正色道:"禀告剑仙,当年是有位云游至此的年轻道士,从我这边买走了那只铁盒。我见他是太平山道士,对方还给我看了那块祖师堂玉牌,我勘验过真假,便答应了。只是老身要与陈剑仙说明白,当年铁盒之内,其实空无一物。"

陈平安心中了然,就是那个与背剑老猿一同造就出太平山内乱的罪魁祸首,对方隐藏极好,神不知鬼不觉,他曾经确是太平山嫡传修士之一。

对方是蛮荒天下早就隐藏在桐叶洲的大妖之一，弯来绕去，归根结底，还是文海周密的谋划。看来周密对蒲山曾经确实是志在必得。

老妪看着那个面无表情的陈姓剑仙，内心惴惴，下意识搂住一旁的少女："她是我收取的唯一弟子，先前她贸贸然牵红线，也是我幕后指使，恳请老天师与陈剑仙就算责罚，也不要连累她。"

陈平安点点头，站起身，以心声分别与梁爽和薛怀言语一句，三人一起走向茶棚外。

到了江边，陈平安停下脚步，望向那个不明就里的蒲山薛夫子，眯眼说道："可以出来了，既然老真人在此，我觉得就没有必要躲藏了吧？"

姜尚真的预料半点没错。蒲山云草堂内部果然埋藏有后手。正是这位在蒲山口碑最好的远游境武夫，被叶芸芸最器重的嫡传弟子"薛怀"。

梁爽抚须而笑，一头鬼鬼祟祟寄居在武夫神魂中的玉璞境鬼物罢了，在自己眼皮子底下还要躲躲藏藏，像什么话。欺负贫道不是十四境吗？

片刻之间，根本不给那头玉璞境妖族鬼物作祟机会，梁爽就已经"搜山"往返一趟，双指间拈住一粒芥子大小的魂魄。

薛怀只觉得脑袋裂开，痛如刀绞，就要抬起双手，陈平安立即伸手抓住薛夫子的胳膊，帮忙稳住他那一口纯粹真气，使得真气不至于在其人身天地内翻江倒海，如洪涝水患一般伤及体魄根本。

片刻之后，薛怀满头汗水，苦笑道："陈山主，是我先前着了道？"

陈平安笑道："是对方有心算无心了，何况还是一头精通迷魂术的上五境鬼物，薛夫子其实不用过于自责。"

陈平安其实是瞎蒙的，但也不全是乱猜，灯下黑之人事，往往离灯火最近。反正这种事情，陈平安很熟悉。

在蒲山能够接替叶芸芸的人选，也就一手之数，除了辈分不高但是极有声望的薛怀，其实还有蒲山掌律檀溶，还有那个祖师堂管钱的，即叶芸芸的兄长。所以在山门口，陈平安故意聊起金石一道，本就是为了能够和老元婴借机多聊几句，好让小陌暗中多观察几分。

总得有些人比坏人更聪明些，才能有更多的好人有好报，才可以让更多好人做好事，能够可以完全不计后果。

薛怀欲言又止，最终还是点点头，默然抱拳。陈平安只得抱拳还礼。

梁爽笑道："薛大宗师，你先回茶棚便是，我跟陈小友再聊几句。"

薛怀依旧没有说什么，只是与这位决然不会只是什么梁国护国真人的紫衣道人作揖行礼致谢，直腰起身后，转身大步离开。

薛怀返回茶棚后，梁爽与陈平安一起在雨后江畔缓缓散步。

"当今天下，道途之分，人鬼各半。呵，斩妖除魔，真正妖魔，斩杀降服，真人天君，信手拈来，不过是倚仗个境界道法，如市井俗子膂力雄健。所谓的阴阳之别，幽明殊途，无非是得道之士，天眼一开，一望便知。可惜斩不尽的人心鬼蜮，除不完的蝇营狗苟。"

老真人喟叹一声，抚须不言。

"难也难，难如登天，易也易，易如反掌。"

陈平安笑着接话道："就算注定人力有穷尽时，也要先竭尽人事，再来听天命。无非是能够做成眼前一事是一事，能够手边出力一分是一分。"

梁爽抚须点头："是也，然也。"

梁爽准备返回梁国道观了，临行前笑道："共勉。"

是说那缝补桐叶洲旧山河一事，梁爽自己还要在这边待上多年，以后双方打交道的机会不会少的。

陈平安沉声道："共勉。"

梁爽最后笑道："先前那座山神祠庙外，为了试探你小子的道心深浅，必须胡说八道一通，小子听过就算，莫要心怀芥蒂啊。"

陈平安斩钉截铁道："真人只管放心，晚辈最不记仇！"

回了茶棚，陈平安才发现两壶家乡糯米酒酿温热妥当了，只是梁爽没喝就走了，他就拿起，给大家分了，老妪和少女也不例外。

那位喜笑颜开的老妪，说是欢天喜地都不为过，一直坐在火盆旁边擦拭眼角泪水，见着了陈平安，喝着那碗糯米酒酿，更是连呼"恩公"。

一旁少女则瞪大眼睛，端着酒碗却不喝酒，只是看着那个青衫剑仙，十分好奇。好像她眼中的风景，比酒好喝。

叶芸芸也轻松许多，虽然还是没能从敕鳞江这边得到确凿证据，好让她与杜含灵问拳一场。但是弟子薛怀身上少掉了那桩原本极有可能惹来蒲山内乱的古怪祸事，还是让一贯神色冷清的她颇有几分笑颜如花。

陈平安起身告辞时，那位老妪赶紧跟着起身，施了个万福，感激涕零道："陈剑仙，此次脱困，从此恢复自由身，老身无以回报，大恩不言谢……"

陈平安想了想，既然你都说大恩不言谢了，我还能说什么？

本来他是想问问老妪，关于那些被小陌说成数量可观的江中美石，双方能不能做笔价格公道的山上买卖。

但退一步说，反正比起那个当定婚店掌柜的少女，学那些书上误人子弟的言语，突然来一句"公子大恩大德，小女子以身相许"要好太多了。

少女在青衫剑仙即将转身离去之时，突然眨了眨眼睛。

陈平安以迅雷不及掩耳之势转身,向那个手腕轻轻拧转的少女狠狠瞪了一眼,以心声警告道:"这位姑娘,可别恩将仇报啊!"

少女一脸无辜,打了个酒嗝,掩嘴而笑。

陈平安离开那座茶棚后,就没有再去蒲山,也并未重返仙都山,而是临时起意,稍稍绕路几分,走了一趟名为燐河的水域地界。自家那条风鸢渡船,跨越三洲山河,在这桐叶一洲,从北往南,依次要经过清境山青虎宫、自家仙都山、灵璧山野云渡、大泉王朝桃叶渡和一条支流众多的万里长河,然后才到玉圭宗和最南边的驱山渡。加上在宝瓶洲和北俱芦洲各有五座停岸渡口,总计十七处仙家渡口。

一行人御风悬停白云中,陈平安看着脚下那条大河,在水源附近,大地之上已经有了一个仙家渡口的雏形,当然是别家的。

在这条与西海衔接的万里大河之上,早有多方势力不约而同相中了这处极有可能成为聚宝盆的风水宝地,因为附近的广袤地带,别说宗门或是宗门候补,连个喊得上名字的元婴境都没有,只有几个忙着做供奉当国师或是开山立派的金丹境地仙。

所以有五六个离着自家山头颇为遥远的仙家势力,或者与那些附近刚刚复国或是最新立国的山下王朝以及藩属,一方出钱,一方出人出力,或是几个有香火情的仙家门派相互结盟,陆陆续续,开始在两岸自建渡口,再请那些精通水法的修士出山相助,或施展本命神通或布阵,聚拢长河水运,凝聚不散,再与其他势力争抢天地灵气。

是个再浅显不过的道理,一张桌子上边吃同一碗饭,有多吃的就有少吃的,有吃饱的就有饿肚子的。

陈平安沿着那条大河继续赶路,去往河流中段,很快就到了此行的目的地。

按照崔东山的说法,各方势力钩心斗角,明里暗里打了几架,最后大河源尾两地,再加上中段,只有三家山头算是站稳了脚跟,其余几股势力都陆陆续续或主动或被动放弃了。

结果一处半途废弃的河边渡口,能拆掉能带走的,都已经搬迁一空,倒是还留下个渡口雏形的壳子。那边渡口的地基其实已经打好,别小看这些土工事宜,光是夯土一事,就要消耗大量的人力物力,只说渡船落地靠岸一瞬间的那份山根震动,若是渡口不够结实,当场就要出现一个牵连甚广的大坑。所以此处渡口的旧主人算是亏了一大笔神仙钱,实在是没把握能够挣钱,就及时收手撤出了。

建造山上渡口一事,就是个拿金山银山去填补一个巨大湖泊的活计,风险巨大,可以视为一场豪赌。

除了大兴土木,打造山水阵法,建造出一处处停泊船坞,之后聚拢山水灵气一事又是一笔巨大开销,不然哪家渡船脑子进水了,愿意在此花钱停靠补给灵气,而且一旦渡口建成了,结果到头来就没有几条渡船光顾,更会入不敷出,神仙钱打水漂不说,还会连累师门吊死在一棵树上。一件鸡肋的法宝灵器,还可以转手贱卖,可是这种趴窝不动的山上渡口,谁肯傻乎乎接手?再者任何一座崭新渡口的出现,对于邻近仙家渡口而言,就是夺人财路,无异于大道之争。因为渡船数量的增增减减大体有数,新建渡口就要从同一只碗里分走一杯羹。

陈平安望向脚下大河,思绪随水而流。这就是继牛角渡、野云渡之后属于自家山头的第三处仙家渡口。

在外人眼中则是此处崭新异常的渡口"遗址",已经被某个不要脸的门派的某个不知名仙师白捡了个现成。

一个白衣少年前不久在那边摆了个摊子,迎接各路豪杰,一张桌子上摆上三碗酒,对外扬言,三拳,三道攻伐术法,剑仙嘛,就只能递出两剑了,三剑哪里扛得住。反正老子要钱没有,烂命一条。三招两剑打死我,报数十下,老子如果还没能起身,这座渡口就是你们的了。所以相距不过千里的那座渡口,重金聘请了一位金身境的武学宗师来此出拳。

那眉心有痣的俊美少年,吓了所有观战修士们一大跳。

不是少年扮猪吃老虎,如何术法通天,而是被人问拳后,只挨了一拳,就倒飞出去十数丈,满地翻滚,然后老半天倒地不起,还要颤颤巍巍抬起一条胳膊,大概意思是说缓缓,先让我缓缓,我马上就可以站起身,我一定可以的……

那个金身境武夫递拳之后,站在原地愣了半天,也没马上出手,问拳当然是真,毕竟拿了邻近渡口仙师一笔神仙钱定金的,可他不想真的闹出人命来啊。如今大伏书院规矩重,只要是山下纠纷,死了个谱牒仙师,都是需要立即跟书院报备的,他这辈子打小就最烦读书,自然不想去大伏书院补上一笔读书债。

那个少年摇摇晃晃站起身,拍了拍胸脯,才说了一句"再来",结果就是一口鲜血喷出,差点就躺在地上继续休息去了。所以那位武夫的第二拳,只得稍稍收力几分,仍是打得那个白衣少年在空中转圈圈,然后重重摔在地上。

武夫当场就纳了闷了,自己这一拳,不说如何轻巧吧,可是不管如何,肯定并无旋劲拳罡啊。

第三拳,武夫几乎算是硬着头皮加重力道了,毕竟三拳过后,如果少年还能站起,自己就算白跑一趟了,会少去半数神仙钱。

这拳过后,可怜少年数次双手撑地,想要爬起身,又数次口吐鲜血,重重趴下,奄奄一息,最后面门贴地,颤颤巍巍抬起一手,竖起大拇指,大概是想说……好拳?

如此一来,让那个金身境武夫都有些愧疚了。

最后少年仍是在快要数到九的时候坐起身,再踉跄站起。

武夫赶紧将少年搀扶起来,扶着他,或者说是拖着少年一起去往那个酒摊子,武夫自己喝了三碗酒,双手抱拳告辞,说是得罪了。至于赢了拳才能收入囊中的剩余半数神仙钱,这位金身境武夫半点是不多想了,爱咋咋的,反正老子下不去那个狠手。

当天那个正在燐河源头建造渡口的势力,马上就请出了一位金丹境瓶颈的老修士,两件本命物,配合攻伐术法,极有杀力。几乎是一瞬间的接连三道术法过后,白衣少年躺在大坑之中,衣衫褴褛,口吐白沫,抽搐不已。结果不等十个数报完,白衣少年就艰难起身,醉汉一般,走向酒桌那边,老金丹境未能得手,只是冷哼一声,不喝酒便御风走了。

不到一个时辰,在大河入海口的那座渡口,就派了一位金丹境剑修出马,剑修御剑而至。结果这场架打得更莫名其妙,肉包子打狗了。不知怎的,那个金丹境剑修,好像只是和那少年以心声聊了几句,竟然就开始翻脸不认人了,剑修收了一大笔定金后,倒是没赖账,却是朝那条大河祭出本命飞剑,两剑劈空,打完收工。这也就罢了,那个金丹境剑修竟然代替那个白衣少年看守摊子,还对外扬言,说是改规矩了,问拳问剑,切磋道法,都照旧,但是他会还礼三剑。

如此一来,谁敢来触霉头?

这位金丹境剑修大一百岁了,刚刚三甲子,名为陶然,是桐叶洲本土剑修,却一直是山泽野修。如今就在河边捕鱼,偶尔抓只老鳖,炖上那么一锅,先前来时就带了七八种佐料,绝不亏待自己。

陈平安早早落在河畔,散步走向那处简陋摊子。

远处那位剑修正在岸边拖曳着一张渔网往摊子走去,有几条鱼在网中活蹦乱跳。就是不知道这位剑仙的手艺如何。

陈平安之所以会来此地,其实还有一件秘事,就是有人会在渡口附近立国,而不是复国,不过准确说来,勉强也能算是一种复国。

仙都山的青萍剑宗,这个未来下宗祖师堂的谱牒修士、元婴境剑修邵坡仙,会为身边婢女蒙珑赐姓独孤,改名为独孤蒙珑,他自己则继续躲在幕后,让宝瓶洲那个注定复国无望的旧朱荧王朝的独孤姓氏在桐叶洲重新开国,重建太庙,既可算是延续了国祚,又与宝瓶洲故国适当撇清了关系。这一切,邵坡仙当然是得到了崔东山的授意和支持的。

以中岳山君晋青的性格,肯定会在自家山头那边……再次向南方作揖遥遥礼敬。

那位金丹境剑仙到了摊子旁边,甩了渔网在地上,指了指桌上三碗酒,用拗口别扭的一洲雅言,向岸边走来的那拨人出声提醒道:"我如今是仙都山暂不记名的客卿。"

剑修陶然先自报名号,再伸出手指,遥遥指了指那张桌上的三只酒碗,说道:"通知一声,如今规矩有变,各出三招。"

　　至于仙都山在哪里,这个身为不记名客卿的金丹境剑修,其实他自己当下也不清楚,只知道在北方暂时当家做主的,就是那个崔姓白衣少年。

　　之所以"临阵倒戈",一来自己早年在那场战事中受了伤,剑心几乎破碎,道心更是稀烂,其实是个中看不中用的纸糊金丹境了。但是他又不愿去公门里边当差,这辈子都不会去的,受不了那些人前一套人后又是一套的嘴脸。不然再不济,他陶然也还是个金丹境,还是剑修,怎么都不至于抛头露面,挣这种丢人现眼的神仙钱,做这种拿人钱财替人消灾的跑腿勾当。况且到了这边,确实打不过对方,实力悬殊,那个貌若少年的家伙竟然是个元婴境。

　　再就是对方承诺自己哪天正式担任了仙都山的客卿,就可以得到一件可以用来缝补剑心、温养魂魄的山上重宝,法宝品秩。只不过这类嘴上说说的漂亮话,他没当真,山泽野修有点好,就是懂得认怂。但是此外还有个添头,真正让他心动了,跟钱什么的没关系,那位姓崔的,说自己认识几个剑气长城的剑修,以后可以帮忙引荐一二。

　　陶然半信半疑,当然怀疑更多。因为如果没有记错,桐叶洲去过剑气长城历练的剑修,好像就只有一个名叫王师子的剑修。和自己一样,是惹人嫌的山泽野修出身,对方是在金丹境去的剑气长城,虽说去时金丹境,回时还是金丹境,但就凭他敢孤身前往剑气长城,并且愿意置身战场,陶然就愿意由衷佩服。

　　不过王师子这家伙脑子抽筋了,竟然跑去桐叶宗当了祖师堂供奉,从山下豪杰变成了山上走狗,就当是自己看走眼了。

　　陶然自己当下的处境,也是自找的下场,杀了一头金丹境的妖族小畜生,还是对方托大了,只是自己很快就被一个元婴境老畜生的扈从重伤了,一把本命飞剑就是在那次受创中惨不忍睹的,缝补起来铁定是个吃钱无数的无底洞。其实当年硝烟四起,哪里不是实力悬殊的战场,哪里不是一边倒的屠戮?

　　无数京城、陪都、州郡城池被妖族大军席卷而过,这位山泽野修出身的剑修都忍住了,关我什么事? 到头来只是因为一件小事,约莫是自己脑子一样抽筋了吧,反正就是终于没能忍住。没办法,有些苦头,总是吃了一次又一次都不长记性,这辈子都是这个样子了,改不掉的。

　　不承想,最后只有那个自己原本最反感的姜尚真才算条汉子。

　　骂姜尚真,需要理由吗? 不需要。何况他还真有好几个理由,比如早年自己爱慕的两位山上仙子竟然都被同一头猪拱了。

　　姜尚真身为云窟福地的姜氏家主,陶然怎么骂怎么痛快,也就是自己境界低,打不过对方,不然还要当面骂。但是作为玉圭宗的老宗主,姜尚真的所作所为,陶然还真就骂不出口。

　　所以那位崔仙师离开渡口之前,还跟自己吹了个比天大的牛皮。说自己只要成了仙都山的记名客卿，以后哪怕当面骂那姜尚真，姜尚真都不会还嘴，还要赔笑。

于是陶然如今就独自一人在这边帮人看守家业了。如此说来，自己只比王师子稍好点，都是看门狗呗，但是仙都山既然半点名气没有，怎么都比那个桐叶宗好吧。

至于何时正式开工动土，继续建造这座渡口，崔仙师说得等到明年了，而且信誓旦旦："一群王八蛋，想跟我抢生意，闹呢。等着，回头就并了它。"

白衣少年抖了抖雪白袖子，大手一挥，画了一个大圈，说到时候这儿就是一国东西两渡口的景象了。

习惯就好，是个满嘴跑渡船的主儿。所幸那个元婴境修为是真的。

陈平安以心声笑道："我们都来自仙都山。"

陶然愣了愣，还是半个自家人？

听说对方来自仙都山，陶然就有些好奇，这还是崔仙师之外，陶然见着的第一个仙都山人氏。只是怎么瞧着都不像是修道之人，反而是纯粹武夫？不过看起来，比那位崔仙师正经，是正常多了。

莫不是崔老元婴的徒子徒孙？毕竟山上修士，往往是看着越小，境界越高，年纪越老。

对方笑着自我介绍道："我姓陈，名平安，是崔东山的先生。"

好家伙，又来个说话不靠谱的。

不是一家人不进一家门？一个元婴境老神仙的先生？好歹换个像样点的称呼，比如师父？传道人？你怎么不干脆说自己是宝瓶洲的那个陈平安？

老子真想按住这些天之骄子、上五境年轻剑仙的脑袋，问他们境界到底是怎么来的？

小小宝瓶洲，屁大点地方，一洲之地竟然在短短甲子之内，先后出现了三位剑道天纵奇才，风雪庙魏晋、龙泉剑宗刘羡阳、落魄山陈平安，好像都是四十来岁跻身的玉璞境。

老子两甲子岁数那会儿，这帮年轻剑仙还在穿开裆裤玩泥巴呢。

眼前青衫客，腰间一侧叠双刀。要么是一位纯粹武夫，要么这两把狭刀是山上仙师铸造的法刀。

陈平安坐在桌旁，拿起一碗酒，抿了一口，笑道："听我那个学生说你叫陶然，是位金丹境剑仙。"

陶然蹲在一旁忙着炖鱼，随口说道："只是金丹境，算个狗屁剑仙。"

陈平安笑问道："能不能问一句，怎么伤到了本命飞剑？"

陶然没好气道："设身处地，你会回答？"

陈平安笑着点头道："有道理，以后咱们找机会多喝几顿酒，愿意说时再说。"

陶然嗤笑道:"少来这套,跟你不熟,我就是在你们仙都山混口饭吃,跟一位耀武扬威的纯粹武夫,可尿不到一个壶里去。"

陈平安一笑置之,转头望向那条大河。

按照那位许夫子的说文解字篇,老槐生火,凝脂为燐。

陶然见那家伙好像在等着白吃一顿炖鱼,神色越发不悦,皱眉不已,闷声道:"蹭喝也就算了,你们别想着蹭吃。"

陈平安笑道:"陶剑仙半点不像是散修出身啊。"

陶然黑着脸,转头说道:"能不能闭嘴?"

陈平安举起手中酒碗,当然可以。

小陌笑问道:"陶剑仙,要不要我帮忙?"

陶然不耐烦道:"爬开。"

小陌微笑点头,也学自家公子举了举手中酒碗,好的。

陶然用眼角余光打量了一下这拨人,烦归烦,脾气倒是还凑合。

若是回头就去崔先生那边告刁状,给自己穿小鞋,随你们背后嚼舌头去,老子大不了就不当什么狗屁客卿了。

到最后,煮饭炖鱼的陶然就蹲在不远处自顾自吃了起来。

陈平安放下空酒碗,说道:"陶剑仙,生姜稍稍放少了,肉桂又稍稍放多了。"

陶然咧嘴一笑,有点意思。这句话,还算顺耳。

陈平安也没打算在这边等着偶遇邵坡仙、蒙珑那对主仆。

陈平安起身告辞,笑道:"回头在仙都山那边,我请你吃顿真正的炖鱼。"

陶然翻了个白眼。

见那个自称是陈平安的家伙说走就走,陶然犹豫了一下,问道:"哪个陈平安,总不能是宝瓶洲落魄山的那个吧?"

不承想那个青衫刀客竟然笑着点头道:"如果不出意外的话,我就是了。"

陶然呆滞无言,然后扯了扯嘴角,转头呸了一声。所幸那一行人转瞬间就已化虹离去。

一路北归,中途在大泉王朝停步,就在京畿之地的桃叶渡,下榻于那个名为桃源别业的仙家客栈。

花掉了陈平安两枚小暑钱,这还是只要了两栋最小的宅子,只比单间略好。

客栈内,还有些早就被玉芝岗之外仙师购入手中的旧淑仪楼"阴宅"符箓美人,她们如今亦是桃源别业的金字招牌之一。而且按照府尹大人的小道消息,这处桃源别业的幕后老板娘,还是胭脂榜副评上的美人之一,名次还不低。

在此落脚的客人，离开客栈时，桃源别业都会赠送一份礼盒，里边装有一枚桃符、数张桃花笺、一把桃花扇，其实加在一起，撑死了也就是十几枚雪花钱，但是意义不小。花大钱，住过桃源别业，总不好对外嚷嚷什么，那就落了下乘，但是出门在外，或腰悬一枚桃符，或手持一把桃花扇，不然就是与朋友飞剑传信时，在桃花笺上书写文字。外人瞧见了，也就都懂了，确实是住过桃源别业的有钱人。

若是下榻独栋宅院，还有两把袖珍桃木剑相送，用途就更多了，可以作为那把桃花扇的精巧扇坠，女子仙师还可以拿来当作挽髻的发钗。比如先前沛江游船上的宇文公子，就是这类有钱人。

宝瓶洲，必须喝过长春宫的酒酿；桐叶洲，必须住过桃源别业。这才是真正会做生意的。

之所以如此大手大脚，是陈平安让崔东山帮忙约了一个人，会在此秘密碰头。

金顶观的首席供奉芦鹰，他将陈平安误认成蛮荒共主斐然了。

这位掌握一种鸡肋"远古神道相人之术"的老元婴也是个人才，可以与九真仙馆的仙人云杪媲美。

一个坚信不疑，众人皆醉我独醒，将陈平安当成了白帝城城主；一个铁了心，认为陈平安是蛮荒天下的斐然化身。

都是打着灯笼难找的山上奇才，在陈平安心目中，只比正阳山那个兢兢业业、掌管谍报的天才兄略逊一筹。

陈平安看着那份新鲜出炉的中土邸报，叹了口气。那个中土神洲的山海宗跟自己有仇吗？

不愧是桃源别业，消息比起一般的宗门候补山头，还是要灵通些。

也对，桐叶洲本土修士哪有那闲钱和闲工夫，去收集中土神洲的邸报，至多就是了解一下宝瓶洲和北俱芦洲的山上动静。何况如今桐叶洲的风评如何，谁都心知肚明，何必自找罪受，花钱买骂不成？

转去看几份本土山头的山水邸报，篇幅最多的还是云窟福地的花神山胭脂榜，还分出了正副两评，先正后副。登评女子，正评上边，有大泉女帝姚近之、白龙洞洞主许清渚，还有三山福地那个万瑶宗宗主之女韩绛树。副评上边，有小龙湫的令狐蕉鱼、金顶观一位女冠、虞氏王朝的郡主，还有个江湖中人的女侠。

遗憾落选正评的女子，估计自己都没什么，反而是那些仰慕她们的男人，肯定要铆足了劲砸钱，也要在副评当中为心仪女子争个靠前的名次。

比如其中一份山水邸报上边，就专门写了一桩风流事。有个复国极正的新王朝里的一位在户部任职的年轻郎官，不是一般的胆大包天，小小五品官，就敢私自挪用国库，足足三百万两银子，被他全部折算成神仙钱，丢给了姜氏云窟福地的那座花神山！他为此丢了官不说，还差点掉了脑袋。之所以是差点，是因为家族砸锅卖铁，那个当刑部尚书以及晚来得子的父亲，再向朋友借钱、银庄赊账，反正能用上的法子都用了，能欠的人情都欠下了，补上了大半亏空。

年轻人倒好，带着几个随从，乘坐一辆马车，腰悬一枚自己刻的印章，底款篆刻"一户侯"三字，游山玩水去也。此地不留爷，自有留爷处。

先前一起登上青萍峰途中，崔东山专门跟陈平安聊起这桩趣事，还说自己忙里偷闲，在那边看了一场好戏。

原来那个年轻人的父亲死活阻拦不下，气得脸色铁青，嘴唇发抖，在书房当场摔了茶杯，一口一个"不当人子，逆子，孽子"！

挨骂耳朵又不疼，年轻人依旧离家出京去了，反正是不会去找那位心仪仙子的，见一面都不用。砸钱一事，只求公道。这叫名士风流。图那一晌贪欢，可就是下流了，绝非我辈风流帅所为。

再说了，自己的相貌，随爹不随娘，委实是砢碜了点，估计登门求见仙子，也要吃闭门羹。何苦来哉，不如给自己留个好念想。

结果才出京城没多久，年轻人就屁颠屁颠回京了。他既发财，补上了国库亏空，又升官了，当上了工部侍郎。原来是半路上遇到个意气相投的同道中人，对方自称姓周，是个来自宝瓶洲的外乡人，境界不值一提的半吊子修士，道号崩了真君。周兄说自己来到桐叶洲没多久，不料就吃了个下马威，像是被人立马当头给了一棍，晕头转向，竟然见识到了他这种壮举，一下子就对整个桐叶洲的印象改观了。最后留下了三枚见都没见过的神仙钱，年轻人回京再一打听，才晓得是那传说中最值钱的谷雨钱！

那位周兄还留下一封书信，言辞恳切，不是朋友说不出这样的话，二十年里，是得多缺心眼，把自己多当傻子，才会夸他相貌英俊？这封信就不一样，反而让他好好为官，在仕途大展拳脚，反正都如此不贪财了，不如就当个清官好官，躺在祖宗功德簿上享福谁不会，但凡投了个好胎的，享乐还用学？大把花钱还要人教？倒是吃得苦中苦的行当，若是给你做成了，才算天下真正头一等的风流纨绔公子哥……

年轻人一下子就看进去了，比起自家老爹在耳边絮絮叨叨二十九年可管用多了。

当那身份清贵不干正事的礼部侍郎，算个屁的造福一方，要当就当个工部侍郎，于是自家老爹又开始大骂"逆子，孽子"。

结果真去工部当差，才知道不暗中捞油水的话，日子是如此清苦，公务繁重，加上他又脑子一热，主动揽活上身，走了一趟地方州郡，风餐露宿，嘴上冒泡，手脚长茧，每天都是累得倒头就睡，还想啥女子？老子累得连春梦都没了。年轻人只觉得二十九年的好日子，都连本带利还回去了。结果等他回到京城，他那个老爹，明明眼巴巴在门口等了许久，等他真从工部衙门返回家门了，尚书大人才瞧见马车就立即回了书房，正襟危坐。等到老人看着才个把月没见便瘦了一圈的儿子，倒是没有再次摔茶杯，而是沉默许久，只是一开口，就还是老生常谈的"逆子，孽子"……

其实年轻人心中苦极，原本这次回京就想要打退堂鼓了。去礼部，或者重返户部，当个郎官都成，工部侍郎真就不是个人干的活计。只是等到一天朝会结束，年轻侍郎看着远处的父亲，明明已经白发苍苍身形佝偻了，却中气十足，大着嗓门与同僚们笑声言语。年轻侍郎便默默告诉自己，怎么都要在工部衙门再熬个一年半载的……

由此可见崔宗主忙归忙，闲时也闲。

陈平安当初之所以会与梁爽说出"梧桐真不甘衰谢，数叶迎风尚有声"那句肺腑之言，除了是说桐叶宗的那拨年轻剑修，同样也是说这样的山下年轻人。

桃源别业一处宅子，有人当下可谓心急如焚。对方不来，好似头顶悬剑，将落未落的，可对方真要来了，更不知如何自处，总觉比拼心机，根本敌不过啊。

老修士只得独自一人坐立不安，哀叹不已。

又是神不知鬼不觉的路数。

有人出现在芦鹰身后，伸出一只手，轻轻按住这位老元婴的肩膀："芦首席，又见面了。"

至于门口那边，则还是那个扎丸子发髻的年轻女子，双臂环胸，斜靠房门。

身后那人微笑道："芦首席，如此心神不宁，该不会是要拿我的脑袋去跟中土文庙邀功吧?"

吓得芦鹰一个蹦跳起身，苦笑道："斐然剑仙，就不要再吓唬我了，我是山泽野修出身，胆子不比谱牒仙师。"

芦鹰一下子自知失言，狠狠打了自己一耳光，改变称呼，谄媚笑道："见过曹客卿。"

陈平安搬了把椅子，坐在芦鹰对面，抬起手掌，虚按两下，跷起二郎腿，摸出旱烟杆和烟袋，动作娴熟，火星点点，开始吞云吐雾。

芦鹰小心翼翼问道："曹客卿，这次召见小的，是有什么吩咐吗?"

上次见面，眼前这个家伙报上了一连串身份名号，什么云窟姜氏的二等供奉、玉圭宗九弈峰的二等客卿，还有神篆峰祖师堂三等客卿，名字倒是就只有一个——曹沫。

不过今天重逢，对方除了腰间多出了两把狭刀，还抽起了旱烟。

陈平安笑道："芦供奉这次下山远游，是挑选了中午出门吧?"

芦鹰脸色尴尬。

上次还是门口那个女子帮着道破天机，芦鹰才晓得原来是话里有话，即不然就会"早晚出事"。

陈平安问道："没有画蛇添足吧?"

虽然对方说得晦暗不明，芦鹰却是立即心领神会，老元婴说句不自夸的，自己心性和行事之谨慎,比元婴境界还是要高出几分的。虽然站起身,却早已使劲弯腰,老修士小心翼翼说道:"曹客卿只管放一百个心,绝对不会有任何多此一举的作为,在那金顶观,一个首席供奉该看的一眼不落下,不该说的一句话都没说。"

陈平安笑了笑:"坐下聊天。"

告诉一个聪明人某个真相,对方反而会疑神疑鬼几分,远远不如让那个聪明人自己想明白一个真相,来得坚信不疑。

芦鹰奉命落座,只是如坐针毡。

山泽野修出身的地仙,哪怕只是位金丹境,都是一个个见惯了风雨的,道心之坚韧,心志之不俗,说不定比那些谱牒仙师出身的元婴境还要更好。

所幸对方很快就步入了正题:"你们那位杜观主何时跻身玉璞境?还是说已经玉璞境了?"

芦鹰疑惑道:"回曹客卿问话,我这次返回金顶观,那个杜含灵一直没有闭关的迹象。"

由元婴境跻身玉璞境,动静不会小的。

不承想那个斐然直接点头道:"多半已经是玉璞境了。"

芦鹰稍加思量,便佩服不已,果然是那个胆大包天、剑走偏锋,却至今都未能被文庙找到的蛮荒共主斐然!

芦鹰顾不得心头震撼,赶紧将功补过:"下山之前,跟尹妙峰喝了顿酒,没说漏嘴,但是看样子,加上道观财库那边的一些蛛丝马迹,他的弟子邵渊然极有可能会马上闭关,而且跻身元婴境的把握不小。"

邵渊然的师父,正是那个道号葆真道人的尹妙峰。师徒双方曾经是大泉王朝的皇家供奉,负责帮助当时的刘氏朝廷监督姚家边军。

陈平安点点头,突然眯眼问道:"当真没有画蛇添足?芦首席,我怎么觉得你像是在设计我?"

芦鹰强压下道心起伏,一手缩袖,攥紧手中一枚玉佩,以心声道:"程山长,此时不收网,更待何时?!"

坐在院中的小陌忍俊不禁,果然被自家公子料中了,此人还有救。

对于芦鹰而言,一旦东窗事发,事情败露,自己可就是和蛮荒天下勾结!别说中土文庙了,如今学宫书院的手腕,跟以往大不相同,就是桐叶宗的本土修士得知此事,都要生吞活剥了他。所以来桃叶渡之前,芦鹰下定决心,瞒着金顶观杜含灵,在一处仙家渡口秘密飞剑传信一封,就只等那个斐然自投罗网了。

运气不佳,也能和斐然及蛮荒天下撇清关系;运气好,那就是天大功劳一件!不管眼前斐然是阴神化身,还是什么乱七八糟的手段,只要被文庙逮住,说不定自己都能破格获得文庙的许可,开宗立派去。

如果上次黄鹤矶的螺蛳壳道场府邸一别,双方就再无交集,大不了我走我的独木桥,斐然你继续走你的阳关道,你不搭理我芦鹰,我就只当没见过你,反正我芦鹰屁事没做,只是跟你在云窟福地闲扯了一大通废话,就算大伏书院和中土文庙事后追责,大不了就是被抓去那座功德林读圣贤书几年,说不定还能见那个刘叉一面呢。

只是袖中的那枚书院玉佩没有半点动静,自己的心声言语好似泥牛入海。

芦鹰瞬间如坠冰窟。

完蛋!大伏书院和程龙舟那边竟然毫无反应。难不成是过河拆桥?打算先让自己和斐然死磕一场?死磕个卵,就是个死。老子就是个破烂元婴,伤得了对方丝毫?!你们这些狗日的读书人,满嘴圣贤道理,结果一肚子坏水,比我们这些野狗刨食的散修还不如……只是又灵光乍现,还是说程龙舟这条老蛟出身的书院山长,其实是眼前斐然的一枚绝妙暗棋?

芦鹰一时间心情复杂,呆滞无言,除了自己肯定要吃不了兜着走。难道家乡这好不容易有点样子的一洲山河,迟早还要重蹈覆辙?

芦鹰觉得如今的修道生涯,其实不赖,虽说磕磕碰碰不断,可是总能避过一些大灾大祸,不管怎么说,如今这份来之不易的世道太平,挺好的啊。难道又要没了?

陈平安笑道:“不管是脑子一热想要逞英雄,还是出于私心,只是想要自保自救,桐叶洲修士芦鹰,到底做了件……人事。”

庭院台阶那边坐着的小陌以心声笑道:“这位老修士有点伤感。”

裴钱则聚音成线,和师父说道:“芦鹰心相中出现了一瞬间的景象,还有一个面容模糊的女子。”

来时路上,陈平安已经通过风鸢渡船剑房飞剑传信一封,和大伏书院说了三件事:落魄山会在明年立春创建下宗,邀请书院山长程龙舟观礼;再就是询问钟魁的传信方式;最后就是如果金顶观供奉芦鹰秘密传信大伏书院,说自己是斐然,书院那边可以按例录档此事,不过就不必兴师动众来桃叶渡这边“围剿斐然”了。

芦鹰一头雾水。他算哪门子的良善之辈,只是如今年纪大了,境界高了,就想要图个安稳。

比如只说自己当了金顶观的首席供奉后,在外远游,心甘情愿自荐枕席的女修,或是想要改换门庭认他当师父甚至是干爹的,一双手都数不过来了。而这么多年,最求而不得、最心心念念的两个女子,一个是太平山黄庭,是个年纪轻轻的疯婆子,还有玉芝岗那位惹下泼天大祸的女子祖师,如今整个桐叶洲都在往死里骂一个死人。

只是芦鹰非但没骂她,反而专程去了一趟玉芝岗遗址,在那边的废墟中蹲着喝酒,喃喃自语。因为你是谱牒仙师,你才是谱牒仙师,笨是笨了点,蠢得一塌糊涂了,但你是好人啊。

狠狠摔了一壶酒在地,这个声名狼藉烂大街的老元婴境,最后挤出个不正经的笑脸,嘿嘿而笑。当年本是想要趁着玉芝岗大多数祖师爷去玉圭宗参加一场声势浩大的开峰庆典——韦滢入主神篆峰嘛,大事情——来这边的淑仪楼偷些符箓,结果,嘿嘿……

老元婴境离开废墟之前,最后说了句:"意外之喜啊,无意间偷看你美人出浴,还是看少了,才露了个脖颈,就被你发现了行踪,不然如今会将你记得更真切几分。"

涟漪阵阵,水雾升腾,凭空出现一位高冠博带的儒雅老人,正是如今大伏书院的山长、曾经的黄庭国老蛟、披云山林鹿书院的副山长程龙舟。

陈平安收起旱烟杆,起身向这位书院山长作揖行礼。程龙舟作揖还礼。

如果陈平安只是落魄山的年轻山主,收到芦鹰的那封密信,即便陈平安还是文圣的关门弟子,程龙舟还是不敢掉以轻心,但是这位年轻剑仙还有个身份,所以程龙舟这次就只是单独前来了。不过此事,书院还是会如陈平安信上所说,要秘密录档,而且程龙舟也已经第一时间传信中土文庙,一五一十禀报此事。

瞧见了那个高冠博带、腰间悬佩一枚玉佩的老人,芦鹰已经完全摸不着头脑了,到底是闹哪样?

程龙舟笑道:"聪明反被聪明误,你眼前的这个曹沫,根本不是什么斐然。当然,你可以继续误会下去,比如我是妖族出身,所以跟这个'斐然'早有勾结,所以你千不该万不该,不该寄信前往大伏书院。"

芦鹰脸色尴尬。自己就算信不过自己,还是信得过中土文庙的眼光的。有至圣先师,有礼圣、亚圣,何况如今还重新有了个文圣。

程龙舟丢了一份山水邸报给芦鹰:"自己看去,答案就在上边。"

芦鹰翻来覆去,生怕错过一个字,只是看了两遍,也没想明白这个书院山长到底让老子看个啥?

也没啥关于曹沫的只言片语啊。要说曹沫是个化名,咋的,不是蛮荒天下的斐然,是玉圭宗的大剑仙韦滢啊?所以才与姜尚真并肩而行?不然,是那个剑气长城的外乡人……陈平安?打断了蛮荒天下的仙簪城,与王座大妖绯妃拖曳曳落河,再搬空了托月山,最后斩杀一位飞升境剑修的托月山大祖首徒?

要真是,老子这就立马跪下磕几个响头。反正传出去,也是一桩美谈。

程龙舟说道:"虽然曹沫不是斐然,但是你没有选择与误以为的'蛮荒斐然'勾结,反而涉险揭秘,大伏书院会记录在册,并且不对外公布,只等将来你需要这笔功劳之时,比如可以用来将功补过。只是丑话说在前头,有些过错,是肯定无法功过相抵的,你得自己掂量。"

芦鹰赶紧装模作样作揖行礼,向程山长道谢一番。

陈平安陪着程龙舟来到庭院,这位书院山长心情复杂。

当年双方初次相逢,对方还是个持柴刀穿草鞋的少年郎,晒得跟块黑炭似的,只是少年虽然瞧着消瘦,却给人劲峭之感,可算是外圆内方。

程龙舟笑道:"走到今天,真是不容易。"

陈平安笑道:"都一样。"

老人摊开手掌,当年那个已经不再是文圣的老秀才,赐下一个金色文字,就像个谜语。

伏。蛰伏之伏,也是如今大伏书院之伏。

陈平安问道:"你们大伏书院的杨朴,如今还不是贤人?"

当初在太平山遗址,书院儒生杨朴在山门口待了足足三年,受尽白眼不说,还等于跟多个山上势力结了仇,而且杨朴还不是得了书院的授意,就只是脑子一热,不管不顾就去了太平山那边看门,那会儿大伏书院的山长职务还空悬着。杨朴在那边待了一段时间后,程龙舟才上任的,然后书院才真正开始为杨朴撑腰。

陈平安在太平山门口那边,先后对上了一金丹,一元婴,一玉璞,一仙人。

托月山大祖关门弟子离真,三山福地万瑶宗仙人韩玉树。这两位,都是一等一的大财主。

这两场架,陈平安打完之后,收获最丰。更不谈那……半部拳谱。因为那位韩宗主等于挨了十一境武夫的一拳。

"已经是了。"程龙舟笑道,"这个臭小子,才当了贤人,就开始问我如何才能当君子了。理由嘛,很充分,说姜老宗主曾经亲口允诺一事,哪天等他当了君子,就可以约上陈山主一起喝酒,而且就约在大伏书院。"

陈平安笑道:"本就是大实话。"

程龙舟说道:"我已经联系到了钟魁,让他直接去仙都山那边找你。"

陈平安抱拳道谢。程龙舟笑着摆摆手,一闪而逝。

确定程山长已经离开,芦鹰才敢离开屋子,实在是怕被这个不是斐然的家伙来一场秋后算账啊。

对方不是斐然,胜似斐然啊。难怪当初,一口一个"斐然那个孙子"。天底下敢说这种话的,并且还适合说的,找来找去,还真就只有剑气长城的末代隐官大人了吧?

看到那个青衫背影就坐在台阶上,又开始吞云吐雾,芦鹰只好一步跨出,身形直接落在台阶底部,然后再落座。

陈平安敲了敲旱烟杆,重新换上烟草,问道:"去过玉芝岗了?"

芦鹰心中大为讶异,然后就只是默然点头。

天下美色万万千,不承想到头来,还是想着那个只算惊鸿一瞥的女子多些。有多喜欢,自然谈不上,早先就只是男子贪色,如今也只是淡淡愁绪萦绕心扉,挥之不去,难以释怀,好像也没个道理可讲。

陈平安问道:"芦鹰,做何感想?"

芦鹰毫不犹豫说道:"我要是玉芝岗的祖师堂修士,当时又在场的话,她鬼迷心窍要开门收纳难民那会儿,我肯定直接一巴掌甩在她脸上,老子骂不醒她,还打不醒她?"

陈平安笑道:"如果我没有记错,她是玉璞境,芦首席就只是个元婴境,谁打谁,不好说吧。"

芦鹰点点头:"也对。"

那婆姨在世时,凶悍得很。当然比起太平山那个年轻女冠剑修,还是要稍好几分。

两两沉默起来。

芦鹰试探性问道:"陈剑仙,你真是那个隐官啊?"

这种事情,哪怕再千真万确,还是会让人觉得匪夷所思。

一个出自宝瓶洲的外乡人,按照推算的话,到剑气长城那会儿,身边这位当时还是个年轻人,怎么就成了剑气长城的那么个"大官"。

陈平安笑道:"不然?"

芦鹰开始酝酿措辞,缓缓说道:"隐官大人,我来桃叶渡之前,在金顶观那边,前不久翻到了一份来自皑皑洲的山水邸报,说那两本印谱,正是出自隐官大人的手笔,所以……能不能送我一本印谱,当然了,若是印章,就更好了,我一定好好珍藏,当个传家宝。虽说我至今一直没个正式的山上道侣,暂无子嗣,但是这种事情,稍稍加把劲,终究是不难的……"

芦鹰当年就是奔着和黄庭结为道侣去的,结果倒好,黄庭差点砍死自己。问题是黄庭不地道,开打之前,以及斗法期间,愣是不说自己来自太平山。若是早知对方身份,芦鹰别说招惹黄庭了,见了她就走,走慢了就当自己没脑子。那会儿的桐叶洲,是公认的惹谁都别惹太平山修士。

虽说山中道侣生下的那类"仙家后裔"未必一定成材,可只要是能够不靠神仙钱就能自主修行的家伙,往往资质超乎常人。比如小龙湫的那个令狐蕉鱼,还有白龙洞许清渚的那个嫡传弟子马麟士,以及他们掌律祖师的嫡孙尤期,修道资质就都极好。

结果说着说着,芦鹰发现隐官大人朝自己斜眼看来。芦鹰立即闭嘴。懂了,拍马屁拍马蹄上了。自己这不是想要找个角度刁钻的马屁嘛。以这位隐官大人的显赫身份,会缺那些功力寻常的溜须拍马?看来是自己想错了。

得到小陌的心声言语,陈平安站起身,抬了抬手中旱烟杆,以烟雾在空中指指点点,凝聚出十二字:"就当是送你了。"

原来是府尹大人姚仙之赶来了这边。

在陈平安屋子那边，姚仙之一见面就笑道："陛下已经答应了，鸡距笔这桩买卖，咱们大泉王朝可以跟仙都山合伙做！"

其实一开始不是这么说的，皇帝陛下在一天清晨时分，退朝后就微服出宫，到了姚府，她和爷爷一番谈心之后，就找到了在门口那边候着的姚仙之，皇帝陛下其实当时听到此事，毫不犹豫就直接拒绝了此事，而且脸色还不太好看，只是不知为何，她在回宫之前，改口了，说此事可行。陛下当时揉了揉眉心，再补了一句，说："国库缺钱。"

不过这些家事，姚仙之就不和陈先生多说什么了。

皇帝陛下终究是女子，女人心海底针，他一个糙老爷们，怎么猜，自己又不是陈先生。

而别处宅院内的那个芦鹰，看着那些渐渐消散的烟雾文字，反复读了两遍，老修士由衷觉得意味深长，沉默片刻，蓦然一拍膝盖，高声叫好。

"静思敬事警世，休道修到修道。"

返回仙都山后，陈平安继续出门北游，留下曹晴朗，只带了裴钱和小陌做客小龙湫。

小龙湫离仙都山不远，勉强能算是一个山上邻居。远亲不如近邻嘛，怎能不混个脸熟。

初次相逢于藕花福地的太平山女冠黄庭，如今在别家祖师堂边上结茅修行。

其实小龙湫那边，还有个不打不相识的山上朋友。正是太平山山门口当门神的两位地仙之一，小龙湫的首席客卿章流注。

老元婴精通水法，显然对此颇为自负，从他的道号水仙就可以看得出来。

跟芦鹰一样，章流注是野修出身，他没有避难去往五彩天下，而是摇身一变，并且跟芦鹰是如出一辙的"登山"路数，成了个谱牒仙师。

按照周首席的说法，就是如今什么货色都可以往山上跑了，从早年山上人人喊打喊杀的山泽野修，变成了一洲山河的中流砥柱、脊梁骨、顶梁柱。

当时双方交手，老元婴差点没见着敌人的面就被劈成了两半。后来被拘拿去了山门口那边，魂魄被剥离出来，悬在自己头顶，有一阵阵如潮水般拍打道心的剐心刮骨之痛。

而且那个陌生的山巅修士，脾气实在是……一言难尽。就那么抬起脚，使劲踩着一位天之骄女的玉璞境女修，一边大骂，然后一脚又一脚，都踩出个大坑，不见女子脑袋了。

不同于虞氏王朝的那位金丹境地仙，这位如今身份清贵至极的老元婴，当时在太平山那边，是姜尚真帮忙打发走的。

一场噩梦，使得这位老元婴返回小龙湫后，都没敢说那边具体发生了什么，只是含糊其词，说与人斗法一场，不可力敌，还受了伤。

黄庭好找，她就在小龙湫祖山的如意尖。

陈平安走入那间简陋茅屋，年轻女冠正在啃苞米，火盆里边还有不少。

陈平安也不客气，坐在凳子上，弯腰拿起一颗苞米，开门见山道："黄庭，需不需要神仙钱？我们落魄山财库还有不少盈余，仙都山下宗这边，不会跟落魄山要钱，所以不会耽误做买卖，反正就像是账簿上趴着的一笔数字，你要是真的过意不去，我们可以算利息。"

太平山遗址，山河破碎，千里山河灵气淡薄，如风中飘絮一般，重建一事，除了砸钱还是砸钱，要硬生生靠着神仙钱来添补天地灵气的缺失。在这之前，还需要建立大阵，以及招徕大量的山水神祇塑金身、立祠庙，填补空缺，帮助聚拢灵气，才不至于急剧流散，不然就只会为他人作嫁衣裳。

按照姜尚真的大致估算，一座新太平山，如果想要在两三百年内恢复到昔年宗门巅峰时三成规模的山水气候，至少需要三四千枚谷雨钱。

此外各种乱七八糟的人情往来，山上邻居的打点关系，山下王朝的生意往来，以最快速度布置十数座山水祠庙，帮助辖境内各路神祇获得朝廷封正……

陈平安知道此间艰辛。尤其是太平山如今只剩下黄庭一人。

不像自己的落魄山，即便是草创初期，山中就有朱敛当大管家，况且隔壁就是关系莫逆的山君魏檗，有个几乎等于与落魄山穿一条裤子的披云山。

黄庭摇头道："暂时不需要，我身上还算有点家当，可以折算成不少神仙钱，要是等到哪天真缺钱了，不会跟你这个土财主客气的。"

陈平安点点头。

太平山修真我，祖师堂续香火。

之前在那边，陈平安是打算在八十年之内，替太平山守住太平山的。

双方脚下的这个小龙湫，是中土神洲大龙湫的下宗，其实准确说来是"下山"。

其实当年迁徙搬家的，可不止那两位自封大圣、大王的水族精怪，它们只是跟小龙湫仙师们有样学样罢了。

不过清境山青虎宫是搬去了宝瓶洲，还在那边建功立业，小龙湫则是跨海渡水，对外宣称寻了一处山水秘境。当年搬家比较快，后来回家也不慢。然后就相中了那处太平山遗址，打算跻身宗门后，搬迁祖师堂，再铸造出一面仿太平山的远古明月镜。

而那座中土上宗大龙湫，是当之无愧的宗字头仙家，祖师堂嫡传修士皆是山上的镜工，仙师所铸宝镜，其中品秩最高的两种分别名为停月、止水，神通玄妙，一直是千金难求的珍稀重宝。

修道之人跋山涉水，大多怀揣着几样类似物件，如一幅搜山图、一面照妖镜、一摞山水破障符，就跟江湖人在外闯荡，得有金银细软和火折子差不多。

天下炼制照妖镜一途，可以分出六条分工明确的道脉，大龙湫镜工就垄断了其中一脉，铸造的宝镜最能压胜水裔精怪，和赶山一脉的照妖镜一样，在山上需求最多，故而大龙湫财源广进，属于想要不挣钱都难。毕竟浩然天下各路修士都上杆子送钱。

在别洲境内和大龙湫合伙做买卖、帮忙售卖宝镜的宗门，就有流霞洲的天隅洞天以及北俱芦洲的琼林宗。只不过前者所卖宝镜，品秩高、价格贵，不是地仙谱牒修士或是宗门嫡传弟子，都会望而却步。琼林宗是只兜售那些最入门的大龙湫照妖镜，就算是下五境散修，咬咬牙，都可以入手一面。

不同于蒲山和白龙洞，同样作为宗门候补的小龙湫，并没有参加那场声势浩大的桃叶渡之盟。

黄庭沉默片刻，笑着打趣道："我见着宁姚了，境界很高，如果再高，就真的有点不讲道理了，漂亮……也就那样了。"

陈平安笑了笑，啃着苞米，直白无误道："宁姚在我眼中，反正就是最好看的。"

黄庭说道："还有事？"

陈平安点头，含糊不清道："打算邀请你担任下宗的客卿，再就是有个想法，得看你的意思了。"

黄庭说道："说说看。"

陈平安说道："我想要担任你们太平山的供奉，记名供奉。"

黄庭哈哈笑道："这有什么难为情的，就这么说定，不过我得是你们下宗的首席客卿。"

陈平安点点头："没问题。"

这是陈平安担任皑皑洲刘氏不记名客卿之外，第二次在别家山头任职。而且直接就是供奉，甚至都不是什么记名客卿。

陈平安突然说道："你要是不适合爽快递剑，我可以出手做掉他，肯定神不知鬼不觉。"

黄庭看着这个青衫男子，他面无表情，语气淡漠，而且……神色从容。

黄庭直愣愣盯着那个家伙，愣了半天，摇摇头，轻声道："还是别了。"

陈平安嗯了一声，那就继续啃苞米。

吃完手中苞米，陈平安就起身告辞，说自己随便逛一下小龙湫。

黄庭笑道："我就不送了啊，又是客卿又是供奉的，多的是机会见面。"

一袭青衫，背影远去。黄庭这才转头瞥了眼墙上那把佩剑，她微微皱眉，奇了怪哉，我都不怕他，你一把剑怕个啥？

再次回到仙都山青萍峰。

陈平安找到崔东山,先祭出一把笼中雀,再让崔东山打开那座从田婉手中得来的不知名小洞天,然后跟着崔东山,只带着小陌进入其中。

在小洞天内,陈平安甚至让崔东山又设置了一道金色雷池。与此同时,让小陌注意留心有无外人窥探此地。

崔东山神色凝重起来。这可能是先生第一次如此兴师动众。当初在夜航船联手对付那位吴霜降,可能都不如今天。

陈平安在山巅盘腿而坐,双手笼袖,等到崔东山一屁股坐下后,才以心声问道:"如何以自欺来欺天?"

崔东山沉声问道:"先生是要?"

陈平安说了一句让崔东山先是如坠云雾、继而心头巨震的言语:"我自己已经忘了,只知道必须再向你请教这个手段。"

那位大骊太后南簪也有类似手段,却只能算是最下乘、最不入流的手段。比起陈平安想要的那份通天手段,差了十万八千里。

崔东山默不作声。陈平安就开始闭目养神。

崔东山站起身,原地踱步画圆而转,突然抖了抖两只雪白袖子,低头端详一番,叹息又叹气,最后站定,眺望远方。

当年在骊珠洞天的袁家祖宅,自己这个少年崔瀺与齐静春师兄弟二人重逢。齐静春曾经有意无意询问一事,为何你会从十二境跌境到元婴境。

当时的半个崔瀺、未来的崔东山,想法和解释,并无隐瞒,是真心话。因为按照他"自己"的理解,是齐静春的学问出于文圣一脉却又可以别开生面,可是自己和那个老王八蛋却被牵连太多,被老秀才拖累了。

老秀才学问被禁绝,神像地位一降再降,甚至被搬出文庙,打砸破碎,在崔东山看来,是因为齐静春已经"上岸了",但是自己这个文圣首徒"崔瀺"却必须破而后立,彻底撇清师承道统,凭借事功学问在一洲之地东山再起,重返仙人境,甚至是跻身飞升境。

齐静春当时还有一问:"那天你和崔明皇,明面上是演戏给吴鸢看,其实是给我看,累不累?"

放你的屁,累个锤子的累。你们俩看笑话累不累才对。因为事实上,这个齐静春,何尝不是与师兄崔瀺配合演戏,给未来的"师侄崔东山"看?关键是师兄弟二人,并无任何言语交流,甚至都无须碰面,就只是一种心有灵犀的默契。双方各凭棋力,看似处处针锋相对,并且落子都是真,实则最终却在棋盘上布下同一局。

崔东山如此少年心性,并不是崔东山装模作样,自然是崔瀺那个老王八蛋刻意为之。

这还只是第一层,犹有第二层。崔瀺又给自己设置了重重禁制、关隘,这就像明明都是自己,凭什么你这个老王八蛋更有钱,甚至学问更高、棋力更强?

那么当年"累不累"三个字,大概就是身为师弟的齐静春对师兄绣虎的一种独有宽慰之语?

而那场对话,齐静春最后神色伤感,好似以"崔师兄"这轻声三字,作为一场收官。

文圣一脉,当时还算大师兄小师弟的那场古怪重逢,师弟齐静春以"累不累"一语开篇,以一声"崔师兄"收官。

此刻崔东山收起心绪,再次抬起两只雪白袖子,法袍大袖之上,各有一串蝇头小楷,犹如水草又如漂萍一般起伏不定:"日月笼中鸟,乾坤水上萍。"

崔东山转头望向自己先生。

陈平安睁开眼,神色温柔,微笑道:"先生学生,你我心境,都要四季如春。"

00000000000000000000000000000000000000000000000000000000000000

第二章
十二高位

崔东山独自一人率先走出那座以金色剑气造就的雷池禁地。

小陌说道:"并无纰漏。"

崔东山点头笑道:"先生需要闭关片刻,我们等着就是了。"

白衣少年双手抱住后脑勺,黄帽青鞋的小陌怀捧绿竹杖。

崔东山以心声说道:"除了最紧要的某件事,先生还会稍稍炼化那把井中月,看看能否具象化出一座座……天地迷宫,可能是外边的仙都山,可能是已经不存在的避暑行宫,也可能是家乡坠地前的骊珠洞天。先生对迷宫了解得越细微,就越趋近于真相,所以此事若是成了,先生就等于让这把本命飞剑在数量之外,掌握了第二种演化神通,配合自成小天地的笼中雀,可以更加万无一失。"

小陌有些疑惑,问道:"敢问崔宗主,公子为何不是以井中月配合笼中雀?"

崔东山哑然失笑:"万事开头难,从零到一,与从一到十,永远是前者更难想到、做到。何况我说了,先生追求的是真相,并非假象,故而每一把井中月演化而出的人、物、事,近乎真实,已经很难很难了。"

小陌一点就明,点头道:"如此说来,确实无异于登天之难。"

陈平安的灵感,源于中土文庙议事时李宝瓶的那场手势比画,"道生一,一生二,三生万物";以及后来与托月山元凶问剑,后者一手打造出来的那条密率长廊;陈平安再在落魄山竹楼后边的无水池塘旁,想起那句佛家语的"犹如莲花不着水,亦如日月不住空";最后陈平安又记起了在剑气长城那座牢狱里的自建"行亭"。

所以在大泉王朝的望杏花馆那边,让小陌帮忙护道,陈平安就有了两次尝试。一次是凭借心湖书楼的众多"拓片","摹拓"托月山地界的千里山河,一花一草,一山一屋,皆纤毫毕现,只是试图"花开"时功亏一篑。当时得到屋外小陌的提醒后,陈平安就不再贪大求全,仅是大道显化出一棵紫金莲子的生长,只是在花开未开之时,依旧主动放弃了。

　　小陌眼睛一亮,欲言又止。崔东山好像猜出了对方心中所想,点头道:"你想到了,我也想到了,那么先生就一定更早想到了。只是此举太过耗钱,而且都不是那三种神仙钱,而是极其稀缺的金精铜钱,况且先生又跌境了,迫在眉睫之事,到底还是养伤和恢复境界,所以多半是被先生故意暂时搁置了。"

　　"屋四垂为宇,舟舆所极覆也曰宙。"崔东山仰头看天,一脚踩地,再收起手,抖了抖袖子,喃喃道,"上下四方曰宇,往古来今曰宙。"

　　一把井中月,飞剑数量的多寡,与境界的高低直接挂钩,例如陈平安跟陆沉借取十四境道法之时,与托月山大祖首徒那场问剑,曾经一鼓作气演化衍生出将近五十万把飞剑,事实上,这还是陈平安有意无意"藏拙了",若是不惜精气神的折损,放开手脚倾力施展当时那把品秩近乎巅峰、品相近乎圆满的井边月甚至是天上月,飞剑数量,估计可以达到惊世骇俗的八十万把。

　　而笼中雀,陈平安确实如崔东山所料,早就琢磨出了第二种本命神通的某个可能性,与光阴长河有关。

　　这也是陈平安为何近期游历,会学那杨老头抽起了旱烟,哪怕再不适应,还是硬着头皮吞云吐雾。

　　杨老头每次在药铺后院与人议事,都会抽旱烟,凭此遮蔽天机,大道根柢所在,就是混淆搅乱一条光阴长河,除非是三教祖师,否则任你是一位十四境大修士,比如观道观的老观主,都休想试图凭借沿着一条光阴长河逆流而上,找出任何线索。

　　只是那些旱烟的云雾,却是唯有神灵才能掌控的人间香火,或者退一步说,类似书画的次一等真迹,就是金精铜钱了。所以陈平安在风鸢渡船,就跟长命悄悄要了几袋子金精铜钱,当然会记账。

　　在崔东山看来,一旦井中月可以演化天地、几近"真相"。再配合那把笼中雀,就能够掌控一条小天地内光阴长河的流转。外人置身其中,下场可想而知。

　　小陌突然愧疚道:"早知道是这样,我就答应灵椿道友了。"

　　崔东山转头,笑问道:"怎么说?"

　　原来之前在风鸢渡船上边,道号灵椿的上宗掌律长命,想要为新收的嫡传弟子纳兰玉牒,跟小陌购买几种已经失传的上乘剑术,价格随便小陌定,她可以用一袋袋的金精铜钱来换。小陌觉得自己都是上宗的记名供奉了,哪里好意思收钱,为纳兰玉牒传授剑术一事,就是一句话的小事,如何婉拒都不成,小陌只得撂下一句狠话:"若要给钱,就不给剑谱了。"

结果掌律长命还真就不要剑术了。反正花钱购买剑术一事,她本就是广撒网。

崔东山打趣道:"小陌啊小陌,你也就是太实诚太耿直了,这种事情岂可死板,与长命姐姐随便讨要个一袋半袋的金精铜钱,剑术也送了,人情也有了,两全其美。"

小陌虚心受教,点头道:"我还是未能真正入乡随俗。"

崔东山说道:"我有个建议,次山谪仙峰山脚那边,不是有条青衣河有个落宝滩嘛,回头我送给你当修道之地,搭个茅屋什么的,你就在那边定时传道。"

小陌有些为难:"小陌只能说是境界尚可,可这论道一事,何等大事,委实是道行浅薄,为人授业,估计只会贻笑大方。又有公子和崔宗主珠玉在前,小陌哪敢为人师。"

在远古时代,不论"道人"是何种出身,"传道"二字,分量之重,无法想象。

修道,证道,得道,传道,四者缺一不可,才算一位真正的"道人"。

所以先前在桃源别业那边,自家公子无偿赠予那个名叫芦鹰的元婴修士"静思敬事警世,休道修到修道"十二字,简直就是说到小陌的心坎里去了。

修道之人需要静心思虑,敬重天地万事万物,同时还要对这个世界怀有警惕,所以不要轻易说自己已经修出了一个大道。还差得远呢。

崔东山抬起双手,分别握拳,最后掌心相对,轻轻一拍掌,笑道:"那先生有没有跟你说过,为人既不可妄自尊大,目中无人,看轻他人,也不可妄自菲薄,心中无我,看轻自己。只有不走极端,才算君子,才算正人。"

小陌点头道:"有理。"

其实崔东山还有件事没有多说。

此地旧主是田婉,那么她的师兄邹子就一定走过这座洞天遗迹,一旦先生可以随意行走在光阴长河当中,未来就可以找机会与邹子问剑一场。虽说不一定能做成,但已经不是什么绝无可能之事。

千山万水,都挡不住,敌不过先生脚上的那双草鞋。

小陌说道:"离开这里后,等风鸢渡船返回仙都山,我就去找灵椿道友,讨要几袋子金精铜钱。"

崔东山点头道:"如今想要购置金身碎片一事,不太容易,宝瓶洲那边就不用想了,大骊朝廷不会有任何遗漏的。就算有人卖,也会是天价。桐叶洲这边,再加上那个扶摇洲,兴许还算有点机会,那些山水神灵金身破碎后,当年未必全部被蛮荒军帐搜刮殆尽,不过也只能算是有些小漏可捡,经过这些年的休养生息,山上山下都已经缓过来了,一个个鬼精鬼精的。"

一袭青衫走出雷池禁制。

崔东山心情复杂,以自欺来欺天,可不是什么掩耳盗铃。

有人天高听下。先生偏要与之分庭抗礼。

一行人来到山脚,崔东山介绍道:"此山名为赤松山,能够得手,算是意外之喜了,其实一开始我和周首席,拼了老命拦阻田婉离开宝瓶洲,是奔着那座大名鼎鼎的蝉蜕洞天去的。"

这座在历史上寂寂无闻的洞天遗址,不在三十六小洞天之列,如今被崔东山命名为长春洞天。

田婉,茱萸峰,正阳山,水龙峰那位管着谍报的天才兄……

陈平安和崔东山对视一眼。崔东山使劲点头,此事可行。陈平安摇摇头,这种临时起意,不适宜不妥当的。

崔东山眼神示意,先生你总得问问看小陌的意思吧,不然就是一种另类的一言堂,不像先生了。陈平安还是摇头。

小陌面对落魄山和仙都山成员,都会自己设置屏障,不去查探心弦,就更不用说自家公子和崔宗主了,所以只是依稀察觉到此事与自己有关,试探性说道:"公子在小陌这边,若是还有什么为难事,可就是小陌的失职了。"

崔东山笑道:"与先生无关,是我想要给小陌加个担子,能不能将落魄山谍报一事管起来,可惜先生拒绝了。"

小陌思量一番,说道:"我可以先打下手,一旁辅助,如果事实证明小陌还算得心应手,当然愿意为公子稍稍分忧几分。"

陈平安打趣道:"小陌,你一个飞升境巅峰剑修,每天去跟谍报邸报打交道,就不觉得跌份吗?"

小陌摇头道:"就当是不花钱就能翻阅书籍了,如此看书是天下第一趣事。"

崔东山使劲点头:"有理有理,就像不用花钱喝的酒,就是天底下第一等好酒。"

陈平安一巴掌拍在崔东山脑袋上:"我是自己开铺子酿酒的,喝酒花什么钱。"

崔东山继续介绍道:"这座小洞天,山河地界不大,不过方圆百里,但是天地灵气的充沛程度不会输桐叶宗的梧桐小洞天太多,总量至多差了两三成,这还是我没有往里边砸入神仙钱的缘故。"

崔东山抖了抖雪白袖子,得意扬扬:"哈,谁让我认了个异父异母失散多年的亲妹妹。"

陈平安犹豫了一下:"人间俗子看天,碧空如镜,修道之人在山上俯瞰大地山河,其实也是一面镜子,只是相对坑洼而已。"

一着不慎,修士就像在山上看见深渊,再起种种人我见。

崔东山点点头,知道先生是在提醒自己,不要玩弄人心。

山脚有条流水潺潺的溪涧，溪水泛红色，宛如仙家精心炼制的丹砂，流水重量远超寻常。

在家乡骊珠洞天，阮邛当年之所以在河畔打造铁匠铺子和铸造剑炉，就是相中了龙须河水的那份阴沉适宜铸剑。

陈平安蹲在溪旁，掬水在手，水有美玉光泽。

崔东山蹲在一旁，解释道："溪涧之所以有此异象，是山上那些动辄大几千年岁数的古松与一众仙家花卉自然枯荣，年复一年滋养流水，将那个'赤'字不断夯实了，天然就是一种绝佳的符箓材质，回头咱们可以凭此跟于老儿或是龙虎山做笔买卖，按照我的估算，一年定量取水三千斤，就不会影响洞天的大道根基。"

不过至少在甲子之内，崔东山不打算靠这座洞天挣一枚钱，有大用处。

赤松山中，芝参茯苓在内的奇花异草都已经被崔东山一一标注出来，记录在册。

登山途中，陈平安随口问道："有账簿吗？"

崔东山说道："我这边是有的，种夫子那边暂时还没有。这些奇花异草，山中多不胜数。百年周岁是一小坎，有两百一十六棵；此后三百年是一中坎，过三百岁者，有七十；千年是一大坎，类似修士的生死大劫，熬过此劫的，又有十六。此外山中独有的赤松，总计三百六十棵，相对花草更为岁月悠久，千岁树龄之上而不死者，有一百九十五棵，三千年之上也有十九棵。总体而言，数目极为可观了。"

陈平安点头道："名副其实的金山银山。"

此外山巅那边，还有一座云海茫茫的绛阙仙府。

陈平安来到一棵倒塌在地的枯败古松旁，年轮细密至极，大致扫了一眼，竟有四千多年的树龄了。陈平安掰下一大块金黄色松脂，入手极沉，无论是用来入药，还是炼墨制香，都极佳。陈平安环顾四周，此山真是遍地神仙钱，只要登山，就可以随便捡取。

没来由想起了自己在北俱芦洲的那场探幽访胜，显然就要辛苦多了。所以说落魄山的下宗，崔东山一手打造起来的仙都山，其实并不缺钱，缺人也只是暂时的。

难怪崔东山这个下宗宗主可以当得如此硬气，当然挖起上宗的墙脚更是不遗余力。

陈平安没有将松脂收入袖中，而是随便放在那棵腐朽枯败的松树枝干上。

小陌发现一旁的崔宗主好像翘首以盼，眼中充满了期待，等到见着自家公子放回松脂，便有些失落神色。

陈平安拍了拍手，继续登山，随口问道："那个蝉蜕洞天消失已久，却始终没有被除名，如今还是三十六小洞天之一，这里边，有说头？"

崔东山点头道："那座蝉蜕洞天是古蜀地界最重要的遗址，没有之一，因为传闻曾经有数位上古剑仙在此蝉蜕飞升，白日仙去，仙心蜕化，遗留皮囊若蝉蜕。后世类似大渎、江河龙宫之流的遗址,根本没法比。因为每一具剑仙遗蜕、道韵残余兴许就会承载着一种甚至是数种远古剑道。"

陈平安好奇问道:"蝉蜕洞天当年是怎么从宝瓶洲消失的?"

崔东山笑道:"本是郑居中那个师父的证道之地,这家伙剑术高,脾气犟,当年属于跨洲游历宝瓶洲的外乡人,可这份最大的机缘,还是被他得着了,正是在这座小洞天里边,给他跻身了飞升境,后来不知怎么的,这家伙惹了众怒,被十数位本土和别洲剑仙围殴一场,双方大打出手,打了个山崩地裂,死伤惨重,八个上五境剑修,六个元婴境剑修,总计十四人,一个都没跑,全被那家伙做掉了。因为是剑修之争,双方递剑前就订立了生死状,战场又在蝉蜕洞天之内,故而不曾伤及山下无辜,中土文庙也就没怎么管。"

小陌称赞不已,难怪能够成为后来的斩龙之人。哪怕不谈剑术高低,只说脾气,就很对胃口。

陈平安说道:"宝瓶洲的剑道气运就是从那个时候开始衰弱的?"

崔东山点头道:"战死剑仙当中,大半是宝瓶洲本土剑修,就像一个豪门世族,仿佛一夜之间被抄了家,形势自然就急转直下了,就此家道中落,足足三千年,还是一蹶不振,加上后来田婉和白裳暗中联手,从中作梗,所以直到先生你们崛起,才算恢复了几分元气。

"那场问剑的后遗症极大,对于宝瓶洲来说,不单单是那些剑仙悉数陨落在蝉蜕洞天之内,连累许多剑道仙家就此断掉师承香火,所有剑修身负的剑道气运都被封禁在了蝉蜕洞天之内,还有个更麻烦的事情,就像整个宝瓶洲的一洲剑道,等于完完全全被一个外乡剑修镇压了。"

崔东山最后嬉皮笑脸道:"毕竟是郑居中的传道人,还是很有点斤两的。"

陈平安问道:"为何赤松山中,至今都没有出现一头开窍再炼形的山中精魅?"

崔东山叹了口气:"此地旧主人,定然是位神通广大的上古仙人,大概是个名副其实的幽居山人,清心寡欲,天生不喜热闹,故而用上了一种真正意义上的'封山'之法,哪怕再过个几千年,山中草木花卉依旧不会开窍的。哪怕他离开此地,当初还是没有解开这道山水禁制。"

陈平安忍不住感叹道:"奇人异事。"

按照当时田婉的说法,蝉蜕洞天不在她身上。她没有说谎,准确来说,是她自己都不知道在哪里。

是用上了比大骊太后南簪更高明的封山禁制,而且定然是田婉那个师兄邹子的手笔,当初崔东山"搜山"巡检一番,只是寻找田婉神魂中的山门,就差点着了道,在阴沟里翻大船。

如今田婉身上只有一把"开山"的钥匙,她推测蝉蜕洞天是被师兄带去了骊珠洞天。可不管崔东山事后如何算卦推衍，都没能找到线索。

临近山顶，崔东山小声建议道："先生，你在去往青冥天下之前，都可以在此潜心修道。"

先生可以在此山中安心研习剑术，修行大道，将毕生所学和驳杂术法熔铸一炉，最终道成飞升。同时这就意味着先生可以在下宗驻足久居。

至于上宗落魄山那边，反正先生当惯了甩手掌柜的，又有老厨子操持事务，你们还有个财大气粗的周首席，身为飞升境剑修的小陌先生当记名供奉，一位飞升境的化外天魔当杂役弟子……还好意思跟我抢先生？

陈平安婉拒了此事，反而建议道："我就算了，不如让柴芜和白玄、孙春王三个孩子来这边修行。"

如今的柴芜，得到了小陌赠送的那把薪火，她已经成功将其中炼为本命物，勉强能算是一位剑修了。

陈平安先前还有些担心，所以之前南游途中，在灵璧山野云渡那边，飞剑传信一封寄到了仙都山，除了给崔东山送去一幅亲眼看到、亲手绘制的沿途山河形势图，信上也专门询问了柴芜的炼剑事宜，最终得到那边的回信，说小姑娘炼剑一事，十分顺遂。

一般山上门派，哪怕是大宗门内，如何对待那一小撮修道资质当得起"惊艳"二字的祖师堂嫡传，其实一直是个不小的难题。要么容易养出一身的骄纵习气，不然就是行事过于古板，只知修行，半点不通人情世故。比如白龙洞的马麟士，作为洞主许清渚的嫡传弟子，辈分高，天资好，又是山上道侣的仙裔，遂集万千宠爱于一身。

直到现在为止，落魄山在这件事上可谓"别开生面"，与山上的一般世情大不一样，简直是门风清奇。

有此门风，却不是陈平安一人就能做成的，他至多是先后与阮邛和火龙真人有样学样，几乎照搬了龙泉剑宗和趴地峰的一些不成文门规。

落魄山的第三代子弟中，柴芜、孙春王、白玄这三个孩子，无疑是修道资质最好的，陈平安和落魄山自然不会刻意追求所谓的一碗水端平。

崔东山笑道："海量小姑娘和死鱼眼小姑娘，资质实在太好，我肯定都会带在身边，给她们悉心传道，不过她们如今都有了明确师传，我就只能做些锦上添花的事情了，至多是给她们传下几门旁门道法，再教点剑术。比如那个柴芜，我争取做到既不拔苗助长，又不浪费她的修行资质，看能不能帮她……一步登天，直接从柳筋境跻身玉璞境，就目前来看，把握是有一些的，运气当然也还是需要一些的，总之先生可以期待几分。"

陈平安闻言只得取出一壶酒，喝酒压惊。只是这种压惊酒，陈平安倒是不介意多喝几次。

柳七、周密，还有青冥天下那个跻身年轻十人候补之列的天才女修，以及李柳的某次转世，都是直接从柳筋境跻身的上五境。

哪怕还有些遗漏，可还是当之无愧的屈指可数。说是一座天下的千年一遇，不算夸张。

崔东山正色道："柴芜三个，来不来此地修行，其实差别不大，就算要来，也不急于一时，所以我还是坚持先前的说法，希望先生能够在此独自修行。"

陈平安笑道："好让我在此闭关，占尽这个'一'？"

一座封山小洞天，刚好可以支撑一位修道之人在此跻身飞升境。

小陌恍然，难怪崔宗主方才眼巴巴等着公子收起那块不起眼的松脂。

崔东山悻悻然，没有否认此事。

陈平安想了想，说道："等我跟刘景龙一起游历中土神洲，再返回这里，我再给你一个确切答案。如果到时候真要在此闭关，你还得答应我一个条件。"

崔东山心领神会，点头道："学生会先卸任下宗宗主职务，再跟随先生一起游历青冥天下。"

陈平安笑道："前者无所谓，你和曹晴朗商量着办，但是后者必须作数，不许失约。"

走到了山顶，云雾缭绕身侧，崔东山打了个响指，瞬间云雾散尽，视野豁然开朗，朱红大门缓缓开启，门内影壁竟是一座巨大石碑，陈平安跨过门槛后，仰头望向那些古老文字，大致解释了此山来历，只是文字内容晦暗不明，简单来说，就是字都认得，意思大多不明白。

道山绛府，仙城万里锁婵娟……大道争渡，锋镝在先，玉石俱焚。性灵随躯皆腐朽，饮恨黄泉……销锋镝铸金身，岂是弱天下薄人间之举……

绕过石碑后，就是一座空荡荡的大殿，矗立有十二尊金身神像，但是面容皆模糊不清。

小陌开口说道："是曾经高高在天的十二高位神灵。"

陈平安心生感应，犹豫了一下，还是取出那把狭刀行刑，双手拄刀，狭刀抵地，刹那之间，其中一尊神像迷雾散尽，现出真容，缓缓睁眼，仿佛在和陈平安对视。

陈平安手心抵住的这把狭刀，来自昔年五至高之一的持剑者麾下，被后世命名为行刑者。

崔东山突然说道："小陌，我们退出去。"

小陌点点头，跟随白衣少年一起原路返回，当他们重新站在门外，大门轰然关闭。

除了沉睡于剑气长城附近的这尊行刑者，还有在五彩天下蛰伏万年、被宁姚仗剑斩杀的那一尊高位神灵独目者,昔年神职隶属于披甲者,司职昼夜更迭,此刻这尊神像同样屹立在大殿之中。

从天外出现在桐叶洲的那位高位神灵,曾经走过大地山河,跨海去往宝瓶洲老龙城,结果被陈平安的两位师兄阻拦登岸,其名为回响者。

男子地仙之祖,药铺后院的杨老头,身为青童天君。女子地仙之祖,同样是人族修士出身,她更是远古天庭的天上明月共主。双方分别执掌一座接引地仙登高成神的飞升台。而这两位对待作为故乡的人间大地,始终报以善意。

他们与仙簪城那枚道簪最早的主人,还有早年身为落宝滩碧霄洞洞主的老观主,算是同一个辈分的修道之人。小陌比这几位,修行都要稍晚些,道龄稍小。

寤寐者,是梦境之主,让神灵之外的一切有灵众生,尤其是开始登山的修道之士,很容易就陷入颠倒梦想,继而生出心魔。

无言者,拥有一门止语神通,故而又名心声者。修道之人的心声言语,纯粹武夫的聚音成线,相传都来源于此。

复刻者,造就出无数摹本日月和山河秘境,所以又名想象者或是铸造者。

雷部诸司之主。

布局者,火神麾下,负责所有神灵尸骸的安置。

拨乱者,水神麾下,执掌光阴长河的流转有序。

最后还有一尊高位神灵,不管是中土文庙、西方佛国、青冥天下的白玉京,还是剑气长城的避暑行宫,后世没有任何记载,也没有使用任何称呼,就像一种遥遥礼敬。

远古五至高:天庭共主,持剑者,披甲者,火神,水神。

之后便是十二高位,那位唯一的不记名之外,分别是行刑者、独目者、寤寐者、心声者、复刻者、回响者、雷部诸司之主、布局者、拨乱者,再加上两位男女地仙之祖。

此外,封姨是远古风神之一。雨师是那个家乡窑工。

至于大骊京城那个当老车夫的,神位要略低些,与前者类似六部侍郎和郎官的差别,但是后者虽然官身稍低,但是神职显赫,权柄极大,因为老车夫是旧天庭雷部诸司之一的主官神灵。

陈平安先后两次,分别从袖中抽出三炷香,朝两尊神像敬香。其中一位,于天地有灵众生有莫大功德。另外一位,于陈平安自己有大恩。

老话说吃亏是福,是教人向善。吃苦就是吃苦,只会越吃越苦。有些不堪言说的苦难,当一个人好不容易熬过去了,自己默默消受着就是了,别与正在吃苦的旁人说什么轻巧话了,那是作妖作怪。

陈平安走出大殿,绕过石碑,打开大门。双眸湛然,视野开阔,天清地明。

今年桐叶洲小雪时节就下了几场鹅毛大雪，天地异常寒冻，山上仙府家家户户开门雪满山，人间处处厚雪压枝，碎玉声此起彼伏。不承想真正等到了大雪时节，反而只是下了一场敷衍了事的雨夹雪。

仙都山青萍、谪仙双峰并峙，作为祖山和主峰的青萍峰山巅扶摇坪，就是下宗祖师堂选址所在。

而次峰谪仙峰，山脚有条青衣河，岸边有落宝滩，与那老观主的碧霄洞落宝滩，自然并无渊源，崔东山就只是拿来讨个好彩头，希冀着将来的下宗修士，入山访仙也好，下山历练也罢，宝物机缘如雨落，纷纷落袋为安。此峰山顶的扫花台则已经被隋右边一眼相中，被她开辟为一处修道之地。

此外仙都山还有一座稍矮的支脉山头，旁逸而出，被崔东山取名为密雪峰，山崖裸露极多，皆玉白色，会有五六十座府邸依山而建。目前却只有一座宅子，勉强有点仙府的样子，是崔东山专门为自己先生准备的，其他人都没有这份待遇。

曹晴朗和裴钱属于跟着沾光，就分别住在了东西厢房。

这天清晨时分，陈平安一粒心神退出人身小天地，下床后刚要穿上布鞋，抬头看了眼窗外的小雨天气，就又换了双靴子。

走出屋子后，发现裴钱坐在檐下看雨，发现师父现身后，裴钱说曹晴朗和小陌先生都去给小师兄帮忙了。至于裴钱自己，她当然得留在这边，好照顾师父的饮食起居，她先问师父要不要吃早饭，陈平安点头后，裴钱让师父稍等，去灶房那边忙碌片刻，很快就端了食物上桌。

陈平安双手笼袖坐在桌旁，眯眼而笑。桌上一碗温热的小米粥，两碟咸菜，竟然还有一笼蟹粉汤包。

陈平安拿起筷子，喝粥吃菜，再夹了一只蟹粉汤包，笑着点头道："手艺不错，暖胃养人。以后……"

本想说以后裴钱嫁了人，真是谁娶进门谁有福气，只是一想到这种事情，陈平安那份亦师亦父的别扭心态又开始作祟，就打住了话头。好不容易将自家闺女养大了，凭什么就是嫁出去的女儿泼出去的水了？天底下怎么会有这样的混账道理。可裴钱将来真要遇到了心仪对象，嫁人就嫁吧。只是那个小子，休想在自己这边瞧见个好脸色，不被套麻袋，就烧高香吧。

裴钱发现师父神色变幻不定，这可是极其少见的稀罕事，忍不住问道："师父，有心事？"

陈平安笑道："没事。"

可辛苦憋了半天，陈平安还是小心翼翼，故意用一种轻描淡写的语气，看似随意地问道："那些年里，师父不在身边，你自己一个人在外游历，走了那么远的路，有没有遇见比较优秀的同龄人,或是山上的年轻俊彦?"

裴钱想了想,点头道:"见到一些,挺有能耐的。"

陈平安满脸微笑:"那有没有印象最深的某个人,他叫什么名字啊?"

师父之后游历中土神洲,得会一会他。

裴钱神色古怪,终于开始察觉到不对劲了:"师父,吗呢?"

陈平安一本正经道:"就是闲聊。"

裴钱埋怨道:"师父,别瞎想啊,我可没有书上写的那些儿女情长、缠绵悱恻啊,只是习武练拳,就够够的了。"

陈平安微笑道:"在一处古怪山巅,见到了两对师徒。"

裴钱一头雾水。

陈平安调侃道:"其中有个小黑炭,迷迷糊糊的,见着了师父还发呆,一栗暴下去,抱头哇哇叫。"

裴钱咧嘴一笑。

在桐叶洲,陈平安以当今天下最强身份跻身的十境武夫,结果发现武运馈赠反而比预期少了,只是很快陈平安就知道答案了,原来武运被无形中一分为二了,然后就像被人强行拖曳了去了一座陌生天地,在那处古怪至极的山巅站着十一人。

一座大天地中,武运浓稠似水,十一位纯粹武夫围成一圈,故而位次没有高下之分,都是"万年以来,前无古人"的某境最强武夫。其中就有两对师徒。中土大端王朝裴杯、曹慈。宝瓶洲落魄山陈平安、裴钱。

而曹慈这个家伙,竟然一人就占据了山巅四个位置。

陈平安以前是担心练拳太苦,小时候最怕吃疼的裴钱,会不会半途而废。如今是担心裴钱辛苦练拳,会觉得不值当,因为习武一事,属于逆水行舟不进则退,凭借一口纯粹真气,如一支铁骑巡狩山河,不像修道之士,只要炼制了本命物,开辟出处处府邸,宛如建造城池,分兵占据雄关险隘,对自家山河了如指掌,然后就是按部就班汲取天地灵气,或凿山或填湖,不断往里边添补家底。

陈平安吃完早点,放下筷子,冷不丁问道:"裴钱,师父问你,武道登顶,所为何事?"

将桌上竹屉往裴钱那边推了推,笑道:"不用急着回答,吃完再说不迟。"

裴钱夹了最后一只蟹粉汤包,含糊不清道:"除了师父,身前无人。"

"不够。"

陈平安摇头笑道:"再答。"

裴钱一脸讶异:"啊?"

她赶紧咽下汤包,抹了抹嘴,这还不够?

见师父还在等着答案,裴钱只得硬着头皮小声道:"只比师父低一境?"

陈平安一瞪眼。

裴钱挠挠脸："那就斗胆跟师父同境？"

陈平安气笑不已，双指并拢，轻敲桌面如敲栗暴："认真点！"

裴钱只觉得愁死个人，师父还要自己咋个认真嘛。

陈平安便想着换了一个说法，他突然神色凝重起来，以心声问道："裴钱，你得了数次'最强'二字，就没有遇到什么奇怪的人、奇怪的事？"

关键是裴钱也在那处山巅，她是有一席之地的。

裴钱开始翻检记忆，然后记起一事，点头说道："师父，勉强算有吧，小时候好像做了个梦，然后见着个记不清是谁的怪人，带着我一起……不是登山，而是下山，对方问我学拳做什么，我那会儿小，不懂事，就老老实实回答了当时的心中想法。"

显然是开始做铺垫了。那会儿是年纪小不懂事，喜欢胡说八道，师父你别当真，不能秋后算账。

陈平安静待下文。

裴钱越发心虚，倒是没敢隐瞒什么，一五一十与师父详细说了过程。

原来当时裴钱觉得自己反正是做梦，那还怕个锤子，一边心不在焉说着学个锤儿的拳，作为师父的开山大弟子，就是跟师父学点好呗，不然练拳那么惨兮兮，何苦来哉。小黑炭当时下山途中，一边蹦蹦跳跳，学大白鹅咋咋呼呼的，一边朝身边那个个子极高的家伙递拳，问对方怕不怕，怕不怕。

陈平安听到这里，不由得伸手揉了揉眉心。倒是不奇怪，是小黑炭会说的话，会做的事情。

然后裴钱接下来一句，让陈平安气笑不已，忍不住深吸一口气。

"不怕是吧，那你等着，等我师父来了，你得跪下来砰砰磕头嘞，信不信，你信不信？"

陈平安保持微笑，勾了勾手掌："过来。师父收了你这么个开山大弟子，福气啊。"

来，没吃饱饭，栗暴管够。

裴钱笑容尴尬，说了句"师父我收拾碗筷了"，溜之大吉。

雨雪天气，陈平安独自撑伞散步，沿着一条盘迂山道去往崔东山所在的简陋茅屋，商量观礼人选一事。

可惜暂时尚无摩崖石刻，其实下宗要是真舍得了脸皮，愿意让朱敛捉刀的话，足可以假乱真，估计几天工夫就能出现无数名家崖刻。当然崔东山自己也能做到。

一袭青衫，细雨朦胧中，轻轻旋转伞柄。

既然已经订下具体的日期，下宗创建庆典是明年立春这一天，那么上宗落魄山以及仙都山的一处新建剑房，就开始忙碌起来，飞剑传信邀请各方观礼客人。只不过相比较落魄山创建宗门的那场庆典，观礼之人要少些，甚至落魄山那边，都不是所有人都会赶来。比如陈平安这边，就只邀请了刘景龙、钟魁，和那位等于是一人两宗门的黄庭。

如今的五彩天下，一个金丹境修士就可以开宗立派了，反正中土文庙也不会再管什么。

此外还有青虎宫陆雍、蒲山云草堂叶芸芸、大泉王朝碧游宫埋河水神娘娘柳柔，以及一双山水神祇道侣——金璜府山神郑素、松针湖水君柳幼蓉。

无论是到场人数，还是庆典规模，可能还不如一场金丹境开峰仪式。

到了茅屋门口，陈平安合拢油纸伞，将油纸伞斜靠在门外墙壁上，步入其中，一张大书案上堆满了崔东山亲笔手绘的草稿图纸。

崔东山搁笔后退一步，隔着书案与先生作揖行礼，陈平安摆摆手，示意他继续忙自己的。陈平安坐在长凳上，随手拿起桌上一张还泛着墨香的土木营造的手稿。

桌上的文房四宝都极为寒酸，劈斫自家山中青竹做笔筒，随便搁放了一捆大泉王朝鸡距笔，其余熟宣纸和松烟墨都是市井购得。

陈平安放下那张图纸，抬头问道："虽然借给林守一百枚谷雨钱，可是落魄山财库里边，还有不少神仙钱的盈余，五六百枚谷雨钱怎么都是拿得出来的，真不用？"

既然那座长春洞天的一切出产暂时都无法变现为神仙钱，就得另算了。

落魄山那边，北俱芦洲那条骸骨滩披麻宗、春露圃商贸航线，几乎囊括了一洲东南沿海地带的天材地宝，后来又加上了云上城和大源王朝、浮萍剑湖，让落魄山这些年财源广进。

崔东山摇头笑道："先生，真不用破费了。"

陈平安点点头，说了自己邀请的那拨观礼客人名单，崔东山有些无奈："先生再不管下宗庶务，也还是我的先生，更是上宗宗主，这点小事，商量什么？"

陈平安发现桌上有方私章，拿起一看，边款文字颇多：酷寒时节，水塘干涸，荷叶败尽，枯枝横斜，再无擎雨盖之容，故而游鱼散尽……

陈平安将印章轻轻放回原位，知道崔东山是在说当年骊珠洞天的那场变故。

八字朱文底款，虫鸟篆如天书：天经地义，说文解字。

崔东山笑道："当年在南岳储君山头采芝山那边做客，我跟竹海洞天的那个纯青，闲着没事，有些牢骚，有感而发，学先生，好记性不如烂笔头，就篆刻下来了。先生要是喜欢就拿去，勉强可以拿来当作一方藏书印。"

陈平安摇头婉拒此事，问道："搬迁剩余两山一事，需不需要帮忙？"

崔东山说道："不用，不比这座仙都山，那两座辅佐山头轻巧多了，来回两趟，走快点，撑死了也就一个半月。"

陈平安大致说了蒲山之行的过程。

崔东山说道："其实小心起见，叶芸芸应该将这幅仙人图交给中土文庙，不然一直留在蒲山，可能会是个不小的隐患。比如……算了，没有什么比如不比如的。"

崔东山是怕自己乌鸦嘴，真要说中了，对于蒲山来说就是一场不输太平山当年浩劫的惊天变故。例如一幅仙人图，因为本就是一座层层叠加的阵法，一旦在某个时刻被幕后主使，以诡谲手段遥遥开启禁制，在阵法枢纽上边动手脚，瞬间炸开，至少相当于一位仙人境修士的自毁金丹、元婴与皮囊魂魄，威力之大，杀力之高，约莫相当于飞升境剑修的倾力一剑，估计蒲山能够剩下半座，都算运气好了。

陈平安笑道："叶芸芸知道其中轻重，也很好商量，所以那幅仙人图真迹，其实已经被小陌悄悄收入袖中了，算是帮着蒲山代为保管几天，至于蒲山密库里边，只是放了件赝品，叶芸芸连薛怀都没有说，接下来就看能不能额外钓起一条大鱼。"

崔东山点头道："薛怀可能都只是第一层障眼法，蒲山那边，一个不留神，就会藏有后手。"

以周密的行事风格，既然蒲山那边的长远谋划已经落空，是绝对不会手下留情的。

陈平安说道："比如叶芸芸的那位兄长，战事落幕后，这些年他一直在山外四处奔波，一直不在云草堂。"

就像这次陈平安拜访蒲山云草堂，就未能见到对方。

不惮以最大恶意揣测他人，与愿意对他人给予最大善意，两者只是看似矛盾，其实并不冲突。

之后听到一趟敕鳞江游历，崔东山眼睛一亮，好奇道："竟然是一处定婚店？"

显而易见，崔东山是听说过定婚店的，大概只是始终未能亲眼见到，搓手道："先生，那敕鳞江畔开茶棚的老妪和少女，是否愿意担任我们仙都山的供奉，不担任供奉，当俩客卿也好啊，记名不记名，都可以随她们。"

陈平安气笑道："这会儿开始称呼先生、说'我们'了？"

老真人梁爽，如今是龙虎山的外姓大天师，由他来揭走那道符箓，没有半点问题。

老妪恢复自由身后，和那个喜欢乱点鸳鸯谱的少女，师徒二人此后何去何从，陈平安当时没问。

陈平安说道："你如果真心想要尝试着招徕她们，可以飞剑传信蒲山，让叶芸芸或是薛怀帮忙问问看。"

崔东山嘿嘿笑道："就等先生这句话了！"

陈平安呵呵一笑。崔东山干笑不已。

陈平安从剑气长城带回的九位剑仙坯子，虞青章和贺乡亭已经跟随于樾去往别地，剩下七个孩子，其中程朝露如今已经跟随隋右边在扫花台那边练剑，于斜回算是捏着鼻子认了掌律崔嵬当师父，何辜的师父是即将担任下宗首席供奉的米大剑仙，如果加上风鸢渡船上边的纳兰玉牒，共被下宗拐来了四个。若是再加上孙春王，就是五个了。

只剩下白玄和姚小妍,留在了落魄山和拜剑台。

白玄怕这只大白鹅,只是一小部分原因。姚小妍则是跟那位双方个头一般高的新师父投缘。

只不过青萍剑宗既然是一座剑道宗门,那么被学生崔东山如此挖墙脚,陈平安也就认了。可是到最后,崔东山这个下宗宗主有点无所不用其极了,竟然连自己都要挖到下宗这边来,毕竟一旦选择在长春洞天之内闭关破境,不管将来是从玉璞瓶颈跻身仙人境,或是更高,可都不是几个月就能解决的事情,动辄数年光阴甚至耗时更久。

陈平安说道:"我在犹豫要不要邀请真境宗的李芙蕖。"

毕竟这位元婴境女修,还是落魄山的客卿。至于真境宗的宗主刘老成和首席供奉刘志茂就算了。

除了那只一眼相中的福禄寿三色翡翠手镯,陈平安再厚着脸皮向小陌讨要了一件法袍,打算将两物一并寄给宝瓶洲真境宗的周采真。

崔东山摇头道:"意义不大,下宗就当节省下一件法袍了。"

陈平安问道:"什么意思?"

崔东山忍住笑说道:"先生,小陌跟我商量好了,下宗举办庆典之前,会送我一些法袍,争取让下宗的祖师堂成员、嫡传弟子、供奉客卿,反正为数不多,那就人手一件,见者有份。至于来青萍峰观礼的客人,就有点悬了,下宗不好厚此薄彼,太伤感情,那就干脆谁都不送了。"

陈平安无奈道:"这个小陌!"

只说陪着自己头回做客披云山,小陌一送就是直接送出两件半仙兵品秩的重宝,而且送得极其熨帖人心啊,因为那对瞧着袖珍可爱的小巧兵器,大有用处,尤其是落在一位五岳山君手中,更能物尽其用,青玉斧可以拿来开山,黄玉钺可以用来镇压水运。

如今魏山君估计做梦都能笑出声吧。魏檗不得每天掰手指头等着小陌再次做客北岳?

崔东山喊了一声:"先生。"

陈平安有些纳闷:"嗯?"

崔东山笑容灿烂:"先生如今虽未背剑……"

陈平安斩钉截铁道:"打住!"

崔东山还是开口道:"却仍是气吞山河,剑气横秋。"

陈平安站起身,嘀咕道:"落魄山这股歪风邪气,就是你起的头。"

崔东山一脸委屈:"先生,思来想去,我终于确定了,谁才是咱们落魄山风气的第一大功臣。"

陈平安有些好奇："是谁？"

崔东山压低嗓音道："是小宝瓶！"

陈平安愣了愣，坐回原位，揉了揉下巴，只是很快就对崔东山笑骂一句："你少在这边告小宝瓶的刁状，欠拍。"

崔东山揉了揉额头，苦笑不已。

如果说小师妹郭竹酒，可能是裴钱的唯一苦手，而裴钱是很多人的苦手，那么崔东山这边，当然就是当年的红棉袄小姑娘了。只不过此事，知道的人不多。

崔东山说道："先生有事就先忙。"

陈平安却只是转过身，继续坐着，就那么望向门外的细雨，轻声笑道："不忙。"

仙都山，旁支山头谪仙峰山顶扫花台。

隋右边向弟子程朝露传授过剑术和拳法，就去山脚的青衣河落宝滩那边赏景了。

于斜回在练剑间隙，走来这边散心，半路雨歇，就手持合拢的油纸伞，一路当剑耍。

两个剑仙坯子的师父，都是元婴境剑修，只不过如今一个当官一个不当官。

于斜回将油纸伞放在崖畔栏杆上，脚尖点地，一屁股坐在栏杆上，看着那个小厨子练拳走桩，瞧着还挺有架势的。

等到程朝露练完拳，来到于斜回这边，小厨子犹豫了半天，还是没好意思开口。

于斜回双臂环胸，摇晃双腿，说道："有屁就放。"

程朝露小声道："歇会儿，我虽然也不太喜欢崔嵬，但是……"

不等程朝露说完，于斜回就有点不乐意了，抢过话头，没好气道："崔嵬好歹是下宗掌律，这家伙心眼小，你说话注意点。"

自己不喜欢崔嵬可以，你凭啥？凭你小厨子还是个下五境剑修？

歇会儿，这是白玄给于斜回起的绰号，还有程朝露的小厨子，纳兰玉牒的小算盘，只是总比孙春王的那个死鱼眼好点，比上不足比下有余，于斜回他们一个个的也就默认了。当然还有白玄自封的小小隐官，只是谁都不承认就是了。好像上次遇到那个小隐官陈李，白玄当时还吃瘪了。

程朝露习惯性揉了揉肥胖脸颊，哈了一声。

九个远游他乡的孩子当中，小胖子是脾气最好的那个。

不过上次在云窟福地，程朝露生平第一次与人问拳，就赢得干脆利落，好像对方还是个龙门境修士，虽说是那只大白鹅暗中动了手脚，却已经让孩子们刮目相看，他们嘴上不说，可心里边都是有杆秤的。当时就连崔东山都小有意外，不料还是个蔫儿坏的小暴脾气，一动手就毫不含糊。毕竟是生在剑气长城那么个地方，敢打能打，比姓什么更重要。

太象街和玉笏街的高门子弟，不是剑修还好，如果是剑修，却在战场上出剑软绵，挣不来实打实的战功,最让人瞧不起。

程朝露小心翼翼说道:"歇会儿,不管怎么说啊,反正我是瞧出来了,隐官大人对你师父,可没有半点瞧不起,不对,是很瞧得起!至于为啥,我是不懂的,反正就是有这么个事儿。"

于斜回学隐官大人双手笼袖,板着脸点点头,小厨子总算说了句像样话。

要是瞧不起,那个崔嵬能在落魄山落脚当供奉?名次还不低呢。如今更是下宗的掌律。如果不是很瞧得起,能跟隐官大人和大白鹅同桌喝酒?他可看得真切,记得清楚,隐官大人与人主动敬酒的次数,崔嵬排第二。

程朝露说道:"不晓得虞青章和贺书柜,这会儿到哪里了。"

于斜回没好气道:"俩没良心的东西,我管他们到哪里了。"

程朝露小声道:"算不算人各有志?"

于斜回嗤笑一声,不置可否。

于斜回瞥了眼远处,那个见谁都没个笑脸的隋右边已经走得很远了,这才压低嗓音问道:"小厨子,你跟我说句实话,嗯?"

"啥?"

"你师父,与咱们隐官大人,嗯?!"

程朝露一头雾水:"啥意思?"

于斜回伸手出袖,拍了拍小胖子的肩膀,学隐官的动作,再学隐官的说话口气:"朝露啊,你也就是傻人有傻福。"

听说在剑气长城的那个酒铺桌上,有个不成文的规矩,喊人名字不带"啊",显得不亲近,就是外人,绝不是托。

程朝露嘿嘿一笑,傻人有傻福,这话爱听得很呐。

于斜回突然跳下栏杆。程朝露转头一看,原来是隐官大人来了。

于斜回提醒道:"不该说的别说!"

程朝露使劲点头:"晓得!"

陈平安笑问道:"什么事情是不该说的?"

于斜回哀叹一声:"小厨子偷偷喜欢纳兰玉牒呢。"

程朝露瞬间目瞪口呆。

陈平安咦了一声,故作惊讶道:"我还以为程朝露喜欢姚小妍呢。"

拿起手中并拢的油纸伞,拍打掌心,陈平安自顾自点头道:"是了是了,难怪会花钱给纳兰玉牒买书,原来是故意套近乎,程朝露你小子可以啊,小小年纪就有这种悟性,以后不愁找不到媳妇。"

程朝露涨红了脸,根本不是这回事啊。

纳兰玉牒那个小财迷,确实是有个好习惯,隐官大人说的那些金玉良言,她都会一字一句抄录下来,程朝露担心自己会遗漏拳理,就需要经常跟她借阅"档案",每看一页都要花钱,其实一页也没几个字,经常就只有一句话,纳兰玉牒还专门给程朝露捣鼓出了一本账簿,算利息的那种。

于斜回在一旁捧腹大笑。

于斜回笑过之后,小声道:"隐官大人,我可以跟你保证,我肯定会很快跻身洞府境,不会比孙春王和白玄慢太多的。"

程朝露见歇会儿都立下军令状了,只得跟着说道:"隐官大人,我争取不垫底。"

其实要说心里话,反正九个同龄人里边,怎么都会有个垫底的,是自己也不差啊。何况隐官大人早就说了,笨人修行就有笨法子。

陈平安笑道:"天底下最难的学问在努力,天底下最简单的学问在结果。"

于斜回点点头。

然后陈平安眨眨眼,转头打趣小胖子:"这句话,回头记得说给纳兰玉牒听啊,这不就有跟她聊天的机会了,别谢我。"

于斜回又开始捧腹大笑。

程朝露叹了口气,要是被纳兰玉牒晓得了,自己会被打个半死吧。

陈平安从袖中拿出四本书,一人两本。其中两部《剑术正经》,一部《撼山谱》,当然都是手抄摹本,拳谱是给朝露的,此外还有一本册子,则是给于斜回的。陈平安也没有以心声言语,开口笑道:"于斜回,这本册子,记得好好保存,不要轻易给外人看,书上内容,不一定有用,你就当看杂书好了。"

于斜回的本命飞剑,恰好就名为破字令。

因为夜航船的关系,在文庙那边,陈平安专门翻了些书籍,有些心得,就拣选内容,记录成册。

两个孩子郑重其事双手接过书后,向隐官大人道谢。陈平安伸出手,摸了摸两个孩子的脑袋。

于斜回将三本书放入怀中后,突然小声道:"隐官大人,听说你在江湖上认识了茫茫多的红颜知己?"

陈平安心一紧,面不改色,微笑问道:"听谁说的?"

于斜回说道:"白玄啊,还能是谁,他说得有鼻子有眼的,程朝露可以做证。"

小胖子开始装傻。

大概除了那个孙春王,谁都有点怵白玄。

之前在落魄山的藩属山头拜剑台那边,白玄大爷对待练剑,是当真半点不上心的,倒是练拳比程朝露还卖力,经常念叨一番口头禅:"我白玄大爷还需要练剑吗,是跟着隐官大人来这边当神仙的吗？当然不能够，我是学拳来了，省得以后混江湖，说我一个练剑修仙的，欺负他们舞枪弄棒打熬体魄的。"

偏偏白玄修行怠懒至极，练剑速度却极快，所以就喜欢每天双手负后，走门串户，"好为人师"，为其他人指点修行，问题是白玄的三言两语，往往一语中的，还真有用。

陈平安笑道："好的，回头我就跟白玄好好聊聊。"

最后一大两小三位剑修，一起在栏杆旁眺望远处风景。

雨后天晴，气象一新。大地河川，仿佛无主之物。雨后江山，好似金铁铸成。

风鸢渡船上边，除了意气风发的二管事贾晟，每天只知道埋头算账的账房张嘉贞，还有无所事事的掌律长命，反而是她的嫡传弟子、小算盘纳兰玉牒在账房那边真能帮上忙，给张嘉贞打下手，记账算账，有板有眼。

当然最百无聊赖的那个，肯定是名义上为风鸢渡船保驾护航的米大剑仙。

一来二去，米裕倒是跟柴芜这个小姑娘混得挺熟。柴芜好像钟情于云里来雾里去的渡船生活，没在仙都山那边落脚，反而一直留在了渡船上边，修行之余，就趴在窗台那边看看风景，或是绕着船头船尾走几圈。

小姑娘独自喝酒，那是极有大家风范的。跟她的修行一样，没人教，天生的。呲溜一声，点点头，再拈起一粒盐水花生，桌上还有一盘拍黄瓜、一碟酱肉。

师父说得对，当神仙好，吃肉不用花钱。所以要好好修行，绝不能被山主大人赶下船去，要争取当个嫡传弟子。

柴芜就是有些犯愁，那个被师父说成酒量和他有一拼的山主大人，好像是觉得自己比较笨，不太适合修行，估计这位山主老爷也确实手头事情多，反正都不乐意亲自传授学问了，后来都是让那个小陌先生出马。

陈平安让米裕近期帮着小姑娘护道几分，毕竟在练气士当中，剑修和符箓修士门槛都是出了名的高，最讲究一个老天爷赏不赏饭吃。

渡船一路南下，走了趟最南边的驱山渡。

驱山渡一处山岗之巅，有个皑皑洲刘氏客卿在那边驻守，名义上是帮着接引一些跨洲渡船，其实也没什么事情可做。

这个被誉为徐君的徐獬，才两百岁就已是一位大剑仙了。

在家乡金甲洲，徐獬曾经出剑阻拦过完颜老景的倒戈一击，在那之前，徐獬一直声名不显，直到乱世来临才横空出世。

在山顶和徐獬下棋"小赌怡情"的王霁，是玉圭宗祖师堂供奉，有个监斩官的绰号。

王霁和种秋都是读书人，一见投缘，还抽空下了几局棋，至于一旁观战的米裕与徐獬，双方则没什么可聊的，只是对视一眼，就再无下文。

在玉圭宗的碧城渡，风鸢渡船这边得知一事，空悬多年的神篆峰刚刚有了个新主人,而且玉圭宗祖师堂没有任何异议,专门为这名剑修破例,不用他跻身金丹境就得以提前入主神篆峰。

因为那个孩子如今才九岁,是位龙门境剑修。听说拥有三把本命飞剑。好像除了"天之骄子,应运而生",也没什么道理可以解释了。

而玉圭宗如今光是可以同时容纳数艘跨洲渡船的私人渡口,不包括宝瓶洲下宗的真境宗在内,就多达三座,除了碧城渡,还有逆旅渡和远山渡,后两者都建立在藩属山头。

之后渡船北归,其间在燐河附近悬空停留。

种秋和米裕联袂去了趟河边的那个摊子。

陶然在种夫子这边还算客气几分,见过几面,印象颇好。

这位金丹境剑修就说先前来了拨人,自称同样来自仙都山,其中一个青衫刀客还说是崔仙师的先生,叫陈平安。此人在这边喝了碗酒,没闹啥幺蛾子,就是此人说话不着调,说自己是宝瓶洲的那个陈剑仙。既然言语这么风趣,怎么不去天桥底下说书挣大钱呢。

米裕眼神怜悯,伸出手,想要拍拍这位金丹境剑仙的肩膀,以示安慰。

陶然这些话,要是被裴钱听见了,呵。

陶然肩头一歪,避开那只爪子,他跟这个自称余米的家伙半点不熟,两次见面都是一身白衣,你当自己是剑气长城的齐廷济,还是跟齐老剑仙同桌喝过酒啊?

再说了,陶然一看这厮的相貌气度,就是跟姜尚真差不多路数的风流坏子,碍眼得很。

米裕收起手,拿起桌上的一碗酒,抿了一口,喝得米大剑仙直皱眉头,掺水了吧?

如今的陶然,确实不清楚一事,昔年剑气长城,几乎每次轮到齐廷济巡视城头,都会主动去云霞中找米裕喝酒。虽然双方年龄悬殊,境界剑术也算悬殊,却都是剑气长城公认的美男子,而且一个"齐上路",一个"米拦腰",很有得聊。

种秋笑着也没解释什么,只是跟陶然叮嘱了一些注意事项。

陶然倒是没有什么不耐烦的,一一记下。

风鸢渡船在自家仙都山停靠后,米裕没能见着隐官大人,曹晴朗说先生在修行,但是米裕得到了一个口信,隐官大人让自己这次返回宝瓶洲牛角渡,一定要把白玄带来。米裕就有点幸灾乐祸。

之后路过清境山青虎宫,老神仙陆雍亲手交给种秋一只瓷瓶,请种夫子帮忙转交给陈山主。说是最新炼制成功的一炉坐忘丹,可惜数量不多,只有三颗。种秋抱拳致谢。

米裕只有一句话:"陆老神仙有无仇家?"

陆雍大笑不已，连连摆手。

渡船离开桐叶洲陆地，进入海域后，米裕闲来无事，闷得发慌，就跳下风鸢渡船，御剑北游，白虹掠空。

青萍峰，长春小洞天内。陈平安在那座道山绛阙之中，拣选了一座阁楼最高处，门窗皆关闭。

室内一蒲团，一案几，一香炉。桌上搁放了几本书，《撼山谱》《丹书真迹》《剑术正经》，自己亲笔撰写、编订成册的《雷局》，以及一本得自北俱芦洲那座仙府遗址的"破书"……还有一大堆刻有文字的竹简。

陈平安坐在蒲团上，双手掌心朝上，叠放在腹部，闭目凝神，缓缓呼吸吐纳，如老僧入定，如真君坐忘，如神人尸坐。

桐叶洲中部偏北，一处藩属小国境内。

临近黄昏时分，电闪雷鸣，暴雨急促，一个儒衫青年带着个胖子，两人就在一处市井渡口停步，寒酸书生要了两碗冰糖藕粉。

胖子抬起头，高高举起碗，使劲晃了晃，真没剩下半点藕粉了，这才放下碗，埋怨道："钟兄弟，咱俩既然是在赶路，乘坐一条仙家渡船岂不更好？"

"庆典在明年立春那天，怎么都来得及。"钟魁说道，"你今天要是愿意结账，我就掏钱请你坐渡船。"

胖子毫不犹豫道："船上风景千篇一律，无甚意思，还是两条腿赶路，碰到的山水见闻更多些，就像现在，不就又有不大不小的新鲜事了。"

胖子指了指铺子外边的水边，原来是有盐商雇用了一条大船，停泊古祠下，风雨看潮生。这场暴雨来得突然，走得也快，等到雨停后，竟然有个女子坐在楼船水窗那边，持竿垂钓，环以臂钏，越发衬托得她一截出袖胳膊白嫩如藕。胖子是过来人，早早晓得瘦不如腴的道理，看了那女子几眼，就丢了魂，挪不开眼睛了，女子每次收竿再抛竿，胖子便跟着心颤几分。可惜看那女子发髻样式，嫁为人妇了。若是个待字闺中的姑娘，胖子这就登船，认岳丈去了。至于对方是头易容有术的枯骨艳鬼又如何，胖子还真不在乎，计较这个，俗不俗？

钟魁只是用眼角余光打量了一眼楼船，说道："你别去招惹了，就是个命苦的痴情女子，报完恩就走了。"

胖子小声嘀咕道："有你在，我敢招惹谁？之前在那个小县城城隍庙，才一进门，好家伙，你是有官身的，老子却是头孤魂野鬼，差点被当场铐上枷锁，你看我说什么了？钟兄弟，说真的，生前死后，我就没遭受过如此奇耻大辱……再来一碗冰糖藕粉。"

钟魁向店伙计招招手，又要了两碗藕粉，笑道："城隍爷事后不是跟你道歉了？"

休说天高无耳目,心亏暗室有神游。

给自己取名姑苏的胖子又已经一碗藕粉下肚,看了眼钟魁还没动过勺子的那碗,钟魁就将白碗推给了胖子。

而那艘楼船上的垂钓女子,显然也察觉到了岸边铺子的书生和胖子,只是她修为浅,看不出他们的身份、境界,她只能确定一事,莫不是见鬼了?

胖子以心声问道:"这条江水不算短吧,就没个水神河婆? 沿途两岸也没城隍庙?这头女鬼,胆子不小啊。"

钟魁说道:"那臂钏是件水府信物,三百里开外的上游有座大湖,水神府君喜欢假扮撑船篙工,卖藕换酒喝,和那个曾经将祭奠诗稿投水的中年盐商算是旧识。"

胖子皱眉道:"怎么看出来的?"

钟魁说道:"用眼睛。"

胖子在钟魁掏钱结账的时候,问道:"到了那座仙都山,你说以我的修为,除了陈平安,是不是就无敌手了?"

自己就算跌了境,不也还是位仙人。

钟魁笑道:"到了就知道。"

胖子试探性问道:"那么我跟陈兄弟讨要个首席供奉、客卿啥的,又不是落魄山,只是个下宗,总不过分吧?"

钟魁瞥了眼胖子:"自己问去,我不拦着。"

胖子笑着提起手中空碗,手腕翻转:"肯定是易如反掌了。"

之后胖子跟着这位半点不知享福的钟大爷,一路跋山涉水、风餐露宿,可怜一身好不容易养出的秋膘都要清减了。

赶在年关时分,他们来到了仙都山地界,山上府邸,山下渡口,处处大兴土木,尘土飞扬,胖子挥挥手,微微皱眉:"就这么点地盘,实在太寒碜了。等我见着了陈兄弟,非得说道说道。"

在渡口那边,见到了一行人聚在桌旁,对着稿纸比比画画。桌边站着一个眉心有痣的白衣少年,一个扎丸子发髻的年轻女子,还有个黄帽青鞋的青年修士。

胖子啧啧称奇,哟呵,小姑娘,乍一看不如何,再一看,模样还挺俊俏。

裴钱见着了散步而来的钟魁,她快步走去,笑容灿烂,遥遥抱拳道:"钟账房!"

双方停步,钟魁伸手比画了一下高度,笑问道:"小黑炭?"

裴钱点头,眯眼而笑。

钟魁玩笑道:"嫁人没?"

裴钱笑道:"嫁个锤儿,不嫁人!"

钟魁哈哈大笑:"也对,除了陈平安,谁管得住你。"

遥想当年，小小年纪，就能耍得两个孤儿镇的捕快团团转。那会儿的小黑炭，真是……一言难尽。

崔东山和小陌来到这边。

钟魁抱拳道："我叫钟魁，见笑了。"

崔东山作揖道："落魄山下宗崔东山，见过钟先生。"

小陌同样作揖道："供奉小陌，见过钟先生。"

小陌斜瞥了眼那个仙人境鬼物的胖子，是不是有点心术不正了，这家伙一门心思都在裴钱那边，钟先生身边怎么有这么个不靠谱的贴身扈从。

胖子以心声问道："小陌供奉，看我干吗？"

小陌笑答道："来者是客，不干吗。"

胖子听出了言外之意，啧啧不已："哎哟喂，差点吓死，不对，是吓活我了，得亏是客人，不然咱俩还得画出道来……练练手？"

小陌微笑道："不敢，落魄山和仙都山，都没有这样的待客之道。"

胖子一脸惶恐："小陌兄弟，这就记上仇啦？"

小陌笑容不变："哪敢与一位仙人称兄道弟。"

崔东山看了眼钟魁，钟魁笑着摇头，咱们都别管这个喜欢作死的胖子。

青萍峰那边，一袭青衫现身，刹那之间身形就落在了渡口这边。无半点气机涟漪，也无丝毫剑气。但是此人剑意或者说道气之重，竟是让胖子下意识往钟魁身边挪了一步。

陈平安和钟魁各自抬手，重重击掌。然后陈平安望向一旁，笑问道："钟魁，这位前辈是？"

钟魁还是老样子，蔫儿坏，一下子就揭了身边胖子的老底："就是被弟媳妇砍过一剑的那位水底前辈。"

胖子顿时心知不妙。

陈平安微笑道："你好，我叫陈平安，是宁姚的男人。"

"在见到隐官之前，我还好奇，得是何等出彩的奇男子，才能配得上一座天下第一人的宁剑仙，哪怕是当着我这钟兄弟的面，我都直白表露了自己的这份疑惑，还不止一次两次，直到今日一见，才晓得什么叫天作之合，月老牵线，神仙眷侣！

"见过了宁剑仙，才知道天下女子都是庸脂俗粉，等到亲眼见到了隐官，就又知晓了何谓年轻有为，是我虚度光阴，一大把年纪，真是都活到狗身上去了。

"对了，陈山主，忘记介绍自己了，我叫苏孤，孤家寡人的孤，道号姑苏，却是三姑六婆的姑。与钟兄弟属于性情相合，一见投缘。说实话，我之所以能够与钟魁义结金兰，同游桐叶洲，说一千道一万，还是要归功于宁剑仙的牵线搭桥。"

钟魁看着那个神色诚挚、言语恳切的胖子，怪可怜的。

倒也不算全部假话，姑苏确实多次质疑陈平安，比如这厮定然是个花花肠子的大猪蹄子，而且胃不好，吃不得半点粗粮，读了几本圣贤书，好的不学坏的学，半点不正人君子，擅长花言巧语，想来那宁姚资质太好，肯定不晓得滚滚红尘的江湖险恶，她又生长在剑气长城，多半是个不谙世事人情的小姑娘，然后就被一个外乡的读书人，撬了整座剑气长城的墙脚，被陈平安用那花言巧语给迷了心窍，这类事，烟粉、游仙小说里边何曾少了？

不过胖子此刻之所以如此老实，言语这般殷殷谄媚，自然还是忌惮那个暂时不见身影的宁姚。

天下鬼物，除了怕雷法，畏惧那些黄紫贵人的龙虎山天师，更怕那些气运在身的大修士，因为会被天然压胜。

崔东山抖了抖袖子，这就很落魄山了。

自家门风，真是一桩咄咄怪事。掰手指一算，好像也只有老观主和郑居中这样的十四境，才能避免？

这头人间帝王出身的鬼物，曾是周密留在浩然天下的后手之一，落子布局已久，只是等到周密登天离去，就像抽离了气运，很快就被仗剑飞升至浩然天下的宁姚发现踪迹，再被文庙在海上阻截追捕。

可瘦死的骆驼比马大，既然是个从飞升境跌落的仙人境，所以不可以视为一般仙人，就像姜尚真，如今浩然天下几个仙人，敢说是他的对手？比如狷介清高的大剑仙徐獬，在驱山渡那边与玉圭宗的王霁朝夕相处，提起老宗主姜尚真，徐獬也只能说自己敢与之问剑，却绝不认为自己能胜过姜尚真。

一般情况下，这头鬼物，在顶尖战力严重缺失的桐叶洲算是实打实的罕有敌手了。

那座海中陵墓，坟冢悬空，属于天不收地不管，所以他才能隐藏多年。如果说一条行踪不定的夜航船，是只豪门大宅里的蚊蝇，到处乱窜，偶尔还会发出点声响，那么这个胖子的修道之地，就是只趴在角落不动弹的壁虎，故而更难被文庙察觉痕迹。

大概是伸手不打笑脸人的缘故，看着那个面带笑意的年轻隐官，胖子吃了颗定心丸，自己不过是抖搂了一手公门修行的雕虫小技，就轻松过关了。

哈。到底是年轻，喜欢这套虚头巴脑的，要面子，不经夸。

胖子试探性问道："陈山主，宁剑仙人呢？我于情于理，都得当面谢谢她。"

到底是忍住了，没有学那钟魁，直接称呼宁姚为弟媳妇。

陈平安笑道："她已经重返五彩天下了。"

胖子满脸遗憾，轻轻搓手，气势就有了几分变化，虽然低着头，腰杆却是挺直了几分。那就是你陈平安身边，当下没有一位飞升境剑修喽？

别看胖子油腔滑调，言语腻人，就只像是个不学无术的市井帮闲，可是有件事，还真被他看准了。

如果陈平安是金甲洲剑仙徐君那种横空出世的，胖子死活都不会跟着钟魁赶来仙都山，只敢远远待着，等着钟魁参加完下宗庆典，再继续结伴游历。

可陈平安既然前些年还是玉璞境，那么不管陈平安在蛮荒天下做出什么吓破旁人胆的壮举，胖子都可以笃定一事，陈平安绝对不是一位十四境修士，至于他如何能够打断一座人间最高城，与绯妃拖曳争夺一条曳落河，甚至还能剑开托月山，斩杀一位飞升境巅峰剑修大妖……没关系，胖子依旧咬死一个真相，走捷径的陈平安，就像个"贪天之功为己有"的大道蟊贼，等年轻隐官返回浩然，别说什么十四境了，估计能够保住金丹境就算洪福齐天了。

胖子的这个想法，是单凭钟魁与之闲聊的只言片语，最终推演出来的结果，在钟魁看来，其实没有任何问题，甚至就是那个真相。

胖子突然发现那个黄帽青鞋的年轻修士又开始笑容浅淡，似笑非笑了。

寡人修道三千载，惜哉壮哉无敌手。要不是那位澹澹夫人，长得实在太过砢碜了点，关了灯都下不去嘴，不然一座渌水坑早就更换主人了。

陈平安转头笑道："小陌，好好招待贵客。"

小陌点头道："公子请放心。"

只有两种客人，才是贵客。一种是自家公子亲自迎接，一种是能够嗑上瓜子的。

钟魁看了眼胖子，好自为之。

方才来时路上，姑苏言之凿凿，要对这座云遮雾绕的仙都山试一试水深水浅，对方修士只要是单挑，就不用管了，我作为山上前辈，得教他们一个一山还有一山高的道理，免得年轻人建立了下宗，就翘尾巴，眼高于顶，小觑天下英雄，会吃大苦头的。

可要是对方不讲江湖道义，围殴，喜欢一拥而上，那你钟魁得劝架，免得我打得兴起，出手没个轻重，害得陈平安身边的小喽啰们挂彩，回头带伤参加庆典，就不好看了。

陈平安单独拉上钟魁一同散步。

万事开头难，一座崭新宗门的筹建，在初期往往涉及诸多阵法隐秘，不好聘请山上匠师、机关师，就只能是"元老们"亲力亲为了，此刻在渡口和山上两地忙碌的符箓力士、机关傀儡，数量多达两百，品秩都不高，要远远低于渡船上边的那些雨工、挑山工和摸鱼儿，不过担任苦力，绰绰有余。负责驾驭傀儡、驱使力士的督造官，正是三位来自玉芝岗淑仪楼的流亡修士，年纪都不大，百多岁，境界也才是两观海境一洞府境，三人暂时还是仙都山的不记名客卿。

钟魁才刚伸手，陈平安就已经递过来一壶酒。

钟魁揭了红纸泥封，低头嗅了嗅，道了一声好酒，笑问道："是在托月山那边跌的境?"

陈平安点点头:"算是有借有还吧,所幸武道境界跌得不多,只是从归真一层跌回气盛,不然都不敢出门。"

钟魁转过头,朝小陌那边抬了抬下巴:"身边有这么一位护道人跟着,怕什么,换成是我,出门在外,都得横着走,跟走镖一样,亮出旗号一路喊山。"

陈平安疑惑道:"你看得出小陌的境界修为?"

"小陌先生压境巧妙。"钟魁笑着摇头,以心声说道,"我只是看得出一些历史久远的因果纠缠,大致拼凑出个真相,比如道龄漫长,来自蛮荒天下,还是位剑修,因为死在小陌先生的剑下亡魂,其中不少地仙至今不得解脱,自然是位极有故事的飞升境前辈。"

凡夫俗子与山上修士,看待世界的眼光会截然不同。那么望气士与一般修士,又有云泥变化。

两人坐在一根粗如井口的仙家木材上,陈平安从袖中摸出一只木盒,递给钟魁:"早就想送给你了,入手多年,咱俩就一直没机会见面。"

是早年在地龙山渡口青蚨坊那边买下的一件压堂货,一整套的四枚天师斩鬼钱。

钟魁接过手,直接打开木盒:"哟,好东西,花了不少钱吧?"

陈平安也没矫情,报出价格:"不算少,五枚谷雨钱。"

钟魁感叹道:"能买多少壶的五年酿青梅酒、几只烤全羊,就连我这个当惯了账房先生的,都算不过来了。"

陈平安没来由说道:"当账房先生,还是跟你学的。"

钟魁笑呵呵道:"滋味不好受吧?"

书简湖,钟魁是去过的,只是当时陈平安疲惫至极,躺在地上呼呼大睡,钟魁就没打搅。

陈平安一笑置之。

钟魁抿了口酒,只说昔年桐叶洲三座儒家书院里,其实他就有不少朋友。

师长、同窗、好友,故人好似庭中树,一日秋风一日疏。

陈平安说道:"听说九娘去了龙虎山天师府,这次返乡,见过没?"

钟魁白眼道:"哪壶不开提哪壶。"

沉默片刻,钟魁忍不住叹了口气,掌心抵住下巴:"去了能说啥,都没想好,何况还有可能吃闭门羹,以后再说吧。"

其实最大的心结,还是如今那个在龙虎山修道的天狐九娘,在钟魁看来,其实并非当年那个开客栈的老板娘了。

当年与骸骨滩京观城英灵高承一起奉命去往西方佛国,钟魁曾经向一位德高望重的佛门龙象问了两个问题:投胎转世继续为人,我还是我吗?即便得以开窍,恢复记忆,记起了前身前世事,彼此谁大谁小谁是谁?

陈平安大致猜出了钟魁心中的纠结,也没有说什么,有些为难,并非全是当局者迷旁观者清,也可能是当局者想得太透彻。

钟魁开始转移话题:"沾你的光,我见着了仙簪城的乌啼,他和师尊琼瓯在阴冥路上一直藏头藏尾,因为这两头飞升境鬼物在那边极为小心谨慎,差不多等于咱们这边的山泽野修吧,都飞升境了,依旧没有开枝散叶,打死都不去聚拢阴兵,做那藩镇割据的勾当,又有独门手段能够隐匿气息,只是缓缓蚕食清灵之气,所以冥府那边颇为头疼,倒是谈不上什么眼中钉肉中刺,可就这么放任不管,终究不像话,有失职嫌疑。

"所以当时见着了乌啼,我就动之以情,晓之以理,一口一个前辈,好不容易说服了他,还帮他捞了个官身,临别之前,还喝了顿酒。

"前不久听说,乌啼前辈很快就新官上任三把火,极有收获。

"拔出萝卜带出泥的,不出意料的话,乌啼前辈这会儿正忙着找那位师尊吧。"

陈平安以心声问道:"仙簪城的那位开山祖师,归灵湘如今?"

钟魁摇头道:"见过了乌啼后,我已经查过两处档案,没有任何线索。还有一处,我暂时去不得。以后再找机会,看能不能去那边翻翻名录。"

陈平安就问了一下关于"绿籍"的事情,名登绿籍,差不多等于后世志怪小说所谓的位列仙班。比如老观主之前跟随道祖游历小镇,主动做客落魄山,赠送的那幅珍稀道图,在上古时代,就属于"非有仙名绿籍者不可传授"。

其实幽明殊途才是真正意义上的井水不犯河水。就像陈平安游历过三洲山河,纯粹武夫跟练气士,谱牒仙师跟山泽野修,相互间关系错综复杂,纷争不断,但是几乎少有练气士与山水神灵,尤其是城隍庙直接起冲突的案例。

而关于冥府的档案,避暑行宫记载寥寥,只有一些零星散落的残篇内容。在大骊京城火神庙那边,封姨手上那些以万年土作为泥封的百花福地酒酿,曾经每百年,就会进贡给三方阴冥势力,但是当时封姨似乎故意遗漏了某个势力,只与陈平安提及鄼都鬼府六宫,以及司职地上洞天福地和所有地仙簿籍的方柱山青君。按照封姨的说法,青君所治的方柱山,作为执掌除死籍、上生名的司命之府,地位还要高出上古五岳。规矩森严,科仪烦琐,按部就班,形同阳间官场。

然后陈平安说了那个仙尉的一些事情,希望钟魁在不违例、不犯禁的前提下,尽可能帮忙查查看此人的前世根脚。钟魁点头答应下来,记住了那个假冒道士的宝瓶洲修士,名叫年景,字仙尉,号虚玄道长,以及籍贯和生辰八字。

陈平安笑道:"朝中有人,就是便捷。"

钟魁一本正经道:"交了我这样的朋友,是你的本事,大可以沾沾自喜。"

陈平安痛饮一口酒,用手背擦了擦嘴角:"学到了学到了。"

陈平安瞥了眼胖子，心声问道："这个庾谨，怎么会跟在你身边？"

钟魁晃了晃酒壶："是礼圣的意思，让我怎么拒绝。不过处久了，其实还凑合，当然前提是庾谨暂时服管，不然我已经被这个性情叵测的胖子打死几百回了吧。"

这个如今自称苏孤、道号姑苏的胖子，真名庾谨，在世时被誉为千古一帝，死后骂名无数。

不管如何，一个当皇帝的，差点就要比大骊宋氏更早做成"一国即一洲"的壮举，后世史书上怎么骂暴虐，估计都不过分，只是一味地骂他昏聩，就不太讲理了。

钟魁提起酒壶，和陈平安轻轻磕碰一下："哟呵，你消息挺灵通啊，都知道胖子的真名了？"

陈平安笑道："我这不是怕庾谨跟我寻仇嘛，知己知彼，有备无患。"

事实上，撇开一些宫闱秘史不谈，陈平安如今可能比庾谨更了解庾谨。

国号，以及各个年号，颁布的重要诏书、治国之策，朝堂文武大臣的履历、追封、谥号，但凡是文庙功德林那边有档案记录的，陈平安都一字不漏抄录了一份，此外还专程向经生熹平详细询问了些文庙不宜记录在册的小道消息。所以在陈平安的心湖藏书楼中，早就多出了一份秘档，专门用来针对鬼物庾谨，而且将庾谨视为了一位飞升境巅峰。

五雷正法，龙虎山雷局。只说那本《丹书真迹》上边就记载了数种专门用来劾厌鬼物的符箓，陈平安为此精心炼制了七八百张黄玺符箓，就是为了"有朝一日有幸相逢，有机会款待贵客"。

有类似待遇的修士，屈指可数，比如岁除宫吴霜降、剑术浩然三绝之一的裴旻。

说句半点不夸张的话，如果陈平安不曾跌境，还是玉璞境剑修和止境归真武夫，他单独一人，根本无须借助外力，就完全可以跟一位仙人境鬼物掰手腕了，反正仙人又不是没打过，九真仙馆云杪、万瑶宗韩玉树，都领教过。

如果庾谨不是跟在钟魁身边，而是一场狭路相逢，即便身边没有小陌担任扈从，陈平安也不怵一个跌境为仙人的鬼物。

钟魁啧啧不已："这话说得欠揍了。"

有宁姚当道侣，谁敢轻易招惹陈平安。可能背地里的算计会有一些，可要说明面上的挑衅不太可能了。

如今两位名义上的天下共主，五彩天下的宁姚、蛮荒天下的斐然，皆是大道可期的飞升境剑修。十四境之下，谁不得掂量掂量自己的斤两？

兴许现在还好说，一来宁姚尚未跻身十四境，这个五彩天下的天下第一人，还比较不那么吓人，再者当下尚未真正"变天"，如今几座天下的十四境大修士做事情，都不敢太过任性。等到变了天，宛如枷锁一去，所有十四境修士的心性，或者说道心，都会出现诸多细微变化，届时做起事情来，就不会那么循规蹈矩了。

而宁姚的脾气如何，浩然天下的山巅修士已经大致清楚了，若是脾气好，她也不至于仗剑飞升浩然天下，却不与文庙打招呼了。

钟魁一走，庾谨顿时觉得小有压力。毕竟对方人多势众，自己又是一条过江龙，强龙不压地头蛇，真要起了冲突，钟魁这家伙肯定胳膊肘往外拐。

陈平安那小子好像受了伤，伤及了大道根本，不得不躲在这边闭关养伤，看来他与钟魁关系不错，竟然愿意临时出关，所以先前一身剑意道气才会流露出来，那是道心起伏不定、境界尚未稳固的迹象。所以自己方才横移一步，呵呵，示弱罢了。

胖子看着那个小姑娘，开始摆长辈架子，笑眯眯道："听说你很小就认识钟魁了？"

裴钱点点头。

这头鬼物的心相天地比较复杂，既有尸横遍野、千里饿殍的人间惨状，也有歌舞升平、沃土万里的盛世景象，还有一个瘦子穿着极为宽松的龙袍坐在龙椅上，自饮自酌，怔怔看着一道道打开的大门，从北到南，视野一路蔓延出去。

庾谨唏嘘不已，点头道："眨眼工夫，就是大姑娘了。"

裴钱扯了扯嘴角。

庾谨哪里知道裴钱的天赋异禀，胖子暂时只知道陈平安的开山大弟子、化名"郑钱"的小姑娘是个九境武夫，在浩然山上名气不小。却不知，自己当下面对的三位，其实分别是一位止境武夫、一位仙人境和一位飞升境巅峰剑修。更不知道那个白衣少年等于宝瓶洲的半个绣虎。也不知道那个黄帽青鞋的青年，曾经跟老观主一起酿酒，万年之前，最喜欢向强者问剑。

事实上，庾谨在离开那座海底陵墓后，最想见识之人，正是身为大骊国师的绣虎崔瀺，因为他由衷视为半个同道中人。

大好江山才是最大美人。铁骑震地如雷，踏遍山河，就是一种临幸。

钟魁突然说道："伸手。"

陈平安递过去一只手。

钟魁如郎中搭脉。刹那之间，天地起异象，整个仙都山地界上空乌云密布，云海滚滚，极为厚重，遮蔽日光，转瞬间白昼如夜。

小陌犹豫了一下，没有去往那边。既然钟魁是自家公子的朋友，那就信得过。

裴钱忧心忡忡。

崔东山蓦然一抖雪白袖子，祭出一把金色飞剑，好似麦穗，去势如虹，剑光在空中急剧流转，迅速画出一个巨大的金色圆环，瞬间便将那份异象好似圈禁起来，不至于对外泄露天机。

庾谨眼皮子打战，这个叫崔东山的白衣少年竟然是位深藏不露的仙人，还是剑修？所以庾谨小心翼翼道："些许误会，不如就随风消散了吧？"

惨也苦也。天底下有比自己更命途多舛的可怜鬼吗？事事难上难，时时人下人。

仙箫城乌啼同样是鬼仙，庾谨听钟魁说过一事，乌啼上次在蛮荒天下现身，还是与师尊琼瓯联手，跟蛮荒旧王座之一的搬山老祖朱厌打了一架，赔钱了事，搬出了开山祖师向朱厌求情，才算保住了仙箫城。

只是庾谨如何都想不到，眼前这个叫小陌的，却是曾经追杀过同为旧王座之一的仰止，然后朱厌闻讯赶来，驰援仰止，小陌才收剑撤离。

小陌伸手抓住胖子的胳膊，笑问道："姑苏前辈，咱俩不如拣选一处僻静地界，切磋切磋？"

胖子冷哼一声，嗤笑不已："稍等片刻。"

然后转头望向钟魁，咳嗽几声，以迅雷不及掩耳之势，发出杀猪一般的号叫，向钟魁震天响般喊话道："钟兄救我一救！"

小陌只得松开手，放弃将这头鬼物请入一座"醉乡"飞剑天地的念头。

说好了练练手，结果对方一言不合就躺在地上，等着鞋底落在脸上。小陌对付这样的浑不懔，还是江湖经验不太够。

胖子揉了揉胳膊，眼神哀怨："小陌先生，好大力道。"

大丈夫能屈能伸，些许脸皮算什么。

裴钱揉了揉眉心，对这个胖子有点刮目相看，一看就是个走江湖饿不着的。

崔东山开始对这个胖子顺眼几分了，是个人才。自己得找个机会，说服庾谨去中土文庙那边撒泼打滚，一哭二闹三上吊，好歹让文庙归还那处修道之地，再让庾谨搁置在仙都山这边，仙都山可以代为看管，庾谨只需要定期交给青萍剑宗一笔神仙钱，万事好商量。

只是钟魁根本没有理睬庾谨，一门心思都在勘察陈平安的魂魄，片刻后，皱眉问道："既然如此，为何不一直留在剑气长城？"

陈平安的三魂七魄果然有大问题，使得陈平安离开剑气长城这一处合道所在，就要时时刻刻消磨精气神，就像一笔买卖。也亏得是止境武夫的体魄，血气充沛，筋骨雄健，能够滋养精神，再加上剑修的本命飞剑，能够天然反哺体魄。如果陈平安只是个远游境武夫，早就皮包骨头、形神枯槁了。

钟魁曾经见过文庙那边的一幅画像，城头之上，一袭鲜红法袍，挂刀者身形模糊，再不是什么血肉之躯，就像由千万条丝线组成，纵横交错，在钟魁看来，那叫一个……惨不忍睹。

原本跻身仙人境就可以稳固魂魄，结果走了一趟蛮荒腹地和托月山又跌境了。

"留在那边，反而安不下心好好修行。"陈平安摇头道，"何况也不算是太亏本的买卖，毕竟还能够砥砺体魄，我之所以能够一回浩然没几天，就能在太平山山门口那边跻身止境,很大程度上就来自这场自己与自己的问拳。"

钟魁气笑道:"就是有点遭罪?"

陈平安微笑道:"练拳哪有不吃苦的,习惯就好。"

见钟魁没有收手的意图,陈平安只得轻声提醒道:"可以了,别逞强。"

钟魁神色凝重,沉默不语。陈平安就要抬起手,推开钟魁的"搭脉"双指。

当下自己这副体魄内里,就像一只打磨玉石的砣子,时时刻刻在研磨三魂七魄,玉屑四溅,而钟魁就是在试图以手停下砣子的急剧转动,等同于一场问剑了。

钟魁狠狠瞪了眼陈平安:"瞧不起我?半人不鬼的,好玩?"

陈平安玩笑道:"既然是朋友,不得有福同享、有难同当?"

钟魁沉声道:"摊开手掌。"

陈平安犹豫不决。钟魁却不给陈平安婉拒的机会,已经一跺脚,如一块石头砸入光阴长河当中,脚下便生发出水纹激溅的景象,水路层层叠叠,最终呈现出向后逆涌之势,已经将幽明阻隔成两座天地的钟魁,现出法相,一身大红官袍,他轻轻呵了口气,凝为一块好似专门用作批阅公文的朱红色墨锭,再双指并拢,在彩墨上一抹,以手做笔,口中念念有词,皆是晦暗不明的古语,帮陈平安在手心处画了一张定身符。

大功告成,钟魁嘿了一声:"真是鬼画符。"

陈平安晃了晃手掌,整个人好像减少了几分拖泥带水之感,就像双手双脚各自摘掉了一张出自杨家药铺的真气半斤、八两符。此刻哪怕静坐原地,依旧有那如释重负与御风之感。

陈平安深吸一口气,拧转手腕,笑容灿烂道:"谢了。"

钟魁没好气道:"如此见外。"

陈平安调侃道:"不跟你客气几句,肯定又要腹诽我不会做人。天底下的账房先生,有几个不小肚鸡肠的?"

骂人先骂己,立于不败之地。多说了一句气话,往往节外生枝,功亏一篑,之前苦口婆心的百般道理,悉数阵亡。少说了一句废话,便起误会,人心处处,杂草丛生,猜忌、失望、怨怼,此起彼伏。

唯独老江湖,只在不言中。相逢投缘,下马饮君酒,遇见不平事,杀人都市中。

钟魁说道:"我这张定身符撑不了太长时间,至多一年半载的,不过没事,回头我再找你。"

陈平安算了一下时间,说道:"明年中,我可能就会游历中土神洲,到时候再麻烦你跑一趟仙都山。"

钟魁点点头:"说不定还能顺路一程。"

钟魁轻声说道:"容我说几句不那么喜庆的言语?"

陈平安点点头。

"如果没有刻字一事,你会很惨。别忘了,两座天下的对峙议事,第一个说要打的人,是你,甚至不是礼圣。

"蛮荒战场上,若是输多赢少,还好说,浩然天下多少会念你和剑气长城的好,可如果咱们势如破竹,推进迅猛,各地战功不断,你就会很惨了,庾谨这个胖子,之前有句话,可能是无心之语,可能是有意让我提醒你的,叫'贪天之功为己有'。

"因为你是剑气长城的末代隐官,所以你身上就等于承载了整座剑气长城的战功,不管你陈平安自己是怎么想的,你又到底曾经以隐官身份做了什么,付出什么,一旦到了那天,就会都变得不重要了。不过你既然在城头刻了字,不管未来天下形势是好是坏,至少在百年之内,可以堵住不少闲言碎语。"

陈平安抬起酒壶:"不如喝酒。"

钟魁手中酒壶与之轻轻磕碰:"就当我是鬼话连篇,大可以左耳进右耳出,听过就算。"

"有件事,可能需要你出手帮忙。"钟魁站起身,"附近有没有城隍庙?"

求神拜佛找社公,拜山头。

陈平安跟着起身,摇头道:"只有一座土地庙,名为导社,地方不大,听说颇灵验,我来带路?"

钟魁摇头道:"免了,不耽误你闭关养伤,我自个儿去那边与土地老爷聊过,就去附近逛逛。"

使劲一拍身边青衫男子的肩头,钟魁一脸坏笑道:"有些酒,你不敢喝的。"

陈平安笑道:"喝花酒就喝花酒,记得别用我的名字挂账。"

钟魁一时语噎,好小子,未卜先知啊。

陈平安提醒道:"这种缺德事,劝你别做!"

钟魁大手一挥:"姑苏大爷,挪地儿了。"

庾谨如获大赦,屁颠屁颠赶来钟魁这边。

两人也不御风,只是健步如飞,离开仙都山地界。

陈平安目送钟魁远去,施展云水身,之后重返门禁设置在青萍峰的那座长春洞天,继续闭关。

庾谨确定四下无人后,小声说道:"我摸过底了,水深得很呐。"

钟魁懒得搭腔。

庾谨立即改口道:"陈兄弟小小年纪,就攒下偌大一份家当,可喜可贺,我心里边也觉得暖洋洋的,替他感到高兴。"

"可喜可贺是吧?"钟魁笑问道,"你家老巢那边,就没剩下点家当?"

好歹曾经是一头飞升境鬼物，肯定家底不薄。

当初庾谨被宁姚找出，逼出老巢后，就是一场狼狈不堪的逃亡，兴许是事出突然，被一剑砍了个措手不及，胖子身上也没有携带任何方寸物、咫尺物之类的。所以这段时日，还真不是庾谨在钟魁这边装穷，胖子身上是真没钱。

庾谨停下脚步，气得直跺脚，痛心疾首道："钟魁，何必伤口上撒盐，你们读书人若是舍得面皮不要，铁了心求财，不比商贾更心黑？文庙那边能给我剩下点残羹冷炙？"

庾谨越说越气，使劲捶打胸口，干号不已："心如刀绞，心痛心痛！"

钟魁脚步不停，没好气道："行了，与我哭穷没意义，又不是我想当青萍剑宗的供奉客卿。"

有钱能使鬼推磨，只是在那阴冥，研磨之物可就比较瘆人了。

庾谨继续赶路，问道："当真给钱，就当得上？"

钟魁笑道："我只是给个建议，到底行不行，我说了又不作数。"

只是听那言外之意，这胖子肯定有一大笔私房钱？笃定文庙那边掘地三尺，都未能全部搜刮殆尽？还是说在家乡那边，生前曾经藏宝无数？

庾谨是个不见兔子不撒鹰的主儿，他伸手抓住钟魁的胳膊，说道："钟魁，你得给我句准话。"

突然间庾谨总觉得有些不妥，只是不管他如何思量，都没有半点头绪可言。

察觉到身边胖子的心境变化，钟魁问道："怎么了？"

庾谨使劲晃了晃脑袋："奇了怪了，总觉得哪里不对劲。"

钟魁眼神怜悯瞥了眼庾谨："你惹谁不好，偏要招惹裴钱。"

庾谨将信将疑道："那个小姑娘？我瞧着挺有礼数啊。"

钟魁笑道："你信我一句，到了土地庙那边，好好跟土地老爷敬香。"

仙都山那边，裴钱疑惑问道："大师兄要出远门？"

崔东山点头道："带上小陌，一同出海访仙，碰碰运气。"

裴钱哦了一声，不动声色道："师父那边，若是问起，我会好好解释的。"

这就是心照不宣的同门之谊了。

于是白衣少年与黄帽青鞋客放下手边事务，联袂风驰电掣去往海上，偷偷摸摸"揭老底"去了。

骑龙巷。

压岁铺子的笤簌，草头铺子的崔花生，两条小板凳，一大一小并排坐。

白发童子开始暗示对方，自己与某某铺子关系极好，可以帮忙购买胭脂水粉，打九折呢，多磨几句，有机会八折优惠。

崔花生终于忍不住了，一次两次也就算了，哪有你这么可劲儿骗我钱的，我如今挣点钱也不容易啊。何况哥哥又不在身边，虽说铺子里边的赵登高和酒儿姐姐都是好人，可自己终究是在异乡讨生活，没个依靠，要是兜里没点私房钱怎么成？结果一来二去，被这个叫箜篌的白发童子拐去了大半工钱。

崔花生气呼呼道："你当我是傻子？"

白发童子笑嘻嘻道："你也不傻啊。"

今天白玄带着姚小妍一起离开拜剑台，来到小镇，不然姚小妍一个人不敢下山。

姚小妍嘴馋了，要来压岁铺子这边买些糕点回去，何况铺子这边还有个师父要孝敬呢。

白玄这个家伙虽然说话不着调，但是做事情还是有点门道和章法的。

到了铺子外边，白发童子站起身，双手叉腰，哈哈笑道："乖徒儿。"

姚小妍笑呵呵道："好师父！"

瞧瞧，师徒双方一家人，多相亲相爱。

白玄双手负后，行亭里边的摊已经好多天不开张了，最近他当真在拜剑台那边好好修行，勤勉练剑。即便比不过那个除了练剑就完全不知干啥的孙春王，比七八个姚小妍还是绰绰有余的。这不马上就要破境了？

来小镇这边晃荡，谁敢惹白玄大爷？求你来，小爷我单挑无敌。三下五除二，飞剑嗖嗖嗖。可惜贾老哥如今不在铺子，听山门口那边的右护法说了句"升官嘞"。

箜篌笑道："哟，这不是白兄嘛。"

白玄依旧双手负后，点点头，嗯了一声，跨过门槛，开始视察铺子的生意状况。

白发童子向姚小妍问道："为师丢给你的那七八本剑谱，练得咋样了？"

姚小妍苦着脸："难学！"

以为要挨训了，不承想白发童子摸了摸小姑娘的脑袋，赞赏道："好得很，随师父。"

当年岁除宫的女修天然，真要说修行资质的话，她与那个人，双方何止是差了十万八千里？所以隐官老祖将这个小迷糊丢给自己，真是极好极好的。

白玄弯曲手指，敲了敲柜台，对那个站在小板凳上的小哑巴说道："阿瞒，账簿拿来，我要查账。"

小哑巴神色木然，抬起头，嘴唇微动，看口型，是个"滚"字。

白玄哀叹一声，真是个小哑巴。

白玄随口问道："石掌柜人呢？"

阿瞒继续装聋作哑。

白玄不跟小哑巴一般见识，转身去拿了块糕点，含糊不清道："姚小妍，记在你账上，我可不能陪着你白跑一趟。"

门外姚小妍哦了一声，开始掏钱。

白发童子满脸欣慰："不愧是我的好徒儿，做事情大气磅礴！"

"师父，你不去吃些糕点？就当是我孝敬师父的。"

白发童子瞪眼道："师父再穷也不能穷了志气……"

白玄转头嚷嚷道："筌筷老妹儿，要不要杏花糕？所剩不多了，你不要的话，我可就全吃了啊。"

门外立即扯开嗓子答道："给我留两块！"

白发童子突然转过头，街巷拐角处来了个米大剑仙，身边还有个神色木讷的小丫头片子，好像是叫孙春王。

风鸢渡船马上就要在牛角渡那边动身去往北俱芦洲，米裕过来喊白玄一同登船。

白玄吃过了糕点，拍拍手，跟姚小妍告辞一声，问需不需要自己护送她回拜剑台，小姑娘说不用，有师父呢。

白玄离开铺子，跟随米裕一起去往牛角渡。

到了渡船上边，白玄才以心声好奇问道："死鱼眼都跟着了，小迷糊咋个不跟我们一起去下宗？"

米裕正色道："是隐官大人点名要你参加下宗庆典。此外，暖树、赵树下、赵鸾，还有姚小妍，他们可能都不会赶赴仙都山了。"

郭竹酒和小米粒如今混得很熟了，每天一起巡山一起看门，乐此不疲。

白玄双手负后，嗯了一声，沉声道："果然隐官大人还是最器重我这个小小隐官。"

米裕微笑点头。

白玄其实一直用眼角余光打量米裕："不会有诈吧？"

米裕撇撇嘴。

白玄犹豫了一下："米裕，你得跟我发个誓，不是裴钱喊我过去的，不然我就回拜剑台练剑了！"

米裕抬起一只手掌："我可以发誓，绝对不是裴钱找你的麻烦。"

白玄哈哈大笑起来："我还怕她不成？"

米裕笑而不言。

白玄这小子拥有一把名为云游的本命飞剑。这把飞剑的天授神通，与姜尚真的一片柳叶有异曲同工之妙，擅长以伤换命。如果是剑修之间的捉对厮杀，占尽优势。

对付剑修尚且如此，对付其余练气士，就更不用说了。只可惜出身剑气长城，反而鸡肋，所以早年在避暑行宫那边只得了个丙下品秩。

白玄本命飞剑的数量，则比不过小算盘和小迷糊，因为纳兰玉牒拥有杏花天、花灯两把本命飞剑，攻守兼备。

姚小妍则是九个同龄人中唯一同时拥有春衫、蛛网、霓裳三把飞剑的下五境剑修。别看被白玄取了个小迷糊的绰号，姚小妍其实才是九个剑仙坯子当中那个最有希望稳稳当当跻身玉璞境的剑修。

反观孙春王和白玄，虽说肯定会更早跻身金丹境、元婴境，但是要说比拼破境的顺遂和安稳，还是姚小妍更具优势。

所以可怜的白玄大爷，至今还觉得自己资质一般，只是比起刚离开家乡、遇到隐官大人那会儿的资质垫底，白玄已经有所后知后觉。白玄又不傻，先前在拜剑台那边，跟着一拨同龄人一同练剑，又有隋右边偶尔指点，多多少少，知道自己资质不差。

风鸢渡船在长春宫渡口停留片刻，依旧是种夫子负责拉拢山上关系。

米裕就没下船，只是凭栏而立。

渡船上，在柴芜之外，又多了几个差不多的孩子。没有认任何人当师父的白玄。孙春王，暂时是宁姚的不记名弟子。还有米裕新收的弟子何辜。

孙春王还是性情孤僻，倒是白玄和柴芜，好像性情比较契合，双方话不多，但是经常聚在一起，一个喝茶，一个喝酒，有伴儿。

米裕还是很看好孙春王的，天赋好，还努力，修行路上喜欢跟自己较劲，就是不知道这个小姑娘跟孙巨源有无关系。在被隐官大人带来浩然天下之前，米裕根本没听说过有这么一号剑仙坯子。

不过也正常，当年剑气长城的最年轻一辈，当然是宁姚领衔。

除了陈三秋、董画符他们这个小山头，齐狩他们又是一拨，此外还有高野侯、庞元济。虽然一个个年纪轻轻的，却太过光彩夺目了，那是一个当之无愧的大年份。

再年轻一些，就是"小隐官"陈李、郭竹酒他们了。

白玄、孙春王这些孩子，照理说是与陈李一个辈分的。如果不是那场战争，这些孩子，再过个几年十来年的，就该轮到他们守关，负责待客外乡剑修。

一间屋子里边，作为东道主的柴芜提起酒壶，朝白玄和何辜晃了晃，大概是询问要不要一起喝酒。白玄抬了抬手中茶壶，何辜摆摆手，柴芜就给自己倒了一碗酒。

何辜问道："白玄，首席供奉，跟掌律祖师，哪个官大？"

落魄山那边，周肥和长命姐姐也显现不出谁官大。而下宗仙都山，米裕是首席供奉，崔嵬是掌律。

九个孩子中个头最高的何辜，本命飞剑名为飞来峰，飞剑的本命神通类似五岳山君的搬山填水。

何家在剑气长城不算豪门大族，所以没能在太象街或是玉笏街有个宅子，但是底蕴不浅，祖上剑修皆隶属于刑官一脉。

等到豪素担任最后一任刑官，反正有等于没有，形同虚设，何辜腰悬一把短剑读书婢,是祖传之物。

白玄跷着二郎腿,说道:"如果按照霁色峰那边的座位安排,是首席供奉地位清贵一些,不过掌律祖师实权更大些,算是各有高下吧,也很难说谁官更大。"

船头那边,米裕趴在栏杆上。

听崔东山私底下说起一事,那座密雪峰,唯有剑修可以崖刻。

米裕已经开始期待一百年后的落魄山和青萍剑宗。宗师辈出,剑仙云集。未来可期,将来欲来。

第三章

一 剑 跨 渊

一行人在一处名为墨线渡的仙家渡口下船,渡口建筑攒簇,不过多是战后新建而起,如同一座小镇,有条小河穿过小镇,河水静谧,水波不兴,河水两岸店铺林立,只是生意冷清,渡口之所以有此名,源于早年渡口有一种奇异水族,似鱼非鱼,似蛇非蛇,极难捕获,而且出水即亡,它们身形纤长,背脊如一条墨线,成群结队游弋水中,条条墨线如山脉——蜿蜒水中,只是大战过后,河中已经没有了这种水族的身影,故而墨线渡已经名不副实。

叶芸芸带着弟子薛怀,还有两位蒲山客人,要一起参加仙都山那边的开宗庆典。

叶芸芸身边的老妪和少女,正是敕鳞江畔那处开设有一座定婚店的茶棚主人。

老妪化名裴渎,真身是一条老虬,拥有将近五千年的周岁道龄,是旧大渎龙宫教习嬷嬷出身,属于"天子近臣"一流,位卑权重,实权相当于山上仙家的半个掌律祖师。

少女名叫胡楚菱,爹娘姓氏皆有,昵称醋醋。

胡楚菱和裴渎不同,不是什么山泽精怪之属,而是敕鳞江当地百姓出身,祖辈都是精通水性的采石人。少女是一流的仙材,因缘际会之下,被裴渎勘验过资质、性情和品行,最终收为嫡传弟子,其实双方更像是相依为命的亲人,还是那种隔代亲。

裴渎小心起见,在龙虎山老真人和那位青衫剑仙离开后,没有立即离开敕鳞江地界,反而是主动走了一趟蒲山云草堂,一方面是向叶芸芸道谢——她携礼登门,一口气送出了数千斤的敕鳞江美石;再就是如今桐叶洲,不管是本土还是外乡修士,看待妖族都不太友善,专门有别洲练气士成群结队,搜山翻水,大肆捕捉、斩杀漏网之鱼的蛮荒妖族,凭此挣钱,还能在书院那边额外多拿一份录档功劳。

云草堂那边收了礼物,心领神会,便投桃报李,叶芸芸亲笔书信一封,寄给大伏书院的程山长,算是帮着老虬做了一份担保,这是一份不小的香火情,一旦裘淡外出游历,其间有任何过失,蒲山和叶芸芸都需要在书院那边担责。

之后云草堂收到了一封飞剑传信,写信人自称崔东山,来自仙都山,是陈平安的得意弟子,想要邀请老妪、少女这对师徒去家中做客,书信末尾除了钤有一方自用印,还有一枚私人花押,三山状。

叶芸芸就转告刚好在山中做客的裘淡,仙都山那边即将创建宗门,第一任宗主盛情邀请师徒二人做客仙都山。招徕的意图,十分明显。

裘淡得知此事后,一番思量后,觉得还是先带着醋醋一起去仙都山走走看看,再做定夺,树挪死人挪活,何况她在敕鳞江那边画地为牢自行囚禁数千年之久,如今也想出去散散心透口气,若是能够帮着醋醋捞个分量结实的山上身份,也是一桩好事。只是如当那载入祖师堂金玉谱牒的仙师,规矩重重,束手束脚,所以成为客卿最好,既是一张护身符,同时约束还小。

叶芸芸还没有跟裘淡说起陈平安的几重身份。宝瓶洲落魄山的一宗之主,文圣的关门弟子,剑气长城的末代隐官,当然他还是宁姚的道侣。反正等到一起拜访仙都山,很快就都会水落石出。

等到叶芸芸在渡口这边现身,一些个原本病恹恹等着生意上门的路边包袱斋吆喝声都大了许多。

店铺伙计也都绕过柜台,来到门口,开始吹口哨。

只是不知谁率先认出女子身份,喊出一句"蒲山黄衣芸",便一个个噤若寒蝉,如鸟兽散去。

惹恼了一位女子止境武夫,估计她随便三两拳砸下来,也就没啥墨线渡了。

叶芸芸瞥了眼再无墨线异象的河水,随口问道:"裘嬷嬷,那种水族在此繁衍生息多年,如今一条都见不着,难道是被蛮荒妖族攫取殆尽了?"

裘淡瞥了眼不远处,有个坐在自家店铺门口晒太阳的青年掌柜,双方对视一眼后,裘淡都没有以心声言语,开口笑道:"是全部躲起来了。这种水族真名负山鱼,属于墨蛟后裔之一。书上不曾记载,所以后世名声不显,因为早就被旧大渎龙宫从水裔玉牒里边除名了,导致世俗君主不得将其封正,就算走水成功,也注定无法化蛟,大道就此断绝,只能苟延残喘。

"早年有条即将仙蜕化蛟的负山鱼,和大渎旁支的一处陆地湖泊龙宫关系闹得很僵,走投无路之下,只得心存侥幸,偷摸拣选了一个黄梅季节的雷雨天气,不曾禀告大渎龙宫,就擅自走水,希冀着结出一枚金丹,结果不知怎的走漏了消息,被人从中作梗,不小心引发洪涝,水淹沿途两岸千余里,水中浮尸数以千计,罪责极大,就被告了一状。大渎龙王得知后,大为震怒,自家辖境内的水族,竟敢触犯天条,为祸一方,就要将其拘拿斩首,那条负山鱼只得一路潜逃到此地,投靠了一位身负气运的山上修士,隐匿气息以避劫数,作为报答,它得帮着那个门派悄悄聚拢渡口水运,等到斩龙一役结束,才敢露头。"

那个青年以心声问责道:"你这老婆娘好不厚道,既然同为大渎水裔出身,就可算是山上的半个道友了,即便不去相互扶持,何苦刁难? 怎的,是因为如今抱上了大腿,就打算拿我去跟黄衣芸和大伏书院邀功领赏? 此次游历墨线渡,就是奔着我来的?"

裘渎以心声笑答道:"一条小小负山鱼,都未能走江化为墨蛟,侥幸在此结丹,在元婴境停滞这么多年,你要是知道我的身份,就不敢如此大放厥词了。且不去翻那些老皇历,既然你自己方才说了,咱俩都是大渎遗民,可以算是半个同道,又看在你当年没有误入歧途、投靠蛮荒的分儿上,那我就好言相劝一句,早点与大伏书院报备,不然等到书院君子找上门来,可就晚了。当然,你若是愿意转投蒲山,我现在就可以帮忙引荐一二。"

早年这条负山鱼能够躲过大渎龙宫的兴师问罪,其实还要归功于一条墨蛟的求情,裘渎再在龙女那边代为缓颊,不然一座地仙坐镇的小山头,真能包庇得了?

那青年冷笑一句:"大丈夫不做裙下臣。"

叶芸芸也看出了端倪:"裘嬷嬷,与他聊了些什么?"

裘渎笑道:"小小负山鱼,心比天高,不愿依附他人。"

叶芸芸笑道:"好不容易恢复了自由身,好歹还是一位元婴境修士,只要身世清白,在书院那边勘验过后,都可以占山踞水开山立派了,既然自己就是靠山,确实不必依附谁。"

身边裘渎,属于例外,她是当惯了龙宫佐吏。

并不是修士境界足够,就可以开山立派的,这在山上是公认的事情。

很多新兴门派,往往是初期热热闹闹,声势不小,然后昙花一现。

就像自家云草堂,掌律檀溶即便跻身了上五境,再脱离蒲山,一样不可能去开宗,老元婴想都不会想这种事。

历史上那些扶龙有术、名垂青史的开国将相,亦是同理,不想,不愿,亦是不能。

那青年好像临时改变主意,突然以心声向裘渎道:"口气忒大的老婆姨,你可以跟黄衣芸说一声,若是愿意和我结为道侣,我倒是可以入赘蒲山。"

裘渎哑然失笑。不过没有如实转告叶芸芸,而是换了种说法,大致意思是说这位负山道友爱慕山主已久。叶芸芸一笑置之。

一起逛过了那些门可罗雀的渡口各色店铺,有了那幅仙人图的前车之鉴,叶芸芸打定主意，只看不买，最终寻了一处僻静处，她从袖中摸出一只折纸而成的五彩纸船，丢入墨线渡河水中，好似彩鸢坠海，河水随之轻轻摇晃，最终蓦然显现出一条上品符舟，形同楼船，两层高，可以承载三十余人。相较于造价昂贵且千金难买的流霞舟，彩鸢渡船是桐叶洲山上仙子女修的首选，当然前提是掏得起谷雨钱，而且不宜远航，太吃神仙钱。

接下来私人渡船将要横跨一个旧王朝的南境山河，距离仙都山约莫还有两千里的山水直线路程，若是寻常舟车远游，路程至少翻倍。

渡船升空，大地山河如盆景。一身黄衣的叶芸芸站在船头，衣袖飘摇，天人姿态。

薛怀看了眼师父，只有一个念头：未来师公太难找。

蒲山事务繁忙，所以掌律檀溶会稍晚赶来。

当老元婴得知那个先前逛过自己千金万石斋的曹仙师，竟然就是《百剑仙印谱》和《陌剑仙印谱》的真正主人，老掌律差点没把眼珠子瞪出来，等到檀溶回过神来，便是唾沫四溅，开始埋怨自家山主为何不早说，不然他不得早早备好文房四宝和一大堆素章？把年轻隐官按在椅子上不让走？

叶芸芸也不好解释，自己其实只比他早几天知道曹仙师的真实身份。

老掌律就像个被始乱终弃的娘们，眼神幽怨，言语絮叨，在叶芸芸这边抱怨个不停。山主误我！

要是早早知晓对方身份，年轻隐官不留下几幅生气淋漓的墨宝，再通宵达旦篆刻十几方金石气沛然的印章，陈平安就别想离开书斋和蒲山。

现在好了，眼睁睁与一桩千载难逢的机会失之交臂，补救，怎么补救？等我檀溶回头到了仙都山，可就是外人和客人了，如何有脸开得了口？山主糊涂啊。

山主你别走，得赔我这份损失，至于如何跟年轻隐官讨要墨宝印章，就是山主你的事情了，反正我只管收礼，若是观礼结束，山主你下山时两手空空，那么这个吃力不讨好的掌律一职，呵呵，檀某人早就当得揪心了。

叶芸芸倒是不怕檀溶的威胁，只是实在不理解檀溶这样的老修士，面对陈平安，偏不去执着于年轻剑仙昔年在避暑行宫的调兵遣将，唯独在印谱一事上心心念念。

叶芸芸略微头疼几分，聚音成线，与弟子薛怀打了个商量："难道真要我到了仙都山，找陈平安要印章什么的？我开不了这个口，不如你去？"

薛怀笑道："师父，由我开口不难，只是这件事，起调太高，是隐官大人主动拜访的蒲山，无形中撑大了檀掌律的胃口，所以要我看啊，也就是一两句话的事情……"

察觉到师父脸色的变化，再想到师父的脾气，薛怀立即改口道："师父若是实在难为情，大不了到时候我来开个头，在陈山主那边挑起话头，到时候师父附和几句，相信以陈山主的为人，肯定不会让师父在檀掌律那边为难。"

然后薛怀帮着檀溶打圆场："檀掌律这辈子痴迷书法、金石，对待两事，可能比修行还要上心了。这就像诗家后生见着了那位人间最得意，词家子孙瞧见了苏子、柳七。师父还是要理解几分。至于檀掌律威胁师父的那些气话，不用当真，是在漫天要价罢了。"

说到这里，薛怀笑了起来："师父，不如咱俩打个赌，我赌陈山主在这件事上，肯定早有准备，说不定就在等着师父或是檀掌律开口呢。"

叶芸芸没有搭话，只是好奇问道："薛怀，你对陈平安印象很好？"

薛怀微笑道："都是读书人。有幸跟随师父在蒲山修行，参加过各种庆典，也算见过不少世外高人了，但是如陈山主这样的修道之士，还真是头一回见着，大有耳目一新之感。如果一定要用一句话形容陈山主，那就是……"

停顿片刻，薛怀自顾自点头笑言道："望之俨然，即之也温，恭而安。"

叶芸芸说道："很高的评价了。"

年关时分，离着宗门庆典还有小半个月。

之所以提前赶往仙都山，叶芸芸有私心。她要光明正大和陈平安问拳一场。

叶芸芸在止境武夫当中极为年轻，家乡的武圣吴殳，此外中土神洲的张条霞、北俱芦洲的老莽夫王赴愬、皑皑洲的雷公庙沛阿香，年纪都不小了。

叶芸芸很想知道一个能够与曹慈问拳，并且与曹慈还是同龄人的纯粹武夫，拳脚到底有多重，拳理到底有多大，拳法到底有多高！

彩船驶入云海之时，四周水雾弥漫，令人心旷神怡。

裴渎白发苍苍，身形佝偻。昔年她也曾手持金敕行雨符，现出真身，腾云驾雾，为大地山河行云布雨，降下一场场甘霖。一旁胡楚菱双手拎着一只手炉，因为体形小巧，又名袖炉，可以暖手驱寒，由紫铜制成，内置火炭，外编竹条。

一行人俯瞰大地，人迹罕至处，依旧青山绿水不改颜色，可是那些大江大河的沿途，昔年临水而建的雄城大镇，至今依旧多是废墟，满目疮痍，惨不忍睹。

叶芸芸忍不住问道："大渊袁氏，还没有复国？"

不然以旧大渊王朝的底蕴，经过这么些年的休养生息，怎么都不至于如此民生凋敝，死气沉沉。

她越发觉得云草堂不但要解禁山水邸报，还要专门设立一个搜集各山邸报的机构。

薛怀叹息一声，为师父解释其中缘由。原来旧大渊袁氏王朝早已分崩离析，如今山河国土一分为三，三位仅是藩地出身的旁支皇族子弟，各自被拥护为皇帝，裂土立国。大渊袁氏当年是桐叶洲为数不多敢于"螳臂当车"的山下王朝之一，先后在边境和京城三地分别集结大军，抵御如潮水一般席卷山河的蛮荒妖族大军，结果仅是被屠城之地，连同京城在内，就多达七处，生灵涂炭，元气大伤，故而如今相较于昔年国势相当的虞氏王朝,再不能相提并论了。

连同旧京城遗址在内,都已沦为一处处名副其实的鬼城,阴煞之气,冲天而起,鬼修除外,地仙之下的练气士,一般都会绕路而行,不去"触霉头"。

"除了有几拨书院君子贤人领衔的队伍,连同各个山头的谱牒修士,进入各个鬼城搜寻隐匿妖族,其实那三个割据势力也都曾不遗余力派遣供奉开道,带着一大拨练气士,护卫兵卒入城收拢尸骸,耗费了大量符箓和神仙钱,还办了几场引渡亡魂的水陆法会,但是收效不大。"

此外就只有山泽野修,会打着"搜山"的幌子去捡漏,一些个世族豪阀的旧府邸门第,虽然残破不堪,但是可能还会有些意外收获。野修也会严格遵循日出入城、日落出城的规矩,不然身陷重重迷障,很容易有去无回,在城内鬼打墙,沦为新鬼。

寻常江湖武夫,阳气雄壮之辈,绝不敢擅自入内,至多是给那些散修打打下手,在城内做些开路勾当,事后得些分红。而且多是在盛夏时分,拣选天地阳气鼎盛的日子,像眼下这种天寒地冻的冬末时节,大多都要远离鬼城至少百余里。

叶芸芸问道:"我们蒲山弟子就没有来过这边?"

虽说自家蒲山弟子大多在桐叶洲南方地界,配合两座书院和玉圭宗一同搜山,但是等到叶芸芸亲眼见到旧虞氏山河的鬼城连绵,还是有些揪心。

薛怀轻轻摇头,如实说道:"还不曾来过。"

桐叶洲实在太大了,几乎等于两个宝瓶洲的版图,何况桐叶洲也没有大骊王朝,没有绣虎崔瀺,没有一支所向披靡的无敌铁骑,更没有山上仙师与人间王朝的低眉顺眼,没有将一国律法立碑于群山之巅的壮举……

叶芸芸说道:"参加完仙都山庆典,我们就将这些鬼城走一遍,看看有无已成气候的厉鬼将帅,试图聚拢起阴兵扰乱阳间。"

一旦成事,旧大渊王朝境内的座座鬼城,就会形成类似古战场遗址的小天地,生灵置身其中,都会被煞气潜移默化,尤其是当鬼城形成了同气连枝的格局,更是棘手。叶芸芸倒是不会埋怨书院的不作为,大伏书院在内的三座崭新书院,大战落幕后的这些年,从山长副山长,再到君子贤人,甚至是书院儒生,几乎人人都谈不上任何书斋治学,一年到头,都在外四处奔波,疲于应付。除了搜山,此外缝补旧山河,也是千头万绪,一团乱麻,处处都需要书院解决隐患,而且这些年来,书院弟子已经伤亡不少。

薛怀犹豫了一下,说道:"城中鬼物,即便凶戾,生前都是可怜可敬之辈。"

叶芸芸叹了口气:"我当然知道,只是事已至此,还能如何,总不能由着城内阴灵年复一年被煞气浸染,再拖延下去,即便焦头烂额的书院能够腾出手来,也只能清洗鬼城了,届时无异于一场新的屠城。"

薛怀忧心忡忡:"那些个阴灵鬼物,安置起来,十分麻烦。"

不但是桐叶洲，其实除了中土神洲，都无宗字头的鬼道门派，至多是一些个枝蔓繁复、不缺地盘的大宗，能够单独开辟出几座山头，供鬼物修行。故而如今要想做成一锤定音的壮举，除非是精通鬼道的飞升境大修士，不惜消磨自身道行，以通天手段来此施展术法，才有希望将天地气息由污浊转为清灵。只可惜如今桐叶洲已无飞升境，更别提精通鬼道的山巅修士了。

但是听闻昔年有个身份不明的修士，曾经在桐叶洲战场上突兀现身，率领一支英灵大军阻拦蛮荒旧王座白莹麾下的一支枯骨大军。

只看那处处断壁残垣的旧城池，即便是大白天，阳光照耀之下，依旧给人鬼气森森之感。只是有一事让叶芸芸觉得颇为奇怪，那就是城内分明煞气极重，可是污秽之意却不重。

裘渎以心声和胡楚菱道："醋醋，事先与你说好，等我们到了仙都山，即便你对那边有好感，但不管对方给出多好的条件，咱俩最多当虚衔的客卿，别当供奉修士。"

胡楚菱好奇问道："这是为何？"

裘渎也没有多解释什么，只是摸了摸她的脑袋。其实最好她们还是干脆投靠了蒲山云草堂。

叶芸芸值得信赖，而且蒲山风评极好，在山上山下有口皆碑，尤其是叶芸芸的道心，如一汪清泉，清澈见底，足可托付性命。可惜叶芸芸和蒲山那边从头到尾始终没有主动开口，裘渎总不好上杆子将自己和醋醋一并送出。

反观那个年纪轻轻便剑术通玄的青衫剑仙，虽然先前江边相遇，在茶棚内，始终温文尔雅，彬彬有礼，但是裘渎竟然完全看不透对方的心性。

再者那个仙都山，竟对这些煞气盘踞的鬼城视而不见，放任不管。

对于山上修士而言，几千里路途，其实就是几步路就可以串门的街坊邻里。但是仙都山那边既然都要建立宗门了，想必底蕴不差，这算是各扫门前雪，莫管别家瓦上霜？

却不能说那仙都山就是做错了，红尘滚滚，业障重重，修道之人洁身自好，何错之有？

只是裘渎心中难免犯嘀咕，醋醋资质太好，若是仙都山那边门风不正，来个"物尽其用"，自己到时候如何是好？

依附某个仙家山头，从来是上船容易下船难。

早年在大渎龙宫之内，裘渎身居要职，便早已见惯了同僚、山头之间和仙师之间那些云谲波诡的钩心斗角。

山中修士，名声差的，未必是一肚子坏水的歹人；名声好的，却也可能是道貌岸然之辈，精于算计。

以醋醋的修行资质，绝不至于落个提着猪头找不着庙的下场。莫说是叶芸芸的蒲山,可能就算是玉圭宗,她都可以成为祖师堂谱牒修士。醋醋也就不是剑修,吃了大亏,不然进入神箓峰,成为宗主韦滢的嫡传弟子都是有可能的。所以,裴渎绝不允许自己亲手将醋醋推入一座火坑。

实在不行,她就放低身架,不谈什么面子不面子的,大不了让醋醋更换道统,换个师父,也要帮着醋醋在蒲山云草堂捞个祖师堂嫡传身份。

反正自己早就教不了她什么大道术法了,加上一虬一人,师徒双方的大道根脚截然不同,许多蛟龙之属才可以娴熟掌控的本命秘法,醋醋学来难免事倍功半,虚耗光阴。人族修士,不比妖族,太过讲究一个登山早期的势如破竹。与醋醋没有师徒名分又如何,不打紧。

裴渎伸出干枯手掌,轻轻拎起胡楚菱的袖子,眼神慈祥:"江湖上都说拜师如投胎,女子上山修行如嫁人,师父年岁已高,难证大道,总要帮醋醋找个好人家,才能宽心。"

在这之外,还有一桩秘事,裴渎没有与醋醋明说,寻常龙宫,所谓遗址,不过是沉水,但是她所在的那座大渎龙宫,不同于那些陆地江河的龙宫,地位要更高,所以遗址开门一事,难度更大,而且极难寻觅。

只说澹澹夫人的那座渌水坑,一关门,当年不是就连火龙真人都无法强行打开禁制?

作为大渎龙宫的教习嬷嬷,类似担任皇子皇孙"教书先生"的翰林院学士之流,不同于那条昔年大渎金玉旁支的负山鱼,裴渎是正统出身,简而言之,她就是那把打开龙宫秘境的钥匙。

叶芸芸只字不提,裴渎相信自己的眼光和对方的品行,蒲山不是在放长线钓大鱼。而是仙都山那位陈剑仙前脚走,后脚便跟上了一份请帖。

裴渎岂能不权衡利弊,所以打定主意,趁着宝瓶洲那条真龙尚未昭告天下,由她来收拢天下废弃龙宫,必须得赶紧走一趟"家乡故国"了。

裴渎自然不敢进入其中,就全部视为自家物,那也太过贪心不足了,她只会拣选其中一两成便于携带的龙宫旧藏珍宝作为醋醋的嫁妆。

旧虞氏王朝山河,一座鬼城内,头顶有彩船掠过。

在一处残破不堪的荒废府邸内,有两位刚刚入城没多久的……梁上君子。两人之间的横梁上,摆放了两壶酒,一碟盐水花生,一碟干炒黄豆。

寒酸书生拈起一粒花生米,高高抛起,掉入嘴里,再瞥了眼一旁的胖子,劝说道:"你赶紧下去,小心坐塌了横梁。"

胖子赌气道:"偏不,寡人龙椅都坐得,小小横梁坐不得?这家人是祖坟冒青烟了,才能让寡人好似金子打造而成的屁股落座于此。"

正是钟魁与庾谨大爷。

先前去过了土地庙,再闲逛到了这边。

鬼城之内有一点浩然气,才让城内众多阴灵的神志维持住一点清灵气,不至于沦为凶鬼。

应该是那个白衣少年的仙家手笔。

庚谨抓了一把黄豆,放入嘴中大嚼起来,再灌了一口酒,仰起头咕咚咕咚,好似清水漱口一般,一股脑咽下:"钟魁,为何不与陈兄弟直说,直截了当开口,请他帮忙就是了。"

钟魁从袖中摸出那只木盒,放在膝盖上,轻轻推开盖子,里边装着一套天师斩鬼钱:"哪有一见面就请人帮忙的,心里边过意不去。"

钟魁拈起其中一枚花钱,呵了一口气,拿袖子擦拭起来:"何况创建下宗,是天大的喜庆事,我要做的那件事,换成你听了,不觉得晦气?"

庚谨笑呵呵道:"是怕被拒绝,没面子吧?"

见钟魁投来视线,庚谨立即补救:"见外了不是,咱俩谁跟谁,像我这种死要面子的人,不一样在那边真情流露。"

钟魁说道:"其实就是因为明知道他会答应,而且会毫不犹豫,我才为难,想不好到底要不要开口,什么时候开口。"

庚谨喟叹一声:"理解理解,就像我见着了陈兄弟,也没有跟他开口讨要什么供奉客卿,咱哥俩就是脸皮薄,其实出门在外,顶吃亏了。"

钟魁微微皱眉:"这拨人竟敢在城内留宿,要钱不要命了?"

庚谨笑道:"他们哪里晓得内幕嘛。因为那个存在,只会觉得此地安稳,殊不知已经走在了黄泉路上。"

这座鬼城内,约莫是怨气太重的缘故,不小心孕育出了一头吃鬼的鬼,比起一般所谓的阴宅厉鬼、遗址鬼王之流,可要凶残多了。最大的问题,还是这头鬼物,就像一个天资卓绝的修道坯子,不到十年,就已经靠着吞食同辈,悄悄结了金丹,而且它行事极为谨慎,一直未被修士找出来,要是如今再被它吃掉一大拨阳间人,尤其是魂魄滋养的练气士和精血旺盛的纯粹武夫,再给它捞着几本鬼道秘籍,嘿,估计不用三五十年,就成气候了,再将一座鬼城炼化为自身小天地,等它白日行走无碍,随便换一副俗子皮囊,再想要找出痕迹,就大海捞针了。

不然钟魁也不会带着姑苏大爷在此停步了。

斩妖除魔,责无旁贷。

钟魁喝完一壶酒,让庚谨收起菜碟,他轻轻跃下,如飞鸢掠出大堂,在建筑屋脊之上蜻蜓点水,再蓦然降落身形,在一处女子闺房外的美人靠那边落座,远远看着这个府上一座书楼外的庭院。庭院内有一伙捡漏客,总计十数人,半数正在那边挖地三尺,其余在府上搜寻地窖、枯井和夹壁密室，人人忙碌异常，其中有半吊子的练气士，也有江湖武夫，后者大多披挂甲胄，都是就近捡取，或背弓、臂弩，或悬佩一把铜钱剑，还有人背着一袋子糯米和一囊黑狗血，有修士腰系铃铛，手持照妖镜，显然是有备而来。府门外还停着几辆独轮车，因为驴马不管如何鞭打死活不敢入城。

他们挖出了七八坛银子，顿时欢声如雷。

其中一个面黄肌瘦的年轻人突然说道："可以试着再往下挖一两丈。"果然在一丈之下，又挖出了埋藏更多的坛子，一打开，皆是更为值钱的珠宝财物。

庾谨嘿嘿笑道："看这府邸形制，告老还乡之前，怎么都该是位列中枢的三品京官，结果就只积攒下这么点家当，真是个清官老爷，若是有幸成为寡人的爱卿，怎么都该追封一个文字头的美谥。"

院子那边，一个年约三十的貌美妇人身材略矮小，却艳丽惊人，又因为她身穿束腰短打夜行衣，更显得曲线玲珑，肌肤胜雪，只见她秋波流转，嗓音娇腻道："古丘，真有你的，今日收获，你能额外多拿一成。"

年轻人向那妇人作揖致谢。

庾谨趴在美人靠栏杆上，伸长脖子，两眼放光，小声嘀咕道："这位姐姐，真是举止烟霞外人，令寡人见之忘俗。"

府上其余人等也纷纷赶来院落这边，其中有人捧着一枚硕大的火画图葫芦，关键是还带柄，品相极好，向妇人笑问道："夫人，这玩意儿，是不是你们神仙用的灵器？"

妇人瞥了眼，瞧不上，天底下哪来的那么多山上灵器。她没好气道："只有这些吃饱了撑着没事做的富贵门户，才会当个宝，值几个钱，你得问古丘，他是行家里手。"

古丘说道："找个识货的文人雅士，兴许值个三四百两白银，但是在仙家渡口卖不出价格。"

那人便看了眼妇人，伸出一只手掌，笑嘻嘻沿着葫芦摸了摸，这才将葫芦随手丢出，重重砸在墙上。

妇人抛去一记媚眼："死样。"

古丘心中惋惜不已，也不敢多说半句。

妇人神色颇为自得，自己真是半路白捡了个宝贝，古丘不愧是昔年出身一国织造局的世家子弟，眼光极好，不然他们这次入城，只会无头苍蝇一般乱撞，估计收获至少减半。

又有人提着一只大麻袋蹲在台阶底部，翻翻拣拣，让古丘一一验明价格，值钱的就留下，不值钱就砸碎了。那人摸出一只口大沿宽的青瓷器物，粉彩荷花鹭鸶纹，不知用途，只是瞧着可能值点钱，向古丘问道："是花瓶？"

"渣斗。"

"啥玩意儿?"

"不值钱。"

台阶顶部有个披挂甲胄的魁梧汉子坐在一张花梨交椅上,双手挂刀,脸上疤痕纵横,相貌颇为狰狞,脚踩一块落单的楠木对联,先前那个古丘说此物颇为值钱,是虞氏王朝一位前朝文坛宗师的手笔,若是成对,至少能卖个五六百两银子。汉子受不了自家妇人与这个小白脸的眉来眼去,就一脚将对联踩得开裂了。

汉子看了眼天色,沉声道:"可以打道回府了。"

他们一伙人是今年入夏时分来到这座旧州治所的,找了些从几拨谱牒仙师们嘴中漏剩下的物件,不料还有意外之喜,极为顺遂。相较于同行在其他几座鬼城的意外重重,已经交待了不少性命,他们反而至今还没有什么大的折损,城内只有一些夜中徘徊游荡的孤魂野鬼。他们挑选了一处州城隍庙作为栖息之地,鬼物在夜间都不敢怎么靠近。不过半年工夫,满打满算,折算成神仙钱的话,已经挣了小一枚谷雨钱了。

钟馗瞥了眼城内一处小宅,有少女独倚桃树斜立,人面桃花。

在这冬末时节,桃花开满枝,当然不合常理。少女好像是觉察到了钟馗的视线,娇羞不已,姗姗而走,她挑起帘子,回首破颜而笑。

钟馗叹了口气,站起身,拍了拍手掌,向庭院内众人喊话道:"喂,诸位,既然打道回府了,你们就干脆点,反正没少赚,直接出城各回各家。"

庭院内十数人如临大敌,剑拔弩张,都抬头望向不远处的阁楼,只看到一个文弱书生,身边跟着一个肥头大耳的家伙。

坐在椅子上的魁梧汉子转头望向钟馗,冷笑道:"是人是鬼?"

其中一位练气士使劲摇晃铃铛,再高高举起古铜镜,借着夕阳光线,照向那两个不速之客。

古镜光亮在钟馗脸上乱晃,钟馗微微转头,摆手笑道:"行了行了,我就是好意提醒你们城内有鬼物早就盯上你们了,要伺机而动。"

庚谨翻了个白眼。

那修士轻声道:"不是妖物鬼魅。"

妇人望向那气度儒雅的青衫男子,咬了咬嘴唇,哟,又是个穷书生哩。

那个丢了火画图葫芦的汉子,看着美人靠那边趴着的庚谨,大笑道:"年关了,还敢跑出猪圈瞎晃荡? 是担心咱们这拨兄弟在城内伙食不好?"

"年轻人脾气不要这么大嘛,说话怪难听的。"庚谨站起身,从妇人身上收回视线,"四海之内皆兄弟,出门在外,有缘碰着了,就是朋友,何必言语伤人。"

钟馗瞥了眼庚谨,怎么脾气变得这么好了。以往遇到类似事情,有自己在身边,他虽不敢胡乱伤人,但是绝对会过过嘴瘾的。看来是在仙都山那边长了记性。

钟魁最后将视线停留在那个与常人无异的"古丘"身上，以心声说道："收手吧。"

小院斜倚桃树的少女，其实是头金丹境的伥鬼，而这个化名古丘的年轻男子才是这座鬼城的正主。

古丘抬头望向钟魁，以心声说道："都是些该死之人，听说你们山上有个说法，叫神仙难救找死人。"

钟魁摇头道："断人生死，哪有这么简单，你如今连城隍庙都'坐不稳'，功德簿也翻不动，不要太过自信了。"

古丘不再言语，犹豫过后，点头道："那就带着他们出城便是。"

钟魁笑问道："都不先问过我的身份，再试探一下境界高低？"

古丘摇头道："不用，先生是正人，不可冒犯。"

庾谨啧啧称奇道："如此会聊天，当鬼可惜了。"

然后庾谨火烧屁股一般，蹦跳起来："哎哟喂，陈山主怎么来了，有失远迎有失远迎。我就说嘛，怎的一座鬼气森森的城池，突然就天地清明仙气缥缈了，原来是陈山主大驾光临……"

言语之间，他已经脚尖一点，两百多斤肉轻飘飘离地，单手撑在栏杆上，灵巧跃出女子阁楼，一个庞然身躯，在庭院台阶那边落地无声。

原来有一袭青衫长褂站在了那位挎刀汉子椅背那边，低头看着那块已经被踩碎裂的楠木对联，再扫了几眼台阶下边的破碎瓷片，惋惜不已。

有你们这么当包袱斋的？多打造几辆独轮车，能耗费多少工夫？

陈平安抬起头，笑着向钟魁解释道："刚好路过，见你们在这边，就赶过来看看了。"

钟魁埋怨道："有你这么闭关养伤的？"

庾谨立马不乐意了，转头向钟魁瞪眼道："放肆！你怎么跟我陈兄弟说话呢？！"

钟魁气笑道："真是个大爷。"

庾谨大义凛然道："我不帮衬自家兄弟，不然还胳膊肘拐向你这个外人？"

陈平安拍了拍庾谨的肩膀，提醒道："过犹不及。火候，注意火候。"

庾谨心虚道："陈山主不愧是老江湖，随口言语，都是千金不易的经验之谈。"

庭院中一群人如坠云雾。尤其那个大马金刀坐在椅子上的魁梧甲士，纹丝不动，大有渊渟岳峙的宗师风范。因为背后那个神出鬼没的青衫男子，一只手轻轻抵住了椅背，并不是这位六境武夫不敢动，而是试过了，根本无法动弹丝毫。

陈平安看了眼那个古丘，先前在云海中俯瞰鬼城，就察觉到了这个年轻人的不对劲，只是有钟魁在场，无须担心什么。

陈平安抬头看向钟魁，笑道："还好意思说庾谨是个大爷，还得我求你请你求我帮忙啊？"

钟魁揉了揉下巴，道："不急，等到立春过后，容我挑个日子。"

陈平安说道："那我就继续赶路了。"

钟魁摆摆手，一袭青衫在原地凭空消失。

彩船飞渡一个下坠飘落在江水中，同时渡船缩小为一条乌篷船大小，原来是到了一处形胜之地，两山束江，崖壁险峻如刀削，依稀可见凿痕，从上游行船下水，进入峡谷内，光线骤然晦暗，如入鬼门关。又有一黑色大石在江心处突兀而起，如一尊远古山灵披黑甲涉水，在此停歇，以庞然身躯硬生生劈开江水，一分为二，故而被当地船夫舟子视为畏途。

薛怀笑着介绍道："秋冬枯水时，还算稍微好些，可若是夏季水盛时节，水势跌宕，舟船快若箭矢离弦，很容易以卵击石，船毁人亡，不然就是与逆流而上的船只迎头相撞。尤其是洪涝时，江水汹涌，直奔这块江心大石而去，可以挂虹，经验再老到的舟子也不敢行船。"

薛怀喜好游历名山大川，之前来过此地，特意挑了个洪水暴发的明月夜，老夫子脚踩一叶扁舟，被当地百姓误认为是仙人。

叶芸芸问道："有此巨石屹立拦江，是水运一大障碍，当地朝廷就没有敕封水神河伯，在附近建造祠庙，帮着压水运平水脉？"

薛怀摇头道："别说自古就没有朝廷封正的水神祠庙，就连当地土人都没有谁敢擅自筹建不合礼制的淫祠，说这是山神与水神老爷打架呢，建造祠庙，不管是一座还是两座，无论祭祀山神还是水神，好像都不合适，不过当地郡县官员上任之初，都要来此连同公文一并投入牛马'祭水'，以求庇护。"

叶芸芸疑惑道："怎么瞧着和那历史上的滟滪堆有几分相像？"

薛怀赞叹道："还是师父博闻强识，若不是师父提起，我还真不会往滟滪堆那边靠。"

浩然天下昔年有四大"中流砥柱"，滟滪堆就是其中之一，此外中土神洲的白帝城也有一处，以红漆榜书铭刻"龙门"二字。

叶芸芸说道："如果是在蒲山地界，倒是可以在大石北面开凿出一处立锥之地，供武夫堪堪立足，然后专等洪涝大水时分，可以在此递拳，打熬筋骨。"

薛怀试探性问道："我去跟当地朝廷聊一聊？"

花钱买。

自己这位师父，反正常年黄衣装束，不施脂粉，从来不喜华美衣饰，花钱一事，与寻常女子，大不一样。

叶芸芸转头望向裴渎："裴嬷嬷，水中可有古怪？"

裴渎笑着摇头道："其实并无水裔怪异作祟，就是一块天外飞石，凑巧坠入江水，就此扎根了。不过好像在江底石根处，有高人以几条铁链钉死了，大概是自己取不走，也不愿意其他仙师得利。不过这块巨石，品秩不高，炼造不出什么好东西，只是因为材质特殊，极为沉重，一般术法和兵刃很难开凿采石，容易锋刃开卷，而且铸造出来的兵器，价值一般，不划算。"

旧虞氏王朝历史上，确实有钦天监堪舆地师，奉命来这边进行过一场勘验，得出的结果跟裴嬷嬷的说法差不多。

江湖上那些名头极大的神兵利器，多是由这类天外飞石铸造、炼制而成，有百炼、千炼的差异。像大泉王朝的那把镇国宝刀，就是如此，只是材质本身要高出许多。

"所以唯一的用处，就是将其连根拔掉搬迁走，拿来当一整块的风水石，只是地仙之流的练气士，若无搬山之属的精怪、符箓甲士帮忙，也很难挪动这座小山，听闻虞氏历代皇帝都算简朴，不愿兴师动众，将其徙往京城。"

一个修长身形落在山崖之巅，年轻女子遥遥看到叶芸芸一行人，小有意外，立即御风落在岸边，轻轻挪步，刚好和那条彩船"并驾齐驱"。

裴钱推算时间，叶芸芸也该到墨线渡了，小师兄崔东山在出海之前，让她来这边候客，等不着也没关系，说自己相中了一块江石，大师姐如果不介意的话，可以将其搬迁到仙都山地界安置，已经跟管着这片地界的人谈好价钱了。

在渡口那边，裴钱未能见着叶芸芸，不承想会在这边偶遇。

裴钱抱拳打过招呼后，问道："叶山主是相中了这块江心巨石？想要搬迁回蒲山？"

叶芸芸笑道："仙都山也看上了？"

裴钱赧颜一笑。

"离着蒲山太远，没什么想法。"叶芸芸说道，"你怎么搬走？"

此地离着仙都山还有不短的路程，搬山迁峰一事，门槛很高，除非是出动搬山、撵岳之属的山怪，不然修士境界得高，需要先斩断山根，此外还要熟谙符箓、阵法一道，千里迢迢，搬山而走，拖泥带水，负担极重，而且中途很容易出现意外。

若只是在水中迁徙巨石，船上的裴渎倒是还有些手段，可要说登岸后，就十分棘手了，即便那老虬现出真身，其实也不算轻松。

裴钱的回答极为简明扼要，就两个字："扛走。"

叶芸芸笑着点头："你忙，我们自己再逛一会儿，就会去仙都山。"

裴钱在岸边停步。

一条彩船如箭矢往下游而去，只是叶芸芸一行人转头望去。

只见裴钱跃入江中，几个眨眼工夫，便江水激荡，水底有闷雷震动的声响。片刻之后，几条铁链被裴钱随手捏断，她再在河床底部凿出一个大坑，双手托住整块江石，往上举起，将一座小山硬生生抛向空中，再一拳递出，将那下坠之势的巨石重新抬高百余丈，小如芥子的女子来到小山一侧，御风悬停，抡圆手臂，就是一拳砸出，打得江石在云海中又向前翻滚出百余丈，身形快若奔雷，踏虚前冲，一个脑袋歪斜，肩膀将小山挑起十数丈高，女子再重新来到后方，又是一掌递出……就这么连人带石，一同去往仙都山了。

裴旻咽了咽口气，小姑娘家家的，哪来这么大的气力？莫不是一位山巅境武夫？资质会不会太夸张了点？

叶芸芸笑问道："薛怀，还要不要向她问拳了？"

纯粹武夫，同境皆同辈。那么薛怀和裴钱，各自作为叶芸芸和陈平安的嫡传弟子，在师父之前率先问拳，切磋一场，很正常。何况薛怀此行，很大程度就是奔着与裴钱问拳而来的，想要确定自己能否扛下二十拳。

薛怀苦笑道："好像怎么看都是自讨苦吃。"

外行看热闹，内行看门道，裴钱如此"搬山"，除了出拳力道极沉之外，拳法当中还得蕴藉巧劲，不然一拳递出，只重不巧，很容易碎石无数。

叶芸芸忍住笑："支撑二十拳？"

薛怀深吸一口气："争取至少十拳！"

裴钱搬山途中，一袭青衫在云海中现出身形，裴钱刚转过头想要说话，陈平安板起脸说道："一口纯粹真气不能坠。"

裴钱咧嘴而笑，点点头，继续出拳，真气当然不会坠。

陈平安也就是嘴上这么说，其实真正想要说的心里话，是让裴钱中途不妨偷个懒，多换几口纯粹真气，没事的。

严师，慈父，就像两个身份在打架。既觉得裴钱能够一鼓作气，做一件事，有始有终，很好。可内心又希望已经长大的弟子，偶尔学一学当年小黑炭"偷奸耍滑"，又有什么关系呢。

一个孩子在年少时百般辛苦，不就是为了长大后不那么辛苦吗？

此间滋味之复杂，不足为外人道也。

陪着裴钱走过了百余里云海路程，陈平安终于停步说道："师父还有点事情，自己一路上注意。"

裴钱脱口而出道："师父放心，不会冲撞沿途山水神灵的，遇见一些个高山，若是脚下有那城隍庙之类的，都会早早绕路的。"

陈平安无言以对。是自己以前管得太严了？是的吧。

裴钱身形远去，又递出一拳后，转头望去，师父竟然还站在原地，见她转头后，笑着遥遥挥手。

墨线渡，大雨滂沱，如龙君泼墨。也像是当年的黑炭小姑娘拿着毛笔描字，到最后不见文字，只有墨块。

有一袭青衫,头戴斗笠,披挂蓑衣,男子脚步匆匆,在一处店铺外停步,摘下斗笠。

里边的青年掌柜正在摩挲一件白玉雕鱼化龙手把件,客人在门口甩了甩手中斗笠,笑问道:"能否借宝地避个雨?"

青年点点头:"随意。"

青年瞥了蓑衣男子几眼,蓑衣男子装模作样打量起店铺内那些明码标价的奇巧物件,忍了片刻,青年实在懒得兜圈子:"是见我敬酒不喝,便请我喝罚酒来了?"

由此可见,那座蒲山云草堂也是些沽名钓誉之辈,果然这些个山上修士,就没几只好鸟。

一洲仙府,唯独太平山修士只需一句话,自己便愿意去那边,给啥就当啥,头衔随便给,绝无二话。此外玉圭宗,若是祖师堂某位上五境祖师亲自来墨线渡请自己出山,他也勉强愿意当个客卿之类的。不然桐叶洲此外仙府门派,他还真没兴趣,什么山上君主金顶观、山中宰相白龙洞,根本不入本尊的法眼,眼皮子都不搭一下。

陈平安笑着反问道:"掌柜何出此言?"

青年嗤笑道:"你这位蒲山仙师,既然这么喜欢兜圈子,怎么不干脆多逛几趟墨线渡,何必在我这小铺子躲雨?"

陈平安笑道:"掌柜误会了,我不是蒲山修士。"

青年疑惑道:"就只是来我这个小铺子买东西?"

陈平安笑道:"倒也不全是。"

他是想亲眼见过这位元婴境修士之后,如果可行,就尝试着邀请对方担任太平山的护山供奉。

之前在太平山山门口,书院儒生杨朴说起过一件事,有个青年相貌的修士自称来自墨线渡,姓于名负山,道号亦是负山。外乡修士只是在山门口那边敬了三炷香,再与杨朴闲聊了几句,就离开了,只是让杨朴遇到事情,可以飞剑传信墨线渡,他可以略尽绵薄之力。

先前在密雪峰,陈平安翻阅过一份谍报,是崔东山亲力亲为,将仙都山周边的所有山精水怪都摸了个底,一一记录在册,除了墨线渡,还有旧虞氏王朝境内的所有鬼城,崔东山都走了一遭。而且按照崔东山的安排,师弟曹晴朗极有可能会更换身份,重新去参加科举,在那个马上就可以统一的新虞氏王朝那边先捞个连中三元,之后曹晴朗就会在庙堂为官,一步步仕途升迁,用崔东山的话说,就是"怎么都得让先生的先生,开心开心"。

于负山懒洋洋道:"有话直说,有屁快放,等雨一停,我可就要赶客了。"

陈平安开门见山道:"道友愿不愿意去往太平山修行?"

"你算哪根葱?"于负山忍俊不禁,伸出大拇指,指了指自己,"我这个人说话冲,你别介意,不爱听就别听。"

吹牛皮不打草稿,一个小小龙门境修士,就敢妄言自己这个元婴境的修道之路?再说了,你小子跟太平山有半枚铜钱的关系?有何资格指手画脚。

陈平安笑道:"想必道友已经知晓一事,黄庭已经从五彩天下返回桐叶洲,如今就在小龙湫那边做客,相信她很快就会去往太平山,重建宗门。"

于负山皱眉道:"有此事?"

又是一个不看山水邸报的。

陈平安点头道:"确有此事。"

于负山问道:"为他人作嫁衣裳,图个啥?"

陈平安笑道:"远亲不如近邻。"

于负山想了想,眼神古怪,问道:"你们是道侣?"

陈平安摇头道:"只是朋友。"

于负山哦了一声,恍然道:"那就是未来道侣喽?"

这位驻颜有术的老元婴水裔啧啧道:"这算不算趁火打劫,乘人之危,乘虚而入?"

然后这位掌柜补了一句更狠的:"如果我没有猜错,你是个没能考入书院的半吊子读书人吧?"

陈平安笑着不言语。这种事情,越解释越误会。

道友这么会聊天,难怪死活到不了玉璞境。足足三千年光阴,才从龙门境熬出个元婴境。

先前也就是幸亏叶芸芸度量大,没有计较那个玩笑。不然单凭他的元婴境修为,又未能走江化蛟,故而要说体魄坚韧程度,受限于大道根脚的先天门槛,只能说实在一般,很一般,叶芸芸先前要是脾气差一点,这条负山鱼还不得直接淹死在河中。

于负山问道:"你真跟那黄庭是朋友?"

也对,一个龙门境修士,如何配得上我家的黄庭。

陈平安点头道:"早年游历桐叶洲,曾经有幸见过太平山老天君。"

于负山沉吟不语,考虑良久,说道:"若是能够让黄庭来这边找我,我就信了你,之后作何打算,我得和黄庭聊过再说。"

陈平安笑道:"负山道友老成持重,理当如此。"

于负山刚要询问对方姓名、师门,就见对方拿起一方取材虞氏开国年号古砖的砚台,转头笑问道:"能不能打五折?"

于负山笑着反问道:"你觉得呢?"

五折?你怎么不抢啊?不承想那个襄衣客就开始掏钱了。

一条彩船已经临近目的地,叶芸芸可以清晰见到那座旧山岳出身的仙都山。

她突然揉了揉眉头，除了檀溶一事，其实还有个更难以启齿的活计。她在动身之前，又走了趟那位东海妇的水府，结果这一走就走出了不小的麻烦，那位突然犯花痴的水神娘娘开始撒泼要赖了，非要让叶芸芸带上一套珍藏的木版彩色水印诗笺图谱，图谱上人物出尘，水木澹静，花色复杂，印制极美，可谓穷工极妍。说是见着了那位隐官大人，一定要让对方帮自己向风雪庙大剑仙魏晋讨要一份签名，此事不用急，哪怕耽搁个十年、一甲子，都是无所谓的，额外多出的彩笺，就当是她给隐官大人的谢礼了。

裘渎以心声问道："叶山主，那位陈剑仙的宗门选址，是不是有点……马虎了？"

环顾四周，不管裘渎怎么看，都是个不适宜拿来开山立派的贫瘠之地，真算不上什么钟灵毓秀的形胜之地。山运一般，水运稀薄，天地灵气更是只比所谓的"无法之地"稍好几分。

叶芸芸笑道："当年我们蒲山即便不能算是穷山恶水，也跟这边是差不多的光景，都是一点一点经营出来的。"

见叶芸芸不愿多说，裘渎也就不继续刨根问底了。

一些宗门的金丹境开峰，估计都不输此地气象。除非……对方早已搬徙山岳，牵引江河，无中生有，并且当下已经施展了某种障眼法？

仙都山这边的待客之人，是裴钱跟那个叫曹晴朗的读书人，其实之前在家乡茶棚里边都打过照面了。

裘渎对这个曹晴朗，倒是印象不错。只是未能瞧见陈剑仙与那个崔仙师。

密雪峰山中，待客简陋，只不过叶芸芸一行人对此也全然无所谓。

薛怀在登山途中，试探性询问裴钱，双方能否找个机会问拳一场。裴钱笑着说得问过师父，只要师父点头，就没问题。

裘渎安置好醋醋的住处后，就去找到叶芸芸，打了声招呼，说自己想要去周边地界游历一番。叶芸芸当然没意见。

裘渎离开密雪峰后，便隐匿身形，施展本命水法，悄然远游，来到一处海陆交界处。谁能想象这处虽然临海却常年干旱的地界正是大渎龙宫藏身处。

凭借一件秘宝打开禁制后，游览大渎龙宫旧址，裘渎睹物伤心，处处琼楼玉宇了无生气，尤其是公主殿下的那处府邸，昔年何等热闹，高朋满座，觥筹交错，座上宾中，水仙无数、山君如云，裘渎站在门口，难免黯然神伤，暗自饮泣。

上古时代，四海龙君职掌天下水运，海中蛟龙手持龙宫秘制净瓶去往陆地行云布雨，天上一滴水，地上一尺雨。在那些歇龙石上，盘踞休憩。俱往矣。

裘渎没有立即搜罗奇珍异宝，翻拣诸多宝物收入囊中，而是擦拭眼角泪水，去往大渎龙君的大殿。

在门槛外，裘渎幽幽叹息一声，她猛然抬头，见一张龙椅脚下的台阶上有个年轻女子,身穿一袭雪白长袍,就那么坐在台阶上。

裴渎还以为是自己眼花了,或是某些海市蜃楼的幻象,只是下一刻,她就确定了对方确是真人,顿时嗓音尖锐,怒斥道:"谁敢擅闯龙宫禁地?!"

只是下一刻,裴渎便心生悲伤。

那女子扯了扯嘴角:"这句话,不是该我问你吗?"

她居高临下,神色倨傲,一双雪白眼眸充满了不屑,依稀可见条条金光流转,宛如无数尾金色蛟龙游弋在两口古井深渊中。

一条元婴境的老虬,嗓门倒是不小,中气十足,让她没来由想起昔年小镇水井边的长舌妇们。

裴渎皱眉道:"老身是这处大渎龙宫旧人,姑娘是?"

上古时代,天下龙宫以四海龙宫为尊,此外还有十八座大渎龙宫,而陆地江河、湖泊其中不少都后缀以"长"字,例如钱塘长、西湖长等。等级森严,不可僭越,品秩高低分明。只说龙柱一事,便大有讲究,分别雕绘五爪、四爪、三爪,此外龙柱颜色又有明确礼制,按照远近亲疏,又分出金黄正色、绛紫、碧绿色、墨色等。像这座大殿的梁柱盘龙,就是四爪、碧绿色,这就意味着此地龙宫之主虽然身居高位,但是出身不正,并非昔年四海龙君一脉的正统后裔。

年轻女子打了个哈欠,调侃道:"你自己都说是旧人了,那么再来这边做什么,偷东西?"

裴渎老脸一红,有些心虚。

那个身份不明却能进入大渎龙宫的古怪女子既不出手,好独占所有的旧藏宝物,好像也没跟裴渎闲聊的兴致。

虽然她没能担任陆地水运共主,甚至只是四海水君之一,但是中土文庙那边承诺一事,天下龙宫遗迹、旧址,之前已经被发掘、被各路仙家势力占为己有的,不许她翻旧账,上门索要了。与此同时,所有尚未解禁、依旧处于尘封状态的龙宫,无论规模大小,无论规格高低,都归她所有。例如此地。

其实之前她就来过一次,却没有挪动任何物件。只是被她当作了一处避暑纳凉的歇龙石。

护送浩然兵力去往蛮荒天下,水神走镖一事,并不算太过轻松,她这次算是公务间隙,来这边歇口气。

裴渎见那年轻女子突然嗅了嗅,再看了自己几眼,最后单手托腮,支颐而笑,神色柔和几分:"在某些所谓的奇人异士手上,吃过大苦头?说说看,当年你犯了什么忌讳?"

裴渎默不作声。不愿揭自己的短,何况她也不敢背后编派龙虎山天师的不是。

女子啧啧而笑:"不过一张龙虎山道士的符箓,就把一条五千年老虬的脊梁骨给压断啦？骨头这么软，难怪会跑回主人家中偷窃，是打算将龙宫珍宝送给哪位山上高人？说来听听，还是我来猜猜看？"

她一挑眉头，好像突然就兴趣盎然了："是南边玉圭宗的韦大剑仙，还是北边金顶观的杜真人？"

裴渎见对方口气比天大，便越发犯怵，就想要找个由头，先撇出龙宫旧址再做长远打算。

女子眯眼道："就这么喜欢装聋作哑？"

一只白皙如玉的手掌，轻轻一拍台阶，涟漪阵阵，大殿之内漾起一圈圈碧绿幽幽的精粹水运。

裴渎却像挨了一道天雷，直直砸在道心上，她蓦然七窍流血，伸手捂住双耳，喉咙微动，却只能发出咿咿呀呀的声响。

那个出手狠辣的女子笑眯眯道："这不就遂愿了？"

年轻女子收起手，抖了抖袖子，轻轻拍打膝盖，讥笑道："天下蛟龙后裔，辛苦熬过三千载寒暑，终于苦尽甘来，龙门争渡，好做那鱼龙变?! 我倒是很想在龙门之巅与你们挨个问过去，三千年来，到底是怎么个辛苦，如何的不容易。大伏书院的程山长，还有风水洞那条老蛟，我看都很会享福，怎么就'熬'了，熬了个什么？"

见裴渎匍匐在地，干号中带着呜咽，女子怒气冲冲："聒噪！"

裴渎被迫现出真身，盘踞在大殿上，奄奄一息，七百丈大虬身躯如承载五岳之重。

女子站起身，走下台阶，抬起脚，踩在老虬巨大头颅的额上，神色玩味："还偷不偷东西啦？"

老虬终于后知后觉，眼中绽放出异样光彩："是你?!"

年轻女子冷笑道："老眼昏花的东西，终于认出我的身份了？"

老虬激动万分，忍着剧痛，一双大如灯笼的眼眸中，泪水莹莹，以上古蛟龙独有的言语，沙哑颤声道："老婢苟且偷生，有幸得见真龙，万幸，虽死无悔……"

稚圭却毫不领情，加重脚上力道："那就死去。"

她脚下那条老虬竟然当真没有半点悔恨，既不祈求饶命，眼中也没有半点不甘，偌大的老虬头颅反而挤出些笑意。

稚圭眯眼道："一解开禁制，就急匆匆赶来偷东西是吧，说说看，是打算跟哪位山上仙师邀功摇尾乞怜，好换取前程？"

老虬如实答话，不敢隐瞒。

稚圭问道："崔东山？仙都山？离这儿有多远？"

大殿门槛那边，有人帮忙答道："不算远。"

稚圭抬起头，望向门口那个家伙。她虽神色自若，实则心头微震，怎么近在咫尺，自己都未能察觉到对方的气息?

对了,是家乡那个喜欢胭脂水粉的娘娘腔!才让这个家伙如此大道亲水。

呵,真是阴魂不散,如今可不又是半个邻居啦。

那人始终站在门外,说道:"差不多就可以了。"

稚圭犹豫了一下,还是收起踩踏在老虬额头上的那只脚,笑嘻嘻道:"我当是谁呢,这么大的官威。"

老虬没了那份好似浩荡天威的大道压制后,立即恢复人形,踉跄起身,转头望向门外那边,竟是那位陈剑仙?

接下来一场对话,让裴渎既心惊胆战,又摸不着头脑。

"这么喜欢管闲事?"

"那也得有闲事可管。"

"以前你也不这样啊。"

"你倒是没两样。"

然后门内门外,昔年邻居,两两沉默。

但是裴渎却在刹那之间,察觉到了一股浓重如水的杀机,竟是直接让她这条元婴境老虬都觉得窒息。

一位飞升境的人间真龙? 还有一位飞升境剑修?

双方到底是什么关系,怎么说翻脸就翻脸?

桐叶洲大渎龙宫遗址,殿内白衣女,门外青衫客。两位邻居在异乡重逢,却没有半点他乡遇故知的融洽氛围。

在宝瓶洲落魄山,主峰集灵峰竹楼,一楼墙壁,长剑在鞘,剑气宛如壁上龙蛇飞动。蓦然剑光一闪,出鞘长剑转瞬之间便离开落魄山,剑气如虹,倏忽间掠出大骊北岳地界。

山君魏檗甚至来不及帮忙遮掩剑光气象,所幸长剑破空速度极快,人间修士至多是惊鸿一瞥,便了无痕迹。

魏檗站在披云山之巅,难免忧虑,便走了趟落魄山,找到了朱敛。

朱敛只是笑着给出一个简单答案:"没事的,都会过去。"

魏檗稍稍放心几分,确实,即便是在他乡,陈平安身边既有崔东山,还有小陌先生。

大渎龙宫主殿内,裴渎上次在敕鳞江畔的茶棚内,就未能看出那位青衫剑仙的真实境界,她只是单纯觉得一位剑修,既然胆敢与一条真龙对峙,而且气势上丝毫不落下风,怎么也该是一位仙人境剑修,甚至极有可能是飞升境。不然在这近海的龙宫旧址内,任你是玉圭宗的大剑仙韦滢,对上这位名叫王朱的女子,只要不更改战场,胜负毫无悬念。

稚圭笑眯眯问道:"老婆姨,我跟这位剑仙真要打起来,你打算帮谁?"

裘渎毫不犹豫道:"老身愿受真龙差遣,赴汤蹈火在所不辞。"

醋醋要是能够跟随这条真龙修行,大道可期,前途不可限量。自家小妮子修道资质极好,若是能够将水法修行到极致,将来莫说是开宗立派,便是走到浩然山巅,也不是绝无可能。

就像那趴地峰的火龙真人,火法公认当世第一,就能将同样是飞升境的澹澹夫人,从头到尾压制在渌水坑内当缩头乌龟。

陈平安哑然失笑。一个真敢问,一个也真敢接话。你们在这儿过家家呢。

不过裘渎没什么杀心。被龙虎山天师以符箓拘押太多年,使得这条老虬如今既无开宗立派的志向,也无证道长生的心气,一切行事,更多是为了那个小姑娘。

有灵众生,各有天性。其中蛟龙之属,诸多特质尤其明显。

稚圭站在台阶底部,瞥了眼那条老虬。这个老婆姨,像极了家乡那些挑水的长舌妇,色厉内荏,墙头草见风倒,所以瞧着就越发亲切了。

稚圭猛然转头望向一处,道心微颤。

她再偏移视线,眼神冰冷,望向大殿门外的陈平安。

如果说先前她是杀气重于杀心,那么现在就是杀心重于杀气。

怨气在她心中如野草疯狂蔓延开来,没有道理可讲。就像在说,连你也要杀我?!

门外陈平安偏偏对此视而不见。

稚圭脸色铁青,冷笑一声,背对大门,缓缓走上台阶,来到那张龙椅旁,她转过身,伸手按住椅把手。

当下龙宫旧址处于一种半开门状态,就连裘渎都察觉到了门外的那股磅礴气息,她一时间惶恐万分,大惊失色。

遥想当年,在那世间蛟龙掌敕按律去往陆地布雨的上古时代,裘渎还在此地担任教习嬷嬷时,大渎龙宫就曾经遇到一场风波,有一伙剑仙联袂问剑大渎。只是那场声势惊人的问剑,所幸在东海龙君亲自现身的竭力斡旋之下,雷声大雨点小,双方并未造成什么伤亡。

青衫,姓陈。气质温和,出手果决。

昔年就有这么一位不知名剑仙,青衫仗剑,在浩然天下属于横空出世,谁都不清楚此人的出身来历,只知道斩龙一役之前,此人曾经在位于古蜀地界的那座蝉蜕洞天之内单凭一人一剑,和一群剑修有过一场领剑,在那之后宝瓶洲的剑道气运就一蹶不振了。

裘渎突然间脸色惨白,颤声道:"你是斩龙人?!"

陈平安默不作声。

稚圭啧啧笑道："真像你的一贯行事风格。"

永远是小心小心再小心，从不追求利益最大化，只求一个不犯错。

寻常人，富贵不还乡，如锦衣夜行。但是眼前这个邻居，却是陡然富贵不惊四邻。

她其实在那股剑气临近大渎龙宫之前，就已经看出端倪了。眼前这个所谓的陈平安，竟然只是一张傀儡符箓，再用上了数种失传已久的远古符箓，就像一座层层加持的符阵。

他的真身却在龙宫之外。

难怪了无生气，凭此遮蔽天机，瞒天过海，再加上他大道亲水，以及飞剑的本命神通，能够隔绝小天地，最终让那替身神不知鬼不觉潜入此地。

果不其然，又有一袭青衫仗剑飘然而至。同时出现了两个陈平安。

后者伸出双指，前者随之身形消散，化作一把袖珍飞剑，且虚无缥缈，好似春风。

陈平安将那把井中月收入袖中，一粒芥子心神重归真身之余，他同时悄然抹去飞剑之上的重叠符阵。

陈平安这一手符箓神通，源于好友刘景龙的某个设想。刘景龙作为太徽剑宗历史上最年轻的宗主，既是剑修，也是阵师。

稚圭脸色阴沉："为何擅自解契？"

陈平安懒得回答这种问题。你结契没问过我，我解契就要问过你？

稚圭气得不轻，只是很快就嫣然而笑，因为想起了许多陈年往事。

这个泥瓶巷的泥腿子，果然还是这副德行，倒是半点不陌生。当年宋集薪就没少被陈平安气得七窍生烟，两个同龄人，隔着一堵墙，经常是宋集薪闲来无事，就拿陈平安解闷、逗乐、挑衅、挖苦，一箩筐尖酸刻薄的言语丢过去。隔壁院子那边几乎从无回应，反而让宋集薪备感憋屈，无须言语争锋，只是一种沉默，就让宋集薪"乱拳落空"。

陈平安至多一个脸色一个眼神，或是偶尔轻飘飘的一句话，就能够让宋集薪吃瘪不已，很多次都差点暴跳如雷，就要翻墙过去干一架。宋集薪双手攥拳，青筋暴起，却无可奈何，要说打架，宋集薪从小到大，还真没信心跟陈平安真正掰手腕。

例如陈平安被宋集薪说得烦了，便随口说一句，自己当那窑工学徒，一个月工钱是多少，年关时分是买不起春联的。很简单的一句话，却有极多的言下之意，自然而然就会让心智开窍极早的宋集薪去浮想联翩，容易自己多想，然后越想越觉得被戳心窝。比如陈平安是不是在说你宋集薪虽然有钱，衣食无忧，但我是靠着自己的本事挣钱。再进一步，就像在反复暗示宋集薪你是窑务督造官的私生子，所以不用清明节上坟，你的所有钱财，都是天上掉下来的……

那会儿稚圭就觉得这个闷葫芦邻居，也就是要当好人，不然只要愿意开口说话，与人骂街，说不定泥瓶巷那个寡妇，还有杏花巷的那个马婆婆，还真未必是陈平安的对手。

稚圭笑问道："你又不是那种好面子的人。既然跌了境，又何必逞强？"

陈平安手持夜游，大步跨过门槛，来到殿内，近距离观看那些龙柱，随口说道："之前在大骊京城，地支一脉修士当中有人说既然国师不在了，不如如何如何的，不小心被我听见了，下场不是特别好。"

稚圭撇撇嘴："你真当自己是他了？"

能管她的人，已经不在了。

陈平安好像全然无视稚圭的飞升境，双方距离越来越近。

稚圭突然冷笑道："竟然还带了帮手？"

陈平安提起长剑，左手轻轻抹过剑身，剑身澄澈，似秋泓，如明镜。

持剑者与之对视，宛如一泓秋水涨青萍。

稚圭看了眼陈平安持剑之手，她突然伸了个懒腰，打了个哈欠，好像一下子就变得心情不错了。

女人心海底针。

裴渎神色古怪。怎么感觉像是一对关系复杂的冤家？莫不是那痴男怨女，曾经有过一段剪不断理还乱的爱恨纠缠？

稚圭以心声问道："如今我有了东海水君这个身份，还会被那些鬼鬼祟祟的养龙士纠缠不休？"

陈平安以心声说道："当然，他们只需要等你犯错。"

稚圭走下台阶，开口笑问道："随便聊几句？"

陈平安点点头，率先转身走向大殿大门。稚圭手指拈起长袍，快步小跑跟上，只留下一个目瞪口呆的裴渎。

走出大殿后，稚圭笑问道："是专程来找我的？"

陈平安摇头："只是碰巧。我这趟之所以尾随而至，是担心那位老嬷嬷不明就里，被你秋后算账。"

这次裴渎故地重游，拣选龙宫旧藏宝物，不管目的是什么，一旦被稚圭知晓，肯定吃不了兜着走。

陈平安除了知道中土文庙和稚圭的那个承诺，更清楚这个当年邻居的脾气。裴渎一定会被稚圭记仇。当年家乡市井坊间诸多她不占理的鸡毛蒜皮，稚圭都会小心眼，一桩桩一件件记得死死的，更何况这种算是她完全占理的事，届时稚圭对裴渎出手，只会没轻没重。此外大泉王朝境内的那条埋河，曾是旧渎的一截主干道，陈平安也担心碧游宫和埋河水神娘娘会被这场变故殃及。唯一的意外是，陈平安没有料到会跟她在此碰面。

早年家乡那六十年里，齐先生受制于身份，不能和她接触过多。

可是稚圭能够恢复自由身,在那个雪夜被她从那口铁锁井中攀爬而出,一路蹒跚走到泥瓶巷,怎么可能是齐先生的"失察"?当然是一种故意为之。正因为此,陈平安才会在齐渎祠庙内提醒稚圭要小心。

不然陈平安再好为人师,也不愿意多管稚圭,和她分道扬镳后,双方大不了就是你走你的阳关道,我走我的独木桥。

陈平安以心声问道:"泥瓶巷那边,我们两栋宅子的各自隔壁,好像常年没有人居住,从我记事起就荒废无主,我在窑务督造署档案房,以及后来的槐黄县户房,都查不到,你有线索吗?"

稚圭与陈平安并肩而行,她转头笑道:"你这算是求我帮忙?"

陈平安点头道:"算是。"

双方既无亲无故,又无冤无仇的,而且既是同乡又是邻居,多问一两句闲话,又不伤筋动骨。

稚圭笑了笑,好像不打算开口。高高扬起脑袋,她在这座龙宫遗址内闲庭信步。

遥想当年,身边的泥腿子路上遇到了自己提水返回泥瓶巷,就会帮忙提水桶。

她在冬天,会扛一大麻袋木炭,因为她不愿多跑一趟,那会儿她才是最被小镇大道压制的那个可怜虫,总是嫌路远,就显得格外沉重。

宋集薪和刘羡阳那么小心眼的男人,但是在这件事上,从不误会什么。双方都不觉得陈平安会有半点歪心思。

稚圭双手负后,十指交错,目视前方,轻声问道:"是不是觉得我除了境界,此外一无是处?"

陈平安想了想,没有着急给出答案。

可恰好陈平安的这份温敦,气得稚圭顿时脸色阴沉如水,还不如直接脱口而出点头承认了。

陈平安缓缓道:"不算。"

约莫是想起了一些家乡的故人故事,陈平安神色柔和几分。

那是懵懵懂懂的草鞋少年,第一次见到齐先生求人。

之后陈平安重新翻检那幅光阴走马图,才发现少女曾经在家乡老槐树下骂槐。让陈平安觉得……挺解气的。

陈平安收起思绪,问道:"那几个,都是怎么认识的?"

养龙士与扶龙士,一字之差,双方各自的大道追求便是天壤之别。

稚圭便有些不耐烦:"半路认识,不过是各取所需,反正未来我那水府,也需要一些能够真正做事的。"

陈平安并未约束稚圭做什么不该做什么,反而只是看似随意地说道:"我们一路所见,不是好事就是坏事。"

稚圭疑惑道:"不是好人与坏人?"

陈平安笑了笑:"这就是难题症结所在了。"

稚圭气笑道:"你怎么不干脆去当个教书先生?"

不承想一旁的陈平安点头道:"已经选好学塾了。"

龙宫遗址一处昔年龙子的私家别苑,占地极广,一处湖塘,水中荷叶田田,有条舴艋舟,舟中有四人,一老叟,一美妇人,一魁梧汉子,一年轻男子。他们如今皆是真龙王朱的扈从,算是投靠了她这位新晋的东海水君。

美妇人站在小舟一端,作宫装打扮,梳流云髻,斜别金步摇,淡施脂粉,纤细腰肢分别悬有一方青铜古镜和一枚水晶璧,她转头对那位船尾的老人,好奇问道:"李拔,你觉得主人跟那位隐官大人,会不会一言不合就打起来?"

名叫李拔的老翁,白发苍苍,骨癯气清,轻轻摇头道:"无冤无仇的,打不起来。"

老人脚边,有个魁梧汉子盘腿而坐。

最后那个年轻人定然是位修道有成的山中神仙,肌肤如玉,姿容俊美若倾城佳人。他此刻躺在小舟中,单手枕在后脑勺下边,跷起腿,意态闲适,优哉游哉,一手摇晃酒壶,琥珀色的酒液刚好笔直一线坠落嘴中。他晃了晃空酒壶,坐起身,看了眼大殿方向:"好重的剑气,不愧是在剑气长城成为剑修的人。"

美妇人秋波流转,望向那个坐姿如磐石的雄健汉子:"溪蛮,要是准许你们双方只以武夫身份对敌,赤手空拳,打不打得过?"

按照数座天下年轻十人的那份榜单,听说这位年轻隐官独守城头那会儿,就是九境武夫了,后来回了浩然天下,在中土文庙功德林那边还跟曹慈打得有来有往。

汉子明显也是一位武学宗师,直截了当道:"对方让我一只手都打不过。"

纯粹武夫看待世界,往往眼中唯有武夫。

这个名叫溪蛮的浩然本土妖族曾经仔细掂量过斤两,自己对上正阳山那头搬山老猿,都没有任何胜算,后者同样天生体魄坚韧,所以何谈与陈平安问拳。那不叫切磋,叫白白送死。

妇人笑骂道:"他才几岁,你如今几岁了? 你怎么不死去?"

溪蛮嘻笑道:"照你这么说,曹慈和陈平安之外,大伙儿都别习武学拳了。"

稚圭的这四位水府扈从,一仙人境,两玉璞境,外加一位山巅境武夫。

除了人族修士,此外既有鬼仙,亦有妖族,不过都在文庙那边录档和勘验过身份了。

年轻男子坐起身后,想起一事:"剑气长城那间酒铺的青神山酒水,花了大价钱,还托人情,好不容易才买到手一壶,结果喝得我都要怀疑人生了。"

难不成之前青神山酒宴的酒水，都是假酒不成？

溪蛮点头道："确实难喝，喝劣酒不怕，就怕喝假酒。搁我，得站在药铺门口才敢喝。"

言语之间，溪蛮习惯性伸手掏了掏裤裆。

妇人瞪眼埋怨道："恶心不恶心，你这个臭毛病，就不能改改？"

溪蛮瓮声瓮气道："改不了。"

他还有句最让宫艳受不了的口头禅："老弟莫抬头，咱哥俩就没那艳福没那命。"

一行人，妇人名为宫艳，昵称阿妩，她是扶摇洲本土修士，还曾是一座老字号宗门的女子祖师爷，只是一场仗打完，如今算是无家可归了。

宫艳对那山水窟的境遇，颇为幸灾乐祸。后来她还曾在那边认识了一位复姓纳兰的女子剑修，外乡人，境界不明，可能是元婴境，对方自称来自倒悬山水精宫。

双方做过几笔大买卖，那位当时负责主持山水窟事务的外乡剑修是个败家娘们，约莫是在中土文庙那边有关系，竟然胆敢公然贱卖家当，宫艳来者不拒，就跟去街上扫货一般，收获颇丰。

老人名为李拔，家乡在金甲洲，道号烨掌，曾是金甲洲完颜老景的忘年交好友，一心向道，担任过一个山下大王朝的国师，只是先后辅佐的三任皇帝都不堪大用，尤其是最后一位才华横溢的亡国之君，竟然向国师李拔执掌的那座青章道院上奏，打算册封自己为教主道君皇帝。

等到浩然天下的水神走镖一事暂告段落，主人王朱承诺过他们，事后他们可以各凭意愿，择良木而栖，比如其中两人，打定主意在水府长久修行，另外两位就打算去宝瓶洲大骊陪都那边落脚，因为他们对那位藩王宋睦，颇为看好。

一道雪白身形宛如一抹白云坠落荷塘，踩在一株碧绿荷叶上，摇摇晃晃，好不容易才稳住身形，伸长脖子，望向那个坐在舴艋舟中间的俊美男子，嘴上嚷嚷道："哎哟喂，这不是那位曾经大名鼎鼎的、喜欢'白骨卧松云'、自号'江东酒徒'、自称'我志天外天'、扬言要'除心牢、守心斋、作心宫'、传闻一个呼吸唏嘘便能接引风雨云雾雷霆，然后因为争抢钓位差点被张条霞打死的玉道人黄幔吗？"

白衣少年双手叉腰："容我喘口气，累死我了。"

这位不速之客，直愣愣看了舟中四人片刻，然后转头望向岸边一处水榭，笑嘻嘻问道："在这咫尺之地，有幸得见如此多的世外高人，小陌先生，你说说看，这叫啥？"

水榭内，不知何时出现了一个黄帽青鞋的文弱书生，手持绿竹杖，闻言笑答道："大概能算是不出门庭大有野景，相从里巷定见高人。"

坐在那边的黄幔，不承想自己竟然被人一口气揭穿老底，笑眯眯问道："你是哪位？"

他施展了数重障眼法,隐姓埋名百余年,照理说,不该被人一眼看穿身份。

舟中四位奇人异士只听那白衣少年一本正经道:"我是东山啊。"

崔东山偏移视线,望向老者,一脸中药味,苦相得很,满脸讶异道:"唉?这不是流霞洲的国师李抜吗?是了是了,肯定是被那个极为敬重的完颜老景伤透了心,再不愿留在家乡那伤心地。搁我,也要换个地方散散心。"

崔东山突然从雪白袖中摸出一物,再一个金鸡独立,手持照妖镜,高高举起,瞄准那妇人:"哒!妖怪鬼魅哪里跑,还不快快现出原形!"

不管用?崔东山微微皱眉,将古镜收入袖中,再从袖子里摸出一把新的,一个蹦跳,更换位置,身形横移,落在旁边一张碧绿荷叶上边,腾空之时,抛起古镜,换手接住后,大喊一声:"定身!"

之后又取出两把古镜,浩然天下最著名的四种照妖镜,都被他显摆过了,其中两把由龙虎山天师府和符箓于玄所在宗门炼制而成,其余两把分别是金甲洲统称为山镜的规矩镜,以及大龙湫的水镜,后两者,分别汲取炼化日精、月华,各有所长,山镜杀力大,破障快,水镜更能寻找出精怪鬼物的踪迹,无所遁形。

舴艋舟上四位面面相觑。尤其是那个被针对的宫艳,更是哭笑不得,自己一行人是摊上了个脑子有病的山上仙师?

等于是转了一圈再回到原地的崔东山,悻悻然收起照妖镜:"哈,误会误会,怨这位姐姐太过漂亮了,江湖老话说那山中偶遇,不是艳鬼就是狐怪。"

溪蛮望向老人,李抜点点头,可以出手,掌握好分寸,看看能否一探究竟,试探出对方的道行深浅。

溪蛮身形暴起,小舟周边的荷塘水位骤然下降,远处湖水激荡,水路层叠高涨,往岸上蔓延而去,唯独黄帽青年所在的那座水榭未受影响。

九境武夫溪蛮一肘打在崔东山额头上,对方毫无还手之力,如箭矢倾斜钉入水中。片刻之后,崔东山在远处探出头颅,抹了把脸,凫水过后,伸手抓住一株随水摇晃的荷枝,再扯住一片倒向自己的荷叶,翻转身形,跃上了叶面,跳脚大骂道:"贼子,胆敢行凶伤人,这事没完,你等着,我这就去喊人,有本事别跑……"

崔东山蓦然停下话头,一脸自怨自艾,跺脚道:"不承想我还是活成了当年自己最讨厌的人,我如此作为,像极了大街上调戏良家妇女再被大侠按在地上打、起身后就只敢跑,一边跑路还要一边与人叫嚣撂狠话的纨绔子弟?!"

溪蛮聚音成线,提醒其余三位:"点子扎手。"

宫艳瞥了眼黄幔,冷笑道:"玉道人,这都能忍?"

黄幔笑道:"小心别阴沟里翻船,我可以再忍忍。"

小陌远远看着那场闹剧,没有半点要掺和的意图。他只是自家公子的死士,何况这位崔宗主,作为公子的得意门生,也用不着他来担心安危。

崔东山望向那位体态丰腴的美妇人宫艳,从袖中重新摸出一把铭文"上大山"的规矩镜:"唉?这位姐姐腰间所悬古镜,好生眼熟,老乡见老乡,两眼泪汪汪?"

宫艳无奈道:"这厮好烦人。"

小陌斜靠亭柱,提了提手中行山杖:"劝你们别乱动,杀心易起,覆水难收。"

崔东山好像找到了靠山,双手叉腰,大笑道:"听见没,听见没,我家小陌先生说了,要你们老实一点,规矩一点,收敛一点,还要与我说话客气些!"

小陌不否认,这位崔宗主如果只是个刚认识的过客,言谈举止确实挺欠揍的。

小舟当中,那位境界最高的玉道人好像也忍不了崔东山的荒诞行径,就打算亲自出手。

刹那之间,那个黄帽青鞋的青年就来到了舴艋舟,站在一侧船沿之上,以行山杖轻轻抵住那位玉道人的眉心。一根绿竹杖,如一把青色长剑,剑尖处,玉道人的额头渗出血丝。

"黄幔道友,修行大不易,好好珍惜性命。"小陌微笑道,"行走天下,常在河边站,哪有不湿鞋,只知道打打杀杀,走不长远的。"

崔东山又开始作妖,双手飞快鼓掌却无声响。

溪蛮刚要有所动作,整个人就倒飞了出去,就像被数百条剑气同时撞上,脚踩荷塘水面,一退再退,那些无形剑气极有分寸,好像就只是为了把一位九境巅峰武夫打出小舟之外。

一男一女,出现在荷塘岸边。小陌便收起行山杖,离开小舟,一闪而逝,来到自家公子身边。崔东山一见到先生,立即摇身一变,跟着小陌来到陈平安身边,以心声介绍起黄幔跟李拔。陈平安听过之后,对小舟四位遥遥抱拳,再让崔东山去喊裴渍一同离开此地。

稚圭突然以心声说道:"陈平安,你向那条老虬捎句话,就说我让她取走一成龙宫宝物,这座龙宫会在一炷香之后关门,她要是有胆子来这里偷东西,再有胆子不听我的吩咐,就让她后果自负。"

陈平安笑道:"不愧是东海水君,好大的官威。"

稚圭还了个白眼。

陈平安带着崔东山和小陌只在龙宫遗址门外等了约莫半炷香,裴渍就慌慌张张掠出大门,一同御风返回仙都山。

崔东山以枭水之姿御风前行,嘿嘿笑道:"先生,稚圭姑娘如今都晓得招兵买马了,还是很有长进的。"

如今浩然天下,除了穗山、九嶷山和烟支山在内的中土五岳,还有五湖四海,如今这些山水神灵的神位品秩,相对最高,都是文庙制定金玉谱牒上边的从一品,只是五湖水君虽然与四海水君品秩相当,但是双方管辖水域的差别,却是一个天一个地。

其中浩然九洲当中最大的中土神洲,陆地水运之主是渌水坑澹澹夫人。

按照四海水君的疆域划分,稚圭管辖的东海水域,包括东宝瓶洲和东南桐叶洲陆地之外的广袤水域。稚圭之所以会选中桐叶洲这座龙宫遗址,是因为她将来经营水府的重心,除了追求辖境之内的河清海晏,还需要扶植起除了宝瓶洲大骊王朝之外,桐叶洲中部的大泉姚氏王朝、北方的虞氏王朝、旧大渊袁氏,这些新旧王朝的强大鼎盛,可以帮助她增长、壮大自身龙气。而那位新任南海水君,会掌管南婆娑洲、西南扶摇洲。

所以陈平安想要缝补三洲山河,真正需要打交道的,除了稚圭这个旧邻居,还有之前担任皎月湖水君的李邺侯。先前陈平安在功德林见过一面,是恭贺自己先生恢复文庙身份的贵客之一。

因为山海宗的那份山水邸报,估计如今所有山巅修士都已经知晓陈平安获得了一份蛮荒天下的曳落河水运。说不定那位新任南海水君,很快就会秘密派遣使者主动登门,甚至有可能李邺侯会抽空亲自拜访落魄山。

崔东山笑嘻嘻问裴渍:"尴尬不尴尬?"

裴渍笑容牵强。确实尴尬至极,她恨不得挖个地洞钻下去。

若是按照桐叶洲的某个山上谚语,这就叫闹了个"姜尚真照镜子,里外不是人"。

她哪里想得到这位深藏不露的陈剑仙,不但是剑气长城的隐官大人,而且竟然与那条真龙当了多年的隔壁邻居。

先前那半炷香内,王朱陪着她走了一路,甚至帮着她挑选出了几件水法至宝,不收?裴渍哪里敢不收下。

陈平安笑着宽慰道:"老嬷嬷不用觉得别扭,一些个属于人之常情的误会,说开了就是,不必因此心生芥蒂。"

很多难以释怀的事情,今日之心心念念,来年不过付诸一笑。

裴渍稍稍宽心几分:"陈剑仙大人有大量,先前确是老身眼皮子浅,以小人之心度君子之腹了,如今落个贻笑大方的下场,是老身咎由自取。"

裴渍已经打定主意,改变来时的初衷,为了醋醋,也没什么脸皮不脸皮的了,既然知晓了身边这位陈剑仙的真实身份,那还含糊什么?她便趁热打铁道:"陈剑仙,这趟跟随叶山主拜访仙都山,本就是奔着醋醋的前程而来,哪怕崔宗主不邀请,老身也会死皮赖脸跟着叶山主同行,不敢奢望醋醋成为陈剑仙的嫡传弟子,只求在仙都山祖师堂的金玉谱牒上边,醋醋能有个名字。"

什么客卿,小家子气了。

至于那位东海水君,仍是世间唯一一条真龙的王朱,裴渍算是嚼出些余味了。她与身边这位风神、法度皆是出类拔萃的青衫剑仙，多年邻居，两人之间，很有故事！

小陌微笑，以心声向自家公子泄露天机。在小陌这边，飞升境之下的修士，最好别想心事。

所以陈平安直截了当道："说实话，就算老嬷嬷敢将醋醋姑娘送往仙都山修行，我也不敢收啊。"

之前在江畔那座定婚店内，少女都敢胡乱将自己跟叶芸芸牵红线，天不怕地不怕的，性格实在是太过跳脱了。说难听点，小姑娘就是个做事情顾头不顾腚的主儿。

裴渡小心翼翼瞥了眼青衫剑仙。没来由想起一事，她便有几分心虚。

醋醋这个小妮子，确实喜欢乱点鸳鸯谱。不单单是之前偷偷为陈平安和叶芸芸牵红线，事实上就在今年，就碰到了两位外乡人，一个老儒士，一个木讷汉子，游历敕鳞江，其间他们在茶棚歇脚，醋醋差点就闯祸了。

崔东山小声道："先生，我敢收啊。"

自家上宗，那叫一个藏龙卧虎，人才济济，剑仙如云，宗师如雨。可我这下宗草创之初，急需人才啊。那个小姑娘，按照小陌的说法，是远古月户出身，虽说血缘淡薄，可是修道资质确实不错，"有望玉璞"。

有望玉璞，那就是板上钉钉的元婴境地仙了，可千万别不把地仙当神仙，在太平岁月里，地仙修士往往就是一座宗门在山外的招牌，而且是块金字招牌，就像叶芸芸的那座蒲山云草堂，叶芸芸真会管事？还不是掌律檀溶、弟子薛怀这些人在外奔波，忙前忙后。

再说了，这条老虬，有一点好，护短！与自家门风，可不就是天然契合了？

陈平安斜眼望去，崔东山立即改口道："先生说得对！"

等到一行人返回仙都山密雪峰，叶芸芸就立即找到陈平安，说双方师徒能否各自问拳一场。

第四章
山巅问拳

仙都山谪仙峰，扫花台。

即将问拳的裴钱和薛怀，双方相隔十丈。

陈平安身边，崔东山双手抱住后脑勺，随时准备给大师姐鼓掌喝彩，小陌没来，去落宝滩那边忙碌了，他要在青衣河旁边搭建一座茅屋。问拳什么的，小陌不是特别感兴趣，只说了一句，来者是客，公子与裴姑娘出拳都轻些，免得伤了和气。反正拐弯抹角，都是些马屁。

"这都下得去手？"

陈平安双臂环胸，背靠栏杆，板着脸以心声说道："说吧，回头打算怎么跟庾谨解释。"

都喊上小陌一起出远门了，还能做些什么勾当？

崔东山神色尴尬，没有用上心声，小声嘀咕道："大师姐果然还是向着先生，真是一点都靠不住，半点都没有意外。"

很好，大师姐根本就没听见。这意味着裴钱真正做到了心无旁骛，这种武夫心态，便是所谓的"十大方向，我在中央，天地万物随拳走"，真正做到了"拳随我走"。

陈平安笑道："这就是你冤枉裴钱了，跟她没关系，你要是不信，等到问拳结束，自己去问她到底有没有泄露风声。"

崔东山立即说道："先生，这件事，千万千万别跟大师姐说啊，我在那本'辛'字账簿上边，好不容易才功过相抵！"

陈平安咦了一声，确实好奇万分，立即以心声问道："东山，你都才是'辛'字账本？仔细说说看，在你之前，分别有哪些人。老厨子、魏海量，他们几个肯定名列前茅，估计离开藕花福地后，她很早认识的钟魁，也一样逃不掉，再加上咱们那位魏大山君、石柔、陈灵均？"

唯独那甲字账本，不用陈平安去猜，肯定是自己这个师父了。

崔东山使劲摇头如拨浪鼓："不说，打死不说，要是被大师姐知道了，估计都不是什么添一笔账，而是要新开一本账簿了。"

陈平安点点头，不强人所难。

崔东山突然神采奕奕，打算与先生将功补过，侧过身，做贼一般，从袖中摸出一本册子，往大拇指上吐了口唾沫，就要开始翻册子读捷报："先生，这趟出海访仙，学生与小陌……"

陈平安立即抬起一只手："打住，我什么都不知道，也什么都不想知道。你们下宗具体事务，我一律不掺和。"

崔东山伸手捂住心口，双眼无神，嘴唇抖动，颤声道："'你们'？先生此语诛心至极，寒了下宗诸将士的心。"

陈平安视而不见，听而不闻。别想把我拉下水，先生丢不起那个人。

崔东山突然说道："其中几件文运、水运法宝，适合单独摘出来，送给暖树和小米粒当礼物，反正学生已经打定主意，即便钟魁帮着庾谨讨债，其余宝物都好说，大不了物归原主，就当自己跟小陌无偿当了回镖师，唯独这些个，肯定打死不认账的，万一要是闹大了，钟魁胳膊肘往外拐，不惜搬出先生来吓唬人，学生至多就是花钱补偿，可这七八件宝物，委实是瞧着都喜欢，实在难以取舍……"

崔东山还没说完，就被陈平安一巴掌拍在脑袋上。陈平安又以迅雷不及掩耳之势，将崔东山手中那本册子收入青衫袖中。

陈平安以心声道："钟魁那边，我来对付。庾谨交给你……还有小陌，你们俩一起去跟这位前辈打交道。"

崔东山猛然握拳，一个高高扬起，成了。

陈平安之后还补上了一番言语，"好心提醒"自己这位学生，免得"少年气盛"，做事情出纰漏，不周全："记得下次见着了暴跳如雷的庾谨前辈，你跟小陌要和颜悦色，挨点唾沫星子算什么，还是要心平气和地跟人家好好商量，千万不要仗势欺人，一定不要店大欺客，买卖不成仁义在，青山不改绿水长流的，人生何处不相逢，后会有期，以后你们俩与庾谨前辈碰面的机会，多了去了，是也不是？"

崔东山如小鸡啄米，懂了懂了。

以后要经常找姑苏胖子打秋风，不对，是叙旧！

陈平安开始转移话题:"你觉得这场问拳,几招可以结束?"

崔东山笑道:"这就得看大师姐的诚意了。"

蒲山武夫薛怀作为叶芸芸的得意高徒,这位老夫子的远游境底子还是相当不错的,绝非竹篾纸糊之辈。

陈平安轻轻踮动脚尖,问道:"稍后我还要跟叶山主问拳一场,这座扫花台,经得起两位止境武夫的拳脚比试?"

崔东山笑道:"就算打碎了,也是无所谓的,修缮一事花不了几天工夫,学生保证立春庆典之时,肯定恢复如新。"

陈平安不置可否。

叶芸芸、裴渎、胡楚菱,三位仙都山客人站在一起。

裴渎以心声问道:"叶山主是不是早就知道陈剑仙的身份了?"

叶芸芸笑着点头:"打算给你一个惊喜的。"

裴渎劫后余生,神色复杂,喃喃道:"确实是个天大的惊喜。"

在那龙宫旧址,差点没被这位陈剑仙联手真龙王朱吓死,所幸虚惊一场,而且比起预期犹有一份满载而归的意外之喜。

要不是陈山主行事缜密,一路悄然尾随,她这趟龙宫之行注定后患无穷,得不偿失,一旦被那王朱抓住把柄,可就不是归还"赃物"那么轻松惬意的事情了。只说陈平安现身之前,王朱展现出来的那份脾气真不算好。

离着陈平安他们稍远一些,此刻隋右边身边站着弟子程朝露和剑修于斜回。

问拳之前,崔东山就先找到了隋右边,说是需要向她借个地儿,隋右边当然没有理由拒绝。

程朝露小声问道:"师父,裴姐姐与那位老夫子,是要武斗还是文斗,还是双脚站定搭个手啥的?"

隋右边忍不住笑道:"少看点不靠谱的杂书,这类山巅问拳,不比山下武把式过招。"

演武场中央,双方即将递拳,裴钱以眼角余光瞥向师父。

陈平安点点头,示意这位开山大弟子,不用压境太多,以诚待人就是了。再悄悄抬起一只手,做了个八的手势,再迅速翻一下掌。

裴钱心领神会。八境,十拳。

在裴钱这边,陈平安拢共才过两次教拳喂拳,尤其是第一次教拳的经历,不管是过程还是结果,不提也罢。加上当惯了甩手掌柜,所以陈平安还没有真正见识过裴钱出手,要说不好奇是不可能的。

陈平安只知道在皑皑洲雷公庙,裴钱曾与山巅境柳岁余问拳,之后在金甲洲,裴钱还曾与曹慈和郁狷夫一起置身战场。而郁狷夫的武学资质、手段、心性，陈平安一清二楚。只说那招神人擂鼓式，生平第一次被人打断，就是郁狷夫。

隋右边脸上有些笑意，实在是无法将眼中裴钱与当年那个小黑炭的形象重叠在一起。

眼前这个年轻女子，扎丸子发髻，额头光洁，面容姣好，身材修长，尤其是她那份沉稳气势，当之无愧的宗师风范。

很难想象这么一个女子，在小时候，却是怠懒、狡黠、记仇、心眼多、最怕吃苦、最喜欢占小便宜，有天马行空的想象力，说乱七八糟的古怪言语……

薛怀一手负后，一掌向前递出："蒲山薛怀，请赐教。"

裴钱拱手还礼，嗓音清脆，神色淡然："落魄山裴钱，得罪了。"

只是这句话，这份宗师气度，就让陈平安百感交集。想要喝酒。

程朝露瞪大眼睛，心神摇曳，裴姐姐这才是传说中真正的宗师气度啊，自己之前在云窟福地那一通王八拳，真是……不堪回首！都是那个心术不正的尤期，害得自己出丑，以后等自己学拳小成了，再找机会去白龙洞会一会他，嗯，做事情还是要学隐官大人，要稳重，既要能打，还要打完就能跑，那就喊上"单挑无敌"的白玄一起。

薛怀突然笑问道："此次问拳，裴宗师能否压个一境半境？"

主动提出此事，老夫子倒是没什么难为情的。

大骊陪都战场上的"郑清明""郑撒钱"这两个绰号，声名远播别洲，是出了名的出拳凌厉，与敌速战速决分生死。

尤其是等到薛怀先前亲眼所见，裴钱将江中巨石连根拔起，再单凭一己之力，在云海之上，将其搬迁来仙都山这边，路途千里之远，薛怀自认万万做不成这桩壮举。

若是对方完全不压境，自己极有可能难以撑过十拳，届时所谓问拳，不过是一边倒，无非是裴钱递拳，自己只能硬扛几拳，直到倒地不起，那就根本谈不上什么相互切磋、砥砺武道的初衷了。薛怀其实不怕输拳，只怕自己输得毫无意义。何况说是问拳，其实薛怀心知肚明，更多是一种类似棋盘上的"让先局"，虽然不算顶尖国手为低段棋手刻意喂棋，却也相差不多了。

无形中，薛怀如今面对裴钱，是以半个武道晚辈自居了。

叶芸芸很清楚这个嫡传弟子心路历程的微妙转变，她并不会对薛怀感到失望，一位纯粹武夫，就该认清双方拳高拳低，拳高者就是前辈，武道登顶途中，居于后方就是晚辈。原本打算压境在远游境的裴钱，立即转头望向师父，这种事情，还是要师父拿主意。

要不是叶芸芸接下来就要与师父问拳，裴钱真正想要问拳之人，当然是未能在黄鹤矶那边"不打不相识"的叶芸芸，而非薛怀。她与这位观感不错的薛老夫子，又无半点过节。

　　若是真能有机会与叶芸芸问拳，反正双方都是止境气盛一层，大可以放开手脚倾力递拳。武夫同境问拳，有点磕磕碰碰的，有何奇怪，谈不上什么公报私仇。

　　陈平安点点头，示意裴钱压一境即可。

　　叶芸芸和薛怀至今还不知道裴钱其实已经跻身止境。

　　这也实属正常，上次双方在云窟福地一别，才过去多久？

　　问拳开始。

　　按照约定俗成的江湖规矩，不签生死状的擂台比武，只分高低的武夫切磋，拳高者让先。

　　扫花台地面微微震颤，薛怀已经近身裴钱，一出手就毫不留力，所递一拳，拳意高涨，如一幅瀑布直泻图，不过是将一卷立轴画卷转为了横放。

　　薛怀曾凭借自身资质和极高悟性，将蒲山祖传的六幅仙人图融会贯通，自创一套拳法，从每一幅仙人图当中取出最精妙处，炼为一拳，只要一拳率先递出，之后五招连绵不绝，拳法衔接紧密，有江河奔流到海之势。

　　裴钱不退反进，竟是抬起手肘，直接就抵住了薛怀一拳。

　　比起小时候就习惯了竹楼老人的那招铁骑凿阵式，眼前一拳，速度太慢，力道太轻，弹棉花呢。

　　裴钱站在原地，纹丝不动，只是抬起一手，五指张开，就要甩在老夫子的面门上。

　　当年练拳，小黑炭就曾无数次因老人这一手，整个人被打得在竹制地板上"蹦跳"，再挨上几句类似"喜欢趴在地上走桩"的刻薄言语。老人的喂拳，可不是就这么结束了，小黑炭会瞬间被脚尖踹中心口或是额头，撞在墙角后，疼得心肝肚肠打转一般，蜷缩起来，还要再得老人一番点评："就这么喜欢当抹布啊，跟你师父一样习武资质太差，还练拳惫懒，好大出息，以后每天黏糊在小暖树身边就是了，不然跟你那个废物师父站在一起，大眼瞪小眼，一人额头写'废'，一人额头写'物'，才不枉费你们俩师徒一场。"

　　当然每次言语之时，老人都不会闲着，绝不给裴钱半点喘息机会，或踩中小黑炭的几根手指，或是踩住她的整个额头，不断加重力道。

　　此时薛怀身体微微后仰，一臂横扫如劈木作琴身，势大力沉，拳罡大振，呼啸成风。与此同时，薛怀一脚凶狠踹出，脚尖如锋刃，快若箭矢，戳向裴钱腰肋部。裴钱一臂格挡在肩头，再猛然间抬腿，脚踝拧转，巧妙踹中薛怀，刚好同时拦住薛怀拳脚。

　　终于不再站定，她横移数步，刹那之间，薛怀好像就在等待裴钱挪动身形，老夫子脚步如仙人踩斗踏罡，契合天理，在方寸间缩地山河，一身拳意攀至顶点，一口纯粹真气比起先前流转速度竟是快了将近一倍，只说在这一刻，薛怀气势已经不输九境武夫，身后涌现出一条条青紫拳罡，衬托得他如同一位八臂神灵。薛怀一个大步前行，以一拳散开无数拳，无数乱拳同时砸向裴钱。

扫花台上，薛怀拳意凝练若实质，罡气往四面八方急剧流散。崔东山便挥动雪白袖子，将其一一牵引到谪仙峰外，揉碎过路云海无数。

崔东山以心声笑道："还是大师姐会做人。"

如果不是不露痕迹地稍稍收手，裴钱最早大可以随便硬扛薛怀的一手一脚，然后只管一巴掌重重甩下去，砸中后者额头后，薛怀恐怕就要躺在某个大坑里呼呼大睡了。

崔东山小心翼翼问道："先生不会觉得大师姐一味托大吧？"

陈平安摇头笑道："怎么可能，她又不是跟叶山主问拳，与薛夫子压境问拳，还是要讲一讲礼数的。"

其实陈平安已经看出来了，不单单是因为自己这个师父在旁观的缘故，让裴钱束手束脚，还有一个更大的原因，裴钱出拳，如果想要真正拳意圆满，就会习惯性下狠手，简单来说，裴钱更适合与人不留情面地ua分胜负，完全不适合这种需要点到即止的问拳切磋。所以说当年裴钱以八境问拳山巅境的雷公庙柳岁余，和后来在大端王朝的京城墙头，接连与曹慈问拳四场，才算是真正出手。

若是评价得刻薄点，蒲山薛怀还是境界太低，面对一个即便已经压境的裴钱，仍然当不了那块试金石。

崔东山小心翼翼说道："大师姐可能是想让薛怀多出几拳。"

陈平安气笑道："好，等我那场问拳结束，得与她好好道个谢。"

叶芸芸犹豫了一下，还是忍不住聚音成线，与陈平安好奇问道："平时你是怎么教拳的？"

陈平安总不能说我这个当师父的，其实就没为自己开山大弟子教过拳，只得用了个搪糊糊的措辞："笨法子，多教拳，勤能补拙，帮忙喂拳的时候，强忍着不心疼弟子。"

六招已过。薛怀依旧没有占到大便宜。

六招拳意如一，其实可以只算一拳。薛怀当然不会傻乎乎主动开口说此事。

裴钱站在白玉栏杆上，伸出大拇指，轻轻擦拭嘴角血迹。

薛怀最后一招，有些古怪，对方拳脚明明已经悉数落空，竟然可以无中生有，裴钱差点就没能躲开，只能是临时一个脑袋偏转，可依旧被那道拳罡擦到了脸颊。

如今还有个金身境武夫体魄底子的隋右边都需要凝神眯眼，才能看清楚双方招式。

不算薛怀作弊。因为虽然看似有一尊八臂神灵庇护，但薛怀并没有用上练气士手段，八臂神灵更非金身法相。

桐叶洲蒲山拳法，桩架法理出自仙人图，确实不俗，不是什么花架子。

至于程朝露和于斜回两个剑仙坯子，其实就是看个热闹，眼前一花，薛怀就没人影了，再一眨眼，就看到儒衫老夫子拖曳出一连串虚无缥缈的青色身影，好像扫花台演武场内,同时站着众多薛怀,让两人只觉得眼花缭乱。

薛怀心中稍定,虽然看得出来裴钱有意收手几分,但是至少双方同境问拳,不至于太过实力悬殊。看来别说是十拳,二十拳都有可能了。

薛怀没有任何休歇,身形一闪,再次朝裴钱欺身而近,体内一口纯粹真气流转速度更快。这一次薛怀选择将那六招全部拆开,打乱出拳顺序。

江湖把式,拳怕少壮。宗师切磋,拳最怕老。压箱底的拳路,一旦被对方逐渐熟悉,威力就要大打折扣了。

第七拳过后,薛怀突然用上了一招蒲山之外的拳法,年少时学自一位江湖偶遇的老前辈。

只是裴钱接拳轻松,并没有因此措手不及,薛怀第八拳,看似示弱,假装气力不济,要更换一口纯粹真气,裴钱也没有上钩,未贸贸然近身搏杀。

第九拳,薛怀汇集毕生所学于一拳,暂无命名,想要等到跻身九境后再说,这一拳被薛怀视为生平最得意之拳招。上次武圣吴殳做客蒲山,见到此拳,从不喜欢与人客套的桐叶洲武学第一人,对此评价颇高,给了一句"高出拳理近乎法"。

拳出如龙,拳意绽放气势磅礴,如大水淹没整座扫花台,以至于有了练气士的小天地气象。

既然薛怀已经递出九拳,裴钱便不再辛苦压制自身拳意。

她瞬间拉开拳架,行云流水,浑身拳意并未继续往身外天地肆意流泻,反而倏忽间好似收敛为一粒芥子,与此同时,扫花台那份好似遮天蔽日的浑厚拳意,如陆地蛟龙之属的水裔得见天上真龙,竟是自行退散,来如决堤洪水,去如退潮之水,反观裴钱那粒芥子拳意却如海上生明月。

此拳一出,宛如神灵敕令,唤起一天明月。

裴钱一脚踩地,整座山巅扫花台并无丝毫异样,只是扫花台之外的谪仙峰下方,却是林鸟振翅离枝四散,山间处处尘土飞扬。

一拳一人,笔直一线。

薛怀如坠冰窟,强提一口心气,才能堪堪让自己不闭眼、不撤退、不躲避,反正注定避无可避。

叶芸芸眯起眼,向陈平安问道:"此拳是落魄山不传之秘?"

陈平安双手笼袖,懒洋洋背靠栏杆,摇头微笑道:"不是,没有谁教过,是裴钱自创的拳招。"

一拳停在薛怀面门一尺外,裴钱骤然收拳,后退三步,欲言又止,却还是没有多说什么,只是抱拳道:"承让。"

薛怀等到眼前视线恢复清明,仍心有余悸,一瞬间便大汗淋漓,宛如走了趟鬼门关,深呼一口气,向后退出五步,抱拳还礼,沉声道:"受教!"

崔东山急匆匆以心声问道:"大师姐,啥时候又偷偷自创拳招啦？都不打个招呼,吓了小师兄一大跳呢。"

裴钱说道:"就在前不久。"

是之前与师父一起,乘坐风鸢渡船来桐叶洲途中,一天夜幕中,独立船头,裴钱看着海上明月,看似触手可及,实则遥不可及,有感而发,便多出崭新一拳。

叶芸芸稍稍挺直腰杆,接下来就要轮到自己与陈平安问拳了。

等到薛怀来到身边,叶芸芸问道:"等你来年破境跻身九境,还敢不敢与裴钱问第二场拳？"

薛怀爽朗笑道:"有何不敢?!师父此问,好没道理。"

叶芸芸点头赞许道:"很好!可以输拳不可以输人,蒲山武夫当有此心此境。"

裴钱来到师父这边,神色腼腆,习惯性挠挠头。

陈平安笑道:"尤其是最后一拳,气象相当不错了。"

程朝露和于斜回越发神采飞扬,终于轮到隐官大人出拳啦!

陈平安突然转头望向叶芸芸,笑问道:"叶山主,介不介意我用件趁手兵器？"

叶芸芸笑着摇头:"无妨。"

武夫切磋从来不讲究个赤手空拳,就像武圣吴殳,就会习惯以佩剑、木枪对敌,如果一件都没有用,说明就是一场境界悬殊的教拳了,对手甚至不值得吴殳压一境。

陈平安朝裴钱笑着伸手道:"师父得跟你借样东西,就是那件你在金甲洲战场的战利品,符箓于玄前辈送你的。"

裴钱虽然心中讶异万分,但是脸色如常,因为她就从来没见过师父展现过什么枪术。

裴钱还是从小陌先生赠送的那件小洞天当中取出了一杆两端枪尖都已被她打断的长枪。

她近些年偶尔会取出这杆长枪,偷偷演练一番脱胎于那套疯魔剑法的枪术,其实就是闲来无事,闹着玩的。

陈平安伸手攥住长枪中部,缓缓走向扫花台中央地带,其间掂量了一下长枪的重量,再数次拧转手腕,骤起弧线,长枪画圆。

再不趁手,也趁手了。

一杆长枪,如臂指使。

陈平安看了眼开山大弟子,忍住笑,好像在说等下看好了,能学到几成枪法精髓是几成。

因为有个周首席的缘故,陈平安对那个能够在桐叶洲得个武圣尊号的吴殳,其实并不陌生。再者天下武学,浩荡百川流,归根结底,皆是万流归宗的唯一路数,练拳尚且是练剑,拳法如何不是枪术。

裴钱何等聪慧,立即恍然,转头瞪眼怒道:"大白鹅,是不是你与师父说的,我有偷耍枪术?!"

崔东山一脸呆滞,呆若木鸡,这也能被怀疑,咱俩的同门之谊就这么风吹即倒吗?崔东山赶紧伸出两根手指,眼神幽怨道:"我可以对天发誓,绝无此事!大师姐,真真冤死我了,天可怜见,小师兄就不是那种喜欢背后嚼舌头的人呐。"

裴钱背靠栏杆,懒得跟大白鹅废话,开始聚精会神,想着一定要认真观摩师父的这场问拳,之前在正阳山,与那头搬山老猿过招,师父其实根本就没有用上全力。

一袭青衫长褂在场中站定。

本就不是一杆正统意义上的长枪,故而无缨亦无簪。

一身黄衣的叶芸芸紧随其后,与之对峙而立。

双方都是止境武夫,而且凑巧暂时都是气盛一层。

按照礼数,各报名号。

"蒲山云草堂,叶芸芸!"

"落魄山竹楼,陈平安。"

裴钱咧嘴一笑。叶芸芸要吃苦头了。

如果自己没有记错,师父是第一次在自我介绍的时候,加上"竹楼"一说。

外人肯定不晓得其中玄妙,只有自家落魄山的纯粹武夫才会清楚其中的分量。

一瞬间,两位在各自一洲都算极为年轻的止境武夫,几乎同时移动身形。

陈平安手持长枪尾端,枪扎一线,神化无穷,转瞬间便抖出个绚烂枪花。黄衣好似身影矫健快过青衫一线,已经避开那团好似暴雨的枪花,青衫挪步侧身,架起长枪,下压一磕,被淬炼得极其坚固的长枪竟是枪身依旧笔直,仅在枪尖前端附近弯出一个诡谲弧度,刚好砸向叶芸芸肩头。

叶芸芸一个弯腰,腰肢拧转,身形旋转,快若奔雷,一掌拍在长枪之上,同时身体微微前倾,便已来到青衫身前,一记膝撞。

陈平安就只是以撼山拳谱的六步走桩挪动身形,只稍稍更改路线而已,双方好像极有默契地互换位置,陈平安回身一枪,依旧是直出直入,叶芸芸竟然就那么站在了枪尖之上,又蜻蜓点水,踩在枪身之上,对着一袭青衫的头颅就是一脚斜挑而去。

陈平安身形后仰,单手拖枪退出数丈,猛然间一个身形回旋,枪随人走,手中一杆长枪朝叶芸芸拦腰斩去。

叶芸芸悬空身形凭空消失,长枪落空的那道雄浑罡气透过枪身朝天撞去,竟是直接将高处云海一劈为二,犹有一阵闷雷震动的惊人声响。

一枪当头砸下。叶芸芸侧过身，枪身几乎是从她眼前笔直落地，却在离扫花台还有寸余高度时突然停滞悬空，只是地面被充沛罡气波及，当场崩裂出一条沟壑。

双方奔走速度之快，风驰电掣，不光是隋右边穷尽目力依旧已经捕捉不到任何画面，就连薛怀都只能看个大概意思。

薛怀自认要是挨上双方任何一拳，看似轻描淡写的一招半式，其实问拳就可以结束了。他那远游境体魄，在这种分量的枪术、拳招之下，完全不堪一击。

叶芸芸身姿曼妙，与青衫递拳，可谓神出鬼没，好似一幅高人行吟图，拳出如龙，龙如走水。

她似乎开始占据上风。

一拳原本应该砸中对方下巴，青衫只是横移一步，长枪在肩好似挑山。

青衫肩头微微倾斜，枪身滚动些许，叶芸芸瞬间身形撤退出去十数丈，躲过一拳。

陈平安收起并拢双指，差一点就要抵住叶芸芸的眉心，他重新转为双手持长枪，一次次画弧，好像要刻意发挥出距离优势。

扫花台上由枪尖拖曳而出的流萤光彩，圆与圆或叠加或交错，璀璨夺目。

叶芸芸依旧气定神闲，由六幅蒲山仙人图演变、衍生而出的六十余个桩架、拳招，在她手上纯熟使出，比起弟子薛怀倾力用来，师徒双方有云泥之别。

而那一袭青衫，出手次数大致是攻三守七，但是陈山主的每次攻势，尤其是几次崩枪式，都要让薛怀误以为是吴殳在此出枪。

因为吴殳的唯一嫡传郭白篆，那个天资惊人的年轻武夫，私底下与薛怀有过一场问拳，薛怀虽说比对方高出一境，依旧只能算是小胜。而且薛怀心知肚明，对方藏拙了，未曾全力施展出撒手锏，当然薛怀虽未曾压境，也同样没有倾力出拳就是了。

通过与郭白篆的那场切磋，薛怀大致看出了吴殳一部分枪法脉络的精微独到处。

今天再来看陈山主的枪法，总觉得与那吴殳，双方招式截然不同，却是神意相近。

山下江湖，一直有月刀年棍久练枪的说法，若是撇开那几分枪术名家自吹自擂的嫌疑不谈，难怪陈山主先前与师父开口言语时，会说"趁手"二字。

一枪迅猛戳向叶芸芸脖颈处，枪尖却落空。之后数次枪尖直指面门，次次皆落空。

叶芸芸从头到尾，脸色淡漠，气定神闲，最后竟然伸手攥住枪尖，往自己这边一个拖曳，再一脚踹出。

简简单单的一拖一踹，却用上了蒲山历代山主之间口口相授的两种不传之秘，一拳名为"道祖牵牛"，一拳名为"水神靠山"。一脚如撞钟，踹得陈平安直接倒飞出去，不过枪尖也在叶芸芸手心割出深可见骨的血槽。

如影随形，叶芸芸一脚横扫，踹向陈平安一侧太阳穴。陈平安仓促间像是只能垫出一掌，挡在耳边，随后砰然一声，青衫身形横飞出去十数丈。陈平安以枪尖遥遥抵住扫花台栏杆,再一脚踩地,才堪堪止住身形。

叶芸芸迅速更换一口武夫真气,她瞬间神意饱满,一身沛然拳意,甚至还有几分百尺竿头更进一步的气象。如酒鬼痛饮一壶醇酒,犹不尽兴。

一旁观战的薛怀,看着那个挨了两脚还能不倒地的陈山主。老夫子突然冒出一个念头:偷拳?

同样一种蒲山拳法招式,甚至是同一种拳理,薛怀自己递出,和师父叶芸芸递出,只会差距极大。

师父曾经说过武夫十境气盛一层的玄妙光景,而任何一位跻身止境的山巅宗师,似乎"看拳"就能"学拳"。只是薛怀再一想,远远不至于,定然是自己想岔了。

这位陈山主是正人君子。虽说与这位年轻隐官打交道不多,只是这点眼力和识人之明,薛怀自认还是有的。不然陈山主也教不出裴钱这样"拳法光明正大,待人礼数周到"的开山大弟子。

再者天下拳法,境界一高,也不是随便拿来就能用的。拳理相悖,拳法对冲,都是习武大忌。

世间那些个出自别家门户之手的精妙拳招,又不是金银,进了自家口袋,转手就能开销。

有些拳招,好似铁骑冲杀,有些却是步卒结阵,此外拳法之刚柔、快慢、轻重,拳理之凶狠霸道、冲淡平和等等,都让一位武学宗师极难调和,不但贪多嚼不烂,甚至会影响一口纯粹真气的流转速度。

就像自家桐叶洲的武圣吴殳,所谓的集百家之长,成功将天下枪术熔铸一炉,又岂会真的如传闻那般"天下只我一家,人间再无枪法"?

没有先生在身边,崔东山就不讲什么下宗宗主的架子了,早就一屁股坐在了栏杆上,身体后仰,偷偷瞥了眼神情专注、一心观战的薛怀,偷偷告状道:"大师姐,我要是薛夫子,这会儿肯定怀疑我先生是不是偷学蒲山拳法了。"

裴钱没好气道:"本就是人之常情的事情,你少在我这边煽风点火。"

崔东山一巴掌重重拍在栏杆上:"大师姐修心有成,胸襟如海气度似山,都要让小师兄自惭形秽了!"

裴钱呵呵一笑:"差不多就得了啊。"

叶芸芸更换过一口纯粹真气后,接下来将蒲山祖传拳法以及一些自创拳招,在扫花台上倾力使出,酣畅淋漓。

便是同为女子的隋右边,都有几分目眩神摇,这位桐叶洲叶芸芸,确实是一位气质与姿容相得益彰的大美人。

其间陈平安最占优的一招,是一枪抡圆,砸中叶芸芸腹部,打得后者差点贴地倒滑出去,只是叶芸芸以手肘敲地,很快就站起身。而且她很快就还以颜色,一拳击中枪身,枪身直接崩出一个半月弧度,再砸中陈平安胸口。

这场问拳,大体上还是一个未能真正分出胜负的结果。

叶芸芸或拳如捣练,或拳如叠瀑。一手递拳,若仙人斫琴,暗中手指捻动,拳罡快如飞剑。她身形移动,罡气流溢,水雾弥漫,就像施展出练气士的缩地山河。

最终陈平安以一拳换来叶芸芸的一拳一脚。

之后双方各自站定,各换一口纯粹真气。

只是薛怀当下心情却没有半点轻松。因为明明是师父多递出一脚,但是双方各自撤退的距离大致相当。这就意味着陈山主的止境武夫体魄其实要比师父高出一筹。

裴钱有些愧疚,只是师父与人问拳期间,她又不好开口说什么。

又是小时候看老魏跟小白下棋,锤儿的观棋不语真君子。

武夫问拳,旁人言语,是大忌。

陈平安将手中那杆长枪轻轻抛还给裴钱。

如围棋先手开局。练手,到此为止。

陈平安好像看穿叶芸芸的心思,笑道:"曹慈没有叶山主想象得那么……弱。"

叶芸芸笑道:"我知道你没有尽全力。"

停顿片刻,叶芸芸不像之前只是报个名号就递拳,这一次她后撤一步,以蒲山立桩先手站定:"我何尝不是一样?"

看到这一幕,薛怀神色凝重。再打下去,不管谁胜谁负,可真就要有一方受伤不轻了。

陈平安一笑置之。他轻轻卷起一只袖子,再以手心轻轻去抹手臂,好像在擦拭什么。左手臂之上层层叠叠的某种符箓被陈平安一手抹掉。换手卷起袖子,亦是如此。

最后脚尖一踮,陈平安双腿膝盖往下到脚踝处,各有三张真气半斤符被一震而碎。

裴钱一脸震惊。这件事,她还真不知道。

裴钱一肘击中身边的崔东山,崔东山抬起双袖,气沉丹田,然后仍是瞬间破功,开始龇牙咧嘴,含糊不清道:"大师姐,天地良心,日月可鉴!我要是知道真相故意不说,以后就再不是你的小师兄了,你就直接喊我大师兄!"

作为与陈平安面对面问拳之人,叶芸芸最能直观感受到那股令人窒息的压力。最终她脑海中只有一个念头:非人。

虽然叶芸芸从未与吴殳正式问拳,但是几次见面,那位桐叶洲武圣都会带给叶芸芸一种巨大的压力。吴殳会带给所有人一种天然的血气旺盛、筋骨雄健之感,甚至会让四周武夫不由自主生出一种矮人一头的错觉。

之前面对吴殳的那种感觉,就已经让叶芸芸觉得糟糕至极,就像一位气力不济的柔弱少女,出门在外,单独夜行,在巷弄中遇到一位孔武有力的男子,不管对方有无歹意,都会让女子心生不安。

但是这一刻,叶芸芸竟然有一种与自己心性相悖、愧对一身武学和云草堂姓氏的……莫大绝望。就像有一个心声不断回响在心扉间:不用问拳! 不可问拳! 会输,会死!

而这种纯粹武夫绝对不该有、不可以有的窒息和绝望,让身为止境宗师的叶芸芸几乎要暴怒。难怪姜尚真会劝自己不要与此人问拳。

自己如此心性,如何拳镇一洲? 如何能够帮助云草堂跻身浩然宗门之列?

陈平安敏锐察觉到叶芸芸的心境变化,突然以心声喊道:"叶芸芸!"

叶芸芸原本涣散的眼神和心神,就像突然听闻一声春雷炸响,反而不由自主地聚拢几分。

然后她下意识瞬间收敛心神,刹那之间,叶芸芸心境通明,仿佛身外大天地与人身小天地皆空无一物。

陈平安放缓出拳,只是站在原地。

片刻之后,叶芸芸才从那个玄妙境地当中退出所有心神,空无一物后,是那山河万里如画卷依次摊开。

记忆深刻之人物事便如彩色画卷,记忆相对模糊的人生画面便如工笔精巧的白描画卷,而那些自以为早已忘记、其实仿佛被封山起来的事物,便如一幅幅大写意水墨画,不见骨肉,只得其意……

那一瞬间,叶芸芸只觉得自己宛如一尊神明,悬空而立,高高在天,俯瞰大地山河。这就是止境第二层的归真?!

陈平安继续以心声说道:"不着急问拳,可以稍等片刻。"

叶芸芸眼神异常明亮,只见她收起那个蒲山古老拳架,后退一步,再次拱手,与眼前这个给她感觉依旧"非人"的青衫客无声致谢,只是叶芸芸此刻心中再无半点绝望,她沉默片刻,笑颜如花,说道:"你要小心了!"

陈平安问道:"确定?"

本意是想问这位叶山主,确定不需要再稳固一下归真境,毕竟她当下只能算是小半个归真而已。

不过叶芸芸已经拉开拳架,甚至有那……拳高让先的迹象? 于是陈平安就在原地消失了。

这位叶芸芸想要借助他陈平安的境界,来大致推断出曹慈的武学高低、境界深浅。没问题。

陈平安依旧是选择留力两成,和在功德林跟曹慈问拳时,一模一样。

当时曹慈亦是收力两成。

叶芸芸一瞬间便失去了所有感知,就像那……人间已无青衫。

之后她脑袋一歪,就被陈平安一巴掌按住脑袋一边,重重一推。

叶芸芸身体就像突然被横放空中。一袭青衫随之脚步横移,高高抡起一臂,握拳直下。叶芸芸被一拳砸中腰肢,整个人轰然砸地。

崔东山倒抽一口凉气,转头不看那一幕光景。所幸陈平安以极快速度伸出脚,稍微减缓对方坠地速度,再立即后退数步。

扫花台这边,除了崔东山和弟子裴钱,应该没谁能够看到这个动作。

叶芸芸依旧是重重"横卧"地上,而且整个人似乎有点……蒙。

陈平安重新摊开双手袖管,抱拳道:"承让。"

叶芸芸踉跄起身,强压下人身小天地内的山河震动,还需要竭力平稳那份被殃及池鱼的紊乱灵气,她神色复杂,抱拳还礼,苦笑道:"承让。"

同样是"承让"一说,意思岂会一般无二。

一时间整座扫花台随着问拳双方的各自沉默,其余人都跟着沉默起来。

叶芸芸强行咽下一口鲜血,惨白脸色稍稍好转几分,才以心声问道:"是不是只要跟你和曹慈同境,就完全没得打?"

陈平安说道:"跟我切磋还好说,但是跟曹慈问拳的话,肯定没得打。"

叶芸芸又陷入沉默。

陈平安就有点尴尬了。这会儿好像说什么客套话都不合适。

崔东山瞧着有些揪心啊,这位叶山主原本还打算成为自家仙都山的记名客卿,可别因为先生的一场喂拳给打没了。

叶芸芸最后问道:"我听说了那个皑皑洲刘氏的不输局,曹慈就真的那么无敌吗?"

至于功德林那场名动天下的"青白之争",叶芸芸通过山水邸报也知道了大致过程。

陈平安说道:"曹慈当然很无敌,但不是完全没有机会。"

叶芸芸抱拳笑道:"告辞。"

陈平安愣了愣。

崔东山更是眼神哀怨,瞧瞧,先生你做的好事,叶山主不准备参加宗门庆典了。

叶芸芸哭笑不得,无奈道:"养伤去。"

叶芸芸只是带着薛怀去往密雪峰,一路脚步稳当,并未御风。只是走远了之后,等到离开了扫花台和谪仙峰,在一处两侧皆是崖壁的山路间,叶芸芸这才停下脚步,站在青石台阶上,一手扶住崖壁,再伸出一手扶住腰肢,只是稍稍揉了揉,就疼得一位女子止境武夫都要直皱眉头。

弟子薛怀大气都不敢喘一下，目不斜视，假装什么都没有瞧见，老夫子善解人意地快步向前，默默走在了前头。

薛怀放缓脚步，已经走出去十几级台阶，才站在原地，背对着师父。

叶芸芸拾级而上："一洲武学拳出蒲山，这话别当真，外人怎么说我管不着，但是以后云草堂弟子，谁敢当面跟我说这种话……"

只是轻声言语，便牵扯到腰肢上的伤口，叶芸芸额头渗出汗水，就不再多说一个字了。

薛怀觉得自己一路假装闷葫芦也不像话，便硬着头皮说道："这位陈剑仙的师兄左大剑仙，早年好像曾将中土神洲剑修那个本是最大褒奖的'剑仙坯子'说法，变成了一句骂人言语。"

叶芸芸气笑道："还不如不说！"

薛怀只得默默赶路。

扫花台那边，裴钱神采奕奕，比自己赢拳还要得意扬扬。

陈平安笑了笑，也没说什么，看似和叶芸芸是一场山巅问拳，其实距离"某人的某一拳"，依旧只是在半山腰罢了。

叶芸芸率先告辞离去后，隋右边一言不发，立即御剑下山，独自去往青衣河畔的落宝滩。

裴渡则带着少女胡楚萋一起，沿着山脊道路游历谪仙峰。

落魄山和蒲山之间，两场宗师问拳，让裴渡大开眼界。关键是那份赢拳之人的不自满，输拳之人的不气馁，让她觉得尤其可贵。

经过大渎龙宫那场险象环生的境遇，再目睹陈平安的出拳风采，裴渡对仙都山印象大好。

高山仰止。何况那一袭青衫还是剑仙啊。

裴渡眺望远方，没来由有些感慨，山河岂容人画得，地天还是圣分开。

裴渡以心声说道："醋醋，师父会争取帮你在仙都山求个谱牒身份，但是此事未必能够成功。"

胡楚萋点点头，都不问为什么师父会临时改变主意。

裴渡犹豫了一下，提醒道："醋醋，若是真的成为此地祖师堂嫡传，以后可莫要任性行事。相信你已经看出来了，那位年纪轻轻的陈剑仙，虽然人极好，但是你看那裴姑娘，武学境界那么高，在她师父那边，还是那么重规矩，礼数周到。崔仙师都是快要当一宗之主的人了，在先生身边，不一样是毕恭毕敬的。"

但是裴渡真正对仙都山彻底放心和信赖的，甚至不是这些所谓的剑仙、宗主、止境，而是……那种发自肺腑的笑容。陈平安看待所有人的，以及所有人看待陈平安的。

就像那两个裘澈暂时还不知姓名、身份的孩子，他们对陈剑仙仿佛充满了一种不讲道理的尊敬、依赖和亲近。这其实是一件很奇怪的事情，在浩然宗字头门派里边，和老人们差了好些辈分、境界的年轻修士，许多人在路上见着了掌律、祖师堂供奉，可能连招呼都不敢打，拘谨、敬畏、束手束脚，就更别谈半路遇见一位开宗立派的祖师爷了。

胡楚菱一双水灵眼眸，笑眯成月牙儿，嗓音软糯道："都听阿婆的。"

在裘澈这边，少女还是喜欢用家乡方言，称呼自己师父为阿婆。

裘澈摸了摸胡楚菱脑袋："不晓得将来谁有福气，能够把咱们醋醋娶进门当媳妇哟。"

嗯，那个叫曹晴朗的年轻后生看着就很好啊，而且曹晴朗还是陈剑仙的得意弟子。

裘澈看了眼醋醋，若是天公能够作美，他们俩两情相悦，就更好了。神仙眷侣，白头偕老，子孙满堂……

裘澈自顾自笑起来。

扫花台那边，崔东山向两个孩子提醒道："今天的两场问拳，你们俩记得保密，对外不许多说一个字。"

程朝露点头答应下来。至于为什么，费脑子想那些有的没的做啥，自己有那闲工夫，都可以多练拳一趟，再做出一桌子饭菜了。

于斜回却是个喜欢刨根问底的，疑惑道："是好事啊，有什么见不得人的？"

这要是在家乡那边，老子凭真本事问剑赢了谁，敲锣打鼓又咋了，酒桌吹牛打屁，谁管得着？

崔东山一皱眉，一只雪白袖子趴在于斜回肩膀上边："嗯?!"

于斜回立即叹了口气："听崔宗主的。"

上次他们九个被这只大白鹅以袖里乾坤的神通收入袖中，除了孙春王，其余一个个的把苦头都吃饱了，尤其是天不怕地不怕的白玄，如今见着崔东山就跟见了鬼差不多，于斜回同样记忆犹新，没事，等我问剑赢过了崔嵬，下一个，就是你这只大白鹅。

崔东山满脸笑嘻嘻，冷不丁一把搂住于斜回的脖子，脑袋磕脑袋，再压低嗓音道："将来想要问剑赢过你师父崔掌律，已经很不容易了，还想问剑我这位下宗宗主？好胆识，有志向，佩服佩服。怎么，你小子如今就野心勃勃，想要有朝一日篡我的位当宗主？谁借你的熊心豹子胆，赶紧说出来听听？"

于斜回顿时身体僵硬，立即望向陈平安，嚷嚷道："崔宗主你再这么胡乱冤枉人，我就要跟隐官大人告状了啊！"

陈平安转头笑道："既然我们下宗是剑道宗门，你又是剑修，想要与崔宗主这些前辈问剑，是在此山修行的题中之义，恰好是你们练剑的意旨所在，有什么敢不敢的。我現在就可以把话撂在这里,以后你不管是赢了你师父,还是赢了崔宗主,我都请你喝酒。"

于斜回立即底气十足,哪怕依旧被崔东山勒住脖子,却开始嘿嘿而笑:"隐官大人,那我这会儿就得练习酒量了。"

听说在家乡那个小酒铺,酒局无数,可隐官大人就从没喝醉过。当然了,二掌柜坐庄,也从没赔过钱。

陈平安打趣道:"其实我酒量一般,只是铺子那些酒鬼的酒量太不济事,全靠同行衬托。"

程朝露有些惋惜,纳兰玉牒要是在这儿,肯定又要将这句金玉良言记录在册了。

崔东山御风离开扫花台,还有一大堆烦琐事务等着他去解决。御风途中,偷偷瞥了眼徒步走向密雪峰的叶芸芸和薛夫子。

发现了那一抹白云,叶芸芸抬起头,朝崔东山挥了挥手。

崔东山啧啧称奇,不愧是刚刚跻身了归真一层的止境武夫。

此外叶芸芸的心性,确实跟自家仙都山投缘,大气!

犹豫了一下,崔东山临时起意,打算单独会一会叶芸芸,雪白身形风驰电掣,在空中划出一道弧线,在青崖间青石路落脚,来到叶芸芸身边后,作揖而笑:"恭喜叶山主武道更上一层楼。"

叶芸芸早已停步,抱拳还礼,坦诚道:"多亏了陈山主相助,不然我将来如果与吴父问拳会有大问题,一个不小心,就要落个与北俱芦洲王赴愬差不多的下场。"

崔东山叹了口气,欲言又止。

叶芸芸笑道:"崔宗主有话直说便是,反正都不是什么外人。"

崔东山这才说道:"实不相瞒,先生从蛮荒天下返回后,受伤不轻,只说武学一境,就从归真跌到了气盛,不然也不至于向青虎宫陆老神仙讨要一炉羽化丸。这就是前不久的事。"

叶芸芸内心震动不已,陈平安与自己问拳之时,竟然只是气盛一层?她立即转头望向薛怀:"上次青虎宫送给我们的两炉羽化丸,还剩下几颗?你飞剑传信檀掌律,不管还有几颗,反正都带过来。"

薛怀比叶芸芸更惊讶,老夫子难掩错愕神色,一个纯粹武夫的跌境,绝非小事,要比练气士跌境更罕见、更棘手,可即便如此,陈山主还是答应了与师父的那场问拳。

陈山主果然正人君子,行事慷慨磊落,为人光风霁月。难怪年纪轻轻的陈山主能够在那剑气长城以外乡剑修的身份担任末代隐官。相信以陈山主的人品,在那剑气长城,定然是有口皆碑、交口赞誉。

不得不承认,如今蒲山欠了仙都山一个天大人情,但是这样的欠人情,何尝不是一种可遇不可求的天大好事?!

只是一场扫花台问拳,就帮助师父跻身归真一层,于私,蒲山云草堂底蕴更加深厚,于公,对于整个桐叶洲而言,也更能震慑那些心怀不轨的别洲修士。即便武圣吴殳不在家乡,师父只要稳固好境界,便是一位类似徐獬这样的大剑仙,别洲修士都要忌惮万分,不敢轻易向师父问剑。

崔东山赶紧摆手:"可不是为了此事,才与叶山主诉苦的,有陆老神仙坐镇清境山,怎么都缺不了我先生的羽化丸。之所以唠叨这个,就像叶山主说的,咱们都算是自家人了,没必要藏藏掖掖。"

幸亏叶芸芸已经是玉璞境修士,若还是位元婴境地仙,啧啧,想要打破瓶颈跻身上五境,她就需要面对心魔……后果不堪设想,估计先生又要增添一笔没头没脑的情债了吧。

崔东山抖了抖袖子,伸手挠挠脸,小声问道:"叶山主,能不能与你讨要一个蒲山云草堂的嫡传身份?但是此事,关于我的真实身份,蒲山只能至多三人知晓,你、薛怀、掌律檀溶。"

"没问题。"叶芸芸快人快语,毫不犹豫就点头答应下来。

她知道是蒲山第七幅仙人图牵扯出来的麻烦。

三人一起徒步走向密雪峰,其间需要路过祖山青萍峰,叶芸芸破天荒有些为难神色,犹豫许久,才试探性开口道:"崔宗主,能不能冒昧问一句,你家先生,他到底是怎么练的拳?"

崔东山双手抱住后脑勺,缓缓道:"在家乡在异乡,在远游在归途,在山中在山外,在人间在人心,在山河锦绣里,在日月乾坤中,在人间大美处,在世道泥泞上,在剑修如云处,在希望失望重新希望后,先生皆在独自练拳,与天地问拳,与自己问拳。"

转过头,白衣少年最后微笑道:"所以我家先生,从不将曹慈视为大敌、死敌、宿敌,天下拳有曹慈,武学道路前方有个同龄人曹慈,在先生眼中,就是一种大幸运,故而只会让先生登山更高、脚步更快。"

叶芸芸闻言,心境激荡,神思飞越。沉默片刻,她忍不住问道:"有封中土邸报,上边说陈平安在功德林与曹慈那场问拳,出拳不是……特别讲究?从头到尾,拳拳打脸?"

崔东山转头狠狠呸了一声:"放屁,何方贼子,胆敢昧良心污蔑我家先生,实在是太缺德了!"

叶芸芸将信将疑。

陈平安在扫花台那边让裴钱模仿叶芸芸和薛怀出拳,六十余桩架拳招,裴钱已经演练得有七八分神似。就连叶芸芸和薛怀那几招压箱底的撒手锏,裴钱也学得有模有样,神意饱满,比蒲山嫡传还嫡传。这让原本打算摆摆师父架子、好帮弟子查漏补缺的陈平安陷入一种无话可说的尴尬境地。

程朝露觉得裴姐姐出拳,当然很好看,可好像还是隐官大人跟人出拳更好看些。

于斜回则觉得白玄今天不在场,太可惜了。

裴钱停下身形,转头望向师父。陈平安双手笼袖,微笑道:"不错。"

带着裴钱一起去往青萍峰,陈平安笑问道:"之前是有什么想说的?"

裴钱说道:"我跟薛夫子那场切磋,最后一拳,薛夫子不该站着不动,就像是束手待毙,身为纯粹武夫,我认为这样不对。其实当时问拳结束,我就想说的,只是觉得薛夫子是长辈,又有太多外人在场,我就没好意思开口。"

陈平安笑着不说话,裴钱就觉得多半是自己说错话了。

"这个道理很好,是该与薛夫子说。"陈平安点头道,"不过未必是在那个当下说,所以你的犹豫,最终没有说出口,是恰当的,在师父看来,可能都要比这个对的道理本身更对。"

裴钱大为意外,以至于流露出几分如今不太常见的羞赧神色。

从当年的小黑炭,到如今的裴钱,始终坚信一件事:天底下的好道理,全部都在师父那边。至于她自己,知道个屁的道理。

陈平安轻声笑道:"我们与人讲理,不是为了否定他人。此外,给予他人善意,除了我们自身的问心无愧,也需要讲究一个分寸感。这就是道术之别了。大道唯一,术却有千百种,因人而异,因地而异,所以说当好人很难嘛。"

伸手轻轻拍了拍裴钱的脑袋,陈平安神色温柔,轻声道:"你今天能够这么想,师父就可以放心教你两种自创拳招,以及某个'半拳'了。"

其实陈平安自创的两拳,既是拳法也是剑招,一极简一至繁,就像是两个极端,其中一拳,或者说剑术,取名"片月",威力不小,杀力不低,最适宜在战场身陷重围之中凌厉递拳。

陈平安补了一句:"不过此事不急,我马上要回小洞天内闭关,等到典礼结束后,我找个空闲时间,再来好好教拳。"

如今跟弟子都是止境气盛一层,给裴钱喂拳一事,陈平安还真有点犯怵。

裴钱如释重负。

陈平安心境祥和,看了眼山外景象。远山无尽,云水莫辨。

今天曹晴朗之所以没有在扫花台现身观战,是因为这个身为龙门境修士的"内定"下任宗主开始正式闭关结金丹了。

治学修行两不耽误。这样的得意弟子,打着灯笼都找不着的。

不过曹晴朗当下的闭关之地,却不是在仙都山的青萍峰或是密雪峰,而是在一座至今都未现身的新山头，被崔东山以阵法施展了障眼法，连叶芸芸和裘渎都未能看破真相。

其余两座旧山岳，崔东山分别取名为云蒸山和绸缪山。主峰分别是吾曹峰和景星峰，两处山顶分别立碑，崔东山亲手篆刻"吾曹不出"和"天地紫气"。

崔东山会在第一场祖师堂议事当众提出一事，未来纳入下宗谱牒的年轻一辈修士当中，第一位跻身玉璞境的剑修，就可以入主吾曹峰。

而曹晴朗算是绸缪山景星峰的第一位修道之士。

显而易见，崔东山是打算造就出一个下宗传统，青萍剑宗的每一位下任宗主，都会是景星峰的峰主。

所以如今青萍剑宗地界，其实已经有了一个大致雏形，仙都、云蒸、绸缪，三山并起，一主两辅。

小陌虽然在落宝滩那边搭建茅屋，其实一直有留心曹晴朗的闭关，以及山巅那两场问拳。

对于一位飞升境巅峰剑修而言，些许分心，不妨事。

小陌现在就等着那个庚谨来找自己的麻烦了。那件事反正跟自家公子没关系，跟崔宗主也没关系。

对，就是我抄了你的海底老巢，搬空了你的家底，你这能都忍？只要那个胖子稍微点个头，小陌就只以玉璞境与之"练练手"。

扫花台上只剩下程朝露和于斜回，两个身在异乡却不觉得半点难熬的同乡人一起坐在栏杆上闲聊。

"小厨子，是不是再给你几百年工夫，也没办法拥有咱们隐官大人今天的拳法境界？"

"必须的，一千年都不成。"

"我怎么觉得你还挺骄傲？"

"哈。"

"以后要不要跟着我一起喝酒？"

"还是算了吧，师父会生气的。"

"出息！怕师父，当什么剑修。"

九个同龄人里，白玄、虞青章和贺乡亭，三人出身陋巷，就算是白玄的师父，也跟墙头高高、房门巨大的太象街、玉笏街没有半枚铜钱的关系。

而纳兰玉牒、何辜、姚小妍他们三个，都是高门大户里边的孩子。

孙春王，其实也不差了，算是玉璞境剑修孙巨源一个远房亲戚。

他于斜回，跟程朝露，属于不好不差的，家里边不缺钱，也没啥大钱。

所以说一行人论出身、论家学、论师承，反正就是各有各命。

在剑气长城，其实不太喜欢比较这个。投胎也是本事，不服气的话，就凭借剑术和战功从陋巷搬去那五条街巷。因为老大剑仙曾经立下一个雷打不动的规矩，宅子在五条街巷上边的高门大户，除非家中一位剑修都没有了，不然哪怕只剩下一位下五境剑修，不管岁数大小，都得去战场递剑。如果觉得去了就死，那就在大战来临之前，早点搬家，趁早搬出那五条街巷。所以在剑气长城，除了没有坟冢一说，甚至没有所谓的祖宅。哪怕是几位城头刻字的老剑仙，历史上祖上也都曾搬过家，就像董家，在董三更独自远游蛮荒天下的那个百年当中，就差点没能守住祖宅。

铁打的五条街巷，流水一般的剑修。

因为米大剑仙的关系，他们这些孩子对家乡那座酒铺金字招牌的青神山酒水，后边推出的哑巴湖酒水，还有那些无事牌，都不陌生。

米大剑仙之前在落魄山那边，就是个游手好闲的街溜子，每次到了拜剑台，最喜欢跟白玄唠叨，说那些春幡斋和避暑行宫的丰功伟绩。于斜回几个，练剑闲暇，端个小板凳坐在一旁，就当是听说书了。

听米裕说，在隐官大人跟大掌柜叠嶂合开的那个酒铺，曾经有个老金丹境修士有天喝高了，就在墙上挂了一块无事牌："论剑术，我也打不过小董。可要是论酒量，老子就算把三条腿都搁酒桌上，都能轻松赢下小董，不服气就来找我。"老金丹境修士挨了一顿揍后，第二天鼻青脸肿的，趁着天刚亮酒铺刚开门，又跑了一趟，只是在无事牌的反面，多写下一句："昨儿酒喝高了，醉话不作数。"

结果偷摸回家路上，再行踪鬼祟都没用，又挨了一飞剑。

于斜回突然说道："小厨子，我们将来一定要结金丹，养元婴，跻身上五境。"

程朝露点头道："必须的!"

有一行三人离开南海水殿，在那歇龙石处驻足片刻，再去了一趟与海气相通的大渎龙宫旧址，最后在桐叶洲西海岸正式登岸。

一位丰神玉朗的中年男人，身边跟随一位姿容绝美的彩衣侍女，和一位矮小精悍的男子扈从。中年男人正是新晋四海水君之一的李郇侯，当他双脚踏足陆地之时，身形微微凝滞几分，只是很快就恢复如常。一旁侍女背琴囊，名为黄卷，她喜食书中蠹鱼，而她身边这位主人，恰好是整个浩然天下首屈一指的藏书大家。

矮小汉子杀青背着一杆短枪，如今是一头水鬼，生前是止境武夫，机缘巧合之下，去往那座历史上多次更换主人的皎月湖担任首席客卿。

黄卷最为仰慕柳七，同时最为厌烦某个吹牛皮不打草稿的家伙。

那个名叫溪蛮的九境武夫，出身流霞洲，其大道根脚是一条陆地土龙。

先前溪蛮在大渎龙宫旧址内曾与前辈杀青切磋一场，杀青压了一境，以同境问拳，杀青小胜。

　　当时观战队伍中，真龙王朱身边还站着个畏畏缩缩的少年，习惯性低头弯腰，好像怕极了王朱，少年即便是与王朱言语之时，也是视线游移不定，从来不敢正视王朱。

　　黄卷笑道："澹澹夫人倒是会做人。"

　　这位渌水坑旧主人道号青钟，如今她已经贵为陆地水运之主。当年把守歇龙石的那位捕鱼仙，好像如今已经身在北俱芦洲的济渎。而那些南海独骑郎，竟然被澹澹夫人私底下一并送给了稚圭。

　　听说渌水坑宝库里边的虬珠，也被直接掏空送人了，那可不是一笔小钱。

　　四处结缘。

　　其实在自家主人这边，澹澹夫人一样有所表示，礼不轻。

　　李邺侯笑了笑："你以后多学学。"

　　杀青问道："这次咱们是上杆子找陈平安谈买卖，会不会被杀猪？"

　　黄卷恼火道："什么杀猪？！"

　　杀青说道："就是那么个意思。"

　　李邺侯叹了口气："陈平安会很好商量，怕就怕是那个人负责待客。"

　　绣虎。或者说半个绣虎崔瀺。

　　杀青问道："我能不能跟陈平安切磋一下？先前那个，太不够看。"

　　李邺侯摇头道："这次不合适，以后再说吧。"

　　之前那场中土文庙议事，闲暇之余，有一大拨人不约而同在鸳鸯渚那边抛竿钓鱼。

　　最奇怪之处，在于这些家伙，多是止境武夫，最低也是山巅境。要是个远游境武夫，好像都根本没资格在那边落座垂钓。

　　那拨武学大宗师当中，有个绰号龙伯的张条霞。张条霞身边有个中年相貌的男子，坐在一条常年随身携带的竹凳上，腰系一只小鱼篓，在外人眼中，一辈子都在古战场遗址游荡，既不与人问拳，也不与人接拳。此人腰间那只鱼篓，却不是龙王篓，而是一件在山巅被誉为"游仙窟、无底洞"的至宝，传闻能够同时饲养数以万计的阴灵、鬼物。

　　因为这位纯粹武夫，太过与世隔绝，遂不知其姓名。只有一人在酒桌上与旁人说漏嘴了，将其称为"老芝"，是青神山夫人的"天字号"爱慕者，那种都不敢远远看她一眼、只愿远远想她一辈子的痴情种。

　　还有皑皑洲雷公庙一脉的师徒沛阿香和柳岁余，北俱芦洲的王赴愬，桐叶洲武圣吴殳，皎月湖首席客卿杀青。

　　此外还有不少顶尖宗门、十大王朝的供奉，人数总计得有个小二十号。

　　只是裴杯、宋长镜、李二当时都没有到场。

年轻一辈中，曹慈、郑钱、郁狷夫也未出现。

当然有聊到李二的拳脚，老莽夫王赴愬有过一个"老成持重"的结论。毕竟当时只有他真正与李二问过拳。

"李二拳不重脚不快，一般般。"

皑皑洲刘氏的那个"不输局"，半数山巅武夫都有押注，当然全是押曹慈在将来五百年之内不输拳。

其实纯粹武夫，寿命远远逊色于练气士，即便是一位已经登顶的止境武夫，至多也不过是三百岁。但是也有例外，比如张条霞，或是桐叶洲叶芸芸之流。

这也是张条霞在裴杯崛起之前，坐稳天下武夫头把交椅的原因，而且他一坐就在这个位置上坐了千年之久。张条霞就只是闲云野鹤一般痴迷钓鱼。老人已多年不愿与人问拳，道理很简单，在他自己看来，身为纯粹武夫，竟然舍不得死，便是一种最大的不纯粹了。

只有玄密王朝的太上皇郁泮水，和一个自称"周靠山"的冤大头，不把钱当钱，分别砸下五百枚和一千枚谷雨钱，竟然押注曹慈会输。

那个年轻隐官不仅在鸳鸯渚那边，在众目睽睽之下，与仙人云杪大打出手，更在功德林那边有一场惊世骇俗的青白之争，出手之刁钻，令人叹为观止。于是有人就开始犯嘀咕，不料皑皑洲刘氏那边给了句：已经封盘了。

相传这个赌局，坐庄的皑皑洲刘氏，零零散散先后聚拢了差不多四万枚谷雨钱，一赔二。故而不少山上老修士，还有一大拨大王朝的帝王将相、豪阀家主，对待押注一事，都当是为师门，或是为嫡传弟子、为国库存笔钱吃利息了，虽说收账晚，得耐心等个五百年，但是旱涝保收嘛，注定稳赚不赔啊。皑皑洲刘氏这块金字招牌的信誉，还是很结实很牢靠的。

有好事者越琢磨越觉得不对劲，难道这个不输局，刘聚宝这个财神爷，就是早早奔着曹慈会输去的？退一万步说，就算真有谁胜过了曹慈，皑皑洲刘氏也是大赚的，以刘聚宝那种钱生钱、利滚利的速度，就算最后一赔二，一样不怕。果然天底下就没有刘聚宝会赔钱的买卖。

在大渎龙宫遗址内，李邺侯三人离开后，美妇人脱了靴子，坐在岸边，将双脚浸入荷塘水中，轻轻荡漾起涟漪。宫艳想起之前的那场对峙，她还是百思不得其解，如何都想不明白当时那个黄帽青鞋的青年是如何同时找出他们所有人的隐匿踪迹，尤其是身为仙人境且极为精通遁法的玉道人，诸多手段，刚好都被一缕缕剑气精准找出痕迹，一一针对。

魁梧汉子说道："是凭借心声？"

宫艳摇摇头，不太像，何况他们几个又不是刚刚下山历练的雏儿，分身之时，皆会极其小心，屏气凝神。何况聆听修士心声一事，又不是谁都能做到的，就像山下的凡夫俗子，自然听不见他人的心跳声。在山上，修士对修士，也是差不多的道理。符箓于玄、龙虎山赵天籁、火龙真人，这些个飞升境趋于圆满的大修士，兴许才能聆听仙人甚至是同境修士的心声。

道号烨掌的李拔突然说道："是比心声更细微的心弦。"

玉道人揉了揉眉心，无奈道："难不成是一位飞升境剑修？只是咱们浩然天下，有这么一号人物吗？"

宫艳赶紧拍了拍胸脯，妩媚而笑："吓死老娘了。"

李拔说道："像那嫩道人，还有宝瓶洲的仙人曹溶，还有剑修徐獬，不就好像都是突然冒出来的，已经知道和不知道的，多了去了，习惯就好。"

水榭中，稚圭斜靠栏杆，单手托腮发呆。外边台阶底部，站着个少年，额头微微隆起。

泥瓶巷曾经有条四脚蛇，被嫌碍眼的宋集薪数次丢到隔壁院子，结果次次都爬回。经常被婢女稚圭踩在鞋底下，反复蹂动。如果清晨时分，去铁锁井那边挑水，听了些风凉话，稚圭回到自家宅子，见着它，往往就是一脚飞踹。

这个炼形成功没多久的少年，被稚圭赐姓王，名琼琚，字玉沙，再赏了个道号，寒酥。

王琼琚斜背着一只包浆油亮的紫皮葫芦。

稚圭转过头，抬了抬下巴。

可怜的王琼琚立即心领神会，赶紧挪步，躲到主人瞧不见的地方站着，免得主人从眼烦变成心烦。

稚圭这才笑道："听说远古天庭有座行刑台，有几件神兵，专门是用来对付犯了天条的地仙和蛟龙，除了甲剑和破山戟，还有两把刀，好像叫枭首、斩勘，那把斩勘，就在陈平安手上，早知道就不让你在海上远远望风了，你们俩一见面，肯定各自看不顺眼对方，然后就是咔嚓一下，啧啧。"

王琼琚吓得缩了下脖子。

小陌在青衣河畔的落宝滩开始结茅修行，说是修行其实也就是翻书。

对于如今的小陌而言，唯一的修行，其实就是为自己挑选出一条"道路之上，前无古人"的大道，才能有望跻身十四境。何况即便飞升境巅峰的大修士找到了一条登天道路，难度之大，依旧如凡夫俗子凌空蹈虚，不可谓不艰辛万分。不然万年以来，数座天下的十四境修士也不至于如此数量稀少。

再者，小陌还给自己设置了一道门槛，必须是以纯粹剑修的身份一举跻身十四境，不走旁门不走捷径。就像那位浩然三绝之一的剑术裴旻，估计也有这份心思。

反正那个裴旻，小陌是肯定要找机会去问剑一场的。

小陌在茅屋外边好似晒谷场的空地上随便搁放了一些蒲团、板凳。

崔嵬、隋右边这两位元婴境剑修经常去落宝滩那边向小陌先生询问练剑事宜。

程朝露和于斜回一样常去，裴钱在渡口那边忙碌之余，偶尔也会过去旁听。

只要有人登门拜访，小陌就会坐在檐下竹椅上，竹杖横膝，仿佛是……一场传道授业落宝滩。

崔东山这天离开密雪峰，来到青萍峰一处青色崖壁，弯曲手指，轻轻"敲门"。

绛阙仙府那处顶楼，陈平安收敛心神，睁开眼睛，点点头。

陈平安盘腿而坐，青衫，光脚。屋内一切从简，没有任何多余的装饰物件。相较之前，陈平安身前那张几案之上，不过是多出了一把跨洲远游的横放长剑。

崔东山只是站在这座小洞天门外，没有任何废话，与先生有事说事："龙宫遗址那边飞剑传信一封，说是新任南海水君李邺侯今天要来咱们这边做客，我估计他是来找先生商议曳落河水运买卖一事，先生只管继续清静修行便是了，学生可以去跟李邺侯谈价格，先生只管放心，先生就算不露面，李邺侯也绝对不会觉得仙都山待客不周。"

有我待客，足矣。

李邺侯和稚圭都是四海水君之一，所以想要离开自家水域进入东海地界，肯定要先与稚圭通气，而且还需要与中土文庙那边报备，得到允许后，李邺侯才能离开。

陈平安突然起身，穿上一双布鞋："稍等，我刚好有点事情要外出，要拉上小陌走一趟小龙湫，我们一起下山好了。"

走出这座作为临时修道之地的长春小洞天，陈平安来到崔东山身边，笑道："你去更好，只管漫天要价坐地还钱。我跟李水君谈起买卖来，还真开不了口。"

要说当个包袱斋，陈平安还真有点底气，绝不妄自菲薄，唯独狠不下心"杀熟"。

先前在文庙功德林，当时还是皎月湖水君的李邺侯，带着一个法袍品秩极高的侍女，还有一位貌不惊人的止境武夫，一起拜访先生。李邺侯当时送出的贺礼，是一幅价值连城的《烂醉如泥帖》，除了字帖当中的"酒虫"极其稀罕，关键是字帖本身，就可以视为一座水运浓郁的六百里大湖，是蛟龙之属梦寐以求的一处极佳修道之地。

一同下山后，崔东山去找李邺侯。陈平安在落宝滩那边找到了小陌，一起去往小龙湫。

一条跨洲渡船上边，小米粒小脑袋一歪一歪，小肩膀一晃一晃，肩挑金扁担，手持绿竹杖，大晚上在渡船上边绕圈圈"守夜巡山"呢。

白玄大爷坐在船头栏杆上，双手按住船栏，抬头望明月，大声感慨道："被隐官大人如此看重，任重道远啊。"

指名道姓要自己参加下宗庆典,那个小隐官陈李有此待遇?

五彩天下,飞升城。铺子打烊了,有个身形佝偻的汉子站在柜台后边,喝着酒,看着墙壁。

二掌柜离开之后,这边就不挂新的无事牌了。有人闹过,但都被汉子好不容易打发过去了。

飞升城的一些个酒楼,就想要依葫芦画瓢,照搬此举,结果根本就没谁捧场,尴尬得一塌糊涂。

是啊。天上天下,独一份的。你们怎么学? 不可能做到的。

"想好了,明儿起要跟二掌柜好好学写字,我要给那个没过门的媳妇纳兰彩焕亲笔写封聘书。"

"周姑娘身边少了个我,她才没有笑脸,一定是这样的。既然是阿良亲口说的,我得去问问周姑娘,明天就去,后天也行。"

"求求你们,你们别骂阿良了,不像我,就从来不骂他半句,你们以后谁敢当我的面,再骂他半句,那就是与我赵某人问剑了,我跟阿良是赌桌上的至交好友,更是酒桌上的棋逢对手,你们其实根本不懂他的,我家良子的良苦用心,只有我懂,所以狗日的你给我磕个头吧。"

"我名为邈然,至于姓氏,就在城头上刻着。"

"恨不得一辈子就住在酒缸里。"

"剑术不高,但是没孬过。"

"听阿良说过,天下有种楼叫青楼,世上有一种酒叫花酒,二掌柜却说没有,该信谁?"

"孙巨源其实剑术稀烂,也就骗骗外乡女子了。"

"听说浩然修士,都讲究个笔砚精良人生一乐,他们难道不用练剑吗?"

"金丹元婴两境的陆地剑仙,哈哈,笑死老子了,原来那儿的剑仙,比叠嶂姑娘的酒水还便宜。"

"米大剑仙都能进避暑行宫,凭啥我不能去?"

"岳青米祜你们这些剑仙,听我一句劝,左右剑术其实一般般,就是三板斧的路数,不信就去问剑一场。"

"春梦好寻,金丹难觅。"

"宗垣未曾来此饮酒,实在是错过太多。"

"一觉醒来,比昨天更喜欢她了。"

"太徽剑宗的韩槐子救过我两次了,一直没有当面道谢,不应该。"

"谢松花看了我两眼,有戏。"

"醇酒美人是仙乡,诸位,我们不醉不归。"

"算我帮那个狗日的求你们了,哪位大剑仙行行好,赶紧去城头那个猛字前边刻个字,就当是帮他取个姓氏好了,白捡个儿子,何乐不为。"

"我喜欢的人,出拳有法度,喝酒最风神,他不是剑修没关系,本姑娘是啊。"

"十个酒鬼九个托,我能怎么办?"

"思君如弦月,一夜一夜圆。"

"下一个城头刻字的大剑仙,一定会是我元亮。"

一旁悬挂了一块无事牌:"相信在元亮之后,会有更多刻字剑仙,比如我杜陵。"

其实小酒铺的墙壁上有很多这样相邻悬挂的一双无事牌。

可能是同桌喝酒的好友,满身酒气,借着酒意,一个写完一个接上。也可能是两位先前根本不认识的剑修,或是只是熟脸,却从无言语交集,就像临时串门,打了声招呼。

"二掌柜当了官,去了避暑行宫,好像喝酒就没个滋味了。"

"避暑行宫里边的罗真意,真是漂亮,二掌柜近水楼台先得月,艳福不浅。"

"什么二掌柜,什么新任隐官,见外了,老子每次跟他一起蹲路边喝酒,哪次不是直呼其名,喊他陈平安。"

"可拉倒吧,你黄绶与二掌柜次次喝酒,恨不得把脑袋低到裤裆里去,一大把年纪了,笑得跟个儿子差不多。"

"哪天真的不用打仗了,就去北俱芦洲看看。"

"记得喊我一起。"

"如陆芝所说,也许二掌柜就是个女人,藏得真好,难怪与郁狷夫问拳那么凶狠,原来是女人为难女人。"

"那么宁姑娘怎么办呢? 愁。"

"读书修福,安分养神。"

"一看就是从二掌柜那边借来的,不过话是好话。"

"戒酒比练剑更难。"

"戒酒有何难,我每天都戒。"

"今日无事。"

"平平安安。"

月明星淡,愈觉山高。

杀青耳尖微动,猛然转头望向夜幕远方,沉声道:"主人,绣虎来了。"

李邺侯嗯了一声,以心声提醒他们:"记得注意措辞,接下来不管崔先生与我说什么,你们听过就算,不用计较,更别上心。"

正在调试琴弦的侍女黄卷,顺着杀青的视线举目远眺,依稀可见极远处有一抹雪白身形,似乎在贴地御风,突然身形一再高举,黄卷视线随之不断上挑,明月悬空,那一粒芥子身形刚好背对圆月,一个加速御风,蓦然间往山巅这边笔直撞来,如明月中人,贬谪下凡。黄卷重新将那架古琴收入琴囊,与杀青一起站在主人身后。

少年眉心一粒红痣,一袭白衣,大袖飘摇,悬在山外。

便是黄卷这般道心坚韧的得道之士,也不得不承认,眼前少年,光彩荧荧,令满山月光都要黯然失色,真是风神高迈,半点不输主人。

崔瀺之前两次做客皎月湖,侍女黄卷都凑巧不在水府,不是去烟支山找闺中好友,就是去百花福地游玩。

有朋自远方来,不亦乐乎。

李邺侯眼神明亮,似乎为这一天重逢已经苦等多年。他收起手中那把泛黄老旧的蒲扇,再摘下脸上覆盖的面具,是位美男子,起身作揖道:"邺侯见过崔先生。"

崔东山神色淡然道:"恭喜邺侯荣升南海水君,喊我东山即可。"

李邺侯在内的三位昔年五湖水君,在文庙册封山水神灵的金玉谱牒之上,以品秩论，成为四海水君，只算是平调，但是如今手中权柄之大，辖境之广，远超以往。与此同时，蜃泽湖在内三座大湖水君，则顺势补缺"五湖"水君，属于名副其实的升迁。

李邺侯笑着点头。

昔年公开为浩然贾生打抱不平的大人物当中，就有这位皎月湖水君李邺侯。所以李邺侯担任大湖水君后，哪怕皎月湖在浩然五湖之中其实距离文庙最近，可是他始终与文庙走得不近，与陪祀圣贤们关系也很疏远。

他与绣虎崔瀺，可算旧识。当然双方年龄悬殊，因为李邺侯与白也是差不多时代的人，而且出身一国。李邺侯出身豪阀，又是庙堂重臣，白也却属于"在野"的逸民之流，之后白也在京城也只是惊鸿一瞥，便散发扁舟，飘然远去，所以两人倒是没什么交集。

反而是昔年崔瀺与左右、君倩两位师弟，曾经一同游历皎月湖，在一旬光阴之内，双方有过接连八场手谈，不计时，允许对方长考。结果李邺侯当年差点输掉那座"书仓"和半座皎月湖。因为总计八局棋，李邺侯一赢七输，再输一局，就连大湖水君身份都没了。之所以差点，还是因为对方主动放弃了赢棋后的应得赌注。

事后李邺侯将那八局手谈编撰为一本《秋水谱》，不断复盘，才发现其中玄机，双方棋力高低之别，比自己想象中要大得多，堪称悬殊。但是绣虎除了第一盘棋的引君入瓮，其余之后七局，同样在示敌以弱，却能够让李邺侯浑然不觉，总以为输棋只是棋差一着。

后来崔瀺叛出文圣一脉，还曾秘密走过一趟皎月湖水府。

崔瀺问李邺侯愿不愿意远游同行，为这座天下做点"力所能及的未雨绸缪之事"，却被他婉拒了。

崔瀺好像也没有如何失望，临行之前，只是看到了桌上那本棋谱，随口笑言一句："不如将棋谱改名为《牵牛谱》。"

道士出身的李邺侯唯有哑然，默默将绣虎礼送出境。

不是怕惹麻烦，也不是舍不得那个水君身份，而是李邺侯成为神灵之后，变得越发性情散淡，仿佛所有的豪心壮志早已丢给了一个个曾经的自己：曾经天资清发的神童；奉旨山中幽居修道却心怀山河的少年道士；出山为官力挽狂澜于既倒的青年文臣；续国祚、缝补山河、救万民于水深火热之中的中年和暮年官员；最后功成身退，转为山水神灵，再不理会家国事和人间事，只是买书、藏书、看书、修书。

崔东山转过头，已经换了一副面孔，笑着打趣道："杀青兄，怎么百年不见，境界没涨，个子倒是高了一截？是不是有独门秘诀，不如教教我？"

矮小汉子老脸一红，闷闷道："没有的事，崔先生别瞎说。"

在绣虎崔瀺这边，低头认个怂，又不丢人。

至于崔瀺为何变成了个少年郎，天晓得。奇人做怪事，不是才算正常？

来之前,主人就提醒过他和黄卷,若是见到一个改名为崔东山的少年,将其视为绣虎即可。

黄卷直到这一刻,才发现身边汉子好像确实高了寸余,不对,是足足两寸!

她一下子想明白了其中玄机,怒道:"杀青,你是不是脑子被驴踢了,连这种事都要学那阿良?!"

原来杀青学那个狗日的,靴子里边暗藏玄机。

先前某人带了个年轻读书人,和一个仙风道骨的黄衣老者,曾经一起造访皎月湖。然后在台阶那边,那家伙脱了靴子又立马穿回靴子。

年轻书生倒还好说,从头到尾,规规矩矩的,颇有礼数,只是年轻人身边的那位黄衣老者,委实是出人意料,让黄卷大吃一惊。黄衣老者当时在水府内规规矩矩的,不料境界极高,很快就在鸳鸯渚那边名动天下,自称道号嫩道人,一出手便一鸣惊人,打得同为飞升境大修士的南光照颜面尽失。

李郪侯开门见山道:"相信崔先生很清楚郪侯这次来所求何事,可以开价了。"

崔东山笑道:"难得叙旧一场,不如一边下棋一边谈事?"

李郪侯说道:"只要没有赌注,郪侯可以稍晚离开桐叶洲,硬着头皮陪崔先生手谈一局。"

崔东山劝说道:"小赌怡情,一个不小心,被郪侯下出'月下局',岂不是一桩弈林美谈。我可以让先。"

见李郪侯不为所动,崔东山一手揉着下巴,一手伸出双指:"让先不够的话,我可以再让两子,如何?"

结果这位大水君还是装聋作哑,崔东山跺脚,抖了抖袖子,埋怨道:"郪侯,你也太过妄自菲薄了吧,难道要当一回围棋初学者,闯一闯九子关?"

各国王朝,山下的弈林棋院,都有那让九子对局的习俗,棋手想要登堂入室,获得段位,都要经过棋待诏国手的那个九子关。

李郪侯好像打定主意不与崔东山手谈,只是微笑道:"崔先生,我们还是直接谈正事好了,郪侯此次外出,并非游山玩水而来,需要马上返回南海护送渡船。想必仙都山如今也事务繁重,所以我就不浪费崔先生的宝贵光阴了。"

崔东山见对方死活不上钩,那就没得法子喽。李郪侯当年被老王八蛋欺负得惨了怕了嘛,自己总不能按住他的脑袋下棋,只得谈正事:"我家先生至多卖你一成水运。"

李郪侯立即问道:"是陈先生当下坐拥曳落河水运的一成,还是昔年完整曳落河水运的一成?"

崔东山笑道:"到底是怎么个一成,那就得看郪侯兄的诚意了。"

李郪侯略微思量一番:"不管是哪种'一成水运',我都会给出自己预期的那份诚意。"

文圣合道所在是南婆娑洲在内的三洲破碎山河，李郖侯作为掌控南海水运流转的大水君，是可以在不违禁、不被文庙问责的前提下，适量调剂水运流转一事的，不算假公济私。李郖侯此行，根本就没打算跟绣虎斗智，该是怎么个"价格"，不做任何改变，行就行，不行我就走。

崔东山开始跳脚骂人，两只袖子甩得噼啪作响："他娘的，李郖侯你是不是吃准了我家先生是一位不擅长做买卖的正人君子，你就可以如此混账?! 啊?!"

如今浩然天下，有那么一小撮成天吃饱了撑的没事做的大修士，让人帮忙搜集蛮荒天下对那位年轻隐官的各种风评。

李郖侯想要购入整条蛮荒曳落河的一成水运，当然陈平安如果愿意给出一成半，那是最好不过了，多多益善。

李郖侯从袖中摸出一本册子："一成曳落河水运，这是我南海水府与三十万水裔在未来百年内的详细部署，文庙那边挑不出毛病，我可以保证南婆娑洲在百年之内风调雨顺，远胜往昔年份，山上山下，迎来一场三千年未有的好光景。"

崔东山伸手接过册子，翻开首页，翻了个白眼，竟就那么随手将一本水君亲笔撰写的册子直接丢在地上，还重重踩了一脚，再大袖一挥："可以滚了。"

黄卷隐隐有些怒气，她欲言又止，要不是之前就得了主人的提醒，她早就开口骂人了。

此人竟然对自家主人如此大不敬，就算你是半个绣虎崔瀺又如何?!

结果黄卷被杀青轻轻扯住袖子。

崔东山斜睨着背着琴囊的黄卷，讥笑道："咋的，准备跟我玩那套主辱臣死的伎俩，是威胁我，还是吓唬我啊? 我这个人胆子小，吓死我是可以不用偿命，但是得赔钱的，那么一大笔钱，天文数字! 小心连累郖侯砸锅卖铁帮你擦屁股……"

黄卷气得满脸涨红。

李郖侯神色如常，伸手一抓，将那本册子驾驭回手中，轻轻拍了拍封面上的尘土："如果只是绣虎，我掉头就走。"

李郖侯再一次伸出手，将册子递给崔东山，好似自言自语道："但是坐拥曳落河水运之人，是文圣的关门弟子，是一个将下宗建立在桐叶洲的年轻剑仙。"

崔东山双手笼袖，面无表情。

黄卷满脸怒气，这次杀青干脆一把攥住她的胳膊。

李郖侯却是半点不恼，转身眺望远处夜景，却依旧没有将册子收入袖中。

"倜傥超拔之才，行事不落窠臼，只管惊骇旁人耳目，但是规矩尺寸之士，却是动静有节，法度森严，进退周旋，皆在规矩。

"郧侯由衷羡慕前者,诚心敬重后者。

"确实如崔先生所说,我就是在'君子可以欺之以方',只是我有我的难处,在其位谋其政,不能单凭个人喜好行事。如果还是皎月湖水君,却拥有南海水君的权柄,且不担责,那么这本册子的厚度,至少可以翻一番。身为山水神灵,给予世道一份善意的私心,私心一重,动辄更改一地气运,牵引山河气象,此间隐患,不可不察。"

崔东山蹲下身,从袖中摸出些来自落魄山的小鱼干,轻轻丢入嘴中。

蒙学稚童懵懂观天,举手若能摘星辰,后来修道当了神仙,才知原来天高不可及。

李郧侯也跟着蹲下身,今夜第三次递过去册子。

崔东山冷哼道:"别搭理我,生闷气呢。"

李郧侯就将那本册子轻轻放在崔东山胳膊上边,微笑道:"天下有两难,登天成仙,有事求人。"

崔东山嘿然一笑,吃完了小鱼干,轻轻一震胳膊,册子弹跳而起,他伸手一把抓住,当扇子晃动不已,道:"地上有两苦,吃苦如吃黄连,囊中羞涩没有钱。"

黄卷站在崔东山身后,悄悄抬起脚,佯装踹人一下。结果崔东山扑通一下,直接扑倒在地,摔了个狗吃屎,转头怒道:"暗算我是吧?!赔钱?!"

黄卷目瞪口呆。杀青也是一脸匪夷所思。

当年绣虎,风流无双。

第一次造访皎月湖时,崔瀺这位文圣首徒,其实早就扬名天下了,就连不喜欢外出的杀青,都听说过文庙对崔瀺的某个评价:"阳眗山立,宗庙器也。"

具体是谁说的,不得而知,有猜测是文庙教主,但也有说是礼圣的亲口点评,甚至还有人说此语是出自至圣先师之口!

水榭檐下,席地而坐,与水君隔枰对弈,其中一局棋收官时,大雨滂沱,电闪雷鸣,黑衣拈白子,霹雳眉边过,手谈不转睛。

李郧侯笑着从袖中摸出一把材质玄妙的团扇:"既是赔罪,也是贺礼,送给陈剑仙,颇为适宜。"

黄卷心疼不已。这可是一件价值连城的月宫旧藏,而且主人平时最是珍惜此物了。扇子名为避暑,寓意美好,"明月生凉宝扇闲"。相传是远古那位明月共主亲手炼制而成,只是在人间辗转,伤了品秩,如今只是件半仙兵的山上重宝。关键是宝扇既可以拿来炼化为攻伐之物,还可以拿来压胜山水,聚拢气运,事半功倍,尤其是吸纳月色一事,得天独厚。

崔东山将册子跟团扇一并收入袖中,也不道谢半句,突然笑出声,伸手扶住李郧侯的肩膀,缓缓起身道:"来之前,先生只与我交代了一句话。"

今夜事,一切如先生所料!几乎毫厘不差!

生气？我崔东山犯得着跟一个手下败将置气？闹呢。

李郚侯跟着站起身，笑道："洗耳恭听。"

崔东山一本正经道："先生说了，买卖一事，行情不能跌，但是给外人看的表面功夫还是得有。"

李郚侯闻弦知雅意，瞬间心中了然，忍住笑，免得被误以为是得了便宜还卖乖，板着脸点头道："明白了，郚侯会用一种不露痕迹的手段，让其余两位水君同僚知晓南海水府与落魄山这桩买卖的'真实价格'。"

李郚侯作揖拜别，起身后笑道："等到哪天真正天下太平了，再邀请崔先生去南海做客，下出'月下九局'，好让人间多出一部秋水棋谱。"

崔东山作揖还礼后，嬉皮笑脸道："好说好说，别说是在南海水府对弈了，就是与郚侯兄联袂飞升去往明月中，都没问题，如此一来，即便棋谱质量远远不如彩云局，可是咱哥俩的下棋位置比白帝城可要高多了。对了，下次再见面，就别喊我崔先生了，听着别扭，你要么喊我东山，要么喊一声同庚道友。"

崔东山如今为自己新取了一个道号——同庚。

李郚侯点头，准备就此离开桐叶洲陆地。

崔东山试探性问道："真不去我家仙都山坐坐？"

李郚侯摇头道："不了，水府事情多，不宜久留岸上。"

黄卷轻声问道："陈山主怎么就成为你的先生了？"

崔东山有点受不了这个头发长见识短的娘们了，白眼道："学高为师，身正为范，我家先生怎么就当不了我的先生了，是我当不了我家先生的学生还差不多。"

李郚侯打圆场道："其实黄卷对隐官十分敬仰。"

黄卷重重点头，这是事实。

上次在功德林，年轻隐官就站在文圣身边，帮着他先生待人接物，年轻夫子给人如沐春风之感。

崔东山立即皱着脸道："黄卷姐姐，我错了，今夜相逢，我有什么不对的地方，恳请姐姐多担待些。"

黄卷实在不适应崔东山身上的那份诡谲气息，此人算不算所谓的大智近妖？自己该不会已经被对方记仇了吧？不然主人为何多次提醒她和杀青？黄卷越想越忧心，便挤出个笑脸，算是答应了。

李郚侯带着两人一起御风离开山顶。

杀青转头望向身后，只见崔东山依旧站在原地，形单影只，天地孤鹤，道气清且高。

李郚侯好像猜出这位扈从的心思，以心声笑道："错了，是那天地一梧桐，雏凤清于老凤声。"

黄卷说道:"主人,先前站在崔东山身边的时候,没觉得什么,不知怎的,这会儿竟然有些后怕。"

李郐侯叹息一声,神色复杂道:"亦然。"

黄卷感慨道:"还是与那位隐官相处比较轻松。"

李郐侯犹豫了一下,还是没有言语。他本想说一句,那是因为文圣老秀才在场,剑气长城的末代隐官,当时又身在文庙功德林。一旦你与之为敌,试试看?

小龙湫,祖山龙眠山,离祖师堂所在的如意尖不远,有一处封门的神仙窟,一侧石壁上隶书篆刻"别有天"。

山主林蕙芷如今就在此地闭关疗伤。

洞府门外有双姝,年轻貌美,亭亭玉立,宛如并蒂莲。姐妹两人的相貌、身姿,就像从一个模子刻出来的,她们如今负责为师尊护关。瞧见两道身影落在不远处,其中一位女修微微皱眉,出声提醒道:"权师叔、章首席,我们师父如今在闭关。"

权清秋带着首席客卿联袂赶来此地,他腰悬一根袖珍鱼竿,好似佩剑,以银色丝线裹缠竿身,宛如月色。这件自家祖传的本命物的神通之一,便是可以视为半只龙王篓,能够将一轮水中明月作为"鱼饵",钓起蛟龙之属与众多珍奇水裔,只是不可饲养。

一座山头拥有两位元婴,在如今的桐叶洲,已经算是极为拔尖的山头了,同在一洲北部的金顶观、青虎宫暂时都无此运道。

权清秋置若罔闻,根本不理睬那两个资质平平的小蹄子,自顾自朗声道:"师姐,师伯祖仙驾莅临我们下山已久,作为山主,要是一直拖着一面都不见,就太不像话了。"

那位上宗老祖,名司徒梦鲸,道号龙髯。在高人如云的中土神洲,也是一位大名鼎鼎的仙人。其家族,是中土神洲最顶尖的豪阀世族之一,类似皑皑洲的密云谢氏,或是宝瓶洲的云林姜氏。司徒家族枝叶蔓延数洲,除了总祠在中土神洲,支祠分祠和分支堂号,数量众多,而且除了这位师伯祖,司徒家族中人才辈出,山下科第连绵,山上仙师高人辈出。光是上五境剑仙,就有两位,其中一人还曾去过剑气长城,在那边练剑、杀妖多年,而且活着返回了浩然天下,可惜一直没有开宗立派的想法。

只不过这位家族堂号在流霞洲的剑仙,与大龙湫没有半点关系就是了,就算是与司徒梦鲸至多也只算是远房亲戚,而且出了名的脾气差,早年在家乡,就经常跟同为剑仙、脾气更差的蒲禾掰手腕,有过数场问剑,听说两人先后到了剑气长城,双方还是不投缘,依旧看对方不顺眼,从未同桌喝过酒。

洞府之内,毫无动静。

再懒得与师姐继续拐弯抹角,权清秋装模作样叹了口气,语重心长道:"于情于理师姐都该让贤了,实在不宜再为烦琐庶务分心,不如就此闭关,安心养伤。

"师弟今天就可以承诺一事,甲子光阴之后,不管师姐届时是否已经出关,能否因祸得福打破元婴境瓶颈,师弟都愿意重新让出山主身份,能者居之。"

一旁章流注内心震动,狗日的,这是要逼宫啊?

这个姓权的,做事真不地道,事先根本就没有与自己打招呼啊。本以为权清秋来此,就是请师姐林蕙芷出关,好歹见一见那位来自大龙湫的师伯祖,不然确实于礼不合。

林蕙芷如今所谓的闭关,虽然不好说是什么吊命等死的处境,但是明眼人都知道,注定破境无望。

自己作为小龙湫的首席客卿,其实就是个山头的面子人物,就像一块悬挂在堂内不受风雨的匾额,只是给外人瞧的。

对小龙湫如今的一些个暗流涌动,他睁一只眼闭一只眼,反正谁来当山主,都不耽误他定期拿一笔客卿俸禄。山上宗门的客卿,和山下王朝的皇室供奉,都是公认的好差事,不敢说肥得流油,可也是属于躺着挣钱啊。所以章流注不适合搅和这场小龙湫的山门内讧,不宜掺和,更做不得什么浑水摸鱼的勾当,容易在上宗大龙湫那边吃挂落。

洞府大门缓缓打开,走出一位中年妇人姿容的女修,气质清艳,正是道号清霜上人的林蕙芷。

她腰悬一枚碧绿葫芦,是小龙湫的镇山之宝,一枚半仙兵品秩的谷雨葫芦。林蕙芷作为小龙湫现任山主,可以将其炼,若是被大炼,就要极难地剥离层层禁制,还谈什么传承。

不同于"山上道侣子嗣仙材"的师弟权清秋,林蕙芷是桐叶洲土生土长的元婴境修士,年少时被担任上任山主的师父相中修道资质,才得以上山修行。

而她的师弟权清秋,与她同为元婴境,亲手创建了那座供外乡仙师游览的野园,在山上赢得了不少好名声。不过他却是出身上宗,只是年少时就从上宗大龙湫来此修行,在父母授意下拜上任山主为师。

林蕙芷神色冷漠,瞥了眼站在师弟身边的章流注。道号水仙的老元婴立即打了个稽首:"见过山主。"

林蕙芷说道:"我去见了黄庭,就去找师伯祖。"

权清秋笑道:"那我就先去找师伯祖,在松下等着师姐了。"

如意尖茅屋内,黄庭正在跟一个少女各自吃着炭火煨出来的芋头。

黄庭看了眼令狐蕉鱼,少女坐在火盆对面,正在朝手中烫手的山芋轻轻呼气。

在黄庭看来,一座小龙湫山上山下尽是一股腐朽气,死水微澜。她要是大龙湫的宗主,都没脸跟人说在桐叶洲有座下山叫小龙湫。

先前觊觎太平山的势力主要有三个,除了小龙湫,还有万瑶宗跟虞氏王朝。

至于那个人模狗样的权清秋,其实就是一条对金顶观摇尾巴的看门狗,白瞎了个好名字。

当初黄庭问剑小龙湫,劈了林蕙芷一剑,也不算冤枉了她。没有这位女子山主的默认,权清秋怎么能够让一位首席客卿跑去太平山那边待着,每天就是呼朋唤友看镜花水月?

其实陈平安走了一趟如意尖后,黄庭就准备离开此地,去趟虞氏王朝京城,再回太平山。

要不是山上还有个令狐蕉鱼,黄庭就算离开了小龙湫,百年之内,不管山主是她还是权清秋,就都别想要修缮祖师堂了。每次修好祖师堂,就等于是与她问剑。

而且黄庭有一种天生的直觉,这个权清秋与蛮荒妖族肯定有勾结,只是她拿不出什么证据。

那个道号龙髯的中土仙人,莅临下山小龙湫,瞧着是偏袒权清秋,对林蕙芷这个山主不太满意。

虽然这位仙人到了小龙湫之后,始终深居简出,就连上次陈平安闯入山头,对方也没有露面。但是他的存在本身,就已经给所有偏向山主,或是选择中立的小龙湫修士,带来一股莫大压力。

如果说世间钱财是一场大雨,看似无孔不入、无所不能,那么权力,就是一场大雪,面对门外积雪,门内人就会望而生畏,真能够冻死人的。

如果不是得到了大龙湫的某份旨意,权清秋今天在师姐林蕙芷那边,绝对不敢如此"作乱犯上"。上梁不正下梁歪呗。

古松下石桌上有残局。一位天然神色萧索、颇为苦相的中年男子坐在桌旁,看着那盘没有下完的棋局,他伸手拈起一枚虚相棋子,顷刻间便有一枚崭新棋子在棋盘原位显化而出,而男子手中棋子自行消散,古老棋局依旧如初。

拜月炼气,牵引星辰,毋庸置疑的仙人手笔。故而桌上既是一盘棋局,也是一部棋谱,更是一座阵法。

桌上只有八十一枚棋子。若是在棋盘下出一百零八枚,就是一座天时地利兼备的完整大阵。这就跟古玩行差不多,品相不全,价格就差了太多,例如百花福地秘制的一整套十二花神杯,如果只是收集到了十一只,哪怕只缺一只花神杯,价格可能就会相差一倍之多。

男子这次跨洲踏足小龙湫,勉强能算是故地重游,只不过已经物是人非。

当年师尊曾经与一位年轻仙人在此弈棋,正是那位三山福地万瑶宗的当代宗主韩玉树。听说此人如今想要开创下宗,只是不知为何,拖延至今都没个确切动静。照理说,以三山福地的雄厚底蕴、万瑶宗的悠久传承,再加上韩玉树本身的修为境界,建立下宗一事只会水到渠成。

当年他之所以跟着师尊跨洲远游,是为了见一见林蕙芷的师长。

当时大龙湫对林蕙芷寄予厚望,希望她能够在桐叶洲以小龙湫作为一处"龙兴之地",等她跻身上五境,就可以顺势开创下宗。

按照早年文庙订立的规矩,山上的枝叶旁牒,比起山下的宗族谱系,可能要更为严谨。比如想要在别洲开创下宗,下宗的开山祖师必须是在当地成为元婴,再破境跻身上五境,而不是上宗随便派遣一位玉璞境修士就可以开宗立派,随便加叶添枝。

而且外乡人建立宗门这种事情,十分犯忌,备受排挤,毕竟一个外乡势力一旦开宗,就会分走一杯羹,鲸吞四周山水灵气和大道气运,就像北俱芦洲的披麻宗,创建之初,坎坷不断,伤亡惨重,好不容易才在骸骨滩那边站稳脚跟,结果又摊上个鬼蜮谷当邻居,一直被中土各大宗门视为一桩赔本买卖,是拿来当反面例子看待的。又例如前些年玉圭宗在宝瓶洲一个叫书简湖的地方成功创建了真境宗,老宗主荀渊分别派遣出姜尚真、韦滢担任下宗宗主,而这两位修士,后来又都当上了上宗之主。想那姜尚真何等桀骜不驯,韦滢又何其天纵奇才,结果在那书简湖,依旧与大骊宋氏朝廷处处退让。

这些都是下宗创建不易、站稳脚跟更难的明证。故而历史上许多想要在别洲开创下宗的中土大宗,能成事者,十无二三,在这二三当中,又有大半未能延续千年香火。这就像个世代簪缨的官宦子弟,离京在外为官,往往处处碰壁,软硬钉子不断,最终能够达成父辈成就,位列中枢的人,终究还是少数。

权清秋带着章流注一同徒步走来此地:"清秋拜见师伯祖。"

章流注行大礼之时,则是敬称男子为龙髯仙君。

男人与那位下山的首席客卿说道:"水仙道友,可以先行离开。"

老元婴受宠若惊,行礼告辞,他后退三步再转身,走出很远,才敢御风离开祖山。

司徒梦鲸说道:"坐吧。"

权清秋立即落座。

在大龙湫山门道统中,权清秋的父母是一双山上道侣,而眼前这位仙人,正好是那双道侣的传道师尊。因为这一层关系,所以司徒梦鲸才会被小龙湫修士视为是帮着权清秋撑腰来的,这也在情理之中。

林蕙芷和权清秋的那个师父,到了桐叶洲后,早期破境顺势,只是在元婴境时,为情所误,未能跻身玉璞境,心魔作祟,闭关失败,山下所谓的香消玉殒,山上则是身死道消。

可怜女子,遇人不淑,辜负真情,却也曾十五十六女子腰,恰似杨柳弱袅袅。

司徒梦鲸问道:"权清秋,你当年与蛮荒妖族有无勾连?"

权清秋神色如常,语气镇定道:"祖师明鉴,绝无此事。"

松下仙人不言语,自有松涛阵阵如天籁。

权清秋惋惜道:"林师姐这辈子修行太过顺遂了,道心不够坚韧,闭关两次都失败了,以至于对破境一事毫无信心,总觉得自己大限已至,加上被黄庭劈砍了一剑,自然而然越发绝望了。师伯祖,林师姐稍后就会赶来,师伯祖能不能劝她几句,帮着惊醒梦中人。"

元婴地仙,人间常驻八百载。再加上一些延寿手段,山上就有了"千秋"一说。至于山上千秋后缀的"万岁",所谓的"证道得长生、与天地同寿",那是传说中十四境修士才能做成的壮举。

见师伯祖还是不愿说话,权清秋小心翼翼酝酿措辞,缓缓道:"师姐若是真想要保住山主身份,大可以打开天窗说亮话,不必暗中在师伯祖面前往我身上泼脏水,小龙湫祖师堂议事也好,禀报大龙湫诸位老祖,说我试图篡位也罢,其实都无妨,反正关起门来,都是自家人,师伯祖与上宗祖师们明察秋毫,自有公断。

"只是我怎么都没有想到,林蕙芷竟然会用这种下作手段来保住山主位置。辱我名声,这不算什么,但连累上宗被书院甚至是文庙问责,到时候传出去,那些风言风语再一经传播,后果何其严重,何况如今山水邸报已经解禁,眼红上宗的仙家,肯定会暗中推波助澜,大肆宣扬此事。林师姐此举,罪不可赦,根本就是忘恩负义,愧对宗门栽培,无异于恩将仇报!

"这个林蕙芷,真是失心疯了。"

司徒梦鲸闻言,依旧神色平静,只是凝视着棋盘残局。

权清秋的父母,那两个弟子,倒是都不如他们儿子这么健谈。

司徒梦鲸突然伸手一招,将一把松针攥在手心,掌心相抵,细细摩挲,再摊开手掌,碎屑散落四方,其中夹杂着星星点点的符箓光亮,不同寻常。

权清秋不敢多说什么,担心画蛇添足,惹来这位师伯祖的厌烦。大龙湫谁不知道这位老祖师最喜清静,最嫌麻烦。

司徒梦鲸终于开口道:"你离开后,告诉林蕙芷,让她继续闭关就是了。"

权清秋心中暗喜,起身告辞离去,得了师伯祖这道法旨,大局已定,定是林蕙芷的闭关不出,已经惹来了师伯祖的心中不快。

权清秋离开后,司徒梦鲸站起身,一棵古松,老树历经风霜,犹然多生意,可惜少年无老趣。

司徒梦鲸是豪阀子弟,还是五坊儿出身,任侠意气,鲜衣怒马,骄纵横行。后来大概能算是浪子回头了,所幸没把头都给浪掉。

司徒梦鲸以手扶松,转头望向远处那座茅屋,以心声说道:"黄庭,能否来此一叙?"

黄庭拿道袍袖子兜着一小堆滚烫芋头,走出茅屋后,缩地山河,一步来到松下,直接坐在石凳上,剥去数颗芋头的皮,一同放入嘴中,腮帮鼓鼓,口齿不清道:"说吧,在哪里打，你来挑个地儿，我都好商量的。"

司徒梦鲸坐在石桌对面，以心声说道："权清秋擅自觊觎太平山明月镜道韵，试图窃据太平山遗址一事，我得替大龙湫祖师堂与你赔礼道歉，如果不是你刚好在小龙湫，我会亲自走一趟，登门赔罪。"

黄庭冷笑道："遗址？"

司徒梦鲸说道："是我口误了，再与你道个歉。"

黄庭说道："留着权清秋，就是个祸害。有些事情，只要做过，就肯定是纸包不住火的。"

司徒梦鲸说道："我在找证据，只是成效不大。"

其实早在一年前，司徒梦鲸就已经赶来小龙湫地界，凭借仙人境修为，在此如入无人之境，哪怕是黄庭那场问剑，他也没有出手阻拦。

如果不是因为林蕙芷恩师的关系，就不是他司徒梦鲸来这边查找线索，而是掌律师弟身在此地了。

可要说使出类似拘魂拿魄、翻检记忆的阴狠手段，又有些为难。一来大龙湫修士，并不精通此道，很难保证不伤及大道根本，一旦冤枉误会了，不说权清秋的爹娘会大闹大龙湫祖师堂，设身处地，司徒梦鲸恐怕也会因此记恨上宗。再者，大龙湫祖师堂内部，极少数人，对此也意见不一，有人心存侥幸，既然小龙湫并未做出任何台面上的污秽勾当，又不曾真正损害桐叶洲山河半点，那么何必兴师动众。老话都说了，论迹寒门无孝子，论心千古无完人。

宗主两难，可是司徒梦鲸和那位掌律师弟都想要刨根问底一番。

黄庭问道："要是找到了证据又如何？"

司徒梦鲸淡然道："我来亲手清理门户，还会主动禀报书院，交由文庙录档。"

黄庭小有惊讶。

司徒梦鲸突然说道："怕就怕林蕙芷一样糊涂。"

权清秋若是当真有勾结过蛮荒军帐，死不足惜。可若是林蕙芷也是，司徒梦鲸会……无比伤感。

黄庭愕然，大为意外，还真没有想到林蕙芷可能与蛮荒军帐暗中勾结，都说家丑不可外扬，这个大龙湫祖师倒是不落俗套。她一时间对那个大龙湫印象好转几分。

照理说中土大龙湫，镜工辈出，还垄断了生意，这样的宗门几乎没有一个不是满身铜臭的。

司徒梦鲸难得有些笑容，望向这位境界暂时不高，但是名气不小的年轻女冠："当修士与做宗主，是两回事。"

所以他当年才会拒绝继任大龙湫的山主。

而眼前的黄庭，不出意外的话，她很快就会是太平山的新任宗主。

"陈剑仙就算到了我们大龙湫，也是头等贵客，何必如此鬼祟行事。"司徒梦鲸神色古怪，叹了口气，备感无奈。

一道虚无缥缈的阴神身影出窍远游走遍山头后，返回司徒梦鲸真身之内。

先前那把松针之中，其实偷偷隐藏着一张被山上誉为"听风就是雨"的风雨符，这种符箓，可拿来偷听对话，因为灵气消散极慢，故而极难被找出蛛丝马迹，所以又有个不太好听的别称——墙角符。

此外司徒梦鲸阴神出窍远游，又有意外收获，比如在"别有天"石壁上，"天"字之下有个不易察觉的蝇头小楷，篆"地"字，亦是一张符箓。

只是一趟阴神出窍，就发现了五处符箓，捉迷藏一般，让一位仙人不胜其烦，而且笃定还有漏网之鱼，尚未被自己发现踪迹。

黄庭突然蹲下身，歪着脑袋，探臂从石桌底下摸出一张符箓，不愧是钟魁的朋友，都很正人君子。你怎么不往司徒梦鲸的脑门上贴张符箓？

司徒梦鲸再性情散淡，也有几分恼火，既恼火对方的不择手段，也惊讶自己的毫无察觉。

司徒梦鲸环顾四周，朗声道："陈剑仙，你就是这么当的圣人弟子?!"

陈平安带着小陌一同离开仙都山地界后，一路御风北游，要走一趟小龙湫。

小陌突然说发现个仙人，离着不算远，约莫是个山上长辈，正护着两个道行浅薄的小精怪远游赶路，只是不知为何，没有乘坐渡船，也未祭出符舟，两个孩子只是徒步山路中。

陈平安便有些好奇，如今桐叶洲仙人境修士可不常见，像小龙湫那位来自中土上宗的祖师爷，属于过江龙。陈平安便让小陌遥遥施展掌观山河的神通，不承想这一看，就让他笑容灿烂起来。

倒不是认识那个暗中为两个孩子护道的仙人，而是自家下宗来了一个出乎意料的客人。

郑又乾，君倩师兄目前唯一一个弟子。

陈平安立即御风赶去，在山野路中发现了两个孩子。

郑又乾身边还跟着个粉雕玉琢的小姑娘。

估计是乘坐跨洲渡船到了桐叶洲后，由于仙都山这边暂无渡口，郑又乾就只能走路来了。

陈平安让小陌去与那位仙人待客，自己单独现身站在山路上，笑道："又乾。"

炼形成功没几年的小精怪，见着了陈平安，揉了揉眼睛，立即毕恭毕敬作揖，略带颤音道:"郑又乾拜见隐官小师叔!"

郑又乾其实已经见过这位陈师叔一面了,在中土文庙那座功德林,双方第一次见面,郑又乾是先喊的隐官大人。等到陈平安让他喊小师叔就行了,郑又乾就灵光乍现,用了个折中的法子,喊隐官小师叔!

再次听闻这个奇怪别扭的称呼,陈平安忍俊不禁,温声笑道:"又乾,下次只喊小师叔就行了。"

郑又乾怕自己,之前就听君倩师兄说过缘由了,都怪蛮荒天下那些乱七八糟的传闻和邸报。

原来小家伙出身桐叶洲的羽化福地,因缘际会之下,与师兄君倩拜师,就此正式跻身文圣一脉道统,后来跟随君倩师兄一起游历蛮荒天下,一路上,郑又乾听了些乌烟瘴气的小道消息,简单来说,在当时的郑又乾印象中,那个素未谋面的小师叔,可怕程度,差不多等于剑气长城的"齐上路"再加上个"米拦腰",好像见着了妖族修士和精怪之属,绝不废话,一见面,就要拧掉脑袋,抽筋剥皮。只说这位隐官独自镇守剑气长城那会儿,曾经一抬手,便抓住一位胆敢御风过城头的玉璞境妖族修士,将其狠狠按在城头之上,一手扯掉妖族胳膊,再一脚踩断腰肢,最后当场就给生吞活剥了,光天化日之下,就那么大快朵颐起来……所以对于精怪出身的郑又乾来说,能不怕吗?

这个师侄,当然是误会自己这个小师叔了。

见着了郑又乾,此刻的陈平安,若是落在旁人眼中,整个人的气息,跟平时是大不一样的,而且无论眼神还是脸色,与对待裴钱、曹晴朗又有不同。

陈平安这会儿就像额头上贴了好几张符箓,写了一连串文字内容:"慈祥和蔼","我是小师叔","君倩师兄挑了个好弟子","这个师侄真是怎么看怎么顺眼","又乾,有没有谁欺负你啊,与小师叔说说看,小师叔反正闲来无事,帮你讲道理去"。

天下文脉、修士道统成百上千,唯独别跟文圣一脉比拼护犊子的"道法高低"。

郑又乾抬头看了眼小师叔,这个小师叔,笑容好夸张,笑得他差点要哭了。

之前跟着师父见着了在蛮荒天下都大名鼎鼎的小师叔,好不容易不那么害怕了,这次重返家乡桐叶洲,结果在那条皑皑洲跨洲渡船上边又看到了一封山水邸报,原来小师叔离开文庙没几天,就又做出了一大串惊世骇俗的壮举:领衔四位大剑仙,深入蛮荒天下腹地,灭蛮荒宗门,扫荡古战场遗址,几拳打断仙箓城,跟王座大妖绯妃拖曳一条曳落河,剑斩托月山,末代隐官城头刻字……

邸报上边的内容,让郑又乾既开心,又骄傲,恨不得见人就说我是那位隐官大人的师侄!只是郑又乾难免有些担惊受怕。

唉,说实话,虽说小师叔在自己这边还是很平易近人的,可好像还是那位左师伯让自己更不害怕些。

陈平安笑问道:"这位是?"

郑又乾赶紧介绍道:"师父之前把我丢在了铁树山,她是我在山上认识的朋友,姓谈。"

"瀛洲,你的名字,我可以跟隐官小师叔说吗?"

一说出口,本就紧张万分的郑又乾越发手足无措。

名叫谈瀛洲的小姑娘轻轻嗯了一声,嗓音细若蚊蝇。

陈平安点头笑道:"谈瀛洲你好,我叫陈平安,是又乾的小师叔。"

谈瀛洲神色木然,有点呆呆的,僵硬点头。

她是铁树山那位飞升境大修士郭藕汀的再传弟子,年纪很小,辈分很高。

因为郭藕汀的六位嫡传弟子当中,不少都徒子徒孙一大堆了,所以这个小姑娘,在山中经常会被白发苍苍的修士称呼为太上祖师。

白帝城与铁树山,在浩然天下,都是独树一帜的宗门山头。

一个被邪魔外道的练气士奉若神明,一个在浩然本土妖族修士心目中是圣地。

郭藕汀道号幽明,所以又被妖族修士誉为"幽明道主"。他是中土神洲十人之一,相传有过一刀劈断黄泉路的壮举。

外界传闻,郭藕汀与上代龙虎山大天师有过一场山巅厮杀,打碎了整座铁树山,山水极难缝合了,才有了后来的"山中铁树万年不开花"一说。

龙虎山天师府,司职下山斩妖除魔,而郭藕汀本就是妖族修士出身,与当年白也离开海上岛屿,一剑斩杀的某头隐匿凶物,是一个辈分的修道之士,所以郭藕汀与龙虎山大天师不对付,确实在情理之中。

其实不然。

与郭藕汀问剑之人,是斩龙之人陈清流,而且当年差点砍死郭藕汀。

那座新铁树山,其实是以崩碎山脉堆积起来的,所以要比旧山矮了数百丈,而且按照约定,落败一方的郭藕汀,只要宗门祖山之上铁树一天不开花,郭藕汀就一天不得离开宗门。最过分的事情,还是铁树山中,不得栽种任何草木花卉。郭藕汀作为铁树山宗主,一位浩然山巅修士,曾经以一种旁门秘法,以自身心相显化大道,让铁树山"开花",只是不等郭藕汀下山,就又有人刚好登山,好像早就等着他让铁树开花。

登山之人,不是斩龙之人,而是他的徒弟,白帝城城主郑居中。

在那之后,郭藕汀就一直留在山中修行了。

只是这样岁月悠久的老人老故事,只有一小撮山巅修士才会知晓。

陈平安笑道:"又乾,小师叔还有点事情,我让一个叫小陌的修士带你们一起去仙都山。"

郑又乾使劲点头道:"小师叔先忙就是了!"

陈平安说道:"陪你们走到山下,小师叔再动身不迟。"

谈瀛洲胡乱抹了把脸上的汗水,她其实比郑又乾更紧张。

郑又乾没有直接安慰身边的小姑娘,只是壮起胆子与小师叔诚挚说道:"谈瀛洲可崇拜小师叔了,那几封山上邸报,她看的次数比我还多呢,反复看,是我花钱买的邸报,邸报却归她了。

"其实谈瀛洲一般不这样,平时可闹腾了,说天底下的英雄豪杰千千万,只有小师叔是这个!"

郑又乾伸出大拇指。

谈瀛洲恼羞成怒,只是隐官在场,她满脸涨红,紧张兮兮,两只手死死攥紧衣角。

陈平安双手笼袖,微微弯腰,笑着朝谈瀛洲点头道:"感谢认可。"

陈平安再一手伸出袖子,笑道:"眼光极好!"

谈瀛洲腼腆而笑。

两个孩子的护道人,和黄帽青鞋的小陌一同现身。

护道人身材修长,身穿一件颜色如浓墨的法袍,头别木簪,清秀少年容貌,负责秘密护送谈瀛洲和郑又乾跨洲游历。

郑又乾一脸呆滞。谈瀛洲倒是云淡风轻,显然是早就猜到了。

他先去的宝瓶洲落魄山,得知下宗一事,就又赶来桐叶洲了。

这"少年"正是谈瀛洲的传道恩师,也是郭藕汀的关门弟子。

修士竟是作揖致礼,笑容和煦向陈平安道:"铁树山修士果然,见过陈先生。"

陈平安笑着抱拳还礼道:"见过龙门前辈。"

眼前修士,在年少时,就曾经有过一桩击水万里触龙门的事迹。

道号龙门的果然,有些意外,这位剑气长城的年轻隐官竟然听说过自己?否则怎么连自己的道号都一口说出?

他跟师父差不多,喜欢待在山中,只管自己修行,打小就不喜欢下山游历,更不喜欢与人切磋道法,输了受伤,打坏了对方法宝,伤和气,结仇怨,打坏了自己的,更是损失,就算赢了,又不会多出一枚雪花钱,名声一物,如云聚云散,又不能当饭吃。所以他在中土神洲,名气远远不如几位师兄师姐。因为师尊早年受制于那个承诺,不可离开铁树山地界,所以都是师兄姐们在外笼络关系,积攒山上香火情,与外界谈买卖做生意,以至于现在铁树山之外的修士,都误以为他还是一位元婴境修士。

在那场战事中,他只是隐姓埋名,走了一趟南婆娑洲,并且有意隐藏境界,只是以金丹境修士的身份藏身于一众修士当中,置身于一条沿海战线。最终在战局危殆之际,联手剑仙曹曦,一起守住了那座镇海楼。

陈平安笑道:"辛苦龙门前辈一路护送又乾了。"

果然笑道："理所当然的事情,陈先生不用客气。"

陈平安拍了拍小师侄的肩膀,满脸赞赏神色。可以可以,我们文圣一脉弟子和再传当中,终于有谁像自己了。

三岁看老嘛,一看师侄郑又乾在谈瀛洲那边的做派,就绝不会打光棍!

有些事情,跟学问、境界没关系,真要讲一讲天赋的。

郑又乾突然小声问道："小师叔,这趟出远门,又要砍谁?!"

在郑又乾心目中,自己最最敬重的小师叔,不是提剑砍人,就是走在提剑砍人的路上。

陈平安本想跟郑又乾解释几句,你的小师叔,其实一向与人为善,路人皆知。

只是刚好凭借一张风雨符,听到了小龙湫那位仙人的质问,陈平安便笑道："是位仙人。"

郑又乾恍然大悟,一位仙人啊,境界凑合吧,相信小师叔很快就会返回仙都山了。

陈平安笑道："小师叔这趟出门,是去做客,不是奔着砍人去的。"

郑又乾使劲点头,那么多书又不是白读的,他脱口而出道："小师叔,我懂的,那不叫砍人,叫问剑!"

小龙湫祖山,龙脉山脊形似一把如意。

古松下,司徒梦鲸好像断定陈平安会赶来此地,开始闭目养神,耐心等待那位年轻隐官做客小龙湫。

黄庭有些无聊,就喊来令狐蕉鱼,来这边陪着自己唠嗑,只是有龙髯仙君这位太玄师伯祖在场,令狐蕉鱼哪敢造次,不管黄庭问什么,只是点头或摇头,绝不敢打搅上宗祖师的清修。

作为下山修士,对于自家上宗大龙湫的种种奇闻逸事、仙迹轶事,当然是耳熟能详、津津乐道。

关于这位龙髯仙君,更是有说不完的故事。与昔年中土十人之一的老剑仙周神芝是好友;参加过竹海洞天的青神山酒宴;百花福地的一位命主花神是他的红颜知己;游历倒悬山,与那位手捧龙须拂尘、师祖是白玉京真无敌的道门高真,曾经有过"捉放亭雪夜论道"的美谈;下榻于倒悬山四座私宅之一的水精宫,传闻和雨龙宗那位云签仙子颇为亲近;与皑皑洲那位自号"三十七峰主人"的飞升境大修士更是忘年交,在修行之初,双方虽境界悬殊,他却已被老神仙昵称为"龙髯小友"……

司徒梦鲸运转灵气,循环一个小周天后睁开眼,神色和蔼地望向令狐蕉鱼,主动开口道："拂暑,你愿不愿意随我去大龙湫? 我那悬钟师弟,近期打算收徒,你要是愿意,我可以帮忙引荐。"

第五章 天地孤鹤

143

修士的山上道号，就如小字，长辈如此称呼，当然是一种认可和亲近。

令狐蕉鱼赶紧起身，她当然不愿去大龙湫，只是她不敢照实说出心声，便有些局促不安。

司徒梦鲸笑着伸手虚按两下："不用紧张，不愿去就不去。以后哪天要是想去中土神洲游历了，可以事先飞剑传信大龙湫云岫府。"

云岫府正是这位龙髯仙君的山中道场。

在令狐蕉鱼身上，依稀可见某人的影子，似是而非。

令狐蕉鱼赶忙稽首致谢。

这位中土仙人突然起身道："大龙湫修士司徒梦鲸，见过陈山主。"

一位青衫刀客在崖畔飘然而落，微笑道："落魄山陈平安，见过龙髯仙君。"

身后还跟着一个黄帽青鞋的扈从，手中青竹杖轻轻点地。

司徒梦鲸前不久才收到一封来自大龙湫的山水邸报，出自山海宗之手。

桐叶洲实在太过闭塞了，以前是眼高于顶，觉得中土神洲之外无大洲，如今却是无心也无力关注天下大势。

邸报上边的内容，让一位仙人都要感到匪夷所思，不敢置信。

令狐蕉鱼跟着祖师一同站起身，有些犯迷糊，落魄山？陈山主？怎么自己从未见过，也未听过？多半是自己孤陋寡闻了。

一张石桌，四条凳子。暂为主人的龙髯仙君、黄庭姐姐，外加两位客人。

令狐蕉鱼就要挪步，将位置让给那个陈山主的随从。只见手持绿竹杖的年轻男子，站在长褂布鞋的青衫刀客身后，这会儿朝她微笑道："令狐姑娘坐着便是了。"

司徒梦鲸朝陈平安伸出一掌，一手扶袖："请坐。"

陈平安落座后，笑问道："不知龙髯仙君找我，是有什么吩咐？"

司徒梦鲸似笑非笑，不愧是被说成文圣一脉最像老秀才作风的读书人，脸皮不薄。

司徒梦鲸面容清癯，美髯，仿佛是一位隐居山林的清贫之士。

大龙湫在中土神洲哪怕拥有两位仙人境坐镇山头，每天都在财源广进，家底深厚，却依旧属于二流宗门，源于中土神洲版图之辽阔，超乎想象。其余八洲，一座宗门，能够拥有一位仙人境，就已经是当之无愧的"顶尖"宗门仙府了，可是在中土神洲，二流宗门能否跻身一线，存在着一道难以逾越的天堑——山中有无飞升境！

司徒梦鲸不愿跟陈平安兜圈子，直截了当道："相信陈山主对我们小龙湫已经十分熟悉了，先前我和黄庭所说之事，更是听得真切，敢问陈山主，何以教我？"

陈平安却答非所问："如果没有记错的话，你们中土大龙湫再加上这座下山，已经两百多年未有新玉璞了。"

如今大龙湫的玉璞境修士只有一人，便是道号悬钟的那位大龙湫掌律，是宗主和司徒梦鲸的师弟。此外，都是一些上了岁数的"老元婴"，比如下山的林蕙芷。

权清秋还算稍微好点，并且资质不俗，有望跻身上五境，相信这也是大龙湫宗主和祖师堂的为难之处。

以司徒梦鲸的性情，是肯定不会担任宗主的，那位悬钟掌律，天生脾气暴烈，更不宜继任宗主。所以一旦宗主仙逝，哪天兵解离世了，大龙湫绵延传承三千年的香火怎么办？一宗修士，何去何从？如何在中土立足？总不能让一个元婴境修士担任宗主吧。岂不是滑天下之大稽？

司徒梦鲸点点头："人无远虑必有近忧。"

陈平安笑道："所幸再青黄不接，只要有龙髯仙君在，也要好过那些被摘掉宗字头的仙府，至多就是面子上有点过不去，会被外界笑话几句。"

宗门道统传承年月，又有周岁、虚岁之别，就看有无玉璞境。

文庙那边，会给出一个三百年期限。若是一座宗门在三百年内无玉璞境，就要按例摘掉宗字头衔了。

只是大龙湫即便那位老宗主兵解了，有司徒梦鲸这位年轻仙人境，和师弟悬钟，如何都不至于沦落到计算"虚岁"的程度。

令狐蕉鱼其实一直在竖耳聆听，看似正襟危坐，目不斜视，其实她壮起胆子，以眼角余光偷偷打量了一眼身边的青衫客。

这位年纪轻轻的山主，笑意笑语，再加上末尾一句"被外界笑话几句"，真的挺……欠揍呢。

黄庭看着那个跷腿而坐的家伙，意态闲适，云淡风轻。她感慨不已，如果说自己是福缘好，那这家伙就是命硬。

当年在藕花福地，陈平安其实就那么点境界，却能仅凭一己之力杀出重围。

不谈那个"天下无敌"的丁婴，只说周肥、陆舫，哪个是省油的灯。

其实在五彩天下，黄庭偷偷去游历过一趟飞升城，那里的剑修在酒桌上只要提起这位剑气长城的末代隐官，都会态度鲜明，绝无位于中间的那种"无所谓"。

陈平安看着桌上棋局，随口说道："所以如果龙髯仙君真要狠下心来清理门户，一下子拿掉两个小龙湫的元婴境，确实太过大伤元气了，亲者痛仇者快，一个不小心，甚至还会连累宗门丢掉这块别洲飞地，相信这也是龙髯仙君迟迟没有动手的理由吧。不当大龙湫山主，已经对历代祖师心怀愧疚了，如果再亲手毁掉下山基业，换成谁都要揪心。"

司徒梦鲸默不作声。

陈平安抬了抬袖子，探出一手，双指作拈子状，指尖凭空多出了一枚漆黑棋子，轻轻落子棋盘，刹那之间，棋盘之上有风卷残云的迹象，气象跌宕，牵连之前所有棋子一并震颤起来,宛如一座占地不大的洞天天地,有蛟龙走水,翻江倒海。

陈平安再更换一手,双指拈住一枚雪白棋子,再次落子棋盘,瞬间就又打消了先前的乱局气象,所有棋子趋于平稳,仿佛复归天清地明一般。陈平安自顾自说道:"好话总是会让人难受,听了让人备感轻松的道理,往往不是道理。"

在功德林,陈平安没少翻书。此外,何况还有一个天下见识最为驳杂的熹平先生可以随便问。所以陈平安对玉圭宗、桐叶宗、三山福地万瑶宗和作为小龙湫上山的大龙湫,可谓了如指掌,如数家珍。许多大龙湫祖师堂里边,一些个相对年轻的供奉都不知道的宗门秘闻,历代祖师爷们诸多不宜宣扬的功过得失,陈平安都一清二楚。

司徒梦鲸低头眯眼,凝视着桌上那局棋,缓缓道:"高妙好棋,就算师尊和韩玉树在场,续下此局,各自无解。"

司徒梦鲸抬起头,笑道:"陈山主不愧是崔国师的小师弟,同样精通弈棋一道。"

人生星宿,各有所值。天之生我,我辰安在?

今夜月明星稀,在这位年轻剑仙落子之后,身为仙人的司徒梦鲸,方才穷尽目力,也只能是依稀见到两道纤细"星光",如获敕令,被接引而至,从天降落人间,最终落在棋盘之上。这就意味着陈平安的这两手精妙落子,不但冥冥之中契合大道"天意",还顺便完全压胜了之前的整盘残局。

小陌站在自家公子身后,面无表情。

其实是某天在密雪峰,崔宗主得知有这么个棋局之后,就掏出两罐棋子,让先生帮忙摆出棋谱,结果崔宗主扫了残局几眼,就收起桌上所有黑白棋子,重新一一落子,其间不断提走黑白棋子,宛如目睹了当年那场两位仙人的松下对弈。崔宗主一边落子提子,一边骂俩白痴,臭棋篓子比拼谁下棋更臭呢,丢人现眼,贻笑大方……最后便帮着下出了陈平安今天落子的两手棋。

司徒梦鲸疑惑问道:"陈山主还是一位望气士?"

剑修,纯粹武夫,符箓修士。

陈平安笑着反问道:"可能吗?"

司徒梦鲸叹了口气,开门见山问道:"你如何确定林蕙芷和权清秋背叛浩然?"

令狐蕉鱼瞬间脸色惨白。

陈平安笑道:"那我就姑妄言之?"

司徒梦鲸笑道:"那我就姑妄听之。"

陈平安站起身,看了眼远处那座由权清秋精心打造的野园,轻声道:"龙鬐仙君很快就会知道答案了。"

司徒梦鲸突然说道:"事先提醒陈山主一句,最终如何处置叛逆,是杀是关,大龙湫无须外人插手。"

上次陈平安造访如意尖,和太平山黄庭在此重逢,在茅屋那边待了片刻,司徒梦鲸察觉到了一股杀意。就像一根直线,一条剑光,掠过小龙湫上空,竟是能够让司徒梦鲸感到一瞬间的道心冰凉。

陈平安转头笑望向司徒梦鲸,没有任何言语。

小陌微笑道:"既然你们大龙湫不知道如何把事情做好,那就不要教我家公子如何做事了。"

陈平安说道:"不能这么说,本就是大龙湫的家务事,我们作为外人,能够帮上点小忙,已经十分荣幸了。"

小陌点头道:"公子都对。"

司徒梦鲸却没有觉得半点可笑,他心情沉重,缓缓起身后,说道:"若能帮助我们解决这个天大隐患,大龙湫必有厚报。"

陈平安移步走到崖畔,伸出一手,掌心抵住腰间两把叠放狭刀之一的斩勘,面朝那座距离不算远的野园。

山风轻轻吹拂鬓角发丝,陈平安微笑道:"都好说话,就都好说。"

如今的浩然天下,除了屈指可数的几人,可能都不太清楚一个道理。

落魄山山主陈平安。

小陌,落魄山记名供奉,飞升境巅峰剑修。

首席供奉姜尚真,仙人境。

下宗宗主崔东山,仙人境。

落魄山掌律长命,可以视为仙人境。

骑龙巷压岁铺子的某位杂役弟子,化外天魔,飞升境。

下宗首席供奉米裕,玉璞境剑修。

落魄山大管家朱敛,山巅境圆满武夫。

开山大弟子裴钱,止境武夫。

练气士在玉璞境之下,纯粹武夫在山巅境之下,以及上下两宗的记名客卿,好像都不用去说了。

中土神洲之外,剑光联手拳罡,足可横扫半洲。就像昔年大骊王朝,一国即一洲。如今陈平安却是好像一人即半洲。

陈平安说道:"劳烦龙髯仙君帮忙喊来权清秋和章首席。"

权清秋和章流注很快就各自匆匆御风而来。

权清秋不认识那个瞧着架子不小的青衫刀客,但是章首席一看到那个青衫背影,就头皮发麻,一颗道心如水桶,晃荡得七上八下。

陈平安转头笑道:"章首席,好久不见。"

章流注神色紧绷，忍不住咽了口唾沫，不知如何作答。其实没有"好久"，太平山遗址一别，这才几天工夫。

先前老元婴与虞氏王朝的内幕供奉金丹境修士戴塿，真是有福同享有难同当，一起看的镜花水月，喝的美酒。那戴塿境界不高，为人却是很有一套，竟然能够喊来一拨身姿曼妙、姿容出彩的仙子，自家门派的，别家山头的，都有。她们一口一个章大哥、章上仙，喊得老元婴的骨头都要酥了，不是没有见识过这般脂粉阵，可是一群莺莺燕燕，皆是谱牒女修，从未有过！

只是最后成了一对难兄难弟，都被眼前这个心狠手辣的青衫剑仙，以歹毒秘法将他们的神魂剥离拘禁起来，最终章流注和戴塿一起在太平山遗址山脚处，就像当了两尊看门的门神，其间滋味到底如何，真是苦不堪言，想都不愿意去想。以至于章流注活着返回小龙湫后，再当那首席客卿，见着谁都有了些笑脸，因为老元婴每天都会提醒自己，要好好珍惜当下的这份神仙日子。

当时在门口那边，章流注被姜尚真拿走了那块材质不明的黑色石头，才算破财消灾，勉强送走那两位瘟神。事到如今，野修出身的老元婴尚且不知道，当年偶尔所得的那块不起眼石头，其实是远古瀼涑堆之一。若是知晓此物根脚，在中土神洲再遇到个识货的，至少能卖出三百枚谷雨钱！可惜多年以来，只是被章流注拿来看遍一洲镜花水月，暴殄天物。

陈平安偏移视线，望向那个腰悬鱼竿的"年轻"元婴，笑问道："你叫权清秋？姓氏好，名字更好。"

权清秋看了眼师伯祖，没有要提点一二的意思，只得小心翼翼说道："正是权清秋，不知前辈是？"

陈平安笑道："外乡人，说了你也不知道。我曾经见过一个跟你同名的修士。隔着一道栅栏，一见如故，相谈甚欢。那位清秋道友，与你算是筷子喝不了汤，勺子吃不了面，各有所长，各有所短。"

老聋儿的牢狱内，曾经关押着一头仙人境大妖，叫清秋，真身是条青鳅，曳落河四凶之一。

权清秋听得一头雾水，一个外乡人，竟敢当着师伯祖的面在这边故弄玄虚，到底想要做什么？

陈平安问道："那座野园，不谈那些尚未炼形成功的，七十六个妖族修士的身份底细你都查清楚了？"

一座野园，占地方圆数十里，将那些妖族悉数圈禁了起来，几乎都是下五境修士。由首席客卿章流注主持大局，不过真正负责具体事务的，是一位小龙湫老金丹，还有一位前些年招徕的客卿，是位纯粹武夫，亡国武将出身，金身境，家国破碎，复国无望，面对这些妖族余孽,杀心极重。

小龙湫修士精心打造了一座符阵,设置出一道山水屏障,防止妖族修士逃窜出去,在符阵界限之上,还悬挂有数十面小龙湫镜工炼制的照妖镜。野园之内,居中地带,有座小山头,视野开阔,山顶临时建造有一座府邸,那个叫程秘的武夫常住,权清秋和章流注偶尔会入住其中。外乡游客,可以乘坐几条符舟游历野园。

权清秋忍不住又看了眼师伯祖,可惜司徒梦鲸依旧没有任何提醒。权清秋心中便有些怒气,听这厮的口气,是真觉得自己已经鸠占鹊巢、反客为主了?

不过权清秋还是尽量以平缓语气答道:"都仔细勘验过了,通过妖族畜生之间相互验证身份,来自什么山头门派,隶属于哪个蛮荒军帐,一清二楚,详细记录在册,不会有任何纰漏,借此机会,还帮着书院找出了不少隐藏消息。"

只有一头龙门境和几个洞府境畜生,能有什么纰漏?他权清秋只要愿意,一只手就可以杀干净野园全部妖族。

陈平安一脚踏出,缩地山河,直接来到野园上空。

明月夜中,一袭青衫御风悬停,手心轻轻敲打狭刀斩勘的刀柄,视线低垂,俯瞰大地。

小陌没有跟随陈平安去往野园,只是得了心声吩咐,站在崖畔这边,看着自家公子的神仙风采。小陌很期待将来与自家公子一同联袂远游浩然明月中。

在天高地远苍茫辽阔的远古时代,曾经有无数奇异景象,比如日宫金乌降绛阙,帝子乘风下翠微。都是小陌亲眼见过的光景。

甚至还有那场气势恢宏的水火之争。明月销熔,山岳崩碎,大渎干涸,大海开始燃烧,烈日开始结冰。

无须手持符阵关牒信物,青衫笔直一线,随便破开阵法禁制,如入无人之境,落在山顶府邸外边的广场上。

章流注犹豫了一下,与龙髯仙君心声一句,得了许可,立即御风前往野园府邸。

一个正在广场上走桩的魁梧男子停下身形,脸色不悦,沉声问道:"来者何人,报上姓名?!"

那个不速之客说道:"姓陈,名平安。来自仙都山,见过程将军。"

武夫瞥了眼对方腰间的叠刀,眉头舒展几分,放缓语气,问道:"可有小龙湫信物?"

章流注来到广场,火急火燎道:"程秘,不得对陈山主无礼,陈山主是我们小龙湫的贵客。"

陈平安笑问道:"职责所在,盘查身份,怎么就无礼了?章首席,咱俩朋友归朋友,我还是得说你一句,做人可不能胳膊肘往外拐啊。"

章流注立即弯腰点头道:"陈山主教诲,必当铭记在心。"

老子是野修出身，跟我谈什么脸皮不脸皮的，到底是谁不要脸？

程秘对此习以为常，对这位道号水仙的老元婴，不喜欢，也谈不上厌恶，反正就是矮个子里边拔将军，在这小龙湫，还算是能够喝上酒聊几句的。程秘和那一年到头冷若冰霜的山主林蕙茝，还有那个狗眼看人低的权清秋，反而没什么可聊的，估计对方也懒得跟自己聊，一个体魄稀烂的金身境，在山上又值不了几个神仙钱。

陈平安缓缓抽刀出鞘。一把狭刀斩勘，锋刃现世，清凉如水，月光映照，无比莹澈。

一袭青衫等到拔刀出鞘后，并未越发腰杆挺直，反而身形微微佝偻。

一股异常苍茫浑厚的气息，瞬间弥漫笼罩住整座野园山水，如天道落地。那些尚未炼形成功的妖族，如同各自见到了自身血脉的一个个初始存在，认祖归宗一般，悉数不由自主匍匐在地，颤抖不已。

野园之内的妖族修士，即便认不得那一袭青衫，却认得那把早已名动蛮荒所有军帐的著名狭刀。是剑气长城的那个……变态存在！

面容、身形皆模糊不清，在那城头孑然一身，挂刀而立。只不过一身鲜红法袍变成了一袭青衫而已。

陈平安眯起眼，望向一处："找到你了。"

真是会藏，选择躲在这里，确实算脑子很好用了。不然单凭自己那几张风雨符，还真不一定能够找出蛛丝马迹。好在自己身边还有个小陌。

陈平安祭出一把笼中雀，再一步跨出，一手按住"下五境妖族修士"的那颗头颅，狭刀横抹，缓缓割下首级。与此同时，已经将这个妖族修士的魂魄拘押成一团，攥在手心，随手抛给站在如意尖崖畔的小陌。

小陌将其收入一把本命飞剑当中，片刻之后，与自家公子心声言语一番。除了权清秋，果然还有个林蕙茝。

这个妖族修士境界不高，只是个元婴境，但是却是某个蛮荒军帐相对核心的角色之一，有个好师承使然。他在老龙城一场大战中道心受损，真身残破，遂返回小龙湫附近养伤，最终未能及时撤出桐叶洲。

即便被关押在此地依旧野性难驯的所有妖族，今夜却没有任何一个胆敢靠近那个曾以无敌之姿守住半座剑气长城的末代隐官。毕竟那些年与之对峙者，唯有旧王座之一的剑仙龙君。

陈平安收刀归鞘，返回山顶府邸外的广场，笑问道："程将军，愿不愿意挪个地方，我家山头那边武夫颇多，不缺切磋机会。小龙湫欠我一个人情，不会阻拦的。"

程秘咧嘴一笑，摇头道："在这里挺好的，每天看着那帮关在笼子里的畜生，才不觉得自己还在做梦。"

文庙之上，骨鲠之臣，置身沙场，又是股肱之将。出身簪缨世族，却年少投军，弃笔投戎,数十年戎马倥偬,都在跟风沙、马粪打交道。

故国京城,曾经被一洲仙师誉为无月城。因为开国以来,便无宵禁。常年灯火如昼,故而就像一轮明月是多余。

欲取去不得,薄游成久游。欲归归不得,他乡成家乡。只是除了思念亲人、袍泽之外,不知为何,如今最让程秘心心念念的,竟是家乡一个经常去的苍蝇馆子。一碗拌面,丢下一把蒜末,撒一把干辣椒,淋上热油,喷喷。

陈平安笑着告辞。程秘重重抱拳,神色肃穆。

章流注没有立即跟随陈平安离开野园。容我缓缓,得先压压惊,才能挪步。

心情略微平复几分后,老元婴抚须而笑道:"程秘,想不想知道对方是谁?"

程秘呵呵一笑,撂下一句便继续走桩:"得见君子者斯可矣。"

章流注吃瘪不已,别看程秘是个五大三粗的糙汉子,其实肚子里是有点墨水的。

程秘突然停下拳架,问道:"先前那拨妖族修士,好像都在用蛮荒鸟语说同一个词,是什么意思?"

章流注调侃道:"畜生瞎叽歪,我哪里听得懂,听得懂就怪了。"

陈平安返回如意尖松下。

司徒梦鲸已经与那个自称小陌的修士心声交流过,一位道心坚韧不拔的仙人,既如释重负,又难免神色感伤。

司徒梦鲸重重叹息一声,正了正衣襟,与陈平安作揖道:"我替大龙湫,谢过隐官。"

直腰后,司徒梦鲸笑道:"我有个关系比较疏远的亲戚,返回浩然天下之后,曾经走过一趟大龙湫,对隐官极为推崇,希望隐官以后路过流霞洲,一定要找他喝酒。"

陈平安笑而不言。知道司徒梦鲸在说谁,是位外乡剑修,流霞洲的司徒积玉,玉璞境。对方还是自家酒铺的常客,关系很熟了。司徒积玉酒量差,酒品还不好,喝高了就喜欢说些有的没的的醉话,蹲在路边一起腌菜佐酒那会儿,喜欢搂住自己的肩膀,就问纳不纳妾,敢不敢。还说他家族,是个出了名的美人窝……

到了流霞洲,找他喝酒?不砍他司徒积玉就很客气了。

陈平安直接带着小陌重返仙都山。

先前小陌将果然他们送到仙都山地界,就告辞离去,身形化作一道剑光掠空而去,剑光转瞬即逝。

果然本身就是一位仙人,又在铁树山这样的大宗门里边修行,虽然不喜远游,但是由于师父受制于那个承诺的关系,因此都是大修士主动拜访铁树山,故而果然根本不用出门,就见惯了各洲山巅修士的风采,就像那位号称"天下火法第一、雷法第二"的火龙真人,就曾经在一次畅饮醉酒后,抖搂了一手罕见的水法神通。

因为师尊郭藕汀是在一次问剑中落败,又是输给了那位有蛟龙处斩蛟龙的陈姓剑修,所以作为关门弟子的果然,对于剑修极为了解。

相传远古时代,剑修剑光之盛,可与日月同辉。

谈瀛洲问道:"师父,怎么了?"

果然笑道:"这位小陌先生,当是一位大剑仙。"

郑又乾咧嘴笑道:"隐官小师叔嘛,身边都是剑仙,半点不奇怪。"

谈瀛洲双臂环胸,呵呵笑道:"你又懂了?"

郑又乾有些无奈,自己小师叔一走,她就是这个德行了。

在即将完工的渡口那边,瞧见了一位好像在监工的白衣少年,和一个身材修长的年轻女子。

郑又乾喊道:"崔师兄,裴师姐。"

虽说自己的师父,是小师叔的师兄,可是自己入门晚,喊对方师兄师姐准没错。他又不傻,人情世故,精通得很呐,书上白纸黑字都清楚写着呢。

裴钱笑着点头:"好名字。"

崔东山笑呵呵道:"又乾啊,下次再见着我们,记得先喊裴师姐,再喊崔师兄。"

反正都要被记账,不如自己来。

谈瀛洲好奇道:"你就是郑钱?"

大概是觉得没礼数了,小姑娘赶紧补上一句:"郑大宗师!"

裴钱笑道:"喊我裴姐姐就可以了。"

郑又乾跟两位同门解释道:"来时路上,刚好遇到了小师叔,小师叔说他去小龙湫砍……问剑去了,我觉得很快就会回。"

谈瀛洲瞪眼道:"隐官哪有这么说,只说是去做客访友了,你少在这边添油加醋!"

郑又乾叹了口气,小师叔是我的小师叔,又不是你的……算了算了,不跟女子吵架,想来总是对的。

两道剑光离开小龙湫地界,在夜幕中南归。

剑光相伴明月光,几个星斗胸前落,十万峰峦脚底青。

第六章

长不大的家乡

年关时分，又有一场纷飞大雪，碎玉无数。

一条大泉王朝的军方渡船已经驶出北方边境极远，再有几个时辰，就可以到达仙都山渡口。

这一路乘船北游，有个身披一件老旧厚重狐裘的老人，偶尔会离开屋子，走到船栏这边，看着风雪中的蜿蜒山河。

欲验丰年象，飘摇仙藻来。

不再是山下田地荒芜、无数枯骨，山中唯有猿攀枯藤、鹤看残碑的惨淡光景了。

在渡船侧方，一袭青衫蓦然凝聚云水身，悬停风雪中。青衫长褂，头别玉簪，腰叠双刀，凌空蹈虚，与渡船并驾齐驱。

这位毫无征兆出现在渡船旁的青衫刀客，看似在空中闲庭信步，实则身形快若鹰隼。

疾禁千里马，气敌万人将。

刘宗走出船舱，来到船头甲板上，凭栏而立，笑着招手道："陈老弟！"

这位大泉姚氏的首席供奉，打了个行伍手势，示意渡船这边的供奉、甲士们都不用紧张，是自家人。

陈平安在渡船这边落脚后，喊了一声"刘老哥"。

矮小老人抚须而笑，听到陈平安的称呼，磨刀人刘宗神色颇为自得，这就叫物以类聚人以群分，遥想当年，自己也是这般英俊潇洒的年轻小伙。在那故乡江湖，自己年轻时腰别牛角刀,不敢说打遍天下无敌手,也差不离了,反正就是所向披靡,罕逢敌手。

只要比自己强的那几个不挡道,自己就是无敌的。无数江湖豪杰,见了我刘宗,谁不竖起大拇指,多少达官显贵,要将自己奉为座上宾,害得多少女子痴心,要在心中反复默念那个绰号?"小朱敛"!

渡船高三层,刘宗带着陈平安去往顶楼,姚老将军就在那边休歇。

陈平安好奇问道:"这是一艘跨洲渡船吧?你们大泉自己打造的?"

对于跨洲渡船,陈平安敢说自己见过的数量,没有半百也有四十了。

这艘渡船竟然只比风鸢渡船稍小,相较于停靠在倒悬山的那些各洲渡船,脚下这艘也能算个中等规模。

刘宗聚音成线,与陈平安泄露天机,也没个忌讳不忌讳的:"算是半买半造吧,当年不少奇人异士都聚拢到了蜃景城,约莫半数都被陛下挽留下来,其中就有几个谱牒仙师,跟别洲都能攀上点关系。

"前些年陛下就请人帮忙牵线搭桥,又用个高价,跟皑皑洲买了些营造图纸。那条乌孙栏渡船,听说过吧,一般跨洲停靠在最南边的驱山渡,大剑仙徐獬负责接引,咱们这条,跟乌孙栏是一个路数的,只不过外观做了很大改动。

"陛下魄力极大,除了这艘鹿衔芝,还要打造出两艘新的跨洲渡船,自己留一艘,卖一艘,反正先前买图纸的钱,必须从某个冤大头身上找补回来,名字都取好了,分别叫峨嵋月和雷车。

"之前万瑶宗宗主之女韩绛树说他们三山福地有意购买,只是不知为何最近没了动静。北边金顶观那边,也有些意向,只是价格不如万瑶宗给的那么高,低了足足三成,但是金顶观的葆真道人尹妙峰与其弟子邵渊然,先前都是咱们大泉的一等供奉,有这份香火情在,要是万瑶宗再这么拖延下去,也不给个恰当理由,以陛下的脾气,多半就将那艘雷车卖给金顶观了。"

陈平安故意略过万瑶宗,在心中大致盘算一番,点头道:"大泉自己留两艘渡船,是很稳妥的,一艘做南北贸易,接连北边的宝瓶洲和北俱芦洲,如果可以的话,还可以远航至皑皑洲的北方冰原。比如你们大泉可以看看有无机会,跟皑皑洲刘氏联手,开采冰原矿产。另外一艘渡船,去中土神洲或是扶摇洲都可以,而且越早拥有私人渡船越好,可以跟航线沿线的宗门、大的王朝,早点敲定盟约条款,年限越长越好。"

如今浩然天下宗门现有的跨洲渡船,十之七八都被中土文庙抽调借走了,算是暂时"充公"了。

所以当下还能够翻越陆地、跨海走水的渡船为数并不多。因此谁能够拥有类似渡船,挣钱就要比以往更简单,类似围棋棋盘上的那几枚强棋,最能厚势,再取实地。

刘宗嘿嘿笑道:"英雄所见略同呐,老哥帮忙将这言语,转告咱们陛下?"

陈平安笑道:"刘老哥,都这么多年过去了,还是金身境,不妥,到了仙都山,咱俩搭把手?"

刘宗明知道对方是在转移话题,依然气笑道:"骂人不揭短,打人不打脸,还讲不讲江湖道义了?"

实在是老观主赠予的这副崭新皮囊,作为登城头敲天鼓的那份馈赠,太好,好得让刘宗离开藕花福地多年竟然始终未能破镜。打破一个金身境瓶颈,就跟练气士从元婴跻身上五境差不多困难,愁得刘宗这些年没少喝闷酒。

听说南苑国的那位种夫子,都已经是远游境瓶颈了。至于身边陈老弟如何如何的,比这玩意儿做啥,就像自家晚辈有出息了,高兴还来不及。

因为渡船上边有老将军姚镇,还有担任京城府尹的郡王姚仙之,所以除了磨刀人刘宗亲自负责保驾护航,还有数位地仙练气士,丝毫不敢掉以轻心。至于有无隐藏高人,陈平安刻意不去查探,毕竟不是那小龙湫。

陈平安只是弯曲手指,轻轻敲击楼梯栏杆,不知是以何种仙家木材打造而成,铿锵有金石声。

骸骨滩披麻宗那条跨洲渡船一直是落魄山的财源所在,几乎半条渡船都可谓姓陈了。之所以没有被抽调去往海上"走镖",是因为中土上宗早就主动将一条渡船交给文庙打理。

所以重返浩然天下后,陈平安就没多想,但是上次在功德林,先生一喝酒,一高兴,就不小心说漏嘴了。

如果披麻宗只是作为下宗,是勉强可以留下一条跨洲渡船的,但是作为北俱芦洲宗门之一,浩然九洲,各洲都有个份额,北俱芦洲其实在文庙那边刚好还缺了一条,所以披麻宗又变得好像应该交出渡船,结果升任礼记学宫司业的茅小冬,不知怎么,就建议那个已经交出两条跨洲渡船的琼林宗再拿出一条好了,反正财大气粗,即便交给文庙三条,不还能剩下一条?

那是一场小规模的文庙内部议事,只有文庙正副三位教主,三大学宫的祭酒、司业,和一小撮陪祀圣贤,此外所有书院山长都未能到会。

身材高大的学宫司业茅小冬这么一开口,导致全场默然。礼记学宫大祭酒只得硬着头皮,附议自家那位茅司业,然后就没什么异议,算是默认通过了这项议程。

当时老秀才还没有恢复文庙神位,自然不在场。

礼圣一脉学宫司业的仗义执言,跟我文圣一脉有啥关系嘛。

剑修有那问剑的风俗,那么老秀才的"问酒",也是浩然一绝。

在楼梯口那边,老将军姚镇笑道:"本来是想要给你一个惊喜的。"

姚仙之一条独臂,挽着那件狐裘,爷爷攥得很,说走这几步路,要是就被冻着了,还出个屁的远门。

爷爷的那点小心思,其实就是不服老。府尹姚仙之也只当不知道。

姚仙之笑道:"这就叫强中自有强中手。"

以前是一条空荡荡的袖管垂落身侧,如今府尹大人干脆就将那袖管打结系起,好像大大方方告诉他人,我就是缺了条胳膊,你们想笑话就只管笑。

原来老将军姚镇故意将行程说慢了两天。

显而易见,陈平安是一等到来自姚府的飞剑传信,就立即出关,动身赶往蜃景城,打算亲自护送渡船到仙都山,不然不会半路遇到这条鹿衔芝渡船。

陈平安快步登楼。姚镇伸手抓住他的胳膊,笑道:"走,小酌几杯?"

陈平安点点头:"说好了,不多喝。"

刘宗没跟上,谁不知道,在老将军心目中,陈平安这家伙就是姚府的半个亲孙子,或是半个孙女婿?

屋内有只大火盆,姚仙之负责温酒。

陈平安弯腰坐在一条长凳上,拿起火钳,轻轻拨弄炭火,问道:"姚岭之的那把名泉刀,还是没能找到?"

约莫是知道老将军的脾气习性,渡船这边故意将这间屋子的装饰弄得尽量简单朴素。

作为主管此事的姚仙之撇撇嘴:"难,没有任何线索,倒是挖出了好些见不得光的。"

姚镇笑道:"终于有点府尹的样子了,丢把刀,不算什么。"

姚仙之闷闷道:"爷爷,这就是站着说话不腰疼,说得轻巧了啊,府尹衙署调动了那么多人力,就没个结果,反正我心里边不得劲。"

"我可没站着,是坐着说的。"姚镇说道,"再说了,老大不小的年纪了,还是条光棍,腰不好?难怪早些年跟人喝酒,都不敢去教坊勾栏。"

姚仙之习惯性伸手烤火取暖,闻言立即涨红了脸,抬头埋怨道:"爷爷,能不能别在陈先生这边聊这些?"

陈平安突然说道:"方才我注意到,渡船上边有位女子供奉,年纪不大,境界却不低,先前就站在渡船二楼那边,她看仙之的眼神,嗯,有那种苗头,错不了。"

姚镇一挑眉头,来了兴致:"哦?还有这么一档子事?"

能够在这条渡船当差的大泉修士,当年肯定都是去过战场的。

姚仙之无奈道:"陈先生,没有的事,别瞎说啊。"

知道陈先生是说哪位女子,毕竟京城里边所有随军修士的档案都会亲自过目,身世背景、山上谱系、战场履历,姚仙之这个府尹大人一清二楚。那个姑娘叫刘懿,闺名鸳鸢,道号宜福,是大泉本土人氏,出身地方郡望世家,年幼时就被一位地仙相中了根骨,早早上山修行。早年在京畿战场和屡景城,刘懿以龙门境修为,凭借自身道术和两件师传重宝,战功不输几位金丹境地仙。

刘懿当然是位极出彩的女子,姚仙之偶尔在渡船上边散步,她都对自己目不斜视。也对,喜欢个缺了条胳膊的瘸子做什么。况且姚仙之对她也确实没什么想法。

陈平安没好气道:"我开这种玩笑做什么。"

姚镇指了指姚仙之,笑道:"这算不算睁眼瞎,你自己说说看,要你何用?!"

陈平安开始添油加醋,笑呵呵道:"有些人打光棍,是没办法的事情,但是有些人嘛,是凭自己的真本事打光棍。"

姚镇向姚仙之问过那个刘懿的大致情况,得知这位女子仙师出身大泉本土的书香门第,好,道号宜福,很好,让人一听就喜庆,有胆子数次撇开师门长辈的护道,置身险境,并且能够杀妖立功,最终守住了屡景城,等到陛下论功行赏,刘懿只是向朝廷讨要了个三等供奉身份,就……不太好了,陛下怎么都该给个二等供奉的。

至于刘懿如今六十几岁,能算什么问题,山上女子的甲子道龄,搁在山下,不就相当于山下女子的豆蔻年华?

姚镇揉着下巴,喟叹一声:"我觉得仙之配不上那位姑娘。"

陈平安嗯了一声:"我也觉得。"

姚仙之苦笑不已。

姚镇爽朗大笑,抬起一手,陈平安与之轻轻击掌,极有默契。

从姚仙之手中接过那碗黄酒,陈平安瞥了眼挂在衣架上边的那件老旧狐裘,知道此物由来,是大泉先帝刘臻早年送给边关姚氏的御赐之物。

姚仙之可能不会多想,但是如果大泉王朝的当今天子看到了,估计她心里边会不太好受。

只是家家有本难念的经,陈平安也只当是假装不知这里边的人心细微曲折。

陈平安记起一事,从袖中摸出两个红包,里边各自放有一枚小暑钱,陈平安专程挑选了铭文是祝福晚辈的吉庆言语的。

陈平安将红包递给姚仙之,笑道:"回头帮忙交给姚岭之,送给她的孩子,就当是我这个陈叔叔补上这些年欠下的压岁钱了。"

姚岭之早就嫁为人妇,如今都有了一双子女,不过俩孩子年纪都不大。

跟陈平安差不多,不少山上修士都喜欢专门收集铭文众多、类似"花钱"的各种小暑钱,开炉镇库,迎春挂灯,祝寿贺岁,铭文五花八门。在这件事上,陈平安这么多年出门远游,一直没落下,私底下已经集齐了六套十二生肖小暑花钱、三套月令花神钱,还有一套内刻群玉山款的三十六天罡小暑钱,为此陈平安耗费了不少私房钱,将自己手上的谷雨钱交给落魄山账房韦文龙打理,让他帮忙留心那些铭文稀奇的小暑钱,只要遇到就入手。

在这件事上,那位皑皑洲刘财神,才是宗师级人物,收集了不少被誉为举世无双的孤品。

姚仙之收起两个红包,笑道:"那俩孩子收到这笔压岁钱,估摸着得疯。"

自己这个舅舅,在他们那边是毫无威严可言的,俩孩子打小就古灵精怪的,又皮实,撒野得很,只有想向自己问些那位陈先生的山水故事了,喊舅舅的时候才会诚心几分。不行,这次正月里,得让那俩孩子与自己这个舅舅多磕几个头,才能给出红包。

姚镇随口问道:"吴殳不在桐叶洲,去了浩然天下,咱们就只有蒲山叶芸芸一位止境宗师了,你们双方见过没?"

陈平安点头道:"之前就见过了,在云窟福地那边第一次见面,后来又发生了些事情,叶山主已经答应担任仙都山记名客卿了。"

姚仙之疑惑道:"上次在餍景城怎么不说?"

姚仙之心中窃喜,嘿,自己在陈先生的下宗,岂不是都要与蒲山叶芸芸平起平坐了?

陈平安没好气道:"说这个做什么。"

姚镇啧啧道:"那可是一位大美人啊,云窟福地的花神山胭脂榜,也就是姜老宗主不敢把她列入其中,不然跻身正评前三名,跑不掉的。看来这次没白来。"

姚镇抿了一口酒,笑眯眯道:"把持得住?"

陈平安无言以对。

姚仙之终于找到机会了,调侃道:"换成我,面对那么一位国色天香的山上仙师,还是一位女子止境武夫,肯定情难自禁,夜不能寐。"

陈平安笑呵呵道:"夜不能寐?辗转反侧是吧?小心伤到腰,那就雪上加霜了。仙之你可以啊,倒是个好人,原来是不愿意祸害姑娘,怕娶进门守活寡?"

姚仙之差点憋出内伤,只得喝了一大口温热黄酒。

姚镇笑问道:"既然你们都是大宗师,可有切磋?"

陈平安点点头:"赢了。"

姚镇又问道:"要是对上那个吴殳呢?"

陈平安想了想,还是点头道:"能赢。"

只是会赢得不轻松,吴殳毕竟是一位在归真一层打熬多年的止境武夫,陈平安除了全部撤掉手脚上边的符箓禁制,还要多出一份胜负的心态,彻底放开手脚与之问拳。

如今陈平安与人问拳,大致可以分出几种情况:压境,不压境,身上有无符箓禁制,以及最后一种"现出真身,城头姿态"。

刘宗轻轻敲门，推门而入，搓手笑道："什么赢了能赢的？"

姚仙之又倒了一碗酒给刘宗，说道："我们在聊叶芸芸和武圣吴殳呢。"

刘宗晃着酒碗，闻着酒香，转头望向不再喝酒伸手烤火的青衫刀客，瞥了眼对方腰间的叠放狭刀，问道："你那个开山大弟子，什么时候跻身止境？"

陈平安微笑道："已经是了。"

刘宗一口饮尽碗中酒水，愁得整张老脸都皱在了一起，犹豫片刻，小声道："其实一直想要找个机会，与叶芸芸问拳一场，可惜上次在桃叶渡见面，她是以蒲山山主身份去跟咱们陛下谈正事的，我不好开口。现在嘛，何必舍近求远，是也不是？"

陈平安笑道："就等刘老哥这句话了。"

刘宗苦着脸道："我才是金身境，无法覆地远游，在船上问拳也不合适，到了仙都山再说？"

陈平安说道："不用那么麻烦。"

刹那之间，改天换地，唯有一只火盆依旧，四人仍然围炉而坐，但是除此之外，天地再无余物，四人与那火盆，皆如踏虚太虚，好似悬停在一处无尽苍茫的远古秘境之中。

姚仙之轻轻跺脚，脚下涟漪阵阵，就像踩在了一处平静湖面之上。

陈平安站起身，一步横移，站在了距离火盆百丈之外的虚空中，一手负后，一手递掌，微笑邀请道："武夫刘宗，只管出拳。"

刘宗坐在原地，头皮发麻，如坐针毡。

说来也怪，陈平安这小子，当年一身雪白长袍，背剑误入福地，做掉了那个天下无敌的老匹夫丁婴，离开藕花福地后，这么多年做了哪些壮举事迹，其实刘宗因为当了大泉姚氏的首席供奉，都大致听说过，哪怕上次在蜃景城重逢，当时陈平安就已经是顶着一个末代隐官身份，还是一位当之无愧的上五境剑仙了，但是与之相处，站在一起，刘宗都没觉得有什么压力，但是在这一刻，刘宗却本能生出一个念头：不宜与之问拳，只宜喝酒聊天打屁。

姚仙之忍住笑，刚要打趣这位刘供奉几句，却看到爷爷轻轻摇头，示意自己不要开口。

刘宗深吸一口气，蓦然而笑，缓缓起身，身形往陈平安那边前掠而去，站定后，从袖中摸出一把多年未曾使用的牛角刀。算不得一把品秩多好的法刀，在家乡福地对敌还算锋利，只是在这浩然天下就很不够看了，连法宝品秩都够不上。

只是这场问拳，多半是留不住这个一辈子相依为命的老伙计了。低头看着这把牛角刀，老人难免心疼、伤感几分。

刘宗坦诚说道："这场问拳，咱俩境界悬殊，所以我会起杀心，丝毫不拘杀气杀意，你多担待些。"

陈平安点点头,然后两只青色袖中滑出两把短刀,狭小如匕首,他将其中一把短刀抛给刘宗:"用我这把短刀好了,更坚韧些,可以让你心无挂碍,出刀更爽快。"

刘宗松了口气,收起牛角弓后,将那匕首一般的短刀抖了个漂亮刀花,再提起一瞧,铭文朝露,刘宗笑问道:"有没有说头?"

陈平安介绍道:"真名逐鹿,是正史记载的那把曹子匕首。"

陈平安手中这把短刀铭文暮霞,与那把曹子匕首一样,铭文都是障眼法。这么多年陈平安始终没有找到此刀的线索,既然能够与曹子匕首品秩相当,肯定来历不俗,加上当年是得自那座割鹿山的刺客之手,就被陈平安顺势取名为割鹿了。

刘宗眼神赞赏,点头道:"好刀好名字,当下持刀者,更是如此。"

刘宗身形一闪而逝,只在原地和一袭青衫之间拖曳出一抹刀光流萤。

陈平安纹丝不动,抬起一臂,以双指拈住那把逐鹿的刀尖,一掌拍下,重重甩在刘宗面门上,打得刘宗当场倒地,一把匕首脱手,陈平安再一脚踹中刘宗的脑袋,刘宗瞬间横滑出去数十丈。

陈平安依旧站在原地,只是将匕首轻轻抛还给刘宗。

刘宗一个蹦跳起身,伸手接住匕首,拿手背擦拭满脸血水,再歪头吐出一大口淤血,气笑道:"好小子,都不压境?"

陈平安反问道:"压境不压境,有区别吗? 不都还是需要我收手再收手,才能防止一个不小心就打死你?"

远远观战的姚仙之瞪大眼睛,听着陈先生的那番言语,突然觉得有些陌生,好像自己从未真正认识过陈先生。

老将军姚镇喝着酒,微笑道:"你以为他这些年是怎么走过来的。"

一样米养百样人,百家饭养活一个人。

世道人心,求活不易,此间艰辛困苦,不足为外人道也。可能唯一言语,所有道理,剑修只在剑,武夫只在拳。

演武场那边,陈平安自顾自摇头道:"只是金身境底子凑合,勉强不算纸糊体魄,就觉得可以当成半个远游境了? 不凑巧,在我这边,还真不能这么算。

"求我压境也可以,我就一压压三境,同境领教你的刀法。

"第二种选择,压不压境随我,站在原地不动,能不能让我移步随你,挪半步都算我输。"

落魄山竹楼一脉,历来如此教拳喂拳。受不了,扛不住,退回去喝酒便是,双方还是刘老哥和陈老弟。

刘宗没有任何言语,当然选择第二种。

一炷香之内,陈平安从头到尾,肖然不动,若是匕首近身,就轻轻将锋刀推开,可要是刘宗的拳脚凑近,陈平安要么站好挨打,神色淡漠,一位金身境瓶颈武夫的倾力出手,落在青衫身上显得极其不痛不痒,要么就是直接……一巴掌拍下去,打得刘宗吐血去。

一场古怪地界的奇怪问拳,刘宗恰似凡夫俗子撼山,不自量力,到最后只会伤拳,出拳越重,受伤越重。

踉跄起身,身形摇晃,刘宗攥紧手中匕首,脑袋低垂,满脸鲜血,滴落在地。

刘宗蓦然抬头,已经不知换了几口纯粹真气的老武夫早已视线模糊,只能依稀看到不远处那个青衫男子,竟是出尔反尔,毫无征兆地拉开了一个古朴浑厚的拳架,似乎要朝自己主动递拳。不是似乎,就是了。对方终于要递拳了。

方才能够站起身,就已经耗尽了刘宗的全部力气,就只是这么一个简简单单的动作,却无异于自身神意巅峰时,在家乡江湖上与那些同辈宗师的一场搏命厮杀。老人身形飘来荡去,唯有那条握刀的胳膊依旧紧绷,闭上眼睛,想要强提起一口纯粹真气,无果,做不成了,天地间皆是对方拳意,让老人有天地蜉蝣、须弥芥子、我何等渺小之感。而且只觉得对方这一拳递出后,自己必然跌境……只是转瞬间,就连这一点点快若白驹过隙的杂念,都被那份笼罩天地的潮水般拳意淹没得半点不剩,生死一线间。

刘宗猛然抬头,脸色狰狞,咬紧牙关,手臂颤抖,借助一个身形摇晃,竟是原地旋转一圈,朝那一袭青衫胡乱递出一刀。

身形滞缓,出手软绵,手中一把曹子匕首,甚至不起丝毫刀光流彩。但是老子是刘宗,是藕花福地的刀法第一人,这一刀必须递出!

片刻之后,也可能是许久过后,意识模糊的刘宗稍稍清醒几分,老人突然发现有一只手按住自己肩头,只听那人轻声笑道:"好拳。"

小龙湫,来自上宗的龙髯仙君已经重返中土神洲,与此同时,山主林蕙芷和掌律权清秋也都不见了。所幸祖山如意尖茅屋那边的年轻女冠也已经御剑离开了小龙湫,她只是让令狐蕉鱼帮忙看守茅屋。

为两个孩子跨洲护道的铁树山仙人果然难得来一趟桐叶洲,既然到了仙都山,就离开密雪峰,独自出门游历山河去。

郑又乾和谈瀛洲每天都去落宝滩那边听小陌先生传授道法,还会帮着一起酿酒。

密雪峰一处府邸,伤势已经好得差不多的叶芸芸今天出门赏雪,她一路散步,在一处凉亭附近看到裴渎陪着少女胡楚菱在那边堆雪人。

叶芸芸从老妪这边得知,弟子薛怀跟裴钱在扫花台那边又有一场切磋,好像受益匪浅。

宝瓶洲大骊京城,一位读书人带着书童崔赐一起拜访火神庙,在花棚下找到了那位封姨。

封姨看到那个来自骊珠洞天的儒士,微笑道:"御风而行,泠然善也。"

李希圣作揖行礼,封姨身形瞬间从花棚石磴那边消失,不受那份礼,她站在石桌旁。

李希圣起身后,封姨取出两壶酒,继续道:"此虽免乎行,犹有所待者也。"

书童崔赐既不知道眼前这个女子是何身份,更不知道她在卖什么关子,少年只知道她这两句话,最早出自白玉京三掌教陆沉。

李希圣微笑道:"大道何言,一地黄叶。"

宝瓶洲南部的新云霄王朝境内,一处崇山峻岭的最高峰,有两人在此停步,环顾四周。

一个麻衣草鞋的年轻男子,身材壮硕,神色木然,身边却跟着一个极其俊美的少年,头戴紫玉冠,腰系白玉带。少年正是离开正阳山的剑修吴提京,他看了眼蹲下身、嚼着一根甘草的男人,说道:"胡沣,我觉得这里就不错。"

方圆数百里之内,其实灵气稀薄,但是相较于一般俗子眼中的"山清水秀形胜之地",已经要好上几分。如今宝瓶洲处处都是忙着争抢地盘的山上势力,这里割走一块,那边圈定一块,不然就是复国成功的王朝、藩属,派遣出钦天监地师,帮助自家国境内的山上仙府寻找新址,先前好几处被两人相中的山头,哪怕人迹罕至,依旧有修士身影,算是被捷足先登了。他们找到这么个勉强凑合的山头,就已经很不容易了。

名叫胡沣的男人嚼着甘草,点点头:"就选这里了。"

因为两人打算开山立派,其实就只有胡沣和吴提京两个人而已。但是双方都不觉得这算个什么事。

两人都是各自远游,然后一场萍水相逢,可很快就成了朋友,也没什么道理可讲。

其实双方性情截然不同,一个是心大,可谓自信到自负了,反正我吴提京,天生就该是一位上五境剑修,早晚而已。一个是心宽,胡沣性情温和,平时说话都是慢悠悠的。唯一的相同处,大概就是双方都是剑修。

吴提京眉眼飞扬,自信满满,好像是从娘胎里就有的那种信心,笑道:"胡沣,咱们这个门派,你来当掌门,顺便管钱,我就只当个掌律祖师好了,反正一定会成为宗字头的剑道宗门,到时候你就是宗主了,嗯,跟那个落魄山陈平安差不多。"

一个四十岁出头的龙门境剑修,一个还不到二十岁的金丹境剑修,岁数加在一起,也没到一甲子,却要着手创建门派和想着未来宗门了。

若是只说神仙钱,其实两人身上的加在一起,还不到一枚谷雨钱。

"掌律? 我们这个门派,估计在很长一段时间内,都只有我们两个人,你除了我,还能管谁?"胡沣缓缓道,"跟他没法比的。"

何况也没什么好比的。各走各路,各有各的活法。

吴提京说道:"胡沣,你这个妄自菲薄的习惯,以后改改,多学学我。"

胡沣说道:"你那个叫妄自尊大,也是个臭毛病,要是不稍稍收敛点,以后要吃大苦头的。"

确实会给人一种猖狂之感的少年吴提京大笑起来,所以自己才会跟胡沣投缘嘛。

不像在那个正阳山,自己每次外出,四周不是谄媚、讨好的视线,就是些老剑修用欣慰的脸色说些赞许的言语,反正都是自作多情,就想不明白了,我吴提京练剑如何,跟你们有关系吗?

吴提京犹豫了一下,蹲下身,问道:"你跟那个家伙是同乡,又是同龄人,熟不熟?"

胡沣转头看了眼吴提京,笑了笑,好像在说一句,真是难得,吴提京也会对某个人如此感兴趣。

吴提京扯了扯嘴角:"我是狂妄不假,可又不是个傻子,不但是陈平安,还有那个刘羡阳,我都打不过。"

胡沣不急不缓帮他加上三个字:"暂时的。"

吴提京笑道:"不然?"

胡沣的祖宅在二郎巷那边,距离大骊上柱国袁氏的祖宅其实不远。

小时候他就跟爷爷一起走街串巷,修补碗盆、磨刀之类的。

家乡那边的老风俗,爷爷懂得多,经常帮忙办喜事,也能挣些钱,添补家用,加上爷爷开了个卖春联、窗纸等零碎物件的铺子,胡沣小时候的日子,其实过得不算太穷。只是爷爷姓柴,他却姓胡,街坊邻居都说他爷爷是入赘的,所以胡沣小时候挨了不少白眼,经常被同龄人拿这个说事,而爷爷的名字,也是需要篆刻坟头碑文的时候,胡沣才第一次知道。

铺子生意冷清,逢年过节那会儿才略好几分,平时都未必每天开门,只有个娘娘腔的窑工经常光顾生意,偶尔会有一个黑黑瘦瘦的小丫头,当那拖油瓶,跟在那个喜欢翘兰花指的男人身边,也不说话,胡沣对她唯一的印象,就是眼睛特别大,就显得脸特别小。

当叔叔的娘娘腔男人,喜欢喊她胭脂,其实这个当窑工的,兜里就没几个钱,约莫是只有自己爷爷才不嫌弃他没个男人样,愿意陪着他多聊几句,哪怕娘娘腔不买东西,也不赶人。小丫头就会坐在门槛那边,饿得实在不行了,才喊一声叔叔,然后一起回家。

爷爷是在胡沣少年时走的,胡沣没有卖掉祖宅,那会儿好像"变天",什么都变得不一样了。胡沣跟小镇百姓一样,四处寻宝,翻箱倒柜,家里的瓶瓶罐罐,但凡是件瞧着像个老物件的,都要拿出来,看看能不能卖钱。胡沣当时从龙须河里边捡着了一堆漂亮石头,福禄街和桃叶巷都有人开价,胡沣也没多想,将八颗俗称蛇胆石的玩意儿对半分,两边都不得罪,得了两笔银子。在那段岁月里,他每天睡都睡不安稳,也不敢走出家,就怕遭贼。

在那之前，胡沣见过一个泥瓶巷的同龄人，叫宋集薪，老人们都说宋集薪是督造官宋老爷的私生子，不好带回衙门那边，就找人把宋集薪安置在了那条小巷中。那个宋集薪，好像兜里永远不缺钱，每天就是带着个婢女，游手好闲，四处乱逛，挺显摆的。

胡沣打小就喜欢去老瓷山，经常能够见到一个叫董水井的家伙，同样在那边翻翻拣拣，各拣各的，一开始也不聊天，往往是各有收获。胡沣发现董水井喜欢拣选那些带字的碎瓷片，董水井后来就主动找到他，两个都比较沉默寡言的孩子，很有默契地"做买卖"，以物易物。

在黄二娘的酒铺里边胡沣经常能够见到那个叫郑大风的看门人，汉子的眼睛就好像长在了妇人的身上。

每到抢水季节，胡沣总能见到一个干瘦的同龄人，好像跟那个宋集薪是一条巷子的，双方还是邻居，只不过一个特别有钱，一个特别没钱。

爷爷不许他接近那个姓陈的孤儿，倒是不像杏花巷附近的老人，把话说得那么难听，什么丧门星、瘟崽子。爷爷只是懂得的门道多，让他离那个人远一点，也从不说缘由。

有次胡沣在青石崖那边独自钓鱼，坑坑洼洼的，家乡那边口口相传的，土话都说是日头窝，就跟那座螃蟹牌坊差不多，早就不知道是谁第一个说出口的了。

胡沣当时亲眼见到，有个孩子都没学会凫水，但是因为贪玩，先是在龙须河里边的浅处狗刨，然后不知怎么的，就差点被淹死，只是胡沣刚刚丢了鱼竿，想要跑去救人，那个瘦竹竿似的家伙就眼尖瞧见了，一路飞奔，跳入水中，把那个孩子拖上了岸，孩子号啕大哭，离得远，胡沣也不知道说了些什么，反正那个家伙好不容易才让孩子停下哭声，好像还送了一只草编蚂蚱给孩子。等到附近一些年纪稍大的孩子靠近，那个姓陈的孤儿就走了。结果听说事后，那户人家的长辈，当天连自家孩子的衣服都烧掉了，约莫是嫌晦气吧。

以前铁锁井附近的老老少少、男男女女，都喜欢在老槐树下乘凉，家长里短，反正什么事都藏不住。老人们说故事，妇人们细细碎碎嚼着舌头，男人们看娘们，孩子们成群结队，围绕着老槐树嬉戏打闹。

既然有喜事铺子，当然就会有白事铺子，这样的铺子，小镇不多，就那么几家，但是两者生意差很多。胡沣曾经问过爷爷为什么，爷爷说是死者为大，家里再穷，也会拴紧裤腰带，拿出些钱来，哪怕是跟人借钱，也要尽量办得风风光光的。但是为何办喜事就挣不着什么钱，爷爷倒是没说为什么。

爷爷对他很好，几乎是家里有什么就给什么，但是也有几条规矩，自打胡沣稍稍记事起，爷爷就叮嘱再叮嘱，比如路上的钱别去捡，遇到事情，能不求人就别求人。可如果必须求人帮忙，那么一定要还，不管是还钱还是还人情，都不能欠着，不能学那年夜饭可以余着，故意"余到"来年。

但是有种喜钱，胡沣是可以求的，而且是一定要去，就是谁家成亲了，新娘子出嫁，会有人去"拦路"，胡沣就跟着，收个红包，再在心里边，默默说几句爷爷交给他的"老话吉语"。

此外虽然自家是开喜事铺子的，但是如果小镇有那白事，能帮忙就帮忙，忙完了，在那户人家里边吃完饭就回家，如果那户人家还需要有人帮忙守灵，就应承下来，只是记得进了灵堂就别半途而废，哪怕困了，也要直接在那边打盹，不许大半夜回家，不用怕那些有的没的，等到天亮了才可以回家，就当是睡个回笼觉。

在那神仙坟，每年的某一天，爷爷都会带着胡沣去磕头。爷爷临走之前，还特意交代过他，哪怕爷爷不在了，这件事还是不能忘了，即便将来长大了，需要出远门了，每年这一天，还是需要上三炷香。

小镇最西边，有个柳条似的少女，姓李，但是她气力不小，一根扁担能挑起满满两桶水。她有个弟弟，虎头虎脑的，还穿着开裆裤呢。有次在家附近的巷子大摇大摆走着，孩子当时双指拈住一只不知道从哪里捡来或是树上扒来的蝉蜕，高高举起，是金色的，在日头底下泛着光，瞧着不太一样，而且相比小镇常见的知了壳要大上许多，胡沣就多看了几眼。约莫是觉得显摆成功了，穿开裆裤的孩子就故意放慢了脚步，一边摇头晃脑，一边拧转手腕，使劲晃着那只蝉蜕。

胡沣当时在巷子一户人家门口，坐在一条长凳上，正帮着磨菜刀，磨一把菜刀能挣三五枚铜钱，反正可以讲价。

远处妇人站在自家门口，双手叉腰扯开嗓子喊得震天响，喊儿子回家吃饭。

胡沣就随口问那个叫槐子的小孩，能不能用三文钱买下那只知了壳。胡沣不说话还好，一开口，孩子就有点怕了，立即挪到墙根那边，贴墙一路低头小跑，根本不敢搭话。

胡沣也不以为意，还有些庆幸那个孩子没当真，不然三文钱呢，图个啥，所以就聚精会神继续低头磨刀。不承想那个孩子蹑手蹑脚返回，将那金色蝉蜕往长凳上边一放，就跑了。等到胡沣想要喊住他，孩子一边撒腿飞奔，一边提了提裤子，一个拐弯，就跑得没影了。

胡沣哭笑不得，片刻之后，拐角墙边探出一颗脑袋，躲得远远的，才敢朝胡沣咧嘴一笑。胡沣摸出铜钱，孩子使劲摇头。

那会儿的胡沣，还不知道就是这么一次路边偶遇，真正意味着什么，会对自己未来的人生造成多大的影响。

曾经一直觉得会年复一年，背着祖传的那只木箱子，装满了家伙什，走街串巷，带着磨刀石，或是帮人缝补盆罐。此外，家传的那两块磨刀石，胡沣离乡之后，偶然在一处仙家渡口,通过一本专门记载山上重宝的仙家书籍,才知道它们竟是传说中的斩龙石。他送给了吴提京一块,而且是稍大的那块。

胡沣在小镇就没有什么朋友,既然出门在外,真心与吴提京做了朋友,对方练剑资质又比自己好很多,就没必要吝啬了。

吴提京好奇问道:"想啥呢?想得这么入神。"

胡沣笑道:"想些小时候的事情。"

他都不知道如何报答那个名叫李槐的人。因为那只金色蝉蜕,是一座剑气弥漫的洞天。

吴提京啧啧道:"你那家乡实在是让人无语。"

胡沣说道:"其实还好。什么都知道,跟什么都不知道,一向没什么两样。"

胡沣取出一支竹笛,轻轻吹奏起来。

月色里,笛声悠悠,漫山遍野。

一艘鹿衔芝即将到达仙都山渡口。

首席供奉刘宗脸色惨白,但是一身精气神极好,就是走路脚步不稳,跟喝了酒差不多。所以一行人下船后,刘宗就没有跟着下船,因为这艘鹿衔芝马上就要启程返回大泉厴景城。

陈平安带着姚老将军姚镇和姚仙之一起走上青萍峰。

渡船重新升空后,刘宗离开船头,来到渡船一楼的某间屋子,轻轻敲门,喊道:"陛下。"

跨过门槛后,大泉女帝已经坐在桌旁批阅奏折,屋内一位侍女正直直腰踮脚,动作轻柔,关上窗户。

登山时,陈平安和老将军一路闲聊。聊起了一些山水见闻和故人故事,陈平安就有些想念家乡和落魄山了。

大概成为自己心目中最神往之人,就是一场证道。

自然而然,陈平安就想起了那个劳苦功高的老厨子。

可能在朱敛心里,就像住着一个永远不会长大的孩子,叫江湖。

第七章
补缺

上山之前,姚仙之想要将狐裘给爷爷披上,陈平安笑着摇头,眼神示意不用如此麻烦。

之后姚仙之就发现,在这化雪时分,积雪皑皑,银装素裹,山冻不流云,偏偏山风和煦,让人不觉得丝毫寒意,而且脚下这条山路上的积雪早已自行消融,就像有山神无形中在为三人"净街"开道。

姚镇兴致颇高,笑道:"上大山。"

老人一辈子戎马生涯,在大泉边关,除了偶尔几次入京觐见皇帝,几乎就没怎么挪窝,既不曾负笈游学,也不曾与谁访胜探幽,真正踏足的名山大川屈指可数。遥想当年,边关少年斥候,轻骑逐敌,雪满弓刀。每逢河面冰冻,马蹄踩在其上,有碎玉声响。

姚仙之小声提醒道:"陈先生,我们就只走一段山路,不能由着爷爷的性子一直走到青萍峰。"

就像陛下私底下和他跟姚岭之说的,如今爷爷就是个老小孩。

陈平安笑道:"放心,我来把关。"

老人难得没有说些倔强话,只是缓缓登山,随口问道:"平安,你说凡夫俗子登高山,是不是就跟你们仙师御风差不多,都是一再高举,看那天地方圆?"

陈平安说道:"本质上差不多吧,不过传闻青冥天下的某些山巅大修士,很有闲情逸致,还会相约上高寒,酌酒援北斗,不像我们浩然天下。白玉京那边也不太管。"

姚镇笑问道:"你小子呢,以后会不会如此作为?"

陈平安笑道："只要境界足够，也想去看一看。"

姚仙之记起邸报上的拖月一事，好奇问道："蛮荒天下的那轮皓彩明月，很大吗？"

陈平安说道："其实近距离看那轮明月，大地之上一片苍凉，倒是也有山脉，可惜枯寂无生气，无水无草木，跟志怪小说里边的描述很不一样。不过按照中土文庙和避暑行宫那边的秘档记录，万年之前，这些悬月中其实颇为热闹，甚至会有凡夫俗子居住其中，跟如今山下的市井没什么两样，他们被统称为月户，就是个户籍。负责营造宫殿的能工巧匠，则被誉为天匠。"

姚仙之听得咋舌。

陈平安笑道："对了，我如今手上就拥有一座远古月宫，还没有送出去，姚爷爷要是有兴趣，回头我们可以游历一趟。"

姚镇摇摇头："偌大宫殿，广袤无垠又如何，都没个人，无甚意思，跟咱们大晚上逛宵禁的蜃景城有啥两样。"

姚仙之倒是很感兴趣，听爷爷这么说，便有些惋惜。陈平安看了眼府尹大人，你是不是傻，姚爷爷在这儿跟咱俩犟呢，你就不知道帮忙搭个梯子？得了陈先生的眼神暗示，姚仙之到底在官场历练多年，顿时心中了然。

姚镇突然问道："听说那位大伏书院的程山长，来自宝瓶洲黄庭国，还曾在落魄山邻近的披云山林鹿书院担任过副山长和书院主讲？"

陈平安点头道："与程山长算是旧识了，年少时跟人一起游历大隋山崖书院，途中经过黄庭国山野，凑巧经过程山长的山林别业，受过一场盛情款待，一大桌子山珍野味，时令蔬菜，至今想来，还是有几分嘴馋。"

除了位于一洲中部的大伏书院，还有桐叶洲北边的天目书院、南边的五溪书院，两位山长人选，分别来自礼圣、亚圣一脉。此外各有两位副山长，听说四人都是极其年轻有为的君子，都曾置身战场。

姚镇看似随意地说道："虽然不太清楚山上的规矩，可有些道理，想必是相通的，比如远亲不如近邻，如果我没有记错，离仙都山最近的是那个旧大渊袁氏王朝吧，朝野上下，可谓满国英烈。来时路上，我闲着也是闲着，听姚仙之聊过几句，说这大渊王朝如今一分为三，各自称帝，都乱成一锅粥了，以至于境内鬼城林立，还没能有个好结果。"

姚仙之备感无奈，哪里是我随口聊的事情，分明是爷爷你主动讨要了大量仙都山周边的情报。

陈平安立即心领神会，说道："姚爷爷放心吧，不会各扫门前雪的，我们仙都山不会对此视而不见，毕竟归根结底，做事千百件，还是做一个人，山中修真亦然。我的学生崔东山，也就是下宗首任宗主，他已经暗中将那些鬼城全部走遍，布下阵法，能够聚拢天地间的清明之气，帮助各大城中的鬼物维持一点真灵，不至于沦为厉鬼，只等旧大渊王朝统一,新帝封正文武英灵,那些暂时被废弃的大小城隍庙,立即就可以有人补缺赴任,若非如此,哪敢邀请姚爷爷来仙都山做客,讨骂不是?"

姚仙之身体后仰,朝陈先生悄悄伸出大拇指。这马屁功夫,送高帽的本领,真是炉火纯青,陈先生要是愿意混官场,还了得?

行了三四里山路,路边有一座歇脚行亭,姚镇在此停步,眺望山外雪景,干干净净,一尘不染。老人有感而发,忍不住和陈平安说了些守边关时的故人故事。

其实姚仙之早就听过无数遍了,但只是继续听着,不去打岔。

人一老,就会说些翻来覆去的车轱辘话,三十岁之前的年轻人听着往往备感厌烦,来一句"说过了",便让老人陷入沉默。只是等到年轻人自己变成了中年人,尤其是等到有妻有子了,在面对自家老人唠叨的时候,耐心往往会变得越来越好。

等到爷爷停下话头,姚仙之眼神暗示陈先生。陈平安便伸手抓住姚镇和姚仙之的胳膊,打趣道:"尝试一下御风滋味。"

转瞬之间,三人便来到了青萍峰之巅。

师侄郑又乾,铁树山的谈瀛洲,正在那边忙着堆雪人。小姑娘竟然堆了个丈余高的大雪人,金鸡独立状,手持竹剑。

这会儿谈瀛洲正在扬扬得意呢,至于郑又乾堆出的那个雪人,胖乎乎的,让她不忍直视。

见着了突然现身山巅的隐官大人,谈瀛洲立即板起脸。

陈平安笑着和两人打招呼,为他们介绍了老人和姚仙之。

郑又乾作揖行礼:"小师叔!见过姚老将军和府尹大人。"

谈瀛洲只是与那两个陌生人腼腆一笑,与隐官大人施了个万福,不过换了个称呼:"陈山主!"

很淑女。

陈平安笑着向老人介绍道:"瀛洲是中土铁树山龙门仙君的高徒,又乾是我君倩师兄的嫡传弟子。"

让两个晚辈继续堆雪人,陈平安带着姚镇开始逛青萍峰。

姚镇弯腰攥了个雪球,在手中不断压实,突然问道:"以后仙都山免不了要跟书院往来的,你与那天目书院和五溪书院,熟不熟?"

陈平安说道:"跟两位山长都很陌生,但是跟其中一位书院副山长,在剑气长城那边接触过,是君子。等到庆典结束,就走一趟五溪书院,拜访对方。"

陈平安所谓的"君子",当然不是说对方的君子头衔,而是说对方的为人。君子王宰。

王宰的儒家文脉道统,属于礼圣一脉的礼记学宫,恩师正是如今的礼记学宫大祭酒。

当年在剑气长城，王宰才会和陈平安开诚布公，说自家先生与茅先生是挚友，双方曾经一起游学，故而在文圣一脉几乎香火断绝时，一直希望茅小冬能够转投礼圣一脉，自然不是挖墙脚，而是希望茅小冬能够找机会重振文圣一脉道统。

除此之外，王宰其实出身圣贤之家，家族祖师正是剑气长城的上任儒家圣人。

离任之前，这位陪祀圣贤，私底下与上任隐官萧愻有过一场道法切磋，当然输了。

当年王宰这样的儒家君子贤人，在剑气长城能做的事情不多，一种是担任战场记录官，类似监军剑师，再就是参与避暑行宫谍报事务，类似浩然天下的朝廷言官，并无实权，这也实属正常，那会儿的隐官大人，还是萧愻，当时主持避暑行宫事务的，还是女子剑仙洛衫和竹庵剑仙，最后他们都跟随萧愻一起叛逃蛮荒天下。

当时王宰在剑气长城待了小十年，几乎没什么名声。

姚镇说道："关系熟有熟的好处，熟悉也有熟悉的难处。一般来说，跟读书人打交道，很麻烦的。君子儒，小人儒，迂腐儒，三者各有各的脾性。"

陈平安嗯了一声，笑了起来："不过王宰既是君子，又不迂腐，做事情极为变通，为人处世都是很有学问的。"

姚镇笑道："评价这么高？难怪能够担任书院的副山长。"

如今王宰正好是五溪书院的副山长。

原本王宰这位既在剑气长城历练多年，又在战场杀妖颇多的正人君子，按照文庙的既定议程，是来桐叶洲的五溪书院，还是宝瓶洲的观湖书院，在两可之间，全看王宰自己的意见。文庙本身倾向于让王宰来桐叶洲，但是在功德林那边，陈平安听自己先生说王宰最早的想法，是要去宝瓶洲担任书院副山长，哪怕不要副山长的头衔都没问题。所以陈平安在功德林那边，就私底下找到了已经担任学宫司业的茅师兄帮忙引荐，又找到了那位礼记学宫大祭酒。

看得出来，刘大祭酒来时心情并不轻松，估计是担心陈平安这个剑气长城历史上最年轻的隐官，会不会狮子大开口，提出什么过分要求。一听说是看看能不能说服王宰去桐叶洲书院，刘祭酒显然松了口气。因为他这个当王宰先生的人最清楚不过了，王宰之所以想去观湖书院，就是奔着眼前这个年轻隐官去的。

文圣一脉，从老秀才这个当先生的，到昔年那几个嫡传弟子，再加上年轻隐官在剑气长城那边的"风评"，由不得刘祭酒不去提心吊胆。

别看如今去过倒悬山春幡斋的跨洲渡船管事一个个眼高于顶，其实当年与一排剑仙对峙，全跟待宰的鸡崽子似的，一个个缩在椅子上，大气都不敢喘。文庙谍报上边，其实记录得一清二楚。

那位刘大祭酒最后微笑道："就当隐官欠我一个人情？"

茅小冬立即不乐意了,薅羊毛薅到我小师弟身上了?老刘你这是没喝酒就开始说醉话了?欺负我们小师弟好说话是吧?

刘大祭酒只得作罢:"玩笑话,莫当真。"

天下修士,就数剑修最难约束,学宫和书院很容易就遇到这类刺头,比如早年周神芝这样的老剑仙,再加上流霞洲蒲禾之流,各地书院就没少头疼。天底下有几个跻身上五境的剑修是好相与的?

书院不是管不了,按照规矩行事,半点不难,只是就怕遇到一些个模棱两可的麻烦事,公说公有理婆说婆有理,处理起来,教人最为耗神。

若是有个剑气长城的年轻隐官,帮忙居中调度,为学宫或是书院斡旋,某种时刻可能有奇效。不过陈平安还是作揖致谢,然后满口答应下来,但是只保证自己愿意出面调解矛盾,却绝对不保证某位剑修一定听自己的。如此一来,反而让刘祭酒觉得最好。

姚镇拍了拍身边青衫的胳膊,轻声说道:"平安,以后不要因为念旧情,就不知道如何跟大泉王朝打交道,还是要该如何就如何。"

陈平安点头答应下来:"会的。"

暮色里,夕阳西下。在这座未来青萍剑宗的青萍峰之巅,姚镇站在崖畔,轻拍栏杆。

看了眼身边的两个晚辈,老人其实都很满意,好像恍惚之间,想起了第一次见到的白衣背剑少年,那会儿,仙之更是少年郎。

策马上国路,风流少年人。白发向何处,夕阳千万峰。

旧龙州正式改名为处州。

槐黄县城。

李槐返回家乡,身边还跟着一个寸步不离的贴身扈从,黄衣老者模样。正是来自十万大山的蛮荒桃亭,如今则是在鸳鸯渚一战成名的浩然嫩道人了。

嫩道人在牛角渡下了渡船,环顾四周:"公子,你这家乡真是块风水宝地,果然是一方水土养育一方人,公子又是其中翘楚,只说这槐黄县,就是个好名字,槐花黄时,人间举子忙。"

有点意思,很有嚼头。

昔年一座骊珠小洞天落地生根,从洞天降为福地,小镇年轻一辈就像都迎来了一场悄无声息的大考。

爹娘和姐姐、姐夫回了北俱芦洲,娘亲还是放心不下狮子峰山脚的那个铺子。

陪着自家公子到了小镇,嫩道人瞥了眼远处,咦了一声,招手喊道:"这条……呸,这位小兄弟,过来一叙。"

那条骑龙巷左护法犹豫了一下,抬头瞥了眼李槐,再看了眼黄衣老者,一番权衡利弊,还是夹着尾巴屁颠屁颠小跑过来。

嫩道人低头弯腰,和颜悦色问道:"小兄弟既然早已炼形成功,为何依旧如此……锋芒内敛?"

黄狗耷拉着脑袋。一言难尽,有口难言。

炼形成功了又如何?什么叫神仙日子?就是裴钱不在骑龙巷和落魄山的日子!它哪里想要当什么骑龙巷的左护法,是当年那个小黑炭硬生生丢给自己的头衔,最惨淡岁月,还是那个小黑炭去学塾上课的那段日子,每次学塾下课,路过路边茅厕,小黑炭都要眼神古怪,笑容玩味,问它饿不饿。

李槐蹲下身,揉了揉黄狗的脑袋。看得出来,这位骑龙巷左护法好像比较紧张,李槐就没让嫩道人拉着这位道友客套寒暄。

一座旧乡塾,李槐去衙门户房那边找熟人托关系,才要来一把钥匙。

这座昔年稚童开蒙的学塾,名义上依旧归属槐黄县衙。

上次在中土文庙附近的鸳鸯渚那边,李槐跟陈平安讨论过一件事,得知陈平安确实有那当教书先生的想法,只是却不在家乡当夫子,李槐就问为什么不跟大骊朝廷开口讨要这个地儿,名正言顺的事情,又不过分,大不了跟龙尾溪陈氏各开各的学塾。

陈平安的回答,让李槐有些伤感。如今的小镇老宅里边,就没剩下几个当地百姓。大年三十晚上,还有几户人家会走门串户梦夜饭?

毫不夸张地说,家乡百姓十去九空了,几乎早就搬去了州城那边,用一个高价甚至是天价卖出祖宅后,都成了龙州治所的有钱人。以前是除了福禄街、桃叶巷和那些龙窑老师傅,老百姓见几粒碎银子都难。在那段做梦都不敢想的发迹岁月里,家家户户则是见枚铜钱难,谁兜里还揣铜钱呢,多跌价。

只不过将近三十年过去了,真正守住家业的,就没几个,钱财如流水一般来又走,其中半数都还给了赌桌、青楼、酒局,很快就糟践完了家底,不少人连州城那边的新宅子都没能守住。不然就是心比天高,喝了几两酒,认识了一些所谓大户人家和官宦子弟,胡乱跟人合伙做生意,什么钱都要挣,什么买卖都觉得是财路,可是小镇出身的,哪里精明得过那些人精,一来二去,也就听了几个响,打了水漂。

冬末的阳光晒在身上,让人暖洋洋的。小镇有句老话,要是转为大骊官话,意思约莫就是日头窟里,或者说是日头巢里。

李槐走过螃蟹坊和铁锁井后,停下脚步,以前这里有个算命摊子。

小时候有次跟着姐姐李柳上街买东西,李柳在店铺讨价还价的时候,李槐不耐烦,就一个人跑出铺子,在这里顺便求过签,主要是想要求一求明年的学塾课业简单些,背书不要再那么记不住,挨板子倒还好,只是经常被骑龙巷的那个羊角辫笑话,难受。谁还不是个要面的大老爷们啦?

反正李槐当时就是一通乱晃,结果从签筒里边摔出一支竹签,年轻道士一惊一乍的,说是一支上上签。李槐当时年纪小,听不懂签文内容,记也记不住,只听那个年轻道士信誓旦旦说这是最好的三支好签之一,可以不收钱。

因为担心道士反悔,要向自己讨要铜钱,李槐得了便宜就跑路,找姐姐去了,真要钱,找我姐要,钱不够,认姐夫总成了吧? 所幸那个年轻道士只是双手笼袖,坐在摊子后边,笑得还挺像个未过门的便宜姐夫。

回家一说,把娘亲给高兴坏了,一顿晚饭,大鱼大肉,跟过年差不多了。果然是好签。

隔了几天,因为又想啃鸡腿了,李槐就又偷摸去了一趟算命摊子,假装自己是第一次来,结果又是一支好签,年轻道士说又是那三支好签之一。李槐再屁颠屁颠回家跟娘亲一说,油水比上次稍微少点。

在回家路上,有只在李槐身边乱窜的小麻雀,差点被他一个蹦跳捞在手里,带回家一起那个啥了。

妇人在饭桌上问了一句:"算命花钱不?"

李槐摇摇头:"我哪来的零花钱,都存着了。"

以后李柳要是嫁不出去,估计就得靠他那只从老瓷山那边捡回来的存钱罐了。

只是这种话没必要说,李柳再嫁不出去,总也是自己的亲姐姐,而且娘亲确实太偏祖自己了,哪怕年纪再小,李槐也觉得这样不太好。

妇人就有些怀疑,转头跟自己男人聊:"那个姓陆的年轻道长,该不会是个骗子吧?"

李二咧嘴一笑:"反正也没能骗着钱,骗不骗的无所谓。"

妇人揉了揉眼角,晓得了,那个听说喜欢嘴花花、摸小媳妇手的年轻道长,估摸着是瞧上自己的姿色了,打算拐弯抹角,放长线钓大鱼呢。妇人既得意,嘴上又不饶人,真是个不学好的色坏玩意儿,既然认得些字,怎么不去福禄街那边给有钱人家当账房先生。

李二只是埋头吃饭,不搭话,还是几棍子打不出个屁的德行。

妇人倒是没啥歪心思,自家男人再窝囊,嫁鸡随鸡嫁狗随狗,这点道理,要是都守不住,会被街坊邻居和嘴碎婆姨拿闲话戳断脊梁骨的,她只是想着能不能给娘家的一个女孩当个媒人。再说了,李二只是别人嫌弃挣不着钱,她不嫌弃啊。

妇人就跑去那算命摊子一瞧,瞧着年纪轻轻,细皮嫩肉的,得嘞,一看就不顶事啊,身上就没点腱子肉,真能下地干农活? 关键还穷。听说一年到头,只能借住在扁担巷一个喜事铺子旁边,好像隔壁就是毛大娘的包子铺。不然也不至于摆个长脚的摊子讨生活,日子长久着呢,谁家女子嫁给他,能落着好?算了,还是不祸害娘家那个丫头了。

李槐带着嫩道人再去了一趟小镇最东边,孤零零杵着个黄泥房子,这里就是郑大风的住处了。

其实李槐从小就跟郑大风很亲近,郑大风经常背着穿开裆裤的他乱逛,那会儿李槐也没少拉屎撒尿。

郑大风在家乡的时候,混日子,得过且过,反正就是缝缝补补又一年,有钱买酒,没钱蹭酒,还好赌,赌技又差,哪有正经姑娘瞧得上这么个游手好闲的浪荡子。如今郑叔叔不在家了,反而春联窗花样样不缺,打扫干净得不像多年没人住的地方。

李槐知道缘由,肯定是郑叔叔给落魄山的那位暖树小管事留了钥匙。

想到了粉裙女童,就跟着想到了陈平安,李槐笑了起来,双手抱住后脑勺,晃荡起来,去找董水井吃碗馄饨的途中,随口说道:"咋个还不是大剑仙,太不像话了。"

大骊京城,一条小胡同。

林守一回到家中后,来找父亲。

林守一来到偏屋,站在门口。父亲盘腿坐在炕上,几案上搁了一壶酒、一只酒碗、几碟佐酒小菜,都不用筷子,自饮自酌。

双鬓微霜的男人斜眼望着门口,单手提着酒碗,神色淡漠道:"有事?"

林守一点头道:"有事!"

看那男人的架势,这个儿子要是没事,就干脆别进屋子了,而且要是没大事,在门口站着说完就可以走了。

若是有外人在场,瞧见了这一幕,估计能把一双眼珠子瞪在酒碗里打旋儿。生了林守一这么个"麒麟儿",任你是上柱国姓氏的高门,不一样得好好供奉起来?

林守一的父亲是昔年骊珠洞天那座督造署一个极其不起眼的佐官,管着些胥吏,而且先后辅佐过宋煜章、藩王宋长镜、曹耕心三任督造官。只是当年的小镇百姓,老老少少的,对官场都毫无概念,甚至都分不出官、吏的区别,加上督造署的官吏,一年到头只跟那些龙窑、窑工瓷器打交道,跟一般老百姓其实没什么交集。

但是师伯崔瀺,曾经为林守一泄露过天机,自己的这个名字,都是父亲开口,请师伯帮忙取的。

一个督造署的胥吏,能够让大骊国师帮忙给儿子取名?傻子都知道这种事情,绝对不合情理。何况是自幼早慧的林守一,更不觉得父亲就只是个督造署的芝麻官。

男人问道:"是不是需要我光脚下地,跑去大门口,把你一路迎进来?"

林守一这才跨过门槛,斜坐在炕上,只是没有脱了靴子,学父亲盘腿而坐,担心又要挨几句类似的刻薄言语。

林守一问道:"陈平安父亲那件事,你当年到底有没有参与其中?"

男人扯了扯嘴角,提起酒碗抿了一口酒:"翅膀硬了,不愧是当了山上神仙的,飞来飞去的不着地,口气就大了,怎么说来着,餐霞饮露?还是在外边认了野爹,教你的为人子之道?"

男人离开窑务督造署后,就离开了家乡,在大骊京城兵部车驾清吏司任职,只不过是在车驾司下边一个附属衙门当差,官七品,还带个"从"字,由于不是科举正途出身,所以是个浊官,加上也非京城本土人氏,如今年纪又大了,所以别说是混个郎官,就是摘掉那个"从"字都难,这些年,勉强算是管着一个清水衙门的驿邮捷报处,这还是因为一把手是个不太管事的世家子弟,平时见着男人,都是一口一个老林。各州郡驿递奏折入京,得到皇帝朱批后,兵部钉封驰递去往地方,都要通过这个不起眼的衙署,此外由京城分发给地方的邸报,也是此处管辖。想必那些衙署同僚,都无法想象一年到头的闷葫芦林正诚,会是那个名动两京的林守一的父亲。

林守一从小就怕这个爹,其实这些年也好不到哪里去。

离乡多年,远游求学,辛苦修行,好像就是为了在男人这边证明一事:有没有你这个爹,我有没有这个家,林守一都可以混得很有出息。

娘亲偏心,宠爱弟弟。父亲冷漠,万事不管。只是到了弟弟林守业那边,再没个笑脸,总好过在林守一这一边要么不开口,一开口就是刻薄言语。所以林守一的整个童年岁月,一直到离乡远游,都是名副其实爹不疼娘不爱。曾经伤透了少年的心。

以至于当年一起求学大隋,沉默寡言的清秀少年林守一首次和陈平安吐露心扉,就有那么一句:"不是天底下所有为人父母的,都是你爹娘那样的。"

但是今天的林守一,好像不太一样。

林守一沉声道:"要不是因为我,陈平安在查询本命瓷碎片这件事的真相上,绝对不会故意绕路,刻意绕过我们林家,甚至上次陈平安都到了京城,还是假装什么都不知道。爹,你今天得给我一个交代,因为我也得给自己朋友一个交代!"

林正诚看了眼这个儿子。

林守一神色沉稳,眼神坚定,就那么与父亲直直对视。是件破天荒的事情。

林正诚倒是没有恼火,点点头:"终于稍微有点带把爷们的样子了,不然我还一直以为生了个女儿,愁嫁妆。"

林守一有些茫然。这能不能算是一种夸奖?

林正诚抬了抬下巴。

林守一疑惑不解。

林正诚问道:"你不是会喝酒吗?还是个元婴境修士,如今身上就没件方寸物,搁放酒壶酒杯之类的杂物?"

林守一有些尴尬："一直没有方寸物傍身。"

林正诚纹丝不动，却问道："那我这个当儿子的，是帮你这个爹去拿酒杯，还是酒碗啊？你发个话，免得我到时候拿错了，当爹的不高兴。"

林守一深吸一口气，默默起身，脚步匆匆，离开屋子去别处拿来一只酒碗。

这个男人，要么不开口，一开口就喜欢戳心窝子，历来如此。

宅子里边是有几个婢女的，不过都膀大腰圆的，而且都是娘亲在使唤，父亲这边，大事小事从来都是亲力亲为，从不让婢女仆役伺候。

林守一回到屋子后，给自己倒了一碗酒，都没敢倒满，默不作声，双手持碗，一饮而尽。

林正诚提了提酒碗，只是抿了口酒，拈起一颗盐水花生，轻轻一拧，丢入嘴中嚼着，缓缓说道："如果说你跟陈平安是朋友，那么我跟陈平安的父亲也算是朋友，嗯，不能说什么算不算的，就是了。"

林守一点点头。

陈平安的父亲，是一座龙窑的窑工，手艺极好，为人又厚道，是个没是非的老实人，原本如果不出意外，过不了几年，就可以当龙窑窑头师傅。而林守一的这个父亲，负责具体的窑务监工，管着烧造成果、鉴定瓷器及勘验品相，由于早年督造官宋煜章，是个最喜欢跑窑口的勤勉官，所以林守一的父亲，要跟着那位主官上司一起外出，经常需要和窑工师傅们相处。

林正诚缓缓道："两个男人，除了聊些枯燥乏味的窑务正事，还能聊什么，等到各自有了儿子，再喝着小酒，不过就是聊些各自家常了。其实早早都说好了的，要是我跟他两家人，刚好是一儿一女，就定个娃娃亲。好巧不巧，都是儿子，就没戏了。"

林守一疑惑道："陈叔叔也喝酒？"

林正诚点头道："也喝，能喝，就是不好酒，所以每次被我拉着喝酒，在龙窑那边还好，大不了倒头就睡，要是在镇上，他就跟做贼似的。我当年也纳闷，他又不是那种妻管严，那个弟妹是出了名的性情温婉，总觉得不至于，一直没机会问，总觉得将来有的是机会，结果到现在也没能想明白。

"那会儿，我是吃公粮的，我们林家虽比不得那些福禄街和桃叶巷的大姓，也算家底殷实，比他有钱多了，可只要是喝酒，我请了一顿，他肯定会掏钱回请一顿，而且不会刻意买多好的酒，就是个心意。

"老实人，不是笨。本分人，不是呆板。分寸感一事，光靠读书是读不出来的，即便在公门里边修行，熬也未必熬得出来，不是多吃些亏就一定能有分寸感的。

"我那会儿说自己儿子聪明，早慧，一看就是个读书种子，说不定将来长大了当个教书先生都没问题。他就说自己的儿子懂事，而且模样、性子都随他娘亲，以后跟你一起去学塾念书，读书识字了，将来要不要当烧瓷的窑工，看孩子自己的意思。"

林守一听得聚精会神。除了父亲是在聊那些从未提起的过往故事，更是父亲第一次跟自己聊天，说话不那么难听。

林正诚轻轻放下酒碗："是有人给他泄露了本命瓷一事的内幕。"

林正诚眯起眼："此人用心险恶，肯定是故意只说了部分真相。不然所有孩子诞生起就拥有本命瓷一事，在我看来，并非全是坏事。甚至说得难听点，在当年那么个形势之下，只有保住本命瓷，有那修行资质，才有一线生机。

"后来泥瓶巷那两场白事，我都没有露面，不合适。这里边有些事情，你不用知道。不过杨家铺子那边，我是暗中打过招呼的，只是后院那个杨老头的规矩重，我能帮的，毕竟有数。在这件事上，我是有愧疚的，的确是我这个当朋友的，心有余力不足，没能照顾好他的儿子。"

林正诚叹了口气，皱着脸，又脸色舒展，多说无益，一口喝完碗中酒水，准备赶人了。

林守一说道："我准备闭关了。"

"缺不缺钱？"

"之前有一百枚谷雨钱的缺口。"

"当我没问。"

林正诚立即说道："不管是偷是抢，要钱，也别去我那个清水衙门，户部那边也别去，管得严，礼部倒是存了一笔不小的私房钱。"

林正诚说得一点也不难为情。林守一听得目瞪口呆。

林正诚瞥了眼儿子，本以为一个元婴境修士闭关消耗天材地宝，折算成神仙钱，至多也就是四五十枚谷雨钱，不承想摊上这么个闷声花钱的败家子。

瞧瞧陈平安，再看看董水井，哪个不是燕子衔泥，年年往自家添补家当，夯实家底？唯独自己，生了个好儿子啊。

林守一轻声道："既然如此，为何不早点说？害他白白忧心了这么多年。想必陈平安心里，这些年不会好受的。"

林正诚扯了扯嘴角，道："我怎么都算是陈平安的半个长辈，他不来找我，我难道主动找他去？这小子不懂礼数，难道我这个当长辈的，也不要脸了？"

按照小镇习俗，正月里相互间走亲戚，谁辈分高，或是同辈里边谁更大，谁给谁拜年，先后顺序半点不能乱，不然就会被人看笑话，一箩筐的闲话，关键是年年都能提起。这种看似说大不大的"礼数"事情，在家乡那边，很多时候甚至要比谁爬了寡妇墙、哪个婆姨偷汉子了，更让人津津乐道。何况这种事情，早说就一定是好事吗？

林守一知道自己该走了，憋了半天，只是喊了声"爹"。

林正诚习惯性扯了扯嘴角，皮笑肉不笑的，先呵了一声，再说道："我这个当爹的，还以为养了个祖宗。"

林守一当没听见，与父亲告辞一声，下炕离去，走到门口那边，林正诚突然说道："既然今天已经说开了，等你出关，就去跟陈平安说清楚。"

林守一点点头。

林正诚看了眼林守一，就是个不开窍的榆木疙瘩，见儿子根本没有领会自己的意思，只得板着脸说道："一定记得让他来这边登门拜年。"

林守一忍住笑，立即答应下来，今天跟父亲谈心一场，让他如释重负，只觉得一身轻松。

林正诚最后说道："既然你们俩都是朋友，逢年过节的，别谈礼物不礼物的，跟家乡那边差不多，不欠了礼数，意思意思就成了。再有，借给朋友的钱，最好当成泼出去的水，别想着对方还。"

林守一无言以对。是让自己转告陈平安这么个道理？姜还是老的辣。

林正诚问道："杵那儿当门神呢，还是要我送你出门，要不要容我先去借八抬大轿？"

林守一离开后，林正诚往桌上空酒碗中倒满酒水，自言自语道："我儿子也不算差。"

一老两少递交了关牒，顺利进入虞氏王朝京城。

过了城洞，视野豁然开朗，走过了一段京城繁华路程，少年与那位老道士和年轻女冠笑着作揖告辞离去，双方就此分道扬镳。

先前那位负责京城门禁的城门校尉忍不住回头看了眼身形渐渐远去的白衣少年，啧啧称奇，竟然有幸碰着了个来自宝瓶洲老龙城的仙师，准确说来，应该尊称为上师。至于"上师"这个说法，是怎么在朝野流转开来的，已经无据可查，极有学问，既是"山上仙师"的简称，又透着一股天然敬意。

披甲佩刀的校尉不知道桐叶洲别处王朝是怎么个光景，反正在自家洛京这边，宝瓶洲修士，尤其是来自老龙城的修道之人，的的确确，高人一等。

至于另外那两个道士，不值一提，来自梁国。梁国就是个屁大的小地方，小小池塘，出不了过江龙。

龙虎山外姓大天师、老真人梁爽这次出门换了一身不那么扎眼的朴素道袍，外人光凭道冠道袍是分不出道门法统的。

身边的女弟子，双手虚握拳在身前，作捧香状，事实上确有一炷清香，这是梁爽独创的一门道门课业，寓意一炷心香洞府开，不过老真人帮弟子施展了障眼法。年轻女冠对这洛京颇为好奇,四处张望,她如此分心,却也不会耽误修行。老真人也不刻意拘着弟子的性子。

师尊这次外出云游,据说是要见一个老朋友的嫡传弟子,来自北俱芦洲的趴地峰。她对山上事,并无了解,只知道北俱芦洲是浩然九洲之一,在桐叶洲北边的北边。

来这洛京,只是顺路,而且半道又遇到了那个下棋挺厉害的少年郎,姓崔名东山。对方说自己这次前来洛京做客,是师命在身,来找两个德高望重的山上朋友叙旧。

梁爽没有跟弟子多说什么,其实他这次离开梁国,是崔东山主动邀请,说虞氏王朝有桩小功德,等着老真人去捡取。

老真人只是喟叹一声,国运大于人运,天运大于国运。

别看如今洛京繁花似锦,车水马龙,一幅太平盛世的景象,其实人心鬼蜮,稀烂不堪,都是那场大战的后遗症。只说那些侥幸活下来的"前朝"臣子,早年在他们门户之内,谁家没点难以启齿甚至是惨绝人寰的腌臜事?礼乐崩坏,纲常粉碎,梁爽当下置身的这座京城,其实并无太多阴沉煞气,此间的不散冤魂,甚至不如旧大渊王朝的任何一座鬼城,但是那种扑面而来的污秽气息,让作为飞升境大修士的老真人都要徒呼奈何,唯有叹息复叹息。

梁爽自认哪怕担任这个虞氏王朝的人心裱糊匠,三代人,至少甲子光阴,甚至一百年之内,都休想真正恢复到战前的人心气象。那个同为外姓人的年轻人,他会怎么做?反正还要在桐叶洲待上一段时日,大可以拭目以待。

在宫城和皇城之间有座岁月悠久的古老道观,观顶用的是皇家官窑烧制的碧绿琉璃瓦,遂名积翠观。

老真人向道观知客投帖,关牒上边的身份是梁国道士梁濠,道号爽真,弟子马宣徽暂无道号。

不比城门校尉那么见识浅陋,积翠观知客道士晓得梁国如今的护国真人就叫梁濠。不过多半是到自家积翠观打秋风来了。

只不过天下道友是一家,道门中人云游四方,不比一般谱牒仙师,往往会在当地道观落脚歇息。对方好歹是一位护国真人,知客道士立即通知了自家观主,也就是如今虞氏王朝的女子国师。

一位瞧着年岁约三十的貌美女冠,头戴太真冠,脚踩一双绿荷白藕仙履,手捧拂尘。行走时香风阵阵,身边萦绕有兰桂之气,芬芳馥郁,沁人心脾。正是积翠观的观主、如今虞氏王朝的国师吕碧笼,道号满月。

这位贵为王朝国师的女子观主神态雍容,乍一看,若非一身道袍表明了身份,不然她更像是一位母仪天下的娘娘。她笑问道:"不知爽真道友登门,有何赐教?"

梁爽抬了抬脚,哈哈笑道:"贫道能够跨入积翠观这么高的门槛,得亏满月道友好说话。"

主人客人，双方凑巧都是护国真人。只不过相较于疆域广袤的虞氏王朝，梁国只能算是个不起眼的蕞尔小国。

吕碧笼一笑置之，哟，听口气，还有点阴阳怪气呢，莫不是来者不善？不太像是个和积翠观拉关系的主儿。

梁爽摇头啧啧道："卿本佳人，奈何做贼。"

吕碧笼神色自若，一晃拂尘，换手搁放，笑道："道友何出此言？"

梁爽感叹道："修真幽居，阴阳造化，乾坤方圆，虽非规矩之功，可既然你我皆身在红尘，砥砺道心，那就要讲一讲无规矩不成方圆了。"

吕碧笼哑然失笑，如此大言不惭，一开口就是大道，只是你一个梁国道士，这般说大话，是不是来错地方找错人了。

梁爽笑道："贫道如今也就是在龙虎山天师府挂个名，混口饭吃，不用担心贫道有什么搬不动的靠山、吓唬人的师承，今天造访洛京积翠观，就只是与满月道友讨要个说法，再问个事情。"

吕碧笼哭笑不得，装神弄鬼，也不找个好由头。她有些不耐烦，一甩拂尘，就准备送客了。

若是来积翠观这边讨要些神仙钱，或是求自己帮忙在洛京内寻些大香客，也就随便打发了。谁不知天师府的黄紫贵人下山游历，除了皆会背一把桃木剑，道袍样式也极有讲究，就算不身穿黄紫道袍，也是一眼便知的装束，从不刻意遮掩自身份。历史上，不是没有那不怕死不信邪的修士，偏要与那些下山劾治妖魔的龙虎山天师过不去，甚至有不少龙虎山天师就此客死他乡，但是无一例外，很快就会有天师府新天师不计代价追查到底。所以后来不管是各路妖魔鬼怪，还是行事猖狂的各洲野修，但凡是遇到下山历练的天师府道士，能躲就躲，能跑就跑。

梁爽稍稍放开一些禁制，道气茂盛，仙气缥缈，刹那之间，一座京城的龙气瞬间被压制得好似一条小小土蛇，战战兢兢匍匐在地。老真人自嘲道："同为龙虎山外姓天师，看来贫道到底不如火龙道友那么名气大啊。"

吕碧笼就像挨了一记晴天霹雳，脸色惨白，颤声道："梁大天师，碧笼当年不过是带着虞氏皇族一同避祸，罪不至死。"

梁爽笑容玩味："哦？你说了算啊，那贫道说一记雷法就拍死周密，周密怎么不死去。"

吕碧笼狠下一条心，既然是一位龙虎山外姓大天师驾临积翠观，是绝对没法子善了了。她竟是竭力稳住道心，眼神坚毅起来："何况就算我有过错，也轮不到一个天师府道士来说三道四，最终如何处置，是儒家书院事，需要交由文庙决断！"

梁爽收敛那份道气，呵呵一笑，像是认可了这个说法，转移话题问道："那个心甘情愿向蛮荒畜生认祖宗的'儿皇帝'，当年是怎么暴毙宫中的？"

吕碧笼沉默片刻，说道："好像是被一名女刺客潜入屋内，割走脑袋，再丢到龙椅上。此人来去无踪，蛮荒军帐都未能找出线索，不了了之，只能加强戒备。"

梁爽抚须笑道："好熟悉的行事作风。"

这类名声不显的刺客只在山上，被誉为洗冤人。大致可以分为两脉。按照行事的昼夜之别，一种刺客，喜欢光天化日之下，杀人于都市中。比如那个和白也算半个家乡人的女子，算是这一脉极为出类拔萃的存在了。另外一种，昼伏夜出，喜欢暗杀，匕首、软剑和袖箭之流用得出神入化，当然都是山上炼制的法器。刘桃枝，此外还有类似至今不知姓名的樱桃青衣，以及西山剑隐这类陆地剑仙一流，都在此列。

双方多是年幼时分被高人相中资质，带入山中修行，少则十年，多则甲子，就会下山历练。喜欢剪纸作符箓马驴，行事风格极为果决，多是替百姓申冤，为弱者撑腰，德不配位的帝王将相、鱼肉百姓的贪官污吏、手段暴虐却行踪不定的山泽野修、心思歹毒却手段隐蔽的谱牒修士，都在被杀之列。

只是因为这类刺杀在浩然天下很容易被视为某种私怨仇杀，所以一直不被山巅修士留心。

梁爽还是因为一次偶然，在一处灵气稀薄的荒郊野岭，看到了两个消瘦的身影，口衔匕首，在崖壁上攀缘，身形矫健若猿猴，而且相互间好像还需要阻拦对方登高。其中一个小姑娘被同行登高者扯断一截枯枝，掷若飞剑，躲避不及，被击中头颅，要不是下坠过程中抓住一根藤蔓，就要坠崖身亡了，可即便手持藤蔓，依旧险象环生，随风飘荡，而那同行少女，并不着急登高，而是从腰间布袋中摸出一颗颗石子，丢掷而出。

她们年纪都在十一二岁，要说那两个小姑娘的修士境界，不值一提，才是四境修士，尚未洞府境，但是她们的眼神，以及那种将生死全然置之度外的气度，令老真人记忆深刻。

梁爽便开始好奇两个孩子的师承，反正在哪里修行不是修行，老真人就隐匿身形，在邻近山头等了几天，终于见到了一位驻颜有术的女子修士，元婴境，她当时身边又带着个约莫十岁的女孩入山，新收的弟子，看着像是从大户人家里边拐来的。之后元婴境女修再带着那个抢先登顶的少女走了一趟数千里之外的州城，最终少女手持那颗头颅的发髻，将其轻轻抬起，与之对视。少女当时眼神冷漠，一颗道心古井不波。

那一幕，看得老真人心情复杂。悄然离开之后，梁爽返回自家道场，有次龙虎山的小赵登山，老真人想起那场遭遇，就问了此事，结果那个小赵也是个一问三不知的。只是赵天籁离开前辈的那处道场，返回龙虎山后，过了几年，才符箓传信一封，算是找出了一条大致脉络。而且小赵还猜测这些刺客看似松散，各行其是，相互间并无联络，但是极有来历,具体是谁发号施令,龙虎山还要再查一查。

梁爽笑道:"既然正事聊完了,与你们积翠观讨杯茶喝。"

吕碧笼心如死灰,神色黯然,带着老真人和那年轻女冠来到一处道观雅间,再魂不守舍,还是得乖乖煮茶待客。

梁爽接过一杯茶,笑着道了一声谢,抿了一口清茶,点头道:"好喝。行路窄处留一步与人行,便是行大道;滋味浓时减三分让人尝,便是真滋味。"

就像崔东山来时路上所说,这个积翠观的吕碧笼也就是贪生怕死,怂恿虞氏皇帝避难而逃,倒是与蛮荒妖族并无勾结,不过不耽误自己吓她一吓。如吕碧笼自己所说,之后具体如何处置她,就是书院和文庙的事情了。

梁爽望向门外庭院内一株历经数朝的古老牡丹,在这冬末时节,依旧花开艳丽,再过百余年光阴,估计就可以孕育出一位花魄精怪了吧。

梁爽饮茶如喝酒,尽显豪气,他再次递出手中那斗笠盏:"满上。"

你们文圣一脉的嫡传弟子,好像做事情都这么喜欢吓唬人?

师兄挽天倾,师弟补地缺。

第八章
浩荡百川流

虞氏王朝,洛京。

来自青篆派的金丹境修士戴塬刚刚从宫中返回,其间马车路过了那座气派恢宏的积翠观。这位虞氏王朝的金丹境供奉,也没想着能够和那位国色天香的女子国师攀附上什么关系,自己境界不够,真要敲门拜访,吃闭门羹倒是不至于,可是喝个茶,过过眼瘾,有啥意思。何况那吕碧笼道行极深,且来历不明,戴塬也不敢管不住眼睛。

放下车帘,戴塬叹了口气,不知怎的,有些想念小龙湫的那位水仙道友了。只是戴塬却没有发现,有个手持绿竹杖的白衣少年其实一直躺在马车顶上,跷着二郎腿,好似在为戴塬护道。

虞氏王朝的皇室供奉,有内幕、外幕之分,大致相当于仙家门派的记名、不记名客卿。戴塬便是内幕供奉之一,名次不算太靠前,但是自家山头有个好祖师。祖师高书文是王朝次席供奉,仅次于那位道法通玄的护国真人。

一山之内两金丹,在如今风水凋敝的桐叶洲,不说横着走,斜着走总是可以的。

因为年关时分,下了一场鹅毛大雪,据说地方上冻死了好些衣不蔽体的贫寒百姓,老皇帝又开始忙着下罪己诏了。

自家门派早年傍上了个靠山——宝瓶洲老龙城侯家。而出身侯家的一位观湖书院"正人"君子,因为在老龙城战场战功卓著,如今已经升任桐叶洲南方那个五溪书院的副山长了。

戴塬在太平山遗址那边不但无功而返,而且送出手一方月下松道人墨,才算侥幸捡回了条小命。

跟小龙湫的首席客卿、老元婴章流注,之前那么多场镜花水月,确实没白看,有难同当。

在高祖师和虞氏老皇帝那边,戴塬自有说法和手段糊弄过去,高书文美其名曰免得留下什么隐患,仔细勘验过戴塬伤势,未能发现什么。老皇帝倒是为人厚道,让内使从国库里边挑选了一件还算稀罕的山上灵器,赏赐了戴塬,约莫是那么个没有功劳也有苦劳的意思。

虞氏王朝的先帝,也就是当今天子的庶子,当年在那场礼乐崩坏的乱世中,向蛮荒妖族自称"儿皇帝",结果竟然被人枭首。至于那名刺客,到底是怎么越过戒备森严的京城,又是如何潜入皇宫大内,最终成功取走皇帝首级,在蛮荒军帐那边都是一桩悬案。

反正这桩惨案,当年被蛮荒军帐封禁了消息,等到大战落幕,虞氏恢复国祚,传闻有个老宫女走漏了风声,说是虞氏那位马背上打天下的开国皇帝还魂索命来了。那一晚,黑云遮月,阴风阵阵,吹倒了无数花木,只听得马蹄阵阵,只见太祖皇帝高坐马背,手持长矛,一人一骑就冲进了皇宫,一矛砸下,犹不解恨,又一矛,就连人带被子将那个不肖子孙给打成了三截……总之越传越邪乎,所以戴塬每次进宫觐见皇帝陛下,总觉得有几分阴森瘆人,不是什么久留之地。

戴塬是修道有成的山上神仙,当然不是怕鬼,而是怕死。

这次入宫,戴塬是得了高祖师的一道法旨,需要邀请太子殿下和太子妃故地重游。

自家山头有处白玉洞天,在白玉山市赏雪,可见桐叶洲久负盛名的美景。

其实戴塬心知肚明,是老皇帝眼瞧着快要不行了,撑死了再熬个半年,就要驾鹤西游了。当然了,搁在山下,得说是驾崩。

那个护国真人吕碧笼,再精通炼丹,估摸着也是无力回天了,注定无法为皇帝延寿。

老龙城侯家那边,有个话事人,如今就在自己山头那边,等着虞氏王朝未来的新君和皇后娘娘。

但是青篆派之所以如此兴师动众,不但戴塬来了洛京,连祖师高书文都同行,还是因为山中来了个比侯家更了不起的厉害势力,何止是有钱有势,据说连那半仙兵就有好几件,又与云林姜氏是姻亲,正是那个老龙城符家的符南华,此人跨洲南下,大驾光临青篆派。

戴塬从袖中摸出一只明黄色龙纹锦盒,一看就是皇宫造办处的手艺,打开盒子后,里边正是老皇帝先前赐下的一块彩色墨锭,绘五岳真形图,可以视为一件类似符箓的防御宝物,加上五岳真灵加持威力,还可以直接入药,只因为是一次性消耗,未能跻身法宝品秩。戴塬手指摩挲着墨锭,忧心忡忡,好巧不巧,又是墨锭,让这位内幕供奉不由得想起那位现身太平山的青衫剑仙,是拉拢,是杀是剐,好歹给句准话,都好过自己现在这样提心吊胆。

如果对方只是凭恃剑术要做掉自己,戴塬大不了就硬着头皮去向书院告状,无论是找天目书院还是大伏书院,怎么都能为自己求来一张保命符,想必那位剑仙也不愿意为宰掉一个无冤无仇的金丹境,就付出被书院或是中土文庙拘押起来的代价。所以戴塬怕就怕那个自称是玉圭宗客卿的剑仙,半点不讲究剑仙风范,与自己玩阴的。毕竟一个能与姜尚真称兄道弟的山上修士,能是个什么行事循规蹈矩、为人正大光明的君子? 何况对方还说了,说不定哪天就要去青篆派拜访自己。

你倒是来啊,大大方方亮明身份便是,不然就学那女冠黄庭,与青篆派护山大阵问剑一场。

戴塬悔青了肠子,喃喃叹息道:"不该去太平山蹚浑水的,早知如此,宁肯打断自己的腿,都要留在山上。"

虽说虞氏一脉的名声是彻底烂大街了,但毕竟虞氏王朝的底子还在,恢复国祚后,地盘不减反增,如今桐叶洲评出了个王婆卖瓜的十大强国,虞氏王朝就位列其中,而且名次不低,得以居中,所以文武重臣们,一个个打了鸡血,公然扬言在十年之后,要保五争三。

如今高居第三的强国,就是那个出了个著名风流种的大崇王朝,听说那个年纪轻轻的工部侍郎回心转意了,昔年浪荡子,还真被他当了个好官。

摘得魁首的,当然是毫无悬念的大泉姚氏。

虞氏文武,当然都希望排名最好是仅次于大泉王朝。戴塬腹诽不已,且不说做不做得到,就算真排第二了,咋了,名次靠近了大泉姚氏,咱们虞氏王朝就能像个男子,贴近那位倾国倾城的姚氏女帝的臀儿了?

当年跟随高祖师参加桃叶渡之盟,他可是听说了个有鼻子有眼的小道消息,说那个狐媚尤物、一洲无双的大泉女帝,在她青春正好时,就在入京途中,早早与一个外乡男子花前月下、私订终身了。还说那人其实出身贫寒,都不是修道之人,靠着花言巧语,才骗了未来女帝的身子。

戴塬坐在车厢内啧啧不已,羡慕死老子了。不知道哪个祖坟冒青烟的小兔崽子,有此艳遇?!

别让老子瞧见了他,不然一记道法砸去,专门对准那厮裤裆,呵呵,就让那小子可以直接入宫当差了。

马车停下,戴塬在洛京有座陛下亲自赐下的宅第,上任主人是个礼部侍郎,外界传闻上了年纪,又受到了惊吓,就嗝屁在了青篆派山中,其实是那老骥"驰骋沙场同驭俩驹"之时,不小心马上风了。

戴塬走下马车,蓦然惊喜,瞧见了门外一位仙风道骨的得道之士,想啥来啥,看来最近自己运道不错,可算是否极泰来了?

一个情难自禁,戴塬也不客套寒暄什么,直接快步向前,伸手握住老元婴的手:"章老哥!"

老元婴亦是有些动容,摇晃胳膊,沉声道:"戴老弟!"

那场太平山遗址风波,双方患难与共,所幸劫后余生,此时此景,可谓感人肺腑,毫不逊色那老乡见老乡,两眼泪汪汪。

其实两人身边,几步路外,就有一位白衣少年,竹杖挂地,打着哈欠,看着俩异姓兄弟在那边叙旧。

戴塬小声道:"章老哥,光是咱俩去府上喝酒,未免乏味,不若?"

于情于理,戴塬都该尽地主之谊。章流注沉吟不语,稍有犹豫。

戴塬说道:"章老哥,到了这洛京,就听我的,走!"

戴塬便领着章流注重新坐上马车,去往京城内的一座仙家客栈。客栈名为灯谜馆,其中有座三照楼,是京城最高楼,寓意日月与美人容光皆是天下最美。灯谜馆是将相公卿和山上仙师举办酒宴的首选之地,一年到头人满为患,想要临时登楼饮酒,只靠兜里有几个钱是注定不成的,至少提前一个月预约,才有可能排上位置。只不过戴塬是三照楼的老主顾了,又是内幕供奉,青篆派还是一国仙府领袖,不管何时去都喝得到酒。

这还要归功于那位暴毙的"儿皇帝",虞氏王朝京城的建筑几乎完好无损,未被妖族摧残。

戴塬在来时路上,就以两只纸鸢传信,喊了两位来自其他门派的晚辈女修,她们都是青篆派的熟客了,在绿珠井那边,两位仙子可是每年都有抽成的,而戴塬在青篆派,就管着四大胜景里边的两个,除了财源广进的一口绿珠井,还有那棵系剑树,只不过后者就只是树上挂了把剑仙佩剑,没半点油水可捞。在符信之上,戴塬询问她们是否得闲,来灯谜馆小酌,除了自己,还有一位山上挚友。

戴塬进了灯谜馆,却不是直奔喧哗无比的三照楼,而是由一位相熟的妙龄女修带路,来到一处闹中取静的好地方,颇有野趣。只见茅屋两栋,围以一圈竹栅栏,门前就是一亩清塘,栽满荷花。

女修衣裙合身,腰肢摇晃,一路上与两位仙师言笑晏晏。

与章流注坐在葡萄架下,戴塬本想让那女修取来灯谜馆最好的佳酿,不过章流注却说不必了,而是从袖中取出两壶龙湫酒。那位管事女修晓得戴内幕的喜好,秋波流转,眼神询问戴塬是否需要自己安排几位灯谜馆清倌儿,戴塬笑着摆手,说不用了。女修离去之前,只说有任何需要,与她招呼一声便是,显而易见,只要戴塬开口,便是让她留下陪酒，都是可以的。

那棵葡萄藤显然是一株仙家花木，年关时分，犹然绿意葱茏，果实累累。

章流注倒了两杯酒，桌上酒杯都是极为雅致精巧的仿花神杯。

戴塬抿了一口龙湫酒，称赞了一通酒水滋味后，趁着四下无人，轻声问道："听说金顶观那位葆真道人的高徒如今正在闭关，有望跻身元婴境？还有那小道消息，说这个邵渊然得了杜观主赏赐下的一份镇山之宝，又沾了大泉姚氏的龙气，才能够在短短二十年内，一路破境顺遂，是得了天时地利人和的。"

章流注似笑非笑道："一个如此年轻有为的元婴境地仙，不去入赘大泉姚氏扶龙，真是可惜了。"

老元婴是野修出身，这辈子最是瞧不起这些占尽便宜的谱牒地仙，比如身为青篆派掌门的高书文，章流注就看着相当不顺眼。

戴塬嘿嘿笑道："若是真能入赘大泉，与那位女帝结为夫妇，日日扶龙，夜夜压龙，真是一份令人艳羡的齐人之福。"

好酒荤话似那扫愁帚，章流注举杯，戴塬立即提起酒杯与之轻轻磕碰，各自一饮而尽。

戴塬小声问道："章老哥这次来洛京，是以小龙湫首席身份，有事要与老皇帝商量，还是？"

章流注笑意玩味，以心声说道："受人所托，找你谈个买卖。戴老弟，容我先卖个关子，总之是件因祸得福的天大好事，只管宽心饮酒。"

戴塬一听那"因祸得福"，就像吃了颗定心丸，果真不着急问那缘由，只是与章首席劝酒不停，各自聊了些桐叶洲最近的山水见闻。

章流注有意无意问了些青篆派的近况，戴塬倒是除了一些涉及山头机密的事情，知无不言言无不尽。要是章流注还是个野修，戴塬哪敢如此坦诚，可既然章流注如今"改邪归正"，成为小龙湫的首席客卿了，就再不宜重操旧业，否则章流注只会得不偿失，因此戴塬便不用忌讳太多。

只是戴塬也有些犯嘀咕，章流注如此关心绿珠井与那座白玉山市的收入作甚，而且问得颇为详细，难道是小龙湫如今那个掌权的权清秋，要让章流注向自己探探口风，打算与青篆派结盟，例如聚拢起两座山头的那几条仙家渡船，合伙商贸？

不到半炷香工夫，章流注停下言语，转头望去，顿时眼前一亮。

两位暂时不知门派的谱牒女修，一瘦一腴，各有千秋。前者容貌出彩，瓜子脸，姗姗而行，纤细腰肢不盈一握，都要让老元婴担心会不会扭断了。至于后者，更是让老元婴一见心动，挪不开眼睛。用那狗贼姜尚真的言语形容，就是她向我走来，就像两座大山朝我撞来。

老元婴心中喟叹不已,若有一场床笫厮杀,老夫必败无疑。

那么多的镜花水月不是白看的,戴塬早就清楚这位元婴境前辈的口味了,便招手让那清瘦女修坐在自己身边,另外那位身姿丰腴的谱牒仙子一开始瞧见了章流注,虽脸色如常,心中却哀怨不已,这个戴内幕,今天怎么喊了这么个老东西一起喝酒,真是为难自己了。只是一想到戴塬的身份背景,她便只好强颜欢笑。

瞥了眼那老修士持杯之手,还好,与山下凡俗老人干枯如鸡爪的手掌还不太一样,反而透着些许白玉莹光,这让女修心中稍稍讶异几分,莫不是个"金枝玉叶"的陆地神仙?

如今的虞氏王朝,国之砥柱有三。首先,洛京积翠观,护国真人吕碧笼,道法深不可测。其次,一位远游境武夫大将军黄山寿,此人出身贫寒,起于微末,少年行伍出身,如今不过不惑之年,就已经功无可封。而虞氏王朝如今唯一拿得上台面的,就是这位大将军当年被视为以卵击石的"负隅顽抗"了,因为黄山寿当年没有跟随老皇帝他们流亡逃难,去往青篆派秘境的"行在",而是聚拢起一支精骑,在旧山河四处游弋,与蛮荒妖族多次厮杀,虽说伤亡惨重,但是这支兵马始终不曾溃散。

"此人是虞氏王朝这座茅坑里的玉石。"这可是天目书院一位新任副山长的公然言语,毫不掩饰他对整个虞氏王朝的不屑,以及对那位武将的独独高看一眼。

最后,便是戴塬所在的青篆派了。

故而当女修一听道号水仙的前辈竟然就是那位久闻其名未见其面的小龙湫首席客卿,还是位元婴境老神仙,她那身姿便越发绵软了几分,丰肌弱骨,跪坐敬酒时,一条大腿有意无意间稍稍贴近老元婴。

女子穿了件绸缎材质的法袍,又是跪坐之姿,故而弧线紧绷,触感微凉,老元婴却是心头一热。

酒过三巡,醉醺醺然,戴塬搂着身边女修腰肢,章流注身边这位仙子早已依偎在老神仙怀中,一口一个章大哥。

只是这次出门远游,章流注可不是什么游山玩水,为了拈花惹草才来的洛京,今天这顿葡萄架下的小花酒,撑死了只是假公济私,忙里偷闲而已。不然章流注早就一手持杯,一手去那白皙肥腻的峰峦中探囊取物了。

原来那夜陈剑仙离开野园之前,私底下交代过章流注,话说得客气,有劳水仙道友走一趟虞氏王朝,找那个当内幕供奉的戴塬叙旧,帮忙打声招呼,就说他跟青篆派依旧是八竿子打不着的关系,但是与担任虞氏内幕供奉的戴塬却是不打不相识,所以他接下来会看看有无机会,可以帮着戴塬在虞氏王朝这边的山水官场里边,百尺竿头更进一步。

说实话,章流注都有点羡慕戴塬有个内幕供奉身份了,不像自己,只能在小龙湫当个清汤寡水的首席客卿。以至于在赶来洛京途中，章流注都开始心思活泛起来，能不能与下任小龙湫山主打个商量，让自己在某个成功复国的山下王朝谋个类似"国师"的身份？例如在桐叶洲如今评选出来的十国里边，挑选一个暂时缺少顶尖战力的大王朝，那个百废待兴的大崇王朝，好像目前国师之位就依旧空悬？戴塸不过是个金丹境，自己却是实打实的元婴境。一旦成了，岂不美哉？

届时自己当了那大崇王朝的新任国师，又有那个陈剑仙当幕后靠山，一洲山河，谁还敢小觑我章流注？觉得我出身不正？

一个能够让中土仙人都要颇为礼敬且退让三分的剑仙。这条大腿，我是抱定了！

喝完一场可谓清淡的花酒，戴塸虽然大为意外，但还是听从章流注的心声提醒，双方总算要步入正题了，得让那两个尤物先行离开，暂时不用她们继续陪侍饮酒。

那个丰腴女子果然伶俐乖巧，半点不纠缠腻歪，只是善解人意地以心声询问，需不需要她们去戴内幕的府邸那边等候喝下一场酒。戴塸得了章流注的心声，便与她笑着答应下来。

等到两位谱牒女修走远了，章流注瞬间散去满身酒气，眼神清冽异常，摇身一变，成了个气势凌人的元婴境前辈，以心声道："戴塸，接下来我与你说的任何一个字，都不要泄露出去，无论是你家祖师高书文，还是虞氏朝廷，今天这场议事，天知地知你知我知而已。"

在浩然天下，不要小看任何一位辛苦爬升到元婴境的山泽野修，这是常理。

戴塸见了章流注的异样神态，便立即晓得了轻重利害，赶紧收敛笑意和嘴上调侃，正襟危坐起来，毕恭毕敬以心声道："章首席请说，晚辈洗耳恭听。"

章流注便说了陈剑仙与自己交代过的那番言语，戴塸听得神色专注，一个字都不敢错过，只是听完之后，欣喜之余，又有几分惴惴不安，一时间猜忌丛生，这算是天上掉馅饼，白捡了一份山水前程？天底下真有这样的好事？那个出手狠辣、城府深沉的剑仙，凭什么对自己青眼相加？对方真不是拐弯抹角，贪图青篆派的那份丰厚祖业？有没有可能，章流注其实与那剑仙早已私下谈妥，不宜明争，便来暗抢？自己会不会忙前忙后，到头来竹篮打水一场空不说，还要成为青篆派一个吃里爬外的千秋罪人？

章流注好像已经猜到戴塸那份百转千回的心思脉络，拈起身前那只仿花神杯，双指先轻轻提起，再重重一磕桌面，眯眼笑道："陈剑仙最后还有两句话，让我捎给戴老弟，第一句呢，是别敬酒不吃吃罚酒，得了便宜还卖乖。"

戴塸满脸苦笑，心弦紧绷。

章流注停顿片刻，继续说那第二句话："见着了戴塸，不是跟他商量要不要做事，而是在手把手教他怎么做人。"

戴塸才喝了一壶龙湫仙酿，此时却泛起了一肚子苦水，一时间不知如何作答。

眼前这个章老哥，果然已经与那位青衫剑仙是一条贼船上的盟友了。

章流注恢复笑脸，缓缓道："戴老弟，不要多想，这位陈剑仙在咱们桐叶洲，是有个宗字头门派的谱牒修士，没有理由，更没有必要坑害一个金丹境修士，桐叶洲三座书院又不是摆设。"

戴塬心情忐忑，沉吟片刻，脸上堆起笑容，试探性问道："章老哥，能否与我说句交心话，那个剑仙当真不是觊觎青篆派的家业，不是让我当背叛师门、监守自盗的内应？"

章流注嗤笑一声，根本不屑与戴塬说半句解释言语，双方本就是风月场的酒肉朋友，戴塬如此不知好歹，愚不可及，难怪才是个无望元婴境的金丹境谱牒，若是个在山下野狗刨食的散修，如此优柔寡断，不识大体，早就死翘翘了。

章流注将那只酒杯翻转过来，杯口朝下，搁放在几案上边："话都已经带到，言尽于此。听不听由你。戴老弟，我这个当老哥的，最后额外提醒你一句，这类白送一份泼天富贵的好事，如果瞻前顾后，不知珍惜，过了这村就没这店了，只会悔之晚矣。"

戴塬一咬牙，说道："做了！"

真正让戴塬下定决心的，还是听说那位剑仙竟然出自某个桐叶洲宗门。

只要不是那种剑走偏锋的一锤子买卖，戴塬就稍稍放心几分，不然戴塬还真担心落个里外不是人的惨淡下场，别说是虞氏王朝的内幕供奉，恐怕连祖师堂谱牒身份都要保不住，届时东窗事发，被高书文察觉，以这个高老祖的心性和手段，是绝不会让自己活着去当个野修的。

章流注呵呵一笑，神态倨傲，真不知道那位好似神龙出海、天马行空的陈大剑仙，瞧上了戴塬什么，分明是个给那陈剑仙提鞋都不配的玩意儿。

章流注重新翻转酒杯，戴塬立即身体前倾，提起酒壶帮忙倒满，再给自己倒了一杯。

章流注微笑道："就不说那些空话大话了，反正就咱哥俩的过命交情，务必勠力同心，精诚合作。"

戴塬双手持杯，眼神坚毅道："章老哥，说句真心话，我就当是将一副身家性命都交待在这杯酒里了。"

葡萄架上边突然探出一颗脑袋，望向戴塬，打抱不平道："你们青篆派怎么回事，竟然将戴老神仙这匹千里马当驴用，岂不是暴殄天物？"

别说是戴塬吓了一大跳，就是章流注都差点没忍住，就要直接祭出一件防御法宝，再祭出攻伐本命物，至于会不会误伤了戴老弟，全凭天意了。

戴塬呆呆抬头，看着那颗"倒悬"在葡萄架上边的脑袋。

戴塬在门派里边，除了一口绿珠井，其实就再无实权了。青篆派真正管事的修士，全是祖师高书文的亲信，管钱的是高老祖的姘头，她除了手握财库，这个除了高老祖拿谁都不正眼瞧的风骚娘们,还负责白玉山市的一切事宜,而门派掌律,就只是个资质很一般的龙门境老修士,却分走了唤龙潭这块肥肉,就因为是高老祖的嫡传弟子,便作威作福,平日里见着了自己这位金丹境地仙,却总是皮笑肉不笑,一口一个戴师侄。

章流注泰然自若,问道:"这位道友仙乡何处,敢问道号?"

白衣少年保持那个古怪姿势,一脸诚挚道:"我是东山啊。"

章流注笑问道:"那么不知东山道友,来了多久,听了多少?"

对方抖了抖手中诏书,哗啦啦作响,一本正经道:"比你们先到片刻,刚才忙着欣赏这份皇帝陛下的罪己诏呢,什么监守自盗什么悔之晚矣,都没听着,所以完全没有必要杀人灭口。"

章流注脸色阴沉。好家伙,阴阳怪气得很呐。

崔东山将那份诏书收入袖中,笑道:"哈哈,章首席是不是听说我早到此地,便松了口气?觉得我至多是擅长隐匿身形气机,真要交手,未必有多能打。嘿,这就是章首席高兴得太早了点,因为我是骗你们的啊,我是一路跟着你们走入的灯谜馆,见你们聊得投缘,不忍打搅,就在葡萄架上边小憩片刻,不信是吧?那就看看你们脚边,是不是有一小堆葡萄籽儿?"

戴塬立即低头去瞧,章流注却是纹丝不动,两人是只差一境的地仙修士,可这就是谱牒仙师与山泽野修的真正差距了。

章流注故作镇定,抚须微笑道:"这位道友,真是不走寻常路。"

一个能够趴在葡萄架上半天的修士,自己竟然从头到尾毫无察觉,绝对不可力敌!

崔东山一个翻转身形,双手抓住葡萄架,飘然落地,抖了抖袖子,背靠一根葡萄架木柱:"行了,不与你们兜圈子,我还有正事要忙。"

崔东山望向那个老元婴:"我家先生担心你说不清楚,会在戴塬这边画蛇添足,所以才让我跑这一趟洛京,事实证明先生是对的,你章流注确实自作聪明了,没关系,既然我来了,就由不得你们俩糊涂或是装糊涂了。"

崔东山转头望向那个戴塬,直截了当说道:"戴塬,想不想在百年之内,当个青篆派众望所归的第八代掌门?顺便再能者多劳,兼任虞氏王朝的首席内幕供奉?"

戴塬神色尴尬,哪里跑来的疯子,在这边大放厥词。

崔东山见他不说话,笑着点头:"很好,就当你默认了。"

再与章流注说道:"至于章首席,在小龙湫的官帽子已经够大了,封无可封,总不能当那山主吧,毕竟是个外人,于礼不合。没有了林蕙芷和权清秋,大龙湫又不是真的无人可用了。"

章流注脸色微变,这等小龙湫头等秘事,此人岂会知晓?!

崔东山微笑道:"我家先生说了,作为你这趟洛京之行帮忙捎话的酬劳,他可以在小龙湫那边帮你说句公道话,允许你保留首席客卿的头衔,再去大崇王朝谋个官场身份,例如……国师?所以你离开洛京后,不用立即返回小龙湫,直奔大崇王朝好了,去找那个叫蔡釉君的工部侍郎,就说自己是周肥的山上朋友,愿意暂时给他当几年幕僚账房。先生让我提醒你,心急吃不了热豆腐,先花几年工夫,耐着性子摸清楚了大崇庙堂的官场底细。章首席,这就叫?"

章流注立即接话道:"磨刀不误砍柴工!"

一壶龙湫酒,喝得老元婴心肠滚烫,好像那个大崇国师已是落袋为安的囊中物了。

至于眼前这个自称东山的道友,既然是陈剑仙的得意学生,那就是半个自家人了。

关键是那位陈剑仙好似未卜先知的代为铺路,刚好是章流注心中所想,那个蒸蒸日上的大崇王朝,正是老元婴最想去一展身手的最佳"道场"。

与此同时,章流注对那个好似可以轻易看穿人心的陈剑仙敬畏更多。

再联系到小龙湫野园内的那场变故,章流注总有一种错觉,那位剑术通玄的陈大剑仙,心性、手法、气度,仿佛更像野修。翻手为云覆手为雨,顷刻间就让小龙湫两位元婴境谱牒修士沦为阶下囚,如今还被龙髯仙君拘拿去了中土上宗,生死不知。

崔东山点头赞许道:"孺子可教,前途无量。"

然后崔东山抬起一只袖子,挥了挥那份久久萦绕不去的女子脂粉气,啧啧道:"你们两位,都是所谋甚大的地仙修士,要洁身自好啊,要好好修身养性啊,尤其是与那些谱牒女修,少喝花酒,少打神仙架,留点气力,攒点口碑。不然一个未来的大崇国师,一个青篆派的第八代掌门,给外人的最大印象,竟然是那花丛,就有点不像话了。如今桐叶洲山上,说大很大,说小很小,好事不出门,坏话传千里。"

戴塬瞥了眼章流注,章流注端坐原位,目不斜视。

崔东山伸出一根手指,朝两位地仙指指点点:"先生与我,可不希望将来自家山头的座上宾,都是些常年混迹于脂粉窟中、风流帐里和石榴裙下的英雄好汉。"

章流注有些悻悻然,心中大骂戴塬误我!在认识戴塬之前,老夫是出了名的修行勤勉,哪里认识半个谱牒女修、狗屁仙子。

崔东山拍了拍手掌,笑道:"就像章首席方才说的,那咱仨就勠力同心,精诚合作?"

章流注与戴塬都起身行礼,信誓旦旦,只差没有对天发誓了。

崔东山最后抖了抖袖子,嬉皮笑脸道:"我也学一学章首席的画蛇添足,关起门来说句自家话,如果你们两个胆敢一错再错,哪天让我家先生失望了,我就先打你们半死,再让你们明白什么叫生不如死。"

崔东山动身离开仙都山之前,自家先生曾经问了个极有意思的问题:"如果是玉圭宗韦滢暗中许诺,给出差不多的名利诱惑,那章、戴二人,是不是同样会鞍前马后,并且更加死心塌地?"

崔东山点头说:"是。"

先生便笑着说了句:"那就说明人心上下功夫,还远远不够牢靠,无妨,滴水穿石,徐徐见功。"

两位地仙,一个金丹境噤若寒蝉,一个元婴境只说"不敢,绝对不会辜负陈剑仙的栽培和信任"。

崔东山宛如一团白云,凭空消散,天地灵气不起丝毫涟漪,来无影去无踪。

葡萄架下,章流注与戴塬面面相觑。

沉默许久,戴塬小声道:"章老哥,我宅子那边,就只是咱哥俩喝个淡茶吧?"

"不然?!"章流注没好气道,"温柔乡是英雄冢,空耗我辈修士精神,百害而无一利。"

戴塬默然点头,怪我喽。

章流注说道:"我就不去你宅子饮茶了,就在这边继续喝酒,咱俩仔细思量,总得计较出个大致章程来。"

戴塬精神一振,立即落座,给章流注倒上一杯酒,神采奕奕道:"还是章老哥稳重,咱哥俩是要好好商量商量。"

两位同舟共济的地仙开始坦诚交心,聊着聊着,就连虞氏王朝与大崇王朝未来如何结盟,都聊出一点眉目了。确实,比喝花酒有滋味多了。

果然大丈夫就不该沉溺于温柔乡,要谋大业啊。

结果葡萄架那边又探出一颗脑袋,啧啧不已:"真不是我说你们俩,都啥脑子啊,谈了些什么啊,寡妇夜哭呢?"

章流注和戴塬身体僵硬,对视一眼,皆是备感无力的颓然。

崔东山从袖中摸出两本册子,随手丢在酒桌上:"见者有份,记得都多看几遍,背个滚瓜烂熟,再写个千八百字的读后感,回头我要考校你们的。"

白衣身形再次消逝不见。

两位地仙修士如同两个学塾蒙童,刚刚拿到手一份先生给的课业,久久无言。

戴塬用眼神询问,那家伙走了吗?

章流注以眼神回答,你问老子老子问谁去,问那位脑子有坑的崔仙师吗?

那咱哥俩咋个办? 就这么干站着也不是个事啊。

不如翻阅那本册子?

越来越心有灵犀的两位地仙,别说嘴上言语,都用不着心声交流,就几乎同时落座,埋头看书。

在那积翠观,老真人梁爽转头望向庭院中,一袭白衣好似从地下一个蹦跳而出,瞧见了那位女子国师吕碧笙:"哟,老真人才收嫡传,又找道侣嘞。"

梁爽只当耳旁风,难道那绣虎崔瀺少年时就是这么个无赖德行? 回头得问问小赵。

崔东山晃着袖子,大步走入屋内,坐在女冠马宣徽对面,直愣愣盯着那个道号满月的吕碧笼。

按照虞氏王朝的秘档记载,护国真人吕碧笼,算是半个谱牒修士出身,曾经在一座名不见经传的小国道观内修行,因为清心寡欲,志在求真,故而一直修出了个元婴境,她才开始外出云游,路过虞氏王朝京城时,见积翠观是个道气浓郁的福地,便在此歇脚,得了个朝廷颁发的道牒,依旧不愿显露境界,等到乱世来临,她实在不愿眼睁睁看着虞氏国祚断绝,才违背本心,主动放弃一贯的清净修行,勉强算是大隐隐于朝,当了护国真人。

至于那座地方上的小道观,当然是真实存在的,那个虞氏藩属小国的礼部档案和地方县志,确实都有明确记载,即便那座小道观早就毁在战火兵戎之中,相信肯定也会有个女冠名为"吕碧笼"。

女子国师备感不适,只是有身份煊赫的老真人梁爽在场,她不敢流露出丝毫不悦神色。

一个能够肆意调侃龙虎山外姓大天师的"少年郎",岂是她一个小小元婴境修士能去招惹的。

崔东山一开口就让吕碧笼道心震颤:"听我家先生说,你其实出身三山福地万瑶宗,是那仙人韩玉树安插在此的一枚棋子?

"这会儿是不是还心存侥幸,想着到了我们天目书院那边,韩玉树会为你斡旋一二?比如韩宗主会授意他女儿韩绛树,暗中通过虞氏老皇帝,或是继任新君,找理由为你开脱,好在书院那边减轻罪责,最好是能够以戴罪之身留在洛京,哪怕失去了护国真人的身份,争取保留一个积翠观观主的头衔,用你的私房钱,舍了自家嫁妆不要,再耗费个两三百年道行,也要大办几场周天大醮,好将功补过?

"是不是想说根本听不懂我在说什么?

"说吧,你在万瑶宗金玉谱牒上边的真名叫什么?不要把我们天目书院当傻子,我很忙的,没那闲工夫陪你玩些小孩子过家家的勾当。"

听到那个白衣少年一口一个"我们天目书院",这个"吕碧笼"直到这一刻,才真正怕了。

梁爽境界足够,对吕碧笼的心境起伏洞若观火,便以心声问道:"是你瞎猜的?"

崔东山笑答道:"我可不敢贪功,是先生的猜测。我哪里想得到这个冒用'吕碧笼'身份的娘们,会这么不经骗,不打自招了。"

犹豫了一下,崔东山还是告知这位老真人一个更大的真相:"之前先生与韩玉树在太平山旧址那边有过一场各不留手的凶险斗法,韩玉树撒手铜尽出,符箓和阵法造诣极高,先生再联系洛京和青篆派的阵法,就有了个猜测。以万瑶宗擅长当缩头乌龟的行事风格,既然打定主意要创建下宗了,肯定会有吕碧笼这样的马前卒,早早出山布局。总而言之,在先生那边,这就是一条很浅显的脉络。"

梁爽抚须而笑:"陈小道友心细如发,明察秋毫,不随贫道当个'天真道士',真是可惜了。"

至于陈平安跟韩玉树的那场斗法,梁爽听过就算,何况崔东山最后那句"很忙的,没那闲工夫",本就是故意对自己说的。

崔东山瞥了眼那个福运深厚、极有宿缘的年轻女冠,有无机会挖墙脚撬去仙都山,反正这个马宣徽是要留在桐叶洲的,极有可能会被梁爽留在梁国某个道观,那么在自家宗门当个记名客卿,不过分。

事实上,女冠马宣徽说是嫡传,并不严格,其实她只是梁国真人"梁濠"的记名弟子,却非真正能够继承梁爽衣钵的那个人。故而梁爽与弟子马宣徽,缘来即师徒,缘散则别脉。

梁爽这一道脉,只浩然山巅才知道些内幕,是出了名的香火凋零,实在是收徒的门槛太高,而且有条"上古天真,口口相传,传一得一"的祖训不可违背。

这就意味着梁爽这一脉道统,历来都是一脉单传,师无二徒。

在这之外,又有一份极为隐蔽的玄之又玄。事实上梁爽寻找传道恩师的转世之人多年矣。

简单说来,自从第一代祖师开山,立起道脉法统,在那之后的漫长岁月里,一条传承将近万年的悠久道统,就像从头到尾就只有师徒两人,只是互换师徒身份而已。

突然想起一事,那个野心勃勃的万瑶宗韩玉树,该不会已经被陈小道友给那个啥了吧?

梁爽反正闲来无事,便双手笼在道袍袖中,迅速大道推演,天算一番。不料很快就伸手出袖,使劲抖了抖手腕。

哟,烫手。

虽然演算不出一个确切答案,那韩玉树依旧生死未卜,可在老真人看来,其实就等于有了个板上钉钉的真相。

几千年的山居道龄,又没活到狗身上去。

梁爽微笑道:"回头我就与小赵打声招呼,帮我放出风声去,就说韩玉树曾经活蹦乱跳的,有幸与老天师梁爽论道一场。"

如此一来,再有旁人精心演算,就得先过他梁爽这一关了。

崔东山故意对此视而不见,只要我什么都没看到,先生就不用欠这个人情。

崔东山只是抬起一只手,凌空指点,咄咄怪事。

那个化名吕碧笼的万瑶宗谱牒女修一头雾水,不知这位天目书院的儒生在做什么,听他的口气,她猜测眼前眉心一点红痣的少年极有可能是那位刚刚跨洲赴任的年轻副山长温煜。

梁爽扫了一眼,却知道崔东山在捣鼓什么,是一个围棋定式,以变化众多著称于世,故而被誉为"大斜千变,万言难尽"。

山下的国手棋待诏,山上的弈林大家,曾经对此都极为推崇,但是后来却被白帝城郑居中和绣虎崔瀺一起否定了。彩云谱之一,郑居中唯一中盘劣势极大的一局,就是以大斜开局,崔瀺只是在官子阶段棋差一着,最终输了半目。以至于如今的棋坛名家,几乎都不再以大斜定式先手。

梁爽不觉得崔东山是在炫耀什么,毕竟天下棋手能够与郑居中下出这么一局棋,兴许能够沾沾自喜一辈子,可是对满盘占优却功亏一篑的绣虎而言,反而是一种无形的耻辱。可崔东山此刻为何如此作为,老真人没兴趣去探究,有些人做的有些事,外人是如何想都想不明白的,比如当年大玄都观孙怀中借剑白也,这位道门剑仙一脉的执牛耳者,等于放弃了跻身十四境。

崔东山冷不丁问道:"你愿不愿意脱离万瑶宗?从此就只是当个与三山福地'无缘无故'的吕碧笼?"

女子惨然一笑。宗主韩玉树何等枭雄心性,以铁腕治理一座福地,岂会容忍一个祖师堂谱牒修士的背叛。她敢这么做,只有死路一条。

所以她已经有了决定,既然身份败露,肯定还会牵连万瑶宗被文庙问责,那么韩玉树就注定没办法帮助她脱困了,只会尽量与她撇清关系。所以她几乎可以预见自己的下场,去天目书院,被盘查,被书院山长刨根问底,被关禁闭,说不定还会被拘押去往中土神洲的功德林。不幸中的万幸,是她还年轻,是有希望跻身玉璞境的,大不了就当是闭关修道了,不过是从这洛京积翠观换了个地方。

这也是韩玉树让她早早离开三山福地的根源之一,希望她在一两百年之内,在桐叶洲这个虞氏王朝的积翠观打破元婴境瓶颈,在这期间,韩玉树除了会传授一两种极其上乘的道法秘诀,肯定还会暗中为她倾斜大量的天材地宝和神仙钱。到时候,吕碧笼就可以名正言顺地创建下宗,使得韩玉树坐拥三座宗门。

崔东山微笑道:"在剑气长城,或是北边的宝瓶洲,像你这样的临阵退缩,可是要被斩立决的。

"你要是觉得书院知晓此事后,就只是将你关个百来年光阴,那也太小看如今文庙秋后算账的力道了,尤其是你这种居心叵测的地仙,罪责最大,所以听我一句劝,离开积翠观之前,赶紧多敬几炷香,看看能不能请来道祖保佑,亲自替你向文庙求情。不然你会被关到死的,别说是跻身了玉璞境,就算是成了仙人,又如何?

"对了，别忘记一事，如今五溪书院的山长是北俱芦洲鱼凫书院的周密，他的脾气如何，想必你一清二楚，不然堂堂山长，也不会在功德林闭门思过，文庙甚至都不敢让他去天目书院，就是怕他每天住在桐叶宗不挪窝。届时大伏、天目和五溪三位山长共同议事，周山长听说了你的丰功伟业，你觉得会不会帮你说好话？退一万步说，韩玉树就算失心疯了，也要保下你，你觉得周山长会不会喷他一脸唾沫星子？"

本就已经是惊弓之鸟的女冠，又见到那白衣少年抬起一手，双指并拢，眼神坚毅，信誓旦旦道："我温煜可以对天发誓，我要是在天目书院的山长和当学宫司业的先生那边，不把这件事给坐实了，不把你关到白发苍苍，以后我就跟你一起姓吕。"

老真人梁爽喟叹一声："积翠观的茶水真心不错，不能白喝，那贫道也提醒满月道友一句好了。离开积翠观之前，除了敬香祈福，可以多带几百本书，被幽禁后聊以解闷，再随身携带一面镜子，做个伴儿，美人白发镜先知。"

女冠惨无人色，蓦然转头，先双手掐道诀，再祭出一件秘宝本命物，似乎施展了一门封山屏障术法，这才颤声道："晚辈知错了，梁天师救我！"

梁爽哑然失笑，摇摇头："满月道友，哪有你这样病急乱投医的，贫道可不是你的救命稻草，这位才是。"

崔东山笑道："韩玉树在她身上设置了一道宗门禁制，韩玉树一旦察觉到不对劲，哪怕隔着千山万水，这位满月道友还是会当场变成个道心崩碎成一摊烂泥的白痴。所以先关门，再找梁老哥救命，说明她还不算蠢到家。"

女冠神色惶恐，开始自报名号："我真名龙宫，是万瑶宗祖师堂嫡传弟子，恩师早已仙逝，我们这一法脉，除了我，就只剩下几位资质寻常的中五境修士了，结丹都是奢望，一些个资质好的，早就转投别脉了。"

崔东山忍俊不禁："龙宫？竟然取了个这么大的名字，敢情你这辈子投胎为人，天生就是做大事来的？"

梁爽神色冷漠，对那万瑶宗和韩玉树厌恶至极。

修什么道，求什么真，成什么仙。好好一座风水极佳的三山福地，被折腾得如此乌烟瘴气，那个身为福地真正主人的道友，既然那么闲，也不管管？

一场大战，就像筛子，将桐叶洲所有人心都给梳理了一遍。

宗主、山主、掌门跟供奉、嫡传之间，人心背离，钩心斗角，宗门跟藩属门派之间，尚且貌合神离，分账不均。那么可想而知，这些山头和仙师，与他人，与这天地，岂会"同道"？就只是像一场厮杀，输赢多寡，结果两分。

崔东山突然问道："你们万瑶宗的下宗首任宗主人选，是哪个？总不可能是韩玉树的那个嫡女吧？"

龙宫说道："我也是前不久才知道此事，据说是上任宗主名义上的关门弟子，是韩玉树代师收徒，但是除了韩玉树在内的几位祖师，好像谁都不曾亲眼见过此人，只知道此人年纪轻轻，修道资质万中无一，是三山福地历史上最年轻的金丹，这还是因为此人成功结丹时，曾经惹来一份极大的天地异象，就算宗门阵法都未能完全遮掩，才泄露了些许天机。宗门上下，这些年，谁都不敢擅自议论此事，一经发现，就会被掌律祖师亲自囚禁在后山水牢之内。我之所以知晓，还是韩绛树先前秘密造访积翠观，这位宗主嫡女与我亲口说的，说她这位天资卓绝的小师叔，道号梧桐，极有可能成为一位飞升境大修士。"

说到这里，龙宫犹豫了一下，轻声道："我看得出来，韩绛树与那修士多半有染。"

因为先前在道观内，与自己聊起那个年轻修士时，韩绛树自以为隐藏得很好，其实一双眼眸里满是春水情意。

只是话一说出口，龙宫便自觉失言，不该当着一位龙虎山外姓大天师，和一位天目书院副山长的面，说这些乱七八糟的事情。

不料崔东山点头微笑道："很好，我就爱听这些。你不妨再多聊些万瑶宗的腌臜内幕，照实说便是，不用刻意夸大其词。"

一直双手掐诀稳住道心的龙宫："快要支撑不住了。"

梁爽伸出一根手指，隔着一张茶几，指向龙宫眉心，淡然道："定。"

霎时间龙宫如同昏睡过去，耷拉着脑袋，就像进入一个香甜美梦之中。

崔东山嘿嘿一笑，站起身，来到龙宫身边蹲着，审视片刻，抬起手掌，轻轻一拍对方额头，打得对方魂魄一并飘出身躯，再站起身，双指拈住那件同样昏迷的魂魄"衣裳"，抖了抖，再随便一抹，将魂魄推回身躯皮囊内，只余下人身小天地内的座座气府，如星罗棋布，悬空而停。

崔东山缓缓踱步，祭出一道金色剑光，画出一座剑气雷池禁地，时不时歪头，或是踮起脚尖，仔细打量起这位女冠的心相，最终在一处"府邸"之内，发现了韩玉树精心设立的一道秘密禁制。崔东山蓦然五指如钩，刹那之间，就被他扯出一条金色文字构成的"纤细星河"，几乎同时，另外一手就"摹刻"出了一条几乎完全相同的金色文字，为龙宫填补上了那条心田沟壑。

崔东山再狠狠一巴掌打醒了龙宫，一本正经提醒道："梁老哥不惜耗费九牛二虎之力，才帮你解决掉了这个天大隐患，愣着干吗，还不赶紧与真人道声谢？"

脸颊微疼的龙宫不明就里，赶紧起身后撤几步，与老真人打了个道门稽首，感激涕零道："谢过天师救命大恩。"

从头到尾都是默默喝茶的马宣徽打定主意，自己以后一定要离这个白衣少年远一点，再远一点，最好是双方干脆别再见面了。想来这个家伙的先生也好不到哪里去。不然能教出这么个学生？

崔东山坐回原位："龙宫,你可以马上动身了,自己去天目书院那边禀明情况。"

龙宫怯生生问道："温山长不与我同行吗?"

崔东山一脸茫然道："天目书院的温副山长? 我又不是温煜。"

龙宫如坠云雾,误以为自己听错了,苦笑道："温山长莫要说笑了。"

崔东山板起脸道："我是东山啊。"

梁爽问道："到底是怎么个处置?"

崔东山揉了揉下巴："天目书院那边自有定论,不过龙宫属于自首,如果再多聊点万瑶宗和韩玉树的腌臜事,按照文庙的老规矩,可以稍稍减轻责罚,关到死,肯定是不至于的,运气好的话,说不定她还能去蛮荒天下那边的战场上将功补过,至于运气好与不好,就看天目书院的温煜,还有五溪书院的山长周密,到底是怎么个态度了,反正我听说这个温煜,脾气半点不比周密好多少,只不过周密是摆在台面上的。传闻温煜此人,骨头极硬,且心思缜密,曾经在南婆娑洲战场,活活坑死了一头管着军帐的仙人境妖族。如果仅凭战功而论,不谈什么资历,温煜直接当个天目书院的山长都是可以的。"

中土文庙将鱼凫书院的周密从功德林解禁,周密得以平调前往桐叶洲担任书院山长,用自家周首席的话说,这就叫文庙开始放狗咬人了。

摆明了是让整个桐叶洲南部仙府山头都老实一点,毕竟是一个当年赴任山主之前要被先生赠予"制怒"二字的读书人,而且是一个在"民风淳朴"的北俱芦洲都要找上门去、亲自动手打人的书院山长,那么这么一号人物来到了桐叶洲的五溪书院主持事务,本身就是一种震慑。

此外,亦是文庙对战功彪炳的玉圭宗给了个善意提醒,做事情不要太过分,往北边伸手不要太长,差不多就可以了,总之不要学当年的那个桐叶宗,总觉得一洲仙府皆藩属。

如今按照文庙的礼制,儒家七十二书院,都是一正二副的配置。一般来说,两位副山长,一个管治学,相对务虚,负责文风教化一事;一个管庶务,大大小小都可以管,尤其是当下的浩然天下,未来山下的所有礼部尚书,都必须是书院出身。温煜如今就是那个主持具体事务的天目书院副山长,故而山上事,他温煜可以管,书院辖境之内,山下各国他更要管。

龙宫如丧考妣,再次望向那位老真人,向他求救。

她哪敢去蛮荒天下的战场厮杀,她宁肯被书院关押起来。她曾经远远见过蛮荒妖族大军如潮水般涌过的场景,早就吓破胆了。

一座座无法挪动的城池,就像人躺在地上等死,被蚁群啃食干净,瞬间只剩下一具白骨尸骸。

崔东山说道："这个娘们心性不定,说不定走到半路就要腿软,试图逃窜,所以就有劳梁老哥护送她一程了。"

梁爽点头道："反正顺路，贫道刚好要去见一见火龙真人的那位弟子，到底是怎么个修道天才。"

当年趴地峰的年轻道士张山峰，其实差点就要成为龙虎山的外姓大天师，如果不是大战在即，天师府需要一个拿来就能用的"打手"，再者小赵又不愿意拔苗助长，所以拒绝了火龙真人那个让弟子"世袭罔替"外姓天师的提议。

梁爽随口问道："那这积翠观，还有虞氏朝廷那边，你要不要给个说法？"

崔东山没好气道："给个屁的说法，要不是我看那位太子殿下还算有点人样，雄才伟略的明君肯定算不上，昏君倒也不至于，反正当个虞氏皇帝，还算绰绰有余。"

梁爽笑了笑："这不是绣虎作风。"

崔东山难得有些吃瘪："都不晓得梁老哥是在夸人还是骂人。"

梁爽微笑道："别藏着掖着了，不如让贫道开开眼？"

崔东山站起身，从雪白袖中抖落出一个栩栩如生的瓷人，竟然正好便是龙宫的姿容身段，就像一个模子里刻出来的。

马宣徽看了又看，若非两位女子国师一站一坐，不然自己还真无法辨别真假。

崔东山再从袖中摸出一个女鬼的魂魄，抬手虚托，轻轻说了句"走你"，魂魄便依附在那具闭目的瓷人身上，崔东山再双指并拢，抵住瓷人眉心处，如为佛像开脸，画龙点睛。

片刻之后，瓷人睁开眼眸，施了个万福，竟是与龙宫极为相似的嗓音，甚至就连那份清冷气质都如出一辙："奴婢龙宫，道号满月，忝为积翠观观主，见过主人。"

崔东山伸手一抓，将龙宫搁放在桌上的那把拂尘握在手中，抛给眼前的"龙宫"，后者手捧拂尘，搭在一条胳膊上，打了个道门稽首："奴婢谢过主人赐下重宝。"

崔东山斜睨真正的龙宫："愣着做什么，还不赶紧摘下头顶太真冠，送给咱们这位满月道友，至于你脚上那双绿荷白藕仙履，还有身上那件施展了障眼法的法袍，等会儿再说。"

梁爽说道："可惜，幸好。"

可惜的是，这等逆天手段，成本太高，无法像那甲胄兵器、仙家渡船之流量产；幸好的是，受此瓶颈约束，瓷人数量有限，不至于天下大乱，彻底抹掉"人"之名实。

修道之人，人已非人。可如果再有这瓷人遍布人间，后果不堪设想。一个不小心，就会重蹈覆辙，让整个人间沦为万年之前的远古天庭。

屋内一旁的龙宫和弟子马宣徽是被那女鬼魂魄迷惑住了，误以为这个瓷人自身并无灵智，其实不然，梁爽才看得穿层层迷障之后，那一点真灵的闪烁不定，那就像人之开窍，很快就会茁壮成长，简而言之，是一屋之内两主人，其实女鬼魂魄是与那瓷人灵性并存的,双方未来到底是怎么个主次之分,只看崔东山的个人喜好。

远古神灵俯瞰人间,将大地之上的所有有灵众生视为蝼蚁。蝼蚁就只配低头看地,抬头看天就算猖狂?曾经的人族是如此,这些如今看似孱弱不堪、不成气候的瓷人呢?

梁爽心情凝重,沉声道:"亏得还有人能管住你。不然换成我是文庙管事的,就把你关到死。"

崔东山摇晃肩头,扬扬得意道:"只要有先生在,谁敢欺负我?"

梁爽一笑置之。

崔东山换了个称呼,嘿嘿说道:"老梁啊,我觉得吧,等到马宣徽在梁国那边了结了那桩宿缘,就可以来积翠观这边潜心修行大道了,以后继任观主,都是可以的嘛。一家人不说两家话,但凡有点好处,我肯定都先紧着自家人。"

梁爽皱眉道:"是陈平安的意思?"

崔东山一拍茶几,怒道:"说啥昧良心混账话?!"

梁爽冷笑道:"吓唬我?"

崔东山拿袖子抹了抹茶几:"好些事情,先生不愿为之,不屑为之。"

既然只是不愿和不屑,那就不是做不到了。

梁爽好奇问道:"陈平安是要学你崔瀺,用那事功学问来缝补一洲山河?"

崔东山摇头道:"不太一样的手法,先生最擅长化为己用,再来别开生面。"

不知为何,一听到"崔瀺"二字,那个龙宫就开始头疼欲裂,双手捂住脑袋,一位修道有成的元婴境地仙竟是汗如雨下。

显而易见,崔东山确实撤掉了她那道禁制,只是又为龙宫新加上了一道山水关隘。比如但凡她的一个念头,只要稍稍涉及"崔瀺"或是"绣虎",就是这么个道心不稳的凄惨下场。

等到龙宫好不容易稳住道心,那个她已经猜出身份的白衣少年,又笑嘻嘻说道:"跟我一起念:崔瀺是老王八蛋,崔瀺是老王八蛋。"

可怜的龙宫,这一次她竟是疼得后仰倒地,身体蜷缩起来,只差没有满地打滚了。

梁爽对此视而不见,问道:"没有一两百年,不成事吧?他这么分心,自家修行怎么办?"

"我家先生有个估算,在五彩天下重新开门之前,就能大致有个雏形了。从山上到山下,从道心到人心。而且不会太过耽搁先生的修行。"

"如此之快?!"

"不然你以为?"

梁爽陷入沉默,拿起那斗笠盏,喝了一口茶水,以心声问道:"你这阴神,是要?"

崔东山撇撇嘴:"跟老梁你没什么好隐瞒的,是要去蒲山云草堂捞个嫡传身份,还有个烂摊子需要收拾。"

梁爽又问道:"那你的阳神身外身,如今置身何处?"

崔东山眨了眨眼睛:"在五彩天下,就在几天前,刚刚找到了白也的那处修道之地,反正空着也是空着,我可以帮忙打理。"

梁爽打趣道:"这是要在那边创建下宗?岂不是与韩玉树英雄所见略同了?"

只要崔东山在五彩天下那边再创建一个宗门,宝瓶洲的落魄山就可以从上宗顺势升迁为"正宗",而桐叶洲的青萍剑宗则可以升为上宗。在这件事上,与万瑶宗的谋划是差不多的路数。

崔东山伸手握拳,轻轻捶打心口,抬头望向天花板,满脸悲怆神色:"一想到自己竟然跟韩仙人想到一块去了,就气啊,气得心口疼啊。"

马宣徽终于忍不住了,鼓起勇气和梁爽轻声道:"师尊,我不想来这积翠观修道。"

梁爽点头笑道:"都随你。不过你也不用怕这个家伙,师父和他的先生是一见如故的好友,只靠这层关系,这个崔东山就不敢拿你怎么样的。"

梁爽当然很清楚一个真正的绣虎棋力如何。像今天这种戏耍龙宫,再有之前在灯谜馆那边跟章流注和戴塿的打交道,不过是两碟佐酒菜罢了,崔东山不过是随便抖搂了个相对偏门的怪招,只能算是着力于棋盘局部的骗招和欺招,都称不上是什么真正的神仙手。

梁爽终于问出了心中那个最大疑惑:"为何给人当学生,当得如此诚心?"

事实上,当下这个置身于积翠观的老真人梁爽,与那梁国京城内的天师梁爽,还是有些差异的,并不同于寻常修士的阴神出窍远游。简单说来,就是后者要高于、大于前者。在这一点上,国师崔瀺与崔东山亦然。

崔东山淡然笑道:"某个句子,同道方知。天师何必多问。"

龙宫与马宣徽都是道门女冠,故而不理解崔东山此语玄妙所在,因为涉及了一首佛门禅诗:孤云野鹤,何天不飞。

梁爽摇头道:"不对。你所说,恰好是反的。"

崔东山笑道:"当真相反?天师不如再想想?"

之所以又更换了一个称呼,当然是心知肚明,眼前阴神梁爽,不过是帮忙真身提问。

梁爽点点头:"倒也是。"

崔东山的言外之意,并不深奥,更不是什么故弄玄虚,无非是在说一个浅显道理。自己选择一种有限的自由,怎就不是一种大自由?

梁爽又问道:"那贫道是不是可以理解为,你其实随时可以选择一种完全纯粹的自由?"

崔东山却反问道:"你如果有朝一日,需要同时跟崔瀺、郑居中、齐静春、吴霜降下棋,你会怎么选择?"

梁爽笑道:"不落座,不拈子,不对弈。"

崔东山摊开双手:"这不就得了。"

梁爽眯眼问道:"那就更有意思了。既然你服管,让你心甘情愿服管之人,又该谁来管?"

崔东山扯了扯嘴角。这个老家伙,对待此事,果然还是念念不忘,跟那邹子其实是差不多的心态。

梁爽并没有就此放弃那个答案,静待下文。

崔东山默不作声。这就很烦人啊,自己这个小胳膊细腿的仙人,面对一位飞升境巅峰大修士,实在是硬气不起来啊。

崔东山第一次怀念那个老王八蛋了。

崔东山叹了口气,缓缓道:"我家先生说过,做那有意思的事情,当然很有意思,却未必有意义。但是做成了有意义的事情,一定有意思。"

梁爽思量片刻:"此理不俗。"

崔东山哀叹一声,说道:"某个句子,同道方知。天师何必多问。"

梁爽哀叹一声,自家真身的那一粒心神芥子终于彻底撤出阴神心湖:"你烦我也烦,不愧是同道。"

马宣徽瞥了眼那个虞氏王朝的女子国师,还好还好,她也听不懂。

崔东山伸出手掌放在嘴边:"梁天师梁天师,看架势你这阴神要造反,必须管一管他了!"

梁爽懒得跟这个家伙瞎掰扯,站起身,说道:"满月道友,给你半个时辰收拾一下,贫道在蕉荫渡口那边等你。"

崔东山突然喊住老真人:"老梁,我得替先生求一样东西。"

梁爽疑惑道:"何物?"

见崔东山笑得贼兮兮,梁爽开始亡羊补牢:"事先说好,贫道是出了名的两袖清风,要是仙兵之流的镇山之宝,这类身外物绝对没有,至多是帮你先生去跟小赵借取,三五百年不归还,问题不大。"

贫道身为龙虎山的外姓大天师,你们天师府总不能光让人干活不给工钱吧。

崔东山搓手道:"梁老神仙最是擅长望气,对这一洲山河气运,定然了如指掌。"

梁爽大笑道:"不费钱的玩意儿,让贫道白担心一场,让陈小道友等着便是。"

老真人梁爽带着马宣徽离开积翠观后,崔东山看了眼两个吕碧笼,后仰倒地,后脑勺枕着双手,懒洋洋说道:"抓点紧,更换道袍和云履,同时再多说一些虞氏皇室、庙堂和山水官场的内幕,有什么就说什么,别怕说得烦琐零碎。一些个万瑶宗的道诀秘术,能教给自己的,就赶紧倾囊相授,咎啬谁都没有咎啬了自己的道理。"

龙宫默默脱掉靴子,先穿上一身寻常道袍,再扯住法袍一角,轻轻一扯,就将一件宗门赐下的凤沼法袍扯下,递给那个手捧拂尘的吕碧笼。

那个吕碧笼披上法袍,穿了双云履,一甩拂尘,换胳膊挽住,微笑道:"谢过龙宫道友。"

龙宫心中古怪至极。

蓦然听到那人又开始反复念叨"崔瀺"二字,龙宫就像瞬间挨了一记闷拳,瘫软在地,花容失色,汗水浸透道袍。

崔东山之后站起身,坐在门外的台阶上,屋内龙宫战战兢兢与吕碧笼说那些秘闻秘事,崔东山也听得心不在焉。

突然以拳击掌,有了,刚刚想到了一句发自肺腑的诚挚言语,回头可以与先生说上一说:天风浩荡,吾心浩茫,连千山引万水,于无声处起惊雷。

崔东山双手托腮。

只说桐叶洲那个桃叶渡之盟,其中有大泉王朝、蒲山云草堂、小龙湫。当下如何了?

至于那个金顶观,首席供奉芦鹰,如今瞧见了自家先生,又会如何?

一洲三书院,大伏、天目、五溪。大伏书院山长程龙舟,贤人杨朴。五溪书院副山长王宰。天目书院副山长温煜。

一洲南北,两个最大的宗门,玉圭宗、桐叶宗。玉圭宗的周首席和云窟福地,桐叶宗的元婴境剑修王师子。

稍远一点,新任东海水君真龙王朱。

再远一点,南海水君李邮侯。

山不在高,有仙则名。水不在深,有龙则灵。

有清境山青虎宫宫主陆雍,还有敕鳞江老虬裘渎、墨线渡负山鱼于负山……

中部的那条万里燐河,青萍剑宗会建立起一座私人渡口。

再来说桐叶洲未来的一个山下王朝,脚下这座即将迎来新帝的虞氏王朝,加上那个国力鼎盛冠绝一洲的大泉姚氏,作为青萍剑宗邻居的大渊王朝,章流注即将去找那个年轻侍郎当其幕僚的大崇王朝……

只说那条燐河之畔,已经有人谋划立国一事,国姓独孤。

先生还是太平山的首席客卿、皑皑洲刘氏的不记名客卿。

要想缝补桐叶洲这一洲山河,首先就是天地灵气的聚拢以及稳固,例如各路修士的大肆搜山,就地斩杀蛮荒妖族修士。又比如在敕鳞江畔的那座定婚店附近,老真人梁爽打杀了那头依附在薛怀神魂中的玉璞境鬼物。再就是桐叶洲本土修士的仙逝、兵解，一身道行与气数悉数重归天地。一般仙府，尤其是宗字头门派，都有秘法能够挽留那份精粹道气。

此外山下各国，山上仙府，大肆修缮、创建仙家渡口，同样可以将天地灵气笼络在一地，凝聚不散。

青萍剑宗的选址，崔东山没有破坏金顶观的那座护山大阵的谋划，便是因为这个。一个战力相当于仙人的玉璞境观主，影响不大，但是金顶观那座法天象地的北斗大阵，却能够为桐叶洲北部带来一份不可估量的灵气补给。

二，龙气。各国纷纷复国，越是国力强大的鼎盛王朝，龙气越是充沛，这一点极其可贵，因为属于"无中生有"，无须与一洲天地借助任何实物。

三，一洲各地文武庙的文运与武运，此外还有山运，比如帝王君主重新封禅五岳。而宗字头和各路仙府门派，肯定会大量砸入神仙钱，修缮山下各自掌控区域内的江河水道，就可以加快水运的聚拢和流转。

四，香火。京城、州郡县在内的大小城隍庙。朝廷大量封正山水神祇，或是各地淫祠顺势升迁，被纳入朝廷的金玉谱牒，或是文武英灵补缺位置，山水神灵建祠庙、塑金身，从此接纳人间香火。

五，古战场的浊气转清，以及那些沦为鬼城的地界，将那煞气和污秽之气转为清灵之气。可以通过一场场水陆法会、周天大醮，帮忙引渡亡魂。

六，最终，最虚无缥缈的，也是至关重要的，还是要缝补人心。

而这些，自家先生决定下宗选址桐叶洲没多久后，就已经想得一清二楚了。

一条条或明或暗的脉络，桐叶洲三百余人物的名字境界、籍贯背景，以及由他们一路延伸出去的两千多人，都被先生一一记在心头。人与事，人为节点事为线，最终共同结成一张纵横交错的大网。

今天做客积翠观的老真人梁爽，所看见的，甚至所想到的，注定只是先生那个桐叶洲心相天地的一隅之地。何况这还仅限于桐叶洲。

宝瓶洲，北俱芦洲呢，整个浩然天下呢？

都不说北俱芦洲了，只说南婆娑洲的龙象剑宗，还有那个留得青山在不愁没柴烧的崭新雨龙宗，中土神洲的九真仙馆，小龙湫的上宗大龙湫，郁泮水的玄密王朝，青神山，百花福地，密云谢氏，邓凉所在的九都山……还有那些曾经频繁去往倒悬山的跨洲渡船的管事们，以及他们背后的各洲宗门。

而且如果没有意外，已经有一小撮浩然各洲剑修，在先生不惜耗费香火情的邀请之下，秘密去往扶摇洲了。先生绝不能让那些贪图矿脉的修士，令本就已经足够破败的扶摇洲山河继续雪上加霜，各凭本事挣钱无妨，但如果因此各路豪杰大打出手，不惜打个天崩地裂，那就得问过那拨剑仙答不答应了。

老秀才要是知道自己先生做了这么多，而且在未来甲子之内只会做得更多，还不得揪断胡须，还不得心疼死？

但是自己的先生，至多只会让老秀才道听途说些许消息。

先生就是这么给他的先生当学生的。

当那剑气长城的末代隐官，就一直守在城头那边，最终成了剑气长城最后一个离开城头的剑修。

当了文圣一脉的关门弟子，就要为先生合道三洲所在山河补地缺，不遗余力，不计代价。

崔东山站起身，长呼出一口气。

浩荡百川流，天人选官子。

大渊王朝境内那座鬼城中，十几个来这边只是求财的野修、武夫，估计谁都没有想到，自己会变成一个挣辛苦钱的苦力，每天做的事情，就是收拢城内残余尸骸，开辟出一座座类似义庄的停灵处，还要尽量辨别那些尸骨的身份，接下来才能帮忙下葬，再勒石立碑，一一写上籍贯姓名，所以这就需要他们硬着头皮去当那户部胥吏。找书，查阅档案，这些个野修和武夫，估计一辈子都没接触过这么多书籍，然后会在一座破败城隍庙内，由那个名叫古丘的年轻人负责记录。在阴风阵阵、灯光惨惨的废墟遗址内，这拨只是为求财而来的家伙，还要兼任"鬼差"，每天晚上都要向那些鬼物阴灵问话，勘验身份。

书生姓钟，身边那个肥得流油的胖子自称姑苏，姓庾，每天在那美妇人身边打转，嘴上喊她姐姐，却又自称庾哥哥。

而那个头目，刀不离身的披甲壮汉，是个五境武夫，他与山泽野修出身的妇人半路认识，算是结了一段露水姻缘，是对野鸳鸯。

美妇人名叫汪幔梦，个儿不高，身段小巧玲珑，一白遮百丑，何况女子面容又生得媚丽，加上她又喜欢身穿束腰的短打夜行衣，脚踩一双绣鞋，行走时还会故意拧转腰肢，好像随时都要被一阵风吹倒在地。她每次见到那个脑满肥肠的庾姓胖子，都只得强忍着恶心虚与委蛇。

好在每天都有正午时分的前后三个时辰，可以继续搜刮金银财宝和古董珍玩，只是他们在这座城内的所有收获，还是要被那个身份古怪的古丘录档，分门别类，大致估算出个价格。因为按照他们与那个钟姓书生的约定，十成收益，只能抽取一成。

一开始当然是所有人都不乐意，天底下哪有这样的买卖，私底下一合计，便恶向胆边生，趁着那位神出鬼没、修为高深莫测的青衫刀客暂时不在城内，就要与那姓钟的不对付。一天月黑风高夜，故意撇下那个古丘，想要合伙宰掉那个寒酸书生，结果被庾谨拎鸡崽似的，将他们所有人吊了起来，打了个鬼哭狼嚎。只有那个美妇人，虽然她同样被吊了起来，头朝地脚朝天的，但她被庾谨称呼为姐姐，而且胖子痛心疾首地说了句"姐姐你糊涂啊"，因此逃过一劫，没挨揍。

那晚之后，所有人就都认命了。

这天夜幕里，在旧州城隍庙内，阴灵鬼物都已退出去，坐在昔年城隍爷大案后的古丘轻轻放下笔，抬头望向那个坐在大堂门槛上的……鬼物，轻声问道："钟先生，为什么不跟他们直说，你每天逼着他们如此作为，既能活命，还能挣钱，更可以为他们积攒阴德福报。"

钟魁背对着那个同样是鬼物的古丘，说道："这就涉及有心为善和无心为恶，你可以多想想此间学问，哪天想透彻了，说不定你就可以坐得稳城隍位置，翻得动功德簿了。"

这个古丘生前曾是大渊王朝某个织造局官员的嫡子，两榜进士出身，在州城邻近的一个县城当县尉，只是一个文弱书生提刀砍杀，又能挡住什么，又能护住什么，被那带头闯入县衙的妖族修士生撕活剥了，死得痛苦且凄惨，但是受此劫难，死后却没有沦为厉鬼，而是始终维持住一点灵光，孤魂野鬼，飘荡来此，甚至一步步成了这座鬼城的主人，还收了桃树小院的羞赧少女当伥鬼。因为不喜一位新大渊王朝自立为君的家伙做事情马虎潦草，不分青红皂白，根本不问死者身份，将那些骸骨随便聚拢，搬运途中，稀碎不堪，古丘曾经试图夜访军帐，与那位负责水陆法会的武将好好商量，结果直接被当作一头作祟凶鬼。武将根本不理会古丘一边躲避修士攻伐一边反复解释，约莫是将他当作了一桩军功吧。古丘就此心灰意冷。

那个伥鬼少女拎着两壶埋藏多年的老酒来到城隍庙，将一壶酒递给钟魁。

钟魁起身接过酒壶，正色道："小舫，可不许见异思迁，喜欢钟哥哥啊。"

闺名小舫的少女伥鬼嫣然一笑："不会的。"

钟魁便有些失落："偷偷喜欢，问题不大。"

小舫摇头微笑道："也不会啊。"

钟魁哀叹一声，坐回门槛，揭了泥封，嗅了嗅，自怨自艾道："都怪我这一身凛然正气，驱散了多少桃花运。"

古丘有些无奈。这个钟先生什么都好，就是在这件事上，有点浑不懔了。

钟魁喝完酒，就踱步返回了临时住处。

那个胖子不知道去哪里鬼混了，担心庾谨弄幺蛾子，钟魁便抬起手掌，掌观山河，寻觅那个胖子的踪迹，结果很快就撤掉了术法，无奈摇头。

城内一处仙家客栈遗址，地气温暖，冬末时分，竟然花木茂盛，在一处青草地上，件件衣衫散乱在地。一具丰腴的雪白胴体双手摊开，青草便从指缝间渗出。女子高高抬起脑袋,如泣如诉,鼻息腻人,显然是被欺负得惨了。看得那个趴在墙头上的胖子唏嘘不已。

一场盘肠大战,好不容易才在男嘶吼女哭声中"鸣金收兵",约好了来日再战。

关键那位姐姐,其间分明瞧见了墙头那边的胖子,却仍是妩媚而笑,一挑眉头。看得庾谨差点一个没忍住,就要去"救驾",大喊一声,速速放开那姐姐,贼子休要逞凶。

悻悻然返回钟馗那边,庾谨瘫坐在美人靠,嘿嘿笑道:"好个棋逢对手将遇良才。"

廊道中搁了只火盆,钟馗正在看书,也不搭话。

两处相邻的州城高官府邸,好像两个邻居在怄气,一处藏书楼,名为七千卷藏书楼,隔壁就有个八千卷藏书楼。

庾谨跷起二郎腿,双手搁在栏杆上,问道:"钟兄弟,城内那些被古丘拘押在县城隍内的厉鬼,既然已经救不回来了,不如?"

黄泉路上无逆旅。阳间人杀人,阴间鬼吃鬼。

钟馗摇头说道:"别想了。"

一旦被这个胖子拿来当成果腹之物,那些厉鬼就注定没有来生来世了。

庾谨哭丧着脸道:"那我何时才能恢复境界?钟馗你想啊,若是身边跟着个飞升境扈从,出门在外,多风光?"

钟馗只是低头翻书,随口说道:"还是那个约定,你敢擅自吃掉任何一头游荡鬼物,我就让你立即跌一境。"

庾谨气得直跺脚,只是这等委屈,习惯就好,想起方才瞧见的那幅旖旎画卷,胖子抹了抹嘴,试探性问道:"这种花前月下的人伦之乐,只要我不强求,双方你情我愿,你总不会拦着我吧?"

钟馗点头说道:"只要两相情愿,随便你。可如果被我发现你对女子施展了什么秘法,老规矩,跌一境。"

庾谨哈哈笑道:"好,就凭寡人这相貌,这气度,勾勾手指头的事情,天底下有几个女子,抵挡得住我这种老男人的魅力。"

钟馗翻书页时,抬起头看了眼庾谨,没好气道:"你一个堂堂鬼仙,还要不要点脸了?"

"古人诚不欺我,蛾眉是那婵娟刃,杀尽世上风流人。"庾谨只觉得余味无穷,"我只恨不能把脸皮丢在地上,让那位姐姐当被褥垫在身下。唉,姐姐起身时,后背都红了,心疼死我了,恨不得去帮忙揉一揉。"

胖子伸出两根手指,拈住脸皮,轻轻一扯,就将整张脸皮扯下,露出一副没有任何血肉的白骨面容,随便抖了抖那张脸皮:"我这玩意儿,可以给女子当那臂搁、手炉、衣裳、靴子、脂粉,妙用无穷。"

钟魁对此视而不见,只是笑道:"小心家底不保。"

庾谨一下子就听出了钟魁的言下之意,赶紧用脸皮重新覆住脸庞,颤声道:"不能够吧?"

钟魁说道:"不保证。"

庾谨使劲捶打胸脯,痛心疾首道:"这种丧心病狂的下三烂勾当,鬼都做不出来,是人干的事情?!"

手上动作力道不小,肥肉颤颤,就像一块五花肉摔在了砧板上边,晃悠悠的。

庾谨突然一个蹦跳起身,气得脸色铁青,哀号道:"气得寡人差点当场驾崩!"

钟魁置若罔闻。

庾谨蹲在钟魁脚边,笑容谄媚道:"钟兄弟一定要帮我啊。"

见钟魁只是看书,庾谨立即改口道:"钟大哥!"

伸长脖子,看了眼书页内容,庾谨赞叹道:"钟大哥真是雅致呢,有那古人之风,细嚼梅花读古诗,雪夜温酒翻禁书。"

钟魁只是翻看那本学案书,曾被大渊袁氏列入禁毁书名目,只是旧书楼主人胆子大,私藏了一个最早的刊印版。

庾谨小声道:"钟魁,你与我说句实话,那个小陌,到底是啥境界?"

钟魁说道:"具体什么境界我不清楚,我只清楚小陌先生只要愿意,砍死你不在话下。"

庾谨一屁股坐在地上,盘腿而坐,见火盆光亮略显黯淡了,赶紧伸手拨弄炭火,这不是担心自家钟兄弟脚冷嘛。他嘴上絮絮叨叨起来:"其实我第一次瞧见那个小陌先生,就觉得面善,回头参加那场庆典,定要与小陌先生多聊几句,反正大家同为天涯沦落人,都是给人当扈从的,双方肯定有的聊。不过说句掏心窝子的大实话,我还是要比小陌先生更幸运些,如钟兄弟这样的读书人,独一份,刚毅木讷近乎仁,一身浩然正气,自然不怒自威,就算是隐官大人都比不上,这种话,我都敢当着隐官的面说。"

钟魁瞥了眼这个马屁精,笑道:"难怪是个能够当皇帝的,确实能屈能伸。"

"丈夫持白刃,斩落百万头。"庾谨唉声叹气,双手搓着脸颊,"好汉不提当年勇,风流俱往矣。"

钟魁问道:"有没有见过那位剑术裴旻?"

"不熟,没聊过一句话。当年裴旻跨海远游,远远路过我那个可怜巴巴的小草窝,我就只是远远见过一面,都没敢打招呼。飞升境剑修呢,惹不起。"

钟魁又问道:"邹子呢?"

"见过。"庾谨缓缓说道,"生前死后,各自见过一次。还是个京城浪荡子那会儿,见着个路边算命摊子,是邹子摆下的,除了说我有血光之灾,还说了几句怪话,当然了,后来证明都是些谶语。我一开始肯定不信啊,后来就在街上挨了一耳光,愣是没敢还手。后来朝野上下,就开始流传一首歌谣,大致意思比较含蓄曲折,反正就是拐弯抹角的,说我有那天子命吧。皇帝陛下疑心重,一通乱抓乱砍,闹了个鸡飞狗跳,最后就杀得只剩下我那一大家子了。说真的,我想造反?做梦都没想过的事情,其实就是被皇帝逼的,总不能伸长脖子让人砍掉脑袋吧,那就反了呗。不过我也是第二次见着邹子,才知道那些歌谣的由来。我倒是无所谓这些有的没的,只是问了邹子一件事:若真有天命,如果没有那些歌谣的出现,我一个原本只知道混吃等死的纨绔子弟,还怎么当皇帝,你邹子所作所为,算什么,算是替天行道,是顺时而动?还是……人定胜天?!"

钟馗合上书,说道:"邹子谈天,深观阴阳消息而作怪迂之变,其语闳大不经,必先验小物,推而大之,至于无垠。"

庾谨伸手烤火取暖,盯着炭火光亮,点头道:"这是我六岁就在书上瞧见的内容,是陈平安的那位先生,咱们文圣说的嘛。"

钟馗笑道:"一个六岁就记住这些内容的人,当真一辈子只会混吃等死?你自己信不信?"

庾谨晃了晃脑袋,委屈巴巴的:"不去想这些了,如今就蛮好的,跟在你钟馗身边,跌境归跌境,憋屈归憋屈,总好过……"

说到这里,庾谨沉默片刻,又开始捶胸哀号:"思来想去,比起之前,半点不好啊。"

钟馗轻轻拍打书的封面,转头望向天边一轮月,喃喃自语道:"言语这个东西,很奇怪,是会一个字一个字,一句话一句话堆积起来的。可又像是在火盆旁边堆雪人。

"佛经有云,善用心者,心田不长无明草,处处常开智慧花。

"既然我们人身已得,佛法已闻,就要努力修行,勿空过日。"

庾谨抬起头,看着钟馗的眼神脸色,又低下头,继续拨弄炭火。

钟馗拍了拍庾谨的肩膀,轻声笑道:"庾谨,我们是鬼物不错,但是不要心外见鬼。"

庾谨再次抬头,咧嘴笑道:"晓得了,若是见鬼如见人,便可见人如见佛,故而明心见性,即心即佛。"

钟馗瞪眼道:"道理倒是都懂!"

两两沉默片刻,钟馗说道:"我可以帮你收回五成家底。"

庾谨一把抱住钟馗大腿:"恩公啊!"

结果钟馗一脸嫌弃地按住他的脑袋,使劲挪开。

庾谨抬手作抹泪状:"钟馗,说真的,你给寡人当个首辅,领衔文武百官,绰绰有余!寡人当年要是有你辅佐,别说一洲山河收入囊中了,就连隔壁的金甲洲都要被寡人拿下来。"

类似这种屁话,都听得耳朵起茧了,钟馗只是有些奇怪,问道:"只是帮你讨要回来五成,就这么开心?你这是鬼上身了?"

论财迷程度,这个胖子足可与陈平安媲美,甚至犹有过之。毕竟陈平安只是喜欢挣钱,花钱之大方,也是一绝。可是这个胖子,抠搜得令人发指。

庾谨给了一个出乎意料的古怪答案:"要对某些傻子好一点。"

钟魁笑问道:"为何有此说?"

庾谨嘿嘿笑道:"直觉。"

天目书院。

小书斋内,一位书院君子正在翻看一份书院秘档,仙都山即将创建宗门,名为青萍剑宗,是宝瓶洲落魄山的下宗。首任宗主崔东山。此外种秋来自桐叶洲的藕花福地,至于下宗掌律崔嵬和首席供奉米裕,都是剑气长城的本土剑修。除了这几位必须记录在案,下宗其余成员,就无须跟书院报备了。

他站起身,笑道:"稀客。"

门口访客,是五溪书院的副山长君子王宰。

虽然温煜与王宰这两个性情相投的至交好友,如今都担任书院副山长,但其实王宰从剑气长城返乡后,这么多年过去了,今天两人才第二次见面。

王宰看着拥挤不堪的书斋:"果然还是老样子。"

书斋内除了书还是书,书架早已放满,地上也是层层叠叠而起的小书山,只是"山脚处",都搁放了一块木板。悬了一块文房匾额,写有"不可独醒"四字。

此外还有一幅装裱起来挂在墙上的字帖,是从一篇词中截取而来的内容:"吾庐小,在龙蛇影外,风雨声中。"

是真迹!

这只是温煜闲暇时的读书处,不是处理书院事务的地方,一般情况下温煜也不会在此待客,所幸书斋内总算还有一张多余的椅子,只是也放了一大摞书。温煜可没有待客的觉悟,王宰只得自己动手,搬掉那座小书山后,坐在椅子上,风尘仆仆的副山长长出一口气:"这一路好走,心力交瘁。"

温煜知道王宰为何没有乘坐渡船,虽说五溪书院在一洲南边,但是许多事情的界线并不明显,儒家书院又不是那些仙家山头,不存在什么抢地盘的嫌疑。

温煜调侃道:"鸣岐兄,先前那场文庙议事,出了好大风头,羡慕羡慕。"

王宰,字鸣岐。

王宰笑道:"换成是你,根本就不敢去铺子喝酒。"

在剑气长城,王宰其实常去避暑行宫,只是那会儿隐官大人还是萧愻,除了洛衫和竹庵两位剑仙,也能经常见到庞元济。

因为王宰不但去过剑气长城，而且恰逢其会，还成了整个浩然天下唯一一位留下一块无事牌的书院儒生。正反两面，除了一句"待人宜宽，待己需严，以理服人，道德束己，天下太平，真正无事"，还有王宰之后临时加上的一行蝇头小楷："为仁由己，己欲仁，斯仁至矣。愿有此心者，事事无忧愁。"

不是王宰写得多好，而是在学官书院以及浩然宗门眼中，王宰这块无事牌的存在，太过特殊了。是孤例。

相邻两块无事牌，王宰记得很清楚。其中一块是一位金甲洲剑仙的"肺腑之言"："从不坑人二掌柜，酒品无双陈平安。"另外那块则写着："文圣一脉，学问不浅，脸皮更厚，二掌柜以后来我流霞洲，请你喝真正的好酒。"估计此人与当时王宰的处境差不多，是一位马上就会离开剑气长城返乡的浩然剑修。

王宰有些怔怔出神，脸色黯然，温煜也不打搅，等到王宰回过神后，又有了笑脸。

方才王宰其实本想说一句，你温煜以为那些无事牌，是写给外人看的吗？都是那些剑修在自说自话。都是遗言！只是话到嘴边，王宰还是咽回了肚子。

哪怕温煜是最要好的朋友，王宰也不愿意聊这个，他只是笑道："你是不知道，我当时厚着脸皮写了无事牌，受了多少冷嘲热讽，酒铺那边，有人称呼我是'清流圣贤'和'君子大人'，还当场问我是不是在酒水里下了毒。还有人劝我别坑害二掌柜了，说二掌柜人品再不行，这种事情还是做不出来的。

"当然，也被人误认为是陈平安的酒托了。

"这些都不算什么，你知道让我最难受的一句话，是什么吗？"

王宰自嘲道："是有个蹲在路边的老剑修，元婴境，他晃着酒碗，朝我说了句：'多半还算个剩下点良心的读书人。'"

刚刚压下的那份复杂心绪，因为自己这句话，王宰又有些心情沉重起来。

我们书院，从头到尾，都是外人，甚至从来不被剑气长城视为盟友。只有两个读书人，是例外。所以就有了那个"远看是阿良，近看是隐官"的说法。

是骂人吗？是也不是。

不是真心视为自己人，剑气长城的剑修何等桀骜，何等自负，会与人讲理？会浪费口水骂人？他们根本不会与浩然修士废话半句，问剑就是了。

温煜只是安安静静听着好友的言语。

王宰见了桌上那只眼熟至极的竹筒，就要抓起，温煜赶紧伸手按住竹筒，警告道："不许打搅午睡。"

原来这只青竹筒里边饲养着一只极为罕见的墨猴，大仅如拳，它当真可以为主人研墨，而且天生喜好以墨汁为食，故而都不用清洗砚台。

最后一任坐镇剑气长城的儒家圣贤名为叶老莲。他与温煜是亦师亦友的关系，却不是严格意义上的先生弟子。竹筒内的墨猴，与那墙上的字帖真迹，便都是叶老莲离开浩然天下之前赠送给温煜的。

王宰随便拿起身边一本书，摇头道："跟你说了多少遍，看书时不要折角。"

温煜笑着打趣道："书是读给自己看的，什么钤印一枚藏书印，什么子子孙孙永宝用，我又没有你这种世家子的酸讲究。"

只说两人的出身，确实是云泥之别。不过两位同窗从不忌讳谈论这个。

王宰翻到一页，提起书本，指着上边一方印章，一看字迹，就知道是温煜亲自篆刻的藏书印："这是什么？"

八字底款："书山有路，高天观海。"

温煜看了眼，笑道："我又没说自己没有私章，只是说在自己这边，不去奢望什么子孙永宝用，言传不如身教，长辈交给子孙的书上圣贤道理，远远不如长辈们的日常为人。"

王宰问道："我送你那方印章呢？"

温煜笑呵呵道："不在这里，在处理公务的那张桌上搁着。好歹是鸣岐兄厚着脸皮帮我辛苦求来的，我哪敢怠慢了。"

王宰在离开剑气长城之前，曾经为某位同窗好友，向陈平安讨要了一方印章。

因为在陈平安编撰的《百剑仙印谱》当中，其中一枚印章底款篆文为"日以煜乎昼，月以煜乎夜"。刚好王宰的那个朋友，名字中有个"煜"字。而这个人便是此刻坐在王宰对面的温煜。

因为王宰主动开口，又询问能否添补内容，反正是举手之劳，陈平安当年就专门为那方印章加上了边款和署名。

其实那方印章的印文，因为太过文绉绉，在晏琢的绸缎铺子吃灰多天了，所以陈平安也就是跟晏胖子打声招呼的小事，就让人送酒铺来了。

只不过那会儿萧愻尚未背叛剑气长城，陈平安还不是隐官大人，署名就只是简简单单的"陈平安"三字而已。

虽说只是一个顺水人情，极有可能一辈子都不会与那温煜见面。可要么不答应，只要答应了，陈平安就没有半点敷衍了事，边款内容，以极其细微的蝇头小楷，篆刻了多达八百余字的经文内容。只不过《百剑仙印谱》和《陌剑仙印谱》两本印谱，都未记录边款内容。

如此才好，不然温煜就要臊得慌了，毕竟自己不像好友王宰，都没去过剑气长城。

王宰放回那本书，从袖中摸出一方印章，轻轻放在桌上，笑道："忍痛割爱送你了，勉强算是一份贺礼吧。"

是叶老莲曾经翻阅印谱长久视线停留处的"霜降橘柿三百枚"。

温煜道了一声谢："我兜里穷得哐当不响，可没有回礼。"

王宰摆摆手，叹了口气："如今整个桐叶洲，就是砧板上的鱼肉。遍地的过江龙，总有一天，地头蛇会不堪忍受，到时候就要明里暗里纷争不断了。"

"那就趁着那一天还没有到来，早早把规矩立起来。"温煜淡然说道，"书院的道理，无须苦口婆心反复念叨，只说一遍就够了。"

王宰笑道："你该去我们五溪书院当副山长的。"

温煜摇头道："你更适合五溪书院，就像我更适合待在这天目书院。"

王宰欲言又止。

就知道这家伙绝不会白送礼物。

温煜无奈道："行了行了，规矩之内，我一定能帮就帮。再说了，以后谁帮谁还两说。"

王宰呵呵一笑，说道："我这个人，比某人更加重情重义，明面上不能帮，暗地里也要找机会帮上一帮。"

温煜直截了当道："我跟陈平安都没见过面，何谈情义。"

王宰威胁道："温煜，丑话说在前头，你这个天目书院的副山长，要是当得没有半点人情味，那咱俩的朋友关系可就要淡了啊。"

温煜板着脸说道："君子之交本就淡如水。"

王宰哪里会不了解这个朋友，跟自己装呢。

温煜问道："小龙湫那边的变故，已经知道了吧？"

王宰点头道："是来时路上得到的书院邸报。"

温煜笑道："要是他不出手，我也会去找那位龙髯仙君说道说道了。不得不说，这一手釜底抽薪，确实做得漂亮至极，大快人心！"

王宰起身说道："我还有点事请，需要找范山长。"

温煜挥手道："记得别顺手牵羊，当窃书贼这种事情，怎么都比看书折角更过分。"

王宰笑着离去，双手负后，以示清白，然后沿着那条"崎岖山路"走出书斋，走到门口处时，温煜伸长脖子，蓦然怒喝道："王宰！"

王宰只得原路返回，将一本书放回原位，温煜直接站起身，瞪眼道："还有两本呢！"

王宰又从袖中摸出两本书，笑道："都是当书院副山长的人了，恁小气。"

温煜气笑道："换成我在剑气长城，保管喝酒不花钱。"

"绝无可能。"王宰靠在门口那边，说道，"可你要是去了剑气长城，说不定能够当上酒铺的三掌柜。"

温煜不置可否，好奇问道："你们这么熟，陈平安就没送你一方私章？"

王宰笑眯眯道："你猜。"

王宰大步离去。

抬头看天，大日高照，自认在剑气长城寸功未立的读书人，朗声道："道路泥泞人委顿,豪杰斫贼书不载。真正名士不风流,大石磊落列天际。原来是君子!"

墨线渡,掌柜名叫于负山,道号亦是负山。

在自家铺子门口,年轻容貌的于负山,临河垂钓打发光阴。

晚来风波定,上下两新月。

看到了一位背剑的年轻女冠,长得真美,只觉得自己心中最心仪的女子,恐怕从今夜起,都要排第二了。

不料那位女冠靠近后,就开门见山道:"我叫黄庭,听说你愿意去太平山修行?"

先前有个戴斗笠披蓑衣的客人,确实有说过这么一档子事。只是真等到黄庭走到了跟前,于负山便有些腼腆。

黄庭见他犹豫,想来是有些为难之处了,便说道:"不强求。"

黄庭撂下话便要御剑离去,于负山连忙丢了鱼竿,斩钉截铁道:"去! 怎么不去!"

黄庭站在原地。于负山便只好停步,疑惑不解,这是要交代一些山头门规之类的?

黄庭指了指大门敞开的店铺:"不管了?"

于负山大手一挥:"皆是身外物。"

黄庭叹了口气,怎么感觉找了个只会花钱不会挣钱的大爷。

落魄山上。虽说崔东山已经与中土某位画圣谈妥,但是朱敛反正闲来无事,便双手各持一支毛笔,左右开弓,同时落笔,正在绘画一幅人物挂像图。以工笔细致描摹,画中人物纤毫毕现。

青衫背剑,尤其一双眼眸,极其传神。

朱敛微笑道:"可还行?"

一个就趴在画案砚台旁的莲花小人儿使劲点头,大概是觉得诚意不够,坐起身,使劲鼓掌。

莲藕福地内,狐国沛湘找到水蛟泓下。沛湘微皱眉头,面有愁容:"这次下宗庆典没有邀请我们,是不是山主有些意见了? 借机敲打我们?"

建立下宗,多大的事情。她与泓下,虽然境界不高,可她们好歹是上宗祖师堂成员啊。

泓下的心思,相对没有这位狐国之主那么多,轻声道:"肯定是山主有自己的考量吧。"

一处桐叶洲山上的镜花水月。

"姜贼又去哪里摸鸡粪了?"

"有点怀念崩了真君。"

"没有崩了真君痛骂姜贼,美中不足。"

"听说有个出身宝瓶洲的年轻剑仙,竟然是隐官。"

"隐官是什么官? 在哪里当的官?"

"算是剑气长城最大的官了。"

"我了个乖乖,姜狗贼要是遇到此人,岂不是拼了老命都要往前凑?"

"就不是一路人,肯定混不到一块去。"

"做人不能只骂姜尚真,多多少少,还是需要了解一点天下事的。"

山海宗崖畔,大雨滂沱时分,一个昵称撑花的小姑娘独自撑伞在海边,望向一望无垠的辽阔海面。

小姑娘蹲下身,就像躲在油纸伞里边,怔怔看着远方。

听飞翠姐姐说过一个道理:没有说出口的特别喜欢,就像一场无声无息的鲸落。

小姑娘其实听不太懂,就是听着有点伤感。

风鸢渡船上边,小米粒、柴芜、白玄、孙春王这四位,竟然不但混得很熟,好像还极有默契,一得空,就凑一堆,来右护法的屋子这边碰头。柴芜的酒水,如今都归右护法掌管了。

就像孙春王,虽然在白玄看来,还是那么个死鱼眼小姑娘,既不喜欢喝酒,也不懂喝茶,但是练剑之余,都会来柴芜这边坐一坐,可其实落座了,又从不跟柴芜聊什么,除非右护法在场,死鱼眼才会嗑点瓜子,稍微有那么点动静,不然傻了吧唧坐在那儿,一动不动,跟鬼似的,比压岁铺子的那个小哑巴还话少。

今天又是四人齐聚,共商大业。一不小心就聊到了无甚意思的修行一事,白玄就开始用长辈口气,教训那个当下境界最低的柴芜了。

柴芜喝过了一大口酒,自有理由:"小陌先生和崔宗主都让我不要着急破境。"

白玄眼神怜悯,啜了一口枸杞茶,道:"草木啊,这是他们俩安慰你呢,你还真信啊,练气士的三境,除了柳筋境,其实还有个别称,叫啥,晓不得?"

帮柴芜取了绰号——草木、有那——让柴芜自己挑一个。

柴芜疑惑道:"什么?"

白玄翻了个白眼:"还不赶紧与咱们右护法请教一二!"

小米粒挠挠脸,小声道:"好像叫留人境。"

白玄立即朝右护法竖起大拇指:"学识渊博!"

小米粒强行挤出一个笑脸,其实也没啥高兴啊,这种夸人言语,太假了嘞。

柴芜端起酒碗,抿了一口酒:"不着急。"

散会后,小米粒开始在渡船上边"巡山守夜"。

趁着四下无人,右护法便偷了个小懒,放下金扁担和绿竹杖,一个站定,气沉丹田,闭上眼睛,想了想,然后才缓缓出拳,自顾自吆喝道:"指撮一根针,拳扫一大片,出拳如射箭,收拳若飞剑……"

这可是裴钱继疯魔剑法之后，又偷偷传授给自己的一套绝世拳法。

裴钱说了，天底下的拳法，除了她师父最强，还有两种，也老霸道了，一种是自学成才的王八拳，还有一种就是天桥派了。

小米粒问过裴钱，啥叫天桥派，裴钱只说那可是一个鼎鼎有名的江湖大帮派，出拳就能挣钱，哗啦啦一大片的铜钱，就跟下雨一样，都到自家碗里来……

米裕趴在楼上栏杆那边，偷偷看着小米粒在那边用心练拳。

等到黑衣小姑娘收拳站定，深呼一口气，重新肩挑金扁担手持绿竹杖，大摇大摆，绕着渡船一圈又一圈。米裕笑容温柔，然后轻声喊道："小米粒，吗呢？"

小米粒转头望向楼上，哈哈笑道："睡不着瞎逛哩。"

米裕脚尖一点，单手撑在栏杆上，飘落在甲板那边，双手抱住后脑勺，和小米粒一起闲逛起来。

小米粒抬起头问道："米大剑仙，是想家吗？"

米裕摇头笑道："没呢。"

能够喊米裕一声大剑仙而不生气的，就只有隐官大人和小米粒了。

黑衣小姑娘提起行山杖，用拳头挠挠头，满脸歉意，轻声道："是我吵到你睡觉啦？以后我大晚上散步的时候，脚步轻些哈。"

米裕简直听得心都要化了，只恨小米粒不是自己的闺女啊。他眯眼而笑，摇头道："怎么可能，右护法只管大踏步走着！"

小米粒嘿了一声。

米裕想起白玄聊起的一件事，笑问道："我听说右护法跟人猜拳天下无敌？"

小米粒笑容尴尬："没的没的。"

皱着两条疏淡微黄的小眉毛，右护法有些犯迷糊了，谁这么消息灵通耳报神啊，连这个都晓得？

其实是白玄那个白大爷，一次无意间瞧见小米粒巡山到落魄山一条溪涧，蹲在河边扒拉着石头，逮住只螃蟹，玩猜拳呢。

赢了之后，黑衣小姑娘便蹦蹦跳跳继续巡山去了，不忘自言自语："唉，愁啊，今儿又是大获全胜。"

把白玄笑得差点满地打滚，他好不容易才捂着肚子，强忍着没有笑出声来。

米裕倒也讲义气，没有出卖那个不小心说漏嘴的白玄，毕竟那伙已经够惨的了，隐官大人已经在仙都山那边等着白玄了，要是再添上这么一笔账，再多个裴钱……

米裕笑道："不猜拳，那就猜谜？"

哦豁。小米粒眼睛一亮，这可是自己的独门绝学！

"余米，你猜猜看，是谁经常迷路找不到家门啊。"

"啊?"

"哈,是麋鹿唉。"

"原来如此。"

"那是谁会在巡山的时候经常脚滑摔跤啊。"

"容我想想,算了,好像想不出。"

"是狐狸嘞。"

"……"

"米大剑仙,今儿就算了吧,不猜了哈,我要留下那几个压箱底的谜语,回头问好人山主嘞,好人山主比你聪明些,他每次都是想一想,就想得出答案。"

"毕竟是隐官大人嘛。"

"好人山主偶尔也是会想一下不太够,要想两三下的。"

"右护法的压箱底谜语,这么厉害?"

"其实我知道,是好人山主故意多想那么一两下的,不过好人山主这会儿还不知道这件事嘞。"

"好的,我会帮忙保密。"

宝瓶洲。

当一封中土神洲的山水邸报流传宝瓶洲,山上山下,一洲山水皆震动。

原来我们宝瓶洲,有大骊铁骑、绣虎、隐官!

一个返回家乡的苏氏子弟,和几个刚认识没多久的同窗好友,一起外出负笈游学,路途不远,只在州内。除了走那些郡县官道,也会跋山涉水,探幽访胜,摹拓碑文,一路上经过那些城隍庙和山水神灵的祠庙。

那个姓苏的少年并不知晓,那些山水神灵都会悄然现身,暗中护送一段山水路程,直到辖境边界才返回各自祠庙。且这个少年始终被蒙在鼓里,不知自己身后悬挂有两盏灯笼,各有落款。一为落魄山陈平安,一为隐官。

故而这位苏氏子弟身后,会有一位身形缥缈的青衫剑客,拥有一双金色眼眸,却长久闭眼,背剑之姿。如一尊至高神灵,默默庇护少年。

仙都山,青萍剑宗。

一袭青衫离开那座小洞天,来到绸缪山景星峰,弟子曹晴朗在此闭关破境。

在暂时作为道场的洞天之内,在绛阙仙府的顶楼外,垂挂着三条金色的雨幕,每一条雨线都由一部三教经典文字衔接而成。

陈平安在确定整座绸缪山的灵气流转确实并无任何问题后,这才稍稍放心,只是依旧没有就此离去,而是在秘府门外的一棵古松下驻足。他双手负后,眺望远方,辞旧迎新,又将一年春来到,一去不回唯少年。

第九章 阔者

宝瓶洲东南沿海地界，一对年轻男女，逛过了一座县城的裱褙铺，再来到隔壁的酒肆，挑了张靠墙的桌子，男人点了一斤茅柴酒，几个佐酒小菜，女子额外要了一碟盐渍梅脯。

男人抬头看着村中学究题写的壁上诗词，女子扫了眼，拈起一颗酸梅子，嚼了嚼，真酸。

男人从书箱取出一本书，搁在桌上，一边端碗饮酒，一边随手翻看一本相术书。他喜欢看杂书，平日里就连那风角、鸟占、孤虚之术，都有涉猎。美其名曰艺多不压身，出门在外，多一门手艺，就多一只饭碗。

女子眉如春山蜿蜒，有心事时，一双秋水长眸便似有云水雾霭绕山。她似有心事，愁眉不展，忍不住以心声问道："于禄，你觉得我可以拒绝他的那个要求吗？"

有人之前寄了一封信给她，说是打算收取她为记名弟子，不算那种登堂入室的嫡传门生，而且等到她将来跻身了上五境，改换门庭或是自立门户都没问题，可对方越是如此好说话，她便越觉得心里没谱。实在是当年游学路上，她被那个心思叵测的家伙欺负得都有心理阴影了。

于禄说道："我觉得其实是件好事。"

本就是一件注定无法拒绝的事情，多想无益。只是这句话，于禄没说出口，免得谢谢听了越发揪心。毕竟寄信人是崔东山。

谢谢怒道："你觉得？！那你怎么不去当他的记名弟子？"

于禄一笑置之。自己一个纯粹武夫,崔东山能教什么。何况自己跟陈平安有那么一层关系在,崔东山还真不敢占自己的便宜。

谢谢也知道自己这样的恼火,迁怒于禄并没道理,便抬起酒碗,当是赔罪了。

于禄耐心解释道:"如今身份有变,崔东山马上就会成为一宗之主,以后与你相处,会收敛很多。何况崔东山境界高,法宝多,撇开古怪脾气不谈,由他当那传道人,对任何一位地仙而言,都是梦寐以求的好事。"

谢谢还是忧心忡忡。"一般""寻常""照理说",这些个说法,搁在那只大白鹅身上,从来都不管用啊。

于禄忍住笑,神色认真道:"你要是抹不开面子,没事,回头到了仙都山那边,我找个机会,私底下帮你在陈平安那边打个招呼,你再信不过崔东山,总能信得过陈平安,对吧? 估计都无须我明说什么,陈平安就会在崔东山那帮你说几句重话,崔东山再无法无天,也不敢不听他先生的教训。"

谢谢稍稍安心几分,叹了口气:"希望如此吧。"

她由衷羡慕于禄,提起那只大白鹅,都敢直呼其名,她便做不到。

起先本以为崔东山担任了下宗宗主,各在一洲,就远在天边了,所以收到那封信后,谢谢这些日子里整天提心吊胆,总是无法聚精会神,修行都耽搁了。

当年一行人远游大隋山崖书院,于禄很快就跻身了金身境武夫,可是这么多年过去了,还只是个覆地远游的羽化境。就算于禄再心大,胜负心再不重,也要愧疚几分了。毕竟整整小三十年光阴,于禄的武学境界只升了一境。

于禄的根骨资质、习武天赋,其实都极好,这就是纯粹武夫走捷径的后遗症了,使得于禄的远游境瓶颈极难打破。

反观谢谢,后来被崔东山拔取了所有的困龙钉,她的修行可谓一帆风顺,如今已是一位瓶颈松动的金丹境地仙了。

一个是卢氏王朝的亡国太子,一个是曾经卢氏王朝山上领袖仙府被寄予厚望的天之骄女。这些年,于禄和谢谢这两位同乡和同窗,好像就一直在结伴游历,不好说是什么影形不离,也算是朝夕相处了。只是双方却也没生出什么男女情愫。

谢谢问道:"当年冲动行事,会后悔吗?"

"当然会有后悔啊,害我都没底气跟陈平安问拳,换成是你,能不气? 我也就是还算心宽,不喜欢钻牛角尖,不然就不光是后悔了,都得悔青肠子,肯定每天膜眉耷眼的,说不定如今就是个酒鬼了。"

于禄抿了口酒,翻开一页书,笑道:"只不过后悔归后悔,该做的事情还得做,就算从头再来,也是一样的选择,还会意气用事,还会后悔。"

早年沦为刑徒遗民的谢谢,最讨厌的人,甚至不是那位大骊妇人,也不是收她做婢女的崔东山，而是这个毫无亡国之痛的太子殿下，甚至可以说是憎恶。

故而从二郎巷袁氏祖宅那边，到一路远游大隋，谢谢都恨极了这个性情散漫、天塌下来都一脸无所谓的太子殿下。

直到大隋山崖书院，因为李槐那场风波，于禄不惜凭借一国残余武运，以某种秘法取巧跻身金身境，打得那位年轻贤人被扛出书院。

最佳选择，是于禄凭借自身本事稳步跻身金身境和远游境，从八境跻身九境，或是从山巅冲刺止境之际，在某个天大瓶颈难破时，再动用那份武运作为敲门砖，架天梯，更上一层楼。

谢谢因此对于禄印象有所改观，虽说没心没肺，可还算有那么点担当，并非一无是处。

只是等到于禄在书院每天不务正业，只是临湖钓鱼，和那大隋皇子高煊混得很好，谢谢就又开始烦他了。

如今于禄还是喜欢垂钓，只是所有渔获都会放生，在那大江大河之畔，与谢谢经常能够遇到一些同道中人，于禄哪怕不持竿，也能蹲在一旁瞧半天，自称是钓鱼人喜欢看人钓鱼。

于禄笑道："话说回来，十多年辛苦打熬出来的远游境底子，不算太差。"

谢谢眯眼笑道："不说比曹慈、陈平安了，比裴钱如何？"

于禄无奈道："那还不如拿我跟陈平安比较呢。"

裴钱都几次以某境"最强"赢得武运了？真是一件无法想象的事情，当年那个古灵精怪的小惫懒货，当真会学拳，而且学得如此之好。

谢谢没来由问道："就没想过，找个法子，上山修行？听说桐叶洲那边有个蒲山云草堂，有独门秘法，能够让武夫兼修仙术，你去碰碰运气也好，反正我们这些年差不多逛过了整个宝瓶洲，再去游历桐叶洲就是了。"

于禄哑然失笑，沉默片刻，摇头道："没想过要当什么神仙。"

酒肆后屋，有人把青竹帘子轻轻掀起又重重放下，谢谢斜瞥一眼，原来是一位妙龄少女立在帘后，脉脉含情凝视某人。

哟，动作还不轻，小姑娘怎么不干脆把整个竹帘一把扯下，于禄不就听得更真切了？

谢谢问道："你什么时候去茅姑娘、穆仙子那边做客？"

因缘际会之下，两人在一处古战场遗址和一座仙家渡口遇到了两位极为出彩的年轻女子。谢谢又没眼瞎，看得出那两位对于禄是一见钟情了。

于禄笑道："就是句敷衍的客气话。类似有空再聚，下次我来结账，要不要再加两个菜，谁听了当真就是谁傻。"

听于禄说得风趣,谢谢笑了起来。

昔年同窗中,林守一是书院贤人,还曾担任过齐渎庙祝。

现在就连李槐也是个贤人了。

如今身在中土神洲某个书院治学的李宝瓶,也已经是两位学宫祭酒亲自考校过学问的君子,是位都能够为书院儒生传道解惑的女夫子了。

只是浩然天下历史上,从未有过女子担任七十二书院山长或是学宫司业的先例。

于禄合上书,问道:"我们什么时候走一趟绛州?"

如今的大骊绛州,正是谢谢那座门派的所在地。

因为当年谢谢的师父毅然决然拒绝了大骊朝廷的招降,导致门派覆灭。

谢谢脸色微白。

于禄轻声道:"不去过,就过不去。"

谢谢低下头,咬着嘴唇,最终还是摇头。

于禄笑道:"那就不着急。"

于禄这一点好,好像什么事都可以随意。

谢谢松了口气,点头道:"肯定会去的。"

既像是对于禄的承诺,又像是在给自己打气。

于禄聚音成线说道:"你就不好奇崔东山寄给我的那封信?还是已经猜到内容了?"

谢谢默不作声。

于禄破天荒流露出一抹伤感神色,喃喃自语道:"在异国他乡延续国祚,当真能算是复国吗?"

谢谢一口饮尽碗中酒水,神采奕奕道:"算,怎么不算?!到了桐叶洲,拣选一处,地盘不大没关系,先仔细谋划个一二十年,等我跻身了元婴境,你登基称帝,我来当国师!"

新处州,槐黄县城。

李槐带着嫩道人穿街过巷,在一条狭窄僻静巷弄的口子上边找到了约好在此见面的董水井。

董水井还是专程返回家乡与李槐碰头的。

李槐开玩笑道:"不会耽误董半城挣大钱吧?"

董水井微笑道:"无须盯着账簿,不亲自打算盘,一样可以挣钱的。"

董水井领着李槐去自家祖宅里边,亲自下厨,煮了三碗馄饨端上桌。

院子里,一口水井旁,种了棵柳树。李槐也只当什么都没瞧见,只恨自己只有一个姐姐。

嫩道人一眼就看穿了董水井的境界，半点不奇怪，在这旧骊珠洞天地界，一个年纪轻轻的元婴境，又不是飞升境，有什么好大惊小怪的？自家公子的朋友，没点本事才是怪事吧。

若是路上遇见了个活了几百岁的老元婴境修士，估计嫩道人反而才会感到震惊，怎么修行的，废物！说不定还要当面叱问一句：老小子，你对得起家乡这块风水宝地吗？

董水井好像察觉到这位黄衣老者的心思，笑道："只是靠钱堆出来的境界，让桃亭前辈见笑了。"

嫩道人也不奇怪对方知晓自己的旧身份，有钱能使鬼推磨，宝瓶洲的董半城，家底之丰厚，不容小觑。

嫩道人爽朗笑道："甭管是怎么来的境界，境界就是境界，在这浩然天下，谁敢笑话那位皑皑洲的刘财神？搁在小董你身上，一样的道理。"

一说到"小董"，嫩道人便唏嘘不已，遥想当年，自己也曾追着一位路过十万大山的"小董"。

李槐一拍桌子，嫩道人立即闭嘴，敢情自己说错话了？

李槐竖起大拇指："水井，好吃！再来两碗。"

看得出来，董水井常来祖宅这边，等到李槐又吃过一碗馄饨，董水井已经架起一只火盆，蹲在一旁，煨芋头烤粽子。

扯开线头，剥了粽叶，董水井手中的一只粽子被烤成了金黄色泽，看得李槐又饿了，一把抢过粽子，掰了一半给嫩道人。

董水井只得又剥开一只粽子，三人围炉而坐，董水井轻声道："羊角辫的丈夫边文茂刚刚担任我们处州的学政，不过没升官，算是从京城外放到地方上镀金来了，只不过学政这个大骊朝廷新设没几年的清贵职务，一般人可捞不着，寻常都是翰林院出身的京城六部老郎官，升迁无望了，在离开官场告老还乡之前，陛下故意给这些文官的一份特殊荣恩。学政本身并无品秩，像陪都辖境那边的灵、晴两州，就分别由一位工部老侍郎和鸿胪寺卿担任。如今边文茂的正官是光禄寺丞，处州学政四年一届任满，返回京城，就该担任光禄寺少卿了，将来顺势掌管光禄寺可能性不大，更多还是平调去往六部衙门，或是再次外放去陪都，一路累官至某个位置，最终得个排名靠后的学士头衔，将来就有希望得个不错的谥号了，至于配享太庙就算了，是边文茂自己都不敢往这边想的事情。"

李槐啃着粽子，一脸茫然："啊？"

嫩道人感慨不已。小董絮絮叨叨了半天，自家公子只需简明扼要答复一个字便足矣。

董水井笑道："你是书院贤人，按照文庙新例，以后免不了要和大骊朝廷往来，这些看似烦琐无趣的官场事,早晚都是要接触到的。"

如今大骊官场调动频繁,从京城到地方,驿路繁忙,只说新处州境内州郡县的一把手,几乎都换上了新面孔。

吴鸢担任处州刺史,当年在槐黄县令位置上黯然离任,如今算是杀了一个扬眉吐气的漂亮回马枪。

而那个黄庭国文官出身的上任龙州刺史魏礼,如今去了大骊陪都继任礼部尚书。

在这之前,窑务督造署主官曹耕心,更是从龙州督造官转任陪都工部右侍郎,再高升为大骊京城的吏部侍郎,得以位列中枢。

袁正定则升迁为北边邻居洪州的刺史大人。

处州宝溪郡新任太守荆宽,曾是京城户部清吏司郎中,管着洪州在内三州的钱袋子。

可其实很多时候,董水井这个身份隐蔽的墨家赊刀人,都会羡慕李槐的那种随波逐流,或者说是随遇而安?

李槐心虚道:"我知道咱们的那位同窗赵繇,如今正担任大骊的刑部侍郎。

"还有以前的父母官老县尊吴鸢如今回了这边,担任新处州的刺史大人。

"再有那个喜欢喝酒不爱点卯的曹督造,前些年好像调去京城吏部当大官了?"

董水井笑问道:"再有呢?"

李槐叹气道:"没了。"

嫩道人开始打抱不平:"公子何必拘泥于这些与官府沾边的山下庶务。"

李槐摇摇头:"我们大骊不一样的。"

不管自己这个贤人头衔到底是怎么从天上掉下来的,又是怎么砸到了自己头上的,可既然当了贤人,李槐就不愿意做得比别人差太多。

小时候游学路上,荒郊野岭大晚上的,陈平安在帮忙望风的时候,曾经和李槐说了些心里话,李槐如今已经记不太清楚了,只记得个大致意思,说一个人在小时候,就只有读书这么一件事可做的年月里,不怕记不住那些书上的圣贤道理,就怕这一件事都不愿意做好,那么以后走出书斋不用念书了,就会很容易做不好下一件事。

当时李槐就说我就是不适合读书啊。陈平安就说他也不适合烧造瓷器,学东西太慢,手总是跟不上,但是只要努力,将来的下一件事,总是有更大机会做好的。

嫩道人立即改口道:"公子如此谦虚,何愁大事不成。"

真不是桃亭没骨气,而是那个老瞎子太蛮横。比如这趟为李槐护道远游,老瞎子撂了句话给桃亭:"但凡我这个弟子受到一点惊吓,就打断你的五条腿。"

可怜嫩道人,如今李槐喝个茶水都要怕他不小心烫到嘴,一位飞升境,当护道人当到这个份儿上,不说后无来者,注定前无古人。

哪怕如此，老瞎子好像还是放心不下李槐，虽然远在蛮荒天下，但不知用了什么远古秘术，竟然能够直接进入李槐的梦境，再将桃亭这位飞升境随便拽入其中。

嫩道人就像重返十万大山，在那天夜幕里，大地震动有雷鸣声，李槐便在"梦中"披衣而起，跑出茅屋出门一看，只见脚下山头四周，整个大地金光一片，密密麻麻的金甲傀儡拥簇在一起。其中一尊比山更高的金甲傀儡在山脚那边单膝跪地，缓缓抬起那颗巨大头颅，渐渐与山齐平，凝视着李槐。

老瞎子慢悠悠走到崖畔，一把抓住那个算是硬生生半路抢来的弟子的胳膊，鬼画符一道，与李槐说了句让桃亭眼皮子打战的言语："以后它们就归你管了。"

桃亭小心翼翼偷看了眼李槐的脸色，竟然没有半点意气风发和豪情壮志，眼中只有恐惧。

唉。自家公子啥都好，就是做人太没志向了，有机会自己一定要冒死谏言一番……

唉？原来是被老瞎子一脚踩中背脊，嘎嘣脆，又断了。

最后李槐只是说一句："我能不能先听听看陈平安的建议？"

老瞎子竟然点头答应了，还帮着弟子理了理衣领，同时用一种老怀欣慰的语气，称赞了李槐一句："做事稳重随师父。"

这俩师徒的一问一答，听得趴在地上默默续上一条脊柱的嫩道人差点没把自己的一双狗眼瞪到老瞎子眼眶里边去。

宅子门口那边响起敲门声。有访客登门。

为了避嫌，李槐就要起身告辞，董水井笑着挽留道："不用走，是咱们那位简督造，一门心思想要建功立业，可惜不得其法，近些年磕磕碰碰，没少吃苦头。"

简丰当年接替曹耕心担任龙州新任窑务督造官，上任之前意气风发，只觉得曹耕心这种游手好闲的烂酒鬼都能靠混日子升官，他要是去了，一座衙门的大小公务，只会处理得井井有条。

一座窑务督造署，明里暗里，其实是挂两张官匾，故而主官同时拥有两个官衔官身。督造署在内，再加上后来大骊新建的几座织造局，还有例如洪州设置的那个采伐院，其实都是天子耳目，各位主官的密折谍报可以直达天听。

结果简丰真到了槐黄县城，处处碰壁，小镇的那些大姓，个个关系复杂，盘根错节，而且极其抱团。铁符江水神杨花，山水品秩高，靠山大，根本不服管；红烛镇附近绣花、冲澹、玉液三江水神，一样不鸟他；棋墩山山神宋煜章在内的几位，再加上州郡县各级城隍阁的城隍爷，一州境内的文武庙……反正就没谁将他这个官居四品的督造官当回事的。上任之时，志得意满，苦等了足足半年，竟然没有一位主动夜访督造署。好，你们不找我，我就去找你们，结果闭门羹没少吃，即便进了门，双方也没什么可聊的。

简丰只好写信请教昔年的京城好友、曾经的本地郡守、如今已经升任洪州刺史的袁正定。

小时候在京城意迟巷,他就喜欢跟着年纪稍大的袁正定,安心读书,两耳不闻窗外事。

袁正定确实回信一封,可竟是一张空白信纸,信上一个字都没写。不过简丰到底琢磨出一些官场门道来,就开始捏着鼻子学那前任督造,多看多听少说少出门。

所幸督造官一职并无年约束,只是总这么干瞪眼也不是个事,所以一听说那位董半城返回家乡祖宅,简丰就立即登门拜访,当然是微服私访。

见着了那位儒衫青年和黄衣老者,简丰也就客气了一句。

认得李槐,是小镇本地人,如今是山崖书院的贤人。

至于那个满脸和善神色的老者,是张陌生面孔,督造署那边也无相关的秘档记载。简丰来之前已经让人记录在册,同时派人去牛角渡那边翻阅李槐所乘渡船按例留下的通关文牒记录。

董水井好像半点不懂官场规矩,没有让那李槐和老者离开这间略显寒酸的屋子,甚至都没有让两人挪个地方的意思。若是刚刚上任之初,简丰恐怕就要心生不悦了,如今实在是软钉子和闭门羹吃多了,已经磨光了棱角和脾气。

董水井邀请简督造落座,再递过去一只粽子,简丰道了一声谢,熟稔地拍了拍粽子上边的灰尘,扒开后就吃了起来。这种事情,倒是不用简丰如何假装平易近人,虽说是大骊世家出身,可简丰早年在春山书院求学多年,其间几次负笈游学,路上都挣着了不少钱,所以袁正定经常打趣他应该去户部任职。

只因为今天有外人在场,简丰只得以打官腔作为开场白,与董水井聊了些勉强与窑务公事沾边的,毕竟如今好些座窑口已经不再是官窑,而这个董半城躲在幕后,却几乎垄断了整条瓷器外销的财路,像那座已经转为民窑的宝溪窑口,如今就划拨到了董水井一手扶持起来的某个傀儡商人名下。

董水井与之谈笑风生,滴水不漏,应对得体。让李槐佩服不已。

简丰其实已经做好了无功而返的心理准备,趁着手里边的那只粽子还没吃完,就又随口聊了几句地方学塾的筹建,还有董水井幕后请人代为出资的修路铺桥,有些地方值得商榷,不少银子未能全部花在刀刃上。这些事情,已经超出窑务督造署的职责范畴,何况都是些鸡毛蒜皮的琐碎,简丰也就是当督造官当得实在无聊,看在眼里,觉得实在是有太多细节需要完善,今天既然好不容易见着了董半城,就当是说几句官场之外的废话,哪怕讨人嫌,也无所谓了。果然董水井十分敷衍了事,只说回头有空再问问看。简丰就知道十成十是没戏了。

离开宅子后,独自走在陋巷里边,简丰苦笑一声,今儿又是白忙活一场。自己不愧是被人在背地里说成是历史上最窝囊的一任督造官大人。

屋内李槐欲言又止。

董水井摇摇头，笑道："碰壁处闷响就是良知。"

李槐问道："是书上看来的，还是陈平安说的？"

董水井气笑不已。

李槐笑呵呵道："你退学早，读书少，比我还不如。"

董水井犹豫不决，只是憋了半天，还是没能问出口。

李槐却一下子知道了董水井想要问什么："如果只是二选一的话，我肯定选你当姐夫啊。"

董水井将信将疑："见到了林守一，同样的问题，你怎么回答？"

李槐大笑起来。

董水井也不再打破砂锅问到底，只是转头望向院中水井旁的那棵柳树，柔柔弱弱，男子眼神与柳树一般温柔。

京城兵部车驾司辖下的一个清水衙门，位于帽带胡同的驿邮捷报处公署，今天来了两位从未涉足此地的官场贵客。一位是兵部自家人，一位是礼部官员，两人官衔都是郎中，而且都是大骊朝廷最具权柄的京城郎官。

顶着捷报处一把手身份的那位京城世家子，姓傅名瑚，他有个极有出息的兄长，叫傅玉，前不久才从地方入京述职，卸任了旧龙州的宝溪郡太守一职，算是平调。刚刚担任小九卿之一的詹事院少詹事，职掌左春坊。傅瑚对这个仕途顺遂的堂兄又敬又怕，加上傅玉年长傅瑚一轮，颇有几分长兄为父的意思。

今天傅瑚处理完公务后，原本正跷着二郎腿攥着一件羊脂玉手把件，当他从门房胥吏那边得知消息后，顿时被吓了一跳，把昨夜菖蒲河酒水都给吓醒了，误以为是自己哪里当差，出了天大纰漏。早年像那卢氏王朝历史上，就曾经闹出过一桩兵部大堂印匣失窃案，牵连甚广，皇帝震怒，一查再查，结果查到最后，连捷报处的备用印匣都被库丁销熔掉了，导致卢氏庙堂整个兵部的官帽子和脑袋一并掉了许多，当时作为卢氏藩属国的大骊宋氏官场，也只当是个笑话看待。

得知是奔着老林来的，傅瑚在屋内踱步两圈，一跺脚，还是准备去闯一闯龙潭虎穴。

想那老林，这些年兢兢业业，任劳任怨得像头老黄牛，与自己相处起来，关系极为融洽，事情没少做，安分守己不争权。再说了，自己好歹是捷报处的头把交椅，总得护着点自家衙门里边的兄弟。

只是等到傅瑚到了林正诚那间衙署公房外边，瞧见了里边两人，便立即胆气全无，以至于都没有注意到，自家老林见着了那两位不速之客，就只是坐在火炉旁的椅子上，身体前倾弯腰伸手取暖，竟然都没有起身待客，架子大得像是个六部尚书。

要知道屋内站着的两人，那个白发苍苍的老人，和看着就气势凌人的魁梧汉子，分别是大骊礼部祠祭清吏司的郎中以及兵部武选司郎中！

这两个官场位置，历来必须是国师崔瀺亲笔圈定重要人选，而且根本无须兵部、礼部尚书、侍郎审议通过。

林正诚刚站起身，只是在房门口那边探了个脑袋就猛然移步的一把手就已经消失无踪了。

林正诚只得重新坐回椅子，向那两位郎官点头道："陛下的意思，我听明白了。马上就动身去往豫章郡采伐院。"

老郎中笑道："本该是吏部曹侍郎带头，亲自来衙署这边通知林先生的，只是曹侍郎一听说是要见林先生，就立马崴了脚，忙着让人找膏药呢。"

曹耕心担任过多年的龙州窑务督造官，只因为身在其位，才有机会接触到一份大骊头等机密档案。在骊珠洞天有一个极为隐蔽的"职务身份"，无官无品，对于大骊朝廷来说却要比历代窑务督造官更重要。名为阍者，寓意看门人。

此人才是大骊朝廷真正的天子耳目，是大骊宋氏皇帝，或者说是那位国师崔瀺的真正心腹。而最后一任大骊安插在骊珠洞天的阍者，正是林守一的父亲，昔年督造署佐官、如今的京城邮传捷报处的芝麻官林正诚。

而且曹耕心还有一个更大的猜测。昔年骊珠洞天，如今大骊京城，林正诚极有可能始终保留住了那个阍者身份，一旦落魄山那位年轻山主与大骊宋氏某天谈崩了，双方彻底撕破脸皮，这个林正诚，就会是国师崔瀺留给大骊京城的最后一道防洪堤坝，至少可以保证陈平安不会大开杀戒。

虽然曹耕心并不理解一个境界不高的中五境修士，如何能够做到这一步，但是曹耕心反正秉持一个宗旨，自己惹不起的人，就干脆不要去接触。

男人见那两位还杵在原地，问道："这么急，催我上路呢？"

老郎中哑然失笑，沉默片刻，摇头道："不敢。"

既然都没个落座的地方，那位武选司郎中便双臂环胸，靠着房门，他对这个深藏不露的家伙确实颇为好奇，如果不是这次不同寻常的官场调动，他都没机会得知林正诚这么有来头。其实他这个兵部武选司郎中，今天就是为旁边这个一样站着的老家伙带个路，在官场上，他根本管不着林正诚这个未来的豫章郡采伐院主官。

洪州新设立了一个衙门，名为采伐院，名义上就只是管着缉捕偷砍巨木者一事。类似处州的窑务督造署，还有婺州的丝绸织造局，主官的品秩有高低，却是差不多的根脚。

而位于处州北边与之接壤的洪州，有个名动一洲的豫章郡，除了是当今大骊太后的祖籍所在,自古盛产参天大木,此外还是传闻上古十二剑仙证道羽化之地,故而大骊官场素来有那"大豫章,小洪州"的谐趣说法。

林正诚见两位还没有要走的意思,便笑问道:"不然我就在这捷报处摆一桌酒宴款待二位?"

老郎中备感无奈,你们这些个从骊珠洞天走出的当地人,除了董水井稍微好点,此外说话就没几个中听的!

之所以留在这边碍眼,是想要帮着陛下,在眼前这个男人这边得到一句半句不含糊的准话。

听上去好像很滑稽,皇帝陛下身为一国之君,竟然只能是拐弯抹角,向一个从七品官员讨要个确切答案。

可其实一点都不可笑。更过分的,还是这个男人故意一直装傻。

林正诚拿起钳子,轻轻拨弄炭火,自言自语道:"有人曾经与我说过一句禅语:金佛不度炉,木佛不度火,泥佛不度水。"

老郎中点头道:"明白了,我这就去向陛下回复。"

两个位高权重的郎中就此离开捷报处。

到了门外的帽带胡同里边,武选司郎中以心声问道:"什么意思?"

老人说道:"你我不用懂,陛下明白就行了。"

傅瑚听说那两位郎官老爷离开自家地盘后,这才去往老林的屋子那边,犹豫一番,跨过门槛后,见老林站着,便伸手虚按两下,示意咱哥俩都坐下聊。他小心翼翼问道:"老林,找你聊了啥,能不能说道说道?"

林正诚说道:"托关系找门路,很快就要去洪州豫章郡的采伐院当差了。"

傅瑚问道:"还是佐官?"

林正诚摇头道:"一把手。"

傅瑚愣了愣,压低嗓音道:"不对啊,如果我没记错,那采伐院主官可是正六品的官身,你今儿才是从七品。老林你找了谁的门路,这么牛气,能让你直接跳过半级?!"

林正诚笑道:"这种事情就不往外说了吧,犯忌讳。"

傅瑚哈哈一笑,拍了拍身边男人的肩膀:"老林,恭喜恭喜,说真的,如果只是挪个地方没升官,还是老样子,给人打下手,我可就要骂你几句了,得怀疑你是嫌弃在我身边当差不舒心了。既然是升官了,还是跳级的,没的说,今晚菖蒲河,撮一顿去,我请客!"

林正诚点头道:"傅大人请客,我来掏腰包。"

傅瑚又是一巴掌重重拍在男人肩膀:"哟呵,这些年是我看走眼了,老林原来还是块当官的好材料!"

傅瑚走后,林正诚默默看着火盆里的炭火,轻轻叹息一声。

关于泥瓶巷那对夫妇坟墓的选址,他当年偷偷走了一趟杨家药铺后院,找到那个杨老头,不惜坏了朝廷规矩,破了例,低声下气与老人苦苦请求了一事。

还有那本兜兜转转终于落入某人手中的《撼山谱》。

再有那天夜幕里,偷偷拿出一些私人珍藏的蛇胆石,一一抛入龙须河中,就像早早等着某个背箩筐的草鞋少年去看到和捡取。

能做的事情,其实也就只有这么点了。

别无所求,只是希望有天不当官了,不当什么所谓的阍者了,那个孤苦伶仃的孩子,一年年成长为少年,成家立业了,再有那逢年过节时,见着他林正诚,能发自肺腑地喊自己一声林叔叔,而自己也能问心无愧当得起这一声称呼。

今年入冬时分,太徽剑宗祖山剑房那边收到了一封落魄山陈山主的亲笔请帖,邀请宗主刘景龙和其弟子白首,一起去桐叶洲参加明年立春的下宗庆典。

说是举办庆典之前的冬末时节,那条风鸢渡船会跨洲北游至济渎,在大源王朝崇玄署附近渡口停泊,劳烦刘宗主稍稍挪步,登船南游,就不用开销那笔乘船跨洲的冤枉钱了。顺便在信上提醒刘景龙一事,若是愿意,大可以携手水经山仙子卢穗,联袂南游仙都山。

刘景龙带着那份请帖,御剑来到翩然峰。

白首试探性问道:"姓刘的,咱们能不去吗?"

白首刚刚从云雁国游历归来,他带着六位别峰年纪都不大的晚辈剑修,在云雁国和周边山河历练了一番。

毕竟如今的白首,无论是谱牒身份还是剑道境界,都算是一位正儿八经的师门长辈和护道人了。

等到一拨年轻剑修安然返山,太徽剑宗祖师堂那边对这位翩然峰的年轻金丹境峰主评价不低,心思缜密,做事周全,江湖经验老到。

在云雁国,白首没有跟九境武夫崔公壮直接碰面。崔公壮这位锁云宗养云峰的首席客卿,如今老实得很,转性了,都快成个大善人了,并且约束徒子徒孙们不许肆意妄为,不然崔公壮就要亲自清理门户,使得门派的江湖名声暴涨几分。

辛苦走一遭山下,不承想一回翩然峰,白首就听到这么个天大噩耗和喜讯,一时间悲喜皆有。

自家陈兄弟的落魄山晋升宗门没多久,便马不停蹄,又去最南边的桐叶洲捞了个下宗,当然是好到不能再好的好事。可问题在于,白首如今别说面对面见着那人,就是一想到她,就要犯怵。

上次某人来翩然峰做客,结果祸从天降,自己挨了对方一拳,当场打摆子。再上次，还是在自家地盘的翻然峰，某人只是路过，一拳之后，他这个堂堂一峰之主、宗主嫡传，就躺地上抽搐了，好似武夫走桩。再再上次，是在落魄山。

事不过三！如果说真的可以吃一堑长一智，那么如今的白首都可以算是聪明绝顶了。

白首甚至私底下还找过一位精通命理的道门老神仙，帮忙算了算，自己与那家伙是不是八字相克。

老神仙当时拿着两人的生辰八字，一头雾水，只说没啥啊，谁都不克谁，最后不忘为刘宗主的开山大弟子美言一句，说白峰主的八字很硬。

刘景龙也懒得提醒白首，按照陈平安的说法，裴钱根本就不知道自己的生辰八字，就连名字都是假的，是裴钱后来自己取的。只是这种事情，陈平安可以跟刘景龙说，刘景龙却不宜向白首泄露秘密。

刘景龙笑着反问道："你觉得呢?"

不比一个门派的金丹境开峰仪式，浩然天下任何一场下宗庆典，都能算是千年难遇的盛举。

按照山上约定俗成的规矩，只要不是那种结下死仇的敌对门派，一洲境内，哪怕人不到场，按例都要送去一份贺礼。毕竟一洲境内，凭空多出个宗字头仙家，怎么都是给一洲修士长脸的事情。

一洲武运多寡，很直白，看止境武夫的数量就行了。与此同理，一洲底蕴之深浅，往往就看宗字头门派的数量。所以就像骸骨滩的披麻宗，当年北俱芦洲再不待见这个外来户，可等到披麻宗真的站稳脚跟了，正式举办庆典，绝大多数仙家势力还是要捏着鼻子送去一份礼物，只是贺礼不重而已，其中有些仙府就故意只是送了几枚雪花钱。那条规矩，一样遵守，礼轻情意重嘛，要是披麻宗嫌钱少，就是他们不大气了。

只是等到趴地峰的火龙真人破例露面现身，大驾光临木衣山，参加庆典不说，老真人还难得送出一件法宝品秩的重礼，一些个"忘性大"的仙府，就立即识趣地补上了一份姗姗来迟的贺礼。

以两袖清风著称于世的老真人都破天荒往外掏钱了，旁人没理由不破费不送礼，不然容易被老真人惦念。

白首犹不死心，道："礼物送到就行了，陈平安肯定不会介意的，实在不行，我就不去了，回头你见着了陈平安，就说我近期要闭关。"

刘景龙笑道："你只要不主动招惹裴钱，心虚什么，她又不会无缘无故跟你切磋拳脚功夫。"

见白首还是犹豫，刘景龙也不愿让这个弟子为难，善解人意道："实在不愿意去就算了，在翻然峰好好练剑便是，陈平安那边，我来帮忙解释。"

在请帖之外,陈平安还有一封密信寄给刘景龙,在信上说大骊京城有个名叫韩昼锦的女子阵师,她家乡是神诰宗的清潭福地,她是大骊如今地支一脉修士成员,还有个隐蔽身份,是大骊紫照晏家的客卿。韩昼锦拥有一份仙府遗址的福缘,来历不小,而且她符箓造诣颇为不俗,故而让刘景龙在南游途中,顺道在大骊京城停留片刻,帮忙给韩昼锦指点些阵法。

白首一咬牙:"去就去!反正老子还没去过桐叶洲。"

刘景龙笑着点头:"祖师堂那边暗示我一事,是想要问你这位峰主,打算什么时候收徒,好为这翩然峰开枝散叶。"

其实太徽剑宗祖师堂那边更大的暗示,还是询问宗主有无心仪的道侣人选。

白首愣了半天,只觉得听了个天大的笑话,龇牙咧嘴道:"收徒?就我?"

虽说跟随姓刘的上山也有些年头了,可是白首总有一种我才刚刚开始练剑、随时会被某人问拳倒地不起的感觉,故而完全没有一种地仙修士可以收取嫡传的觉悟。

事实上,每一位山上的开峰地仙,本身就相当于为祖师堂开辟出一条崭新的法统道脉。

白首摆手道:"别催。"

一峰之上,孤零零一人,没有收取弟子,闹了笑话,不过是被刘景龙一人看笑话,若是收了徒弟,师道尊严还要不要了?

如今境界不够,尚无一场问剑胜绩,难不成隔三岔五就让门内弟子高呼一句"师父被人打得昏迷过去了",或是"大事不好,师父又躺地上了"?

白首想起一事,问道:"锁云宗那边咋样了?"

刘景龙说道:"养云峰很快就会主动和我们缔结盟约。"

如今与太徽剑宗结盟的山上势力多达十几个,除了一洲东南地界的春露圃、彩雀府、云上城,还有西海岸那边雷神宅在内的几个老字号仙府,其中那个婴儿山的雷神宅,前些年挨了一记没头没脑的闷棍,竟然连山门口那块金字匾额都被抠掉了"神宅"二字,最后将那俩好像脑子被门板夹过的外乡毛贼抓了又放了。

刘景龙和太徽剑宗,当然没有什么当山上盟主号令群雄的想法,这种相对松散的盟约,更多是方便相互间的商贸往来,只能说是类似山下的姻亲关系。

白首笑道:"那咱们太徽剑宗岂不是又多了个马前卒?"

刘景龙微微皱眉。

白首立即举起双手,主动承认错误:"就当我放了个屁!"

刘景龙轻声提醒道:"须知我们剑修的言语过失,无异于一场人心上的问剑。"

无论是修士还是俗子,每个人的心湖当中,在那水底都会有一块块沉甸甸的石头,而每一块石头,都有可能是人生道路上众多旁人一句轻描淡写的无心之语。

白首嗯了一声:"以后会注意的。"

刘景龙笑着点头,自己这个弟子,只要是他真正上心之事,确实不用自己这个当师父的多说什么。

不知不觉从少年变成青年的白首咧嘴一笑:"师父,你放心好了,在翩然峰山中,我除了自言自语,也没啥说话的机会,至于到了山外,我都不怎么说话的。"

刘景龙便开始准备南游一事。

其实在刘景龙看来,天底下最为玄妙的阵法之一,就是那座曾经在宝瓶洲北部上方空悬多年的骊珠洞天。

修士小天地,公认有两种。一种是三教圣人坐镇书院、道观和寺庙,可以拔高一境,甚至可以让元婴境直接跨越那道天堑,成为玉璞境修士。圣人坐镇其中,能够同时让小天地变成一种灵气稀薄的无法之地,占据天时地利人和,外来修士由于无法调动一丝一毫的天地灵气,故而每一次术法出手,每一次祭出法宝,都会消耗自身灵气,威力越大,灵气消耗越大,就像开了个口子,而这份灵气流逝,又会反哺小天地,就像一种"贡品供奉",敌对双方,此消彼长,除非境界悬殊,不然胜负无悬念。此外就是大修士凭借阵法构建出小天地,其中迷障重重。早年那座骊珠洞天,不但两者兼顾,涉足其中的外乡修士,还要遵循某种更为玄妙的大道规矩,所以这次刘景龙打算参加下宗典礼途中,除了去大骊京城找韩昼锦,还要再去一趟大骊旧龙州地界,看看能否在不违反大骊律例的前提下,借他山之石可以攻玉,准确说来,是借他山之玉可以磨石。关于此事,刘景龙上次就向做客自家宗门的陈平安提过一次,所以陈平安此次寄来的密信上,直白无误告诉刘景龙,只管潜心研习阵法余韵,因为他已经跟大骊朝廷打过招呼了。

刘景龙突然收到了一封飞剑传信,来自金乌宫柳质清。

白首好奇问道:"咋了?"

"柳剑仙要约人一起问剑。"

"问谁?!"

白首以迅雷不及掩耳之势,从袖中摸出一本皇历,哗啦啦翻开,定睛一看:"三天后,就是个好日子!"

北俱芦洲的老皇历,大概是整个浩然天下独一份的。

一年当中,别洲老皇历,总有一些日子是"宜动土宜婚嫁宜远游"之类的,只是在北俱芦洲,却有那么十几天,绝无仅有,因为是"宜问剑"。

第十章
逍遥游

　　大海之上，剑仙联袂拖月一事过后没多久，一艘悬空飞掠的山岳渡船恰好从桂花岛上空飘过。渡船体形庞大，遮天蔽日，附近还有两条保驾护航的大骊剑舟。

　　宝瓶洲所有能够跨洲远游的仙家渡船，早就被文庙和大骊朝廷征用借调了，属于老龙城范氏的桂花岛也不例外。

　　不过文庙议事结束没多久，老龙城符家便向皑皑洲和流霞洲各自租赁了一条新建渡船，用来维持商贸航线。

　　这种事情，虽然有投机取巧的嫌疑，却是被中土文庙允许的，不算违禁，这使得那几座能够独力营造跨洲渡船的宗字头仙家没少挣。

　　桂花岛上，一座名为圭脉小院的私宅。桂夫人揉了揉眉心，她最近实在是被那个仙槎给惹烦了。金粟忍住笑，比较辛苦。

　　原来之前在中土文庙那边重逢，仙槎说了一番掏心窝子的话，桂夫人看他诚心，就稍稍退让几分，说了句客气话，让他可以偶尔到桂花岛坐坐。

　　当时她有自己的考量，身为南岳大山君的范峻茂，从玉璞境一路跌境到了龙门境，所以范家急需一位上五境供奉，而那位多年护送这条跨洲渡船安然路过蛟龙沟的老舟子恰好就是仙槎的弟子，桂夫人就希望仙槎能够多加指点弟子的修行。但是桂夫人万万没有想到，她所谓的偶尔，跟仙槎认为的偶尔，根本就是两回事。

　　先前在她意料之中，收到了一封来自年轻隐官亲笔手书的道歉信。

　　一开始桂夫人还觉得陈平安多虑了，现在她开始觉得陈平安要是敢来桂花岛，她就敢直接赶人。

小院敲门声响起,不多不少,刚好三下。桂夫人微微皱眉,有人靠近院门,自己竟然毫无察觉。金粟就要起身开门,桂夫人摆摆手,让这位弟子留在原地,再一挥袖子,打开了院门。

门口站着一个年轻道士,笑容灿烂,朝院内师徒二人抬臂挥手。

这条范家渡船,不接纳半道登船的客人,金粟看了眼年轻道士的道冠,是莲花冠,就被她当成了来自神诰宗的某位游历道士。

宝瓶洲只有神诰宗的道士,头顶所戴道冠,既有鱼尾冠,又有莲花冠。

可是照理说,桂花岛此次循着那条归墟通道从蛮荒天下返回宝瓶洲,岛上并无乘客,更没有道士才对。

桂夫人默不作声,起身后只是道了一声万福。金粟连忙跟着师父起身。

年轻道士赶忙弯腰还礼,起身后唏嘘不已:"一别千年复千年,所幸桂夫人姿容依旧,令人见之忘俗。"

桂夫人微笑不言。

年轻道士大摇大摆走入院子:"这位就是金粟姑娘吧,孙嘉树能够迎娶金粟姑娘,真是天作之合。"

宝瓶洲那座金桂观的桂树,被后世许多山上修士视为正统月宫种,就是这位道士早年乘舟泛海,途中偶遇桂花岛,在那边借了几枝桂,之后在宝瓶洲登岸游历,路过金桂观,随手造就的一番"仙人"手笔,还要王婆卖瓜自卖自夸。

闲是真的闲。

只是桂夫人如何都没有想到,陆沉去了一趟青冥天下,当初真就闲出了个道祖小弟子、白玉京三掌教。

事实上,那趟游历过程中,陆沉还见过神诰宗当时的宗主,为当年刚刚上山修行的一个道童指点了些道法。那位小道童姓祁名真。

金粟自然未能认出这位年轻道长的身份。哪怕对方挑明了身份,估计她也不敢信。

陆沉落座前,左右张望一番,笑问道:"这么不凑巧啊,老顾没在渡船上边?"

原来从剑气长城离开后,陆沉没有着急返回青冥天下,而是严格遵循与隐官大人的那个约定,必须走一趟宝瓶洲的云霞山。而白玉京三掌教的御风速度之快,简直就是……乌龟爬爬。

桂夫人无奈道:"陆掌教何必明知故问。"

不是正因为他不在,你这位白玉京三掌教才愿意现身吗?

陆沉落座后,手指敲击桌面,意思很明显了,酒呢。

金粟便以心声询问师父,要不要拿出几坛桂花酿待客,桂夫人当然没答应,她不愿意桂花岛跟这个三掌教有过多交集。

那个仙槎,在整个浩然天下都鼎鼎有名的顾清崧,可不就是陆沉当年带上桂花岛的?

"楼上看山,山头看雪,雪中看月,月下看美人,各是一番情境。"陆沉五根手指轮流敲击石桌,自顾自说道,"十五月为天文中尤物,柳七词为文字中尤物,桂花岛为山水中尤物。"

桂夫人提醒道:"陆掌教,有事说事,没事我就不送客了。"

陆沉哈哈笑道:"贫道不贫谁贫,桂夫人见谅。"

金粟心生疑惑,师父称呼这个道士为陆掌教?

山上仙府可没有掌教一说,即便是开山立派的,至多就是宗主、山主、掌门等,毕竟立教称祖一事,谁能做,谁敢做?而山下的江湖门派,倒是不缺"教"字后缀,却是教主,也没什么掌教的说法。除非是那远在天边、遥不可及的白玉京三位,当然如今是四位道祖嫡传,才有资格被尊称为"某掌教"。难道眼前这个吊儿郎当的年轻道士,是那……陆沉?怎么可能,定然是自己想多了。一位白玉京掌教,何等高高在天,岂会敲了门,进了院子,和和气气坐在这边不说,还会厚着脸皮向师父要酒喝。

对金粟来说,这辈子唯一一次,勉强与陆沉沾边的事情,还是当年陈平安在蛟龙沟一役中,曾经亲手画出一道惊世骇俗的符箓——"作甚务甚,陆沉敕令"。

陆沉抬头望天,没来由感叹道:"胡然而天也,胡然而帝也。"

字面意思,形容女子姿容服饰美若天神,一语极尽美人之妙境。

桂夫人神色凝重。

陆沉直愣愣看着桂夫人,蓦然而笑:"开个玩笑,当不得真。"

桂夫人淡然道:"不当真的玩笑何必说出口。"

陆沉小鸡啄米,点头称是,在桂夫人这边吃了挂落,便转头望向那个狐疑不定的金粟,抚掌赞叹道:"好名字,金粟生,仓府实,则城高国强。老龙城真是沾了孙家的光啊。"

金粟小心翼翼说道:"陆真人,我父亲姓金,所以师父帮我取了这个名字,只是桂花的一种别称,与那木犀、广寒仙是差不多的意思。"

陆沉一脸求知若渴的诚挚表情,问道:"何解?"

金粟笑道:"只因为桂花色黄如金,花小如粟,便有此别名了。"

陆沉再次抚掌赞叹道:"学到了,学到了,天下学问无涯,真是活到老学到老。"

桂夫人实在受不了这个陆掌教的胡说八道,直接和金粟说道:"这个陆掌教,就是青冥天下的白玉京陆沉。他岂会不知'金粟'是桂花别名。"

金粟大惊失色,赶紧起身,施了个万福,颤声道:"桂花岛金粟,见过陆掌教。"

陆沉翻了个白眼。这就无趣了。

读未见之书,如遇良友;见已读之书,如逢故人。

桂夫人此举,大煞风景,就像帮着金粟姑娘,将刚开始翻阅的一本才子佳人书,直接翻到了最后一页,看到了千篇一律的花好月圆人长寿。

陆沉抬起一只手掌,轻轻摇晃,笑嘻嘻道:"金粟姑娘以后这个看人下菜碟的脾气得改改,不然只会让金粟姑娘白白溜走许多本可以牢牢抓在手心的机缘。当然了,子不教,父之过,教不严嘛,自然是师之惰了。桂夫人也要在术法传承之外,好好在弟子道心一事上雕琢璞玉。

"若说世情皆如此,我不过是随波逐流,便一定对吗?一定好吗?贫道看来却是未必。

"只是话说回来,此间真正得失,谁又敢盖棺论定。就不能是金粟与天下人都对了,唯独是贫道错了?"

陆沉絮絮叨叨,站起身,身形一闪而逝,就此离开桂花岛。只是桌上留下了一本金玉材质的道书,泛着紫青道气。

一步缩地跨海,陆沉骤然间停步,一个趔趄前冲,差点摔了个狗吃屎,抬手扶了扶头顶道冠,踮起脚尖,伸长脖子瞥了眼脚下山河:"差点走错门。"

原来文庙那边只给了陆掌教登陆两个大洲的份额,然后就要将白玉京三掌教礼送出境了。

不过等到陆沉下次重返浩然天下,倒是再没有类似约束,毕竟送出了一座瑶光福地,是有那实打实功劳傍身的人了。

陆沉站在云海之上,脚下就是海陆接壤处。他打了一套天桥把式的拳路,两只噼里啪啦作响的道袍袖子勉强能算是行云流水,蓦然一个金鸡独立,双指掐诀,满口胡诌了一通咒语道诀,转瞬间就来到了宝瓶洲的老龙城上空,可惜那片当年亲手造就出来的云海已经没了。一个侧身凌空翻滚,双脚落定时,陆沉便已经来到了云霞山地界,他弯曲手指,轻轻一敲头顶道冠,施展了障眼法。

陆沉既没有去找云霞山的当代女子祖师,也没有去绿桧峰找蔡金简,买卖一事,又不着急。

陆沉扫了一眼风景秀丽的云霞群峰,最终视线落在了耕云峰那边,大片云海中,一座山头突兀而出,如海上孤岛,有个身穿那件老旧彩鸾法袍的地仙男子,坐在白玉栏杆上独自饮酒,视线则呆呆望向某处,久久不能转移。光棍汉喝闷酒,喝来喝去,还不是喝那女子眉眼、言语。

黄钟侯皱了皱眉头,又来了个不好好按规矩走山门的访客?真当云霞山是个谁都能来、谁都能走的地方了?

上次是个自称落魄山陈平安的青衫客,这次换成了个不知根脚的道士。

原来在黄钟侯视野中,有个看不出道脉法统的年轻道士,在那云海之上远远绕过耕云峰,一掠远去,也不是那种笔直一线的御风,而是大步前行、双袖晃荡的那种,只不过御风同时,不忘左右打量几眼,便显得贼眉鼠眼居心不良了。

黄钟侯便站起身,收起酒壶,施展一门耕云峰独门秘术遁法,身形瞬间如云雾没入白色云海中,悄悄尾随而去。

只听那年轻容貌的外乡道士念念有词,什么结成金丹客,方是我辈人,什么烟霞万千,金丹一粒,天青月白,山高风快,无限云水好生涯。

然后只见那道士到了一处名为扶鬟峰的山头,开始从半山腰处攀缘崖壁而上,身轻举形,倒是有几分飘然道气,身姿矫健若山中猿猴。黄钟侯始终隐匿身形,要看看这个鬼祟家伙到底想要做什么见不得人的勾当。

年轻道士似乎是个天生的话痨,在这四下无人处,也喜欢自言自语。伸手扯住一根薜荔藤蔓,道士背靠崖壁,抖了抖道袍袖子,抖落出一块大饼,伸手接住,大口嚼起来,含糊不清道:"云间缥缈起数峰,青山叠翠天女髻,葱葱郁郁气佳哉。好诗好诗,趁着诗兴大发,才情如泉涌,势不可当,再来再来。曾与仙君语,吾山古灵壤,高过须弥山,洞府自悬日与月,万里云水洗眼眸,独攀幽险不用扶,敢问诸位客官,缘何如此,听我一声惊堂木,原来是身佩五岳真形图。"

听得暗处的黄钟侯一阵头疼。

一直并无云霞山修士居山修道的扶鬟峰是一处秘密禁地,即便是祖师堂嫡传修士都不太清楚此峰的历史渊源,只知道地仙拣选山头作为开峰道场,此峰永远不在挑选之列。

而导致云霞山现在尴尬局面的症结所在,恰好就出在这座山峰。

传闻云霞山的开山祖师,当年在宝瓶洲开山立派之前,曾寻得远古治水符及不死方,故而在扶鬟峰秘境仙府之内,有银房石室并白芝紫泉,是云霞山灵气之本所在。

临近山顶,有一处古老仙府遗址,设置有重重山水迷障,门口又有两个圆石,天然石鼓状,修士叩之则鸣,分别榜书篆刻有神钲、云根。

黄钟侯心生警惕,因为那个道士好巧不巧,就来到了这边。

陆沉看着门口的石鼓,叹了口气,篆刻犹新,只是那些神人旧事和仙家灵迹都已成过眼云烟了。

山下的辞旧迎新是年关,山上的辞旧迎新是心关。

忘记是哪位大才说的了。大概是贫道自己吧。

陆沉转头笑道:"耕云峰道友,一路鬼鬼祟祟跟踪贫道,在这叫天天不应叫地地不灵的地方,道友是打算劫财?"

黄钟侯现出身形，道："这位道友，不如随我去趟云霞祖山，见一见我的师尊？"

云霞山掌律韦澧，正是黄钟侯的传道人。

陆沉摆摆手："算了算了，你家云霞老祖如今又不在山上，贫道便无故人可以叙旧了。"

黄钟侯一时语噎。

云霞老仙正是云霞山的开山鼻祖，自然早就兵解仙逝了，数位嫡传弟子通过各自的开枝散叶，才有了如今宝瓶洲云霞十六峰的大好局面。

云霞山之所以仙法亲近佛法，其中又牵扯到一个历史久远的内幕，因为都说那位云霞老祖师其实出身中土玄空寺，不过却不是僧人，而是某种神异。

陆沉作虚握手杖轻轻戳地状，微笑道："木上座，是也不是？"

黄钟侯不明白这个道士，到底是在故弄玄虚，还是当真确有此事。

陆沉啧啧道："看你丈二和尚摸不着头脑的糊涂模样，不似作伪。看来是贫道的那位云霞老友当年不好意思与几位嫡传泄露自己的大道根脚，其实这有什么难以启齿的，应该在你们云霞山祖师堂谱牒上边的序文当中，浓墨重彩大书特书一笔才对。"

云霞老祖尚未离开玄空寺之前，陆沉也未曾乘舟出海，曾经与了然和尚见过一面，道法佛法，各说各话，不过用陆沉的话说，就是"道门真人不贬佛，佛家龙象也知道"。一场说法，两杯清茶，相谈尽欢。

云霞老祖的真身，早年正是玄空寺那位住持手中的手杖。

了然和尚手持"木上座"，曾经轻轻敲过陆沉肩头一下。陆沉不躲不避，算是白白送给那位"木上座"一桩开窍道缘。这才有了浩然天下后世"一棍打得陆沉出门去"的佛门公案。

陆沉抬起手，做了个仰头喝酒的姿势。黄钟侯犹豫了一下，还是丢过去一壶云霞山秘酿的春困酒。

陆沉揭了泥封，嗅了嗅，满脸陶醉神色，眯眼而笑："真是好酒啊。"

黄钟侯说道："喝过了酒，还是得劳烦真人去一趟祖师堂。"

上次那个擅闯山门的外乡人，后来是真去找了绿桧峰蔡金简，黄钟侯才没有对他不依不饶。

陆沉点点头："如此正好，贫道正要与你那位山主师伯谈点正事，有人帮忙带路，免得贫道像个无头苍蝇乱撞。"

黄钟侯说道："希望真人最好言出必行，免得伤了和气。"

陆沉一笑置之，指了指那府门，问道："这么个最适合拿来当道场的风水宝地，就一直关着门，不可惜吗？"

黄钟侯解释道："第二代祖师山主亲自关上的门，临终前还传下一道法旨，将来我们云霞山修士,如果始终无人跻身上五境,便不得开启此门,不准任何人进入秘府内修行。"

此事不算什么师门机密,一洲修士皆知,不少跟云霞山关系不对路的山上势力,都喜欢拿此事调侃云霞山,冷嘲热讽,故意说那府邸之内,有什么一件仙兵品秩的镇山之宝,一开门就无敌一洲,不然就阴阳怪气说其实你们云霞山的那位开山祖师,早就是咱们宝瓶洲的飞升境大修士了,故意一直闭关不出呢,只要老祖愿意出关,拳打脚踢神诰宗不在话下。

陆沉闻言立即被酒呛了一口,拿袖子擦拭嘴角,笑道:"真是个既坑师父又坑徒孙的主儿,用心倒是好的,可谓良苦,无非是希望你们这些晚辈修士能够再接再厉,好好修行,怎么都该修出个玉璞境,到时候一开门,占据这座府邸潜心修道,说不定便可以顺势多出个仙人。"

黄钟侯沉默不语。

陆沉沉吟片刻,一手持壶,一手掐诀:"既然解铃还须系铃人,那么开门还需关门人。"

黄钟侯摇头道:"那位祖师爷兵解离世后,当年确实在山外找到了那位转世人,可惜祖师爷始终未能开窍,修为止步于龙门境,再次兵解,之后便再无消息了。"

陆沉点点头,不再继续推演那位云霞山二代祖师爷的"来路与出路",他晃了晃手:"泥牛入海,还怎么找。"

修道最怕没出路,做人最好有来路。

一些个口口相传的老话,能够比老人更年长,当然是有道理的,比如祖上积德,可以福荫子孙。

黄钟侯这会儿开始有些相信眼前的年轻道士,多半是一位道法深厚,并且与云霞山大有渊源的世外高人了。

陆沉转身望向耕云峰的滔滔云海,默默喝着酒,一肚子诗词歌赋,实在积攒太多,一时间都不知道该翻出哪几篇哪几句,抖搂给身边的这位道友长长见识了。

黄钟侯却误以为这位驻颜有术返璞归真的外乡道长,是在伤感故地重游的不见故人。

陆沉随手将空酒壶抛向崖外,再一抬手,一旁黄钟侯也在远眺自家耕云峰漫过山岭的壮丽云海,听到那位道长咳嗽几声,才发现对方保持着那个抬手姿势。黄钟侯只得又抛去一壶春困酒,真不是遇到个蹭酒喝的骗子?

陆沉说道:"很多人不喝酒,只是因为他们不喜欢喝酒。很多人不喝酒,则是因为他们喝不上酒了。"

黄钟侯点点头,深以为然。

先前那场让半洲山河皆陆沉的惨烈战事，让很多原本不喝酒的人开始喝酒，也让更多喜欢喝酒的人不再喝酒。

陆沉跟着点点头，晃了晃手中酒壶，果然是个不错的酒友。

隐官大人挑人的眼光，一向不错，不枉费贫道历经千辛万苦走一趟云霞山。

黄钟侯小心酝酿措辞，问道："真人造访此地，是为我们云霞山排忧解难而来？"

陆沉点头道："当然，贫道一来与你们云霞山有旧，贫道在山上是出了名的念旧；二来有人请贫道出山，好帮你们云霞山渡过难关。两两相加，不得不来。"

黄钟侯试探性问道："既然如此，真人为何不直接去找我们山主？"

陆沉嗤笑一声："贫道这种境界高耸入云、心性天青月白的世外高人，做事情，岂可以常理揣度？"

本来已经将对方当作一个游戏人间的陆地神仙了，结果被对方自己这么一说，黄钟侯反而有点吃不准了。

陆沉觉得火候差不多了，便提起酒壶，随便点了点身后那边的府门，一番言语，算是为黄钟侯泄露了天机："这府邸对你们云霞山来说，其实就是座监守自盗的阵法，只要开了门，你们云霞山就既解决了忧患，又能得到一笔丰厚的遗产馈赠，会有年复一年的气运积累。这一开门，黄钟侯，你自己想象一下，得是多大的一份山水气运？云霞山接下来唯一要做的，就是布下一座大阵，好好兜住这份如洪水决堤的沛然灵气，不然被灵气潮水瞬间拍晕十多峰修士，就真是个天大的笑话了。"

黄钟侯一脸匪夷所思，不敢置信，当真是这么的……简单？！

根据自家祖师堂之前的大道推衍，想要解决这个天大的困境，无非是从三方面入手，至少兼具其二。

首先需要一位上五境修士，这也是山主为何近些年一直在闭关，寻求打破瓶颈之法的原因。二是云霞山能够一跃成为宗门，被文庙"封正"，就可以多出一份气运，虽然依旧治标不治本，但是可以延缓形势恶化。最后还需要一件至少是半仙兵品秩的重宝，能够聚拢并且稳固天地灵气。

人和、天时、地利，若是能够三者兼备，当然是最好，可就目前来看，云霞山在短期内注定一事无成。

只说一场大战过后，如今半仙兵都快卖出了曾经等于仙兵的天价，尤其是这类攻伐之外的"镇山"至宝，以前相对价格偏低，如今在浩然天下反而更加珍稀可贵。

云霞山四处托关系，去别洲询问此事，结果处处碰壁，几乎都是同一个答复，有也不卖！

这也是云霞山迟迟没能出手的理由，不然砸锅卖铁凑钱加借钱，是可以买下一件半仙兵的。

陆沉笑道："某人其实早就通过那个蔡金简,提醒过你们云霞山的破局之法了,只是蔡金简自己被蒙在鼓里,估计还听见了些暗示,她却始终未能领会,你们这些看客同样不明就里,不得其法,故而不得其门而入,才落了个坐拥金山银山却差点饿死的下场。倒不是那个人故意看你们笑话,只是你们云霞山的道法根本近乎禅理,他当然也不能多此一举,不然就是画蛇添足,等于解扣又结扣,拖泥带水,还债欠债的,反而不美了。"

黄钟侯作揖道："恳请真人明言!"

黄钟侯仍是不相信在这扶鬟峰开个门,就能让整个云霞山再无后顾之忧。再者修士违背祖训一事,在山上可不是什么小事。

陆沉哀叹一声,这位黄道友性情爽快,要酒就给酒,而且一给给两壶,可惜这脑子就有点……被酒喝迷糊了。

陆沉只得耐心解释道："蔡金简早年不是福缘深厚,得了个'破而后立,犹如神助'的高人谶语吗? 破的是什么? 神又是说谁? 无非是个最简单的破门而入,'犹如神助'之人,当然是骊珠洞天那位儒家圣人齐先生啊。早年是谁说的这句谶语,不是邹子又能是谁,谜题带谜底一并给了,你们还要奢望邹子按住你们的脑袋在耳边大声说话吗?"

黄钟侯在听那道人言语之时,始终作揖弯腰不起。等到那位道人不再言语,黄钟侯这次直起腰,深吸一口气,打定主意,回头就去找山主说此事,山主要是不敢开门,他来!

冥冥之中,黄钟侯相信这位道人的此番言语,不是戏言,更不是什么祸害云霞山的用心险恶之举。即便山主和师尊都反对,到时候黄钟侯只管寻一个黄道吉日,沐浴更衣,再去那祖师堂敬香,立下道心誓言,与历代祖师爷坦言此事,若是错了,只求任何后果让我黄钟侯能够一人承担。

陆沉点点头,又开始自吹自擂起来："是个好酒鬼,难怪能够让贫道不记名的半个学生,想要与你再喝一场。"

黄钟侯笑道："话虽如此,晚辈对真人感激不尽,只是规矩在,还是需要请真人一同去趟祖师堂。"

陆沉啧啧道："好小子,猴精猴精的,必须大道可期,贫道今儿就把话撂在这里,一口唾沫一颗钉!"

黄钟侯难免有几分愧疚,这位真人如此坦诚相待,自己却要以小人之心度君子之腹,要让山主亲自勘验对方身份,求个所谓的万无一失。

陆沉想要抚须而笑,哦,才记得自己年纪轻,并无胡须这玩意儿,终究不像大玄都观孙道长那么老态龙钟,便揉了揉下巴:"贫道是那真人君子嘛,真人小心,君子大度。"

黄钟侯无言以对。

陆沉轻轻跺脚,呵呵一笑:"不要觉得构建一座阻拦灵气汹涌外泄的护山大阵是什么轻巧事，一旦扶鬐峰打开府门，声势不小，浩浩荡荡，相当于一位大剑仙的胡乱问剑云霞山，一着不慎，整个扶鬐峰都要当场碎开，可就等于第二场问剑了，乱石飞溅，飞剑如雨，其余云霞山十五峰，最后能留下几座适宜修行的山头，容贫道掐指一算，嗯，还不错，能剩下大半。就是此处洞府内积攒多年的灵气，十之七八就要为他人作嫁衣裳了，估摸着几年之内，你们云霞山方圆万里之内，大大小小的邻近仙家山头，还有旁边那个一枕黄粱的黄粱国，都要诚心诚意给你们送些类似'大公无私'的金字匾额，聊表谢意。"

黄钟侯听闻此事，反而松了口气，不然就像一场黄粱美梦，让他不敢相信是真。

"那么问题来了，此事何解？"陆沉自问自答，丢出手中那只空酒壶，再重重一跺脚，"就在你黄钟侯的两壶酒中。"

要是黄钟侯只送一壶酒，云霞山可就没这份待遇了。

被抛向空中的酒壶，与那早已坠地的酒壶，一悬天一在地，随着陆沉一跺脚，刹那之间，云霞山地界风起云涌，只见那两只酒壶蓦然大如山岳，好似壶中有乾坤，各有一份道气跌宕涌现而出，最终凝聚出一幅阴阳鱼图案，缓缓盘旋，刚好笼罩住整座云霞山，阵图再一个坠地，如一幅水墨长卷铺展在大地之上，继而消失无踪。

这份气吞山河的天地异象，转瞬即逝。一座云霞山，除了黄钟侯目睹这份壮阔景象之外，能够察觉到异样的只有两人，一个是绿桧峰蔡金简，一个是呆呆看天的年幼孩童，且这两人都不靠境界靠道缘。

陆沉指向一处，与黄钟侯笑道："那个孩子，资质不错，抢也要抢到耕云峰，将来可堪大用，你们云霞山的下下任山主人选就有了。"

至于下任山主，当然是眼前这个耕云峰金丹境修士。

陆沉挪了几步，拍了拍黄钟侯的肩膀，微笑道："能够不理会某人的主动劝酒，再当面威胁某人喝一壶吐两壶的人，不多的。至多再过一百年，你就可以到处与人吹嘘此事。"

不等黄钟侯回过神，那位道人已经不见人影。

黄钟侯怅然若失，竟然还不知道这位真人的名讳道号。

心湖当中，响起那位真人的嗓音："贫道道号佚名。"

黄钟侯备感无奈，事后如何在祖师堂那边解释此事，为自家云霞山帮忙渡过此劫的恩人，是个道号佚名的外乡道士？

神诰宗地界，道观如林，作为山中祖庭的那座大道观内，正在举办一场十年一次的授箓典礼，只是相比以往的道门仪轨，如今就要多出两个"外人"，一个是专程赶来神诰宗的大骊陪都礼部官员，一个是大骊京城崇虚局辖下的一位道录，要负责将这些获得度牒的授箓道士全部记录在册。

陆沉对此倒是没什么异议,往大了说,无非是个明有王法,幽有道法,道律治己,王律治人。往高了深了去说,国法治人于违禁犯法之后,道律则检束人心于妄念初动之时。

在一座离着神诰宗祖师堂很远的小山上,其中一处悬挂"秋毫观"匾额的不起眼小道观内,一位老道士正带着一帮小道童做那道门晚课,规规矩矩,背诵一部道门经典,年纪大的死记,年纪小的硬背,看得门口探头探脑的陆沉哀叹不已,走了走了,听得糟心。他双手负后,摇头晃脑走在道观内,瞧见个小道童,一边扫地一边背书,背得不顺畅,总是背错,就像自己在翻书,背错了,就得一整页从头再背过,陆沉也不打搅小道童的"独门清修",就走到那棵树下,轻轻摇晃起来。

小道童好不容易扫完一地落叶,在仙山上边当道士,不容易啊,山中好些树木都是四季常青的,落叶断断续续,就没个消停,不爽利,不像山下那些个道观,打扫起来,也就只有秋天最累人,入冬后,就可以偷懒了。结果等到小道童回头一瞧,好家伙,哪来的坏蛋,在那儿吃饱了撑的晃了一地的落叶。小道童一怒之下,操起扫帚就冲了过去,等到那个年轻道士一回头,小道童掂量一番,打是肯定打不过的,便顺势扫帚落地,装模作样清扫起地面来。

陆沉笑问道:"小家伙,可曾传度授箓?如今可是箓生了,几次加箓了?"

小道童呵了一声,又不是那种所谓的家传、私箓,有钱就给的,何况自己也没钱啊。

有钱能在这儿扫地?道观里边的几个同龄人师兄,可不就是家里有钱,在师父那边就得到了额外关照,就从没洗过茅厕和马桶,自己就不成,如今好了,挑粪去菜圃,熟能生巧,倒是一把好手。

陆沉坐在栏杆上,身后就是一座养了些鲤鱼的小池塘,他双臂环胸道:"道在屎溺,挺好啊。"

小道童被说中了伤心事,抬头一瞪眼,见那不知道从哪里来的臭道士正抬着条胳膊,一次次弯曲起来,小道童一下子明白了对方的"提醒",只得低下头去,闷闷扫地,果不其然,那道士自顾自说道:"贫道这一身腱子肉,可都是常年种树、伐树再种树辛苦攒下来的家当,自然身手了得,寻常几个壮汉根本近不了贫道的身。"

小道童小声嘀咕道:"祖师爷说得才好才对,你说就是说了个屁。"

陆沉笑问道:"这是为何,不都是同样一句话同一个道理吗?"

小道童加重力道,扫得落叶四处乱飞:"能一样嘛,当然不一样。反正道理我懂,就是不会说。"

陆沉问道:"是类似那句'世人若学我,如同进魔道'?"

小道童抬起头:"啥玩意儿?是哪位高真在哪本典籍上边说的?"

陆沉笑道:"是个佛门高僧说的。"

其实陆沉已经知晓道童的那份胡思乱想，心中答案，颇有意思，确实只是因为小道童说不出口。

小道童哦了一声："你懂的还不少。"

低头看着满地落叶，小道童同时在心中腹诽一句：就是不当个人。

陆沉问道："你叫什么名字？"

小道童无精打采，低头扫落叶入簸箕，小声道："道长喊我阿酉好了，是那个酉时的酉。"

只是小道童没有说，这是师父帮忙取的名字。跟一个外人，犯不着说这个。

陆沉笑道："以后授箓了，有没有想做的事情？"

小道童提起手中扫帚，指了指祖师殿方向，只是很快悻悻然放下扫帚，大不敬了，要是被师父瞧见，就惨喽，罚抄经能抄到大半夜。他踩了踩簸箕里边的落叶，踩得稍稍结实几分，便继续扫落叶。小道童随口说道："咱们道观穷，以后等我有钱了，就帮着祖师殿里的那尊神像镀金，算是穿件崭新衣衫吧，也就是抹上一层金粉，很可以了。"

陆沉咦了一声："阿酉你如此诚心，你家祖师爷还不得赶紧显灵，才对得起你的这份赤子之心？搁我是你家祖师爷，肯定立马现身，与你好好聊上几句。"

小道童恼火得不行，提起扫帚指向那个说话没个规矩的陌生道士，气呼呼道："忍你很久了，差不多就可以了啊，不然我就喊师兄过来揍你！"

小道童赶紧补了一句："师兄们！"

陆沉乐得不行，双手撑住栏杆，摇晃双腿，后脚跟轻磕栏杆，一脸好奇地问道："奇了怪哉，为何你们神诰宗这么大的山头，那么多的道观，就数你们这些个祖师殿杵着那么个木头人的道观最穷呢？"

小道童怒道："关你屁事。"

其实这个问题，别说是自己，就是师兄师弟，还有师伯师叔们都很好奇。只听师父说起过，一宗道士分两脉，戴不同道冠，在整个浩然天下都是不常见的。比如小道童以后如果真的成为箓生了，头戴道冠，就是一顶莲花冠。与神诰宗天君宗主的道冠，就不一样。

陆沉笑道："我倒是知道缘由，是因为祁天君当年受了你们祖师爷的一份传道之恩，当上宗主那会儿，一开始呢，是想着两脉道士，一碗水端平，后来发现这么做不行，隐患重重，反而导致你们这一脉的山中道观越来越少，再后来，祁天君就只得稍稍换了个法子，只能是暗中救济你们这一脉的香火，结果发现还是不行，导致整个宝瓶洲，都未能如他所愿，好歹有个头戴莲花冠的道士，在山外开宗立派。直到很后来，他才勉强想明白了一个理，何谓道法自然，原来是他好心办错事了，这才终于有了个北俱芦洲的清凉宗。"

陆沉指了指那棵大树:"万物如草木,有荣枯生死。天地所以能长且久,以其不自生,故能长生。"

小道童听得迷糊,也就不搭话了,免得露怯。他突然问道:"你既然是道士,怎么不自称'贫道'?"

陆沉笑道:"贫道不贫,贼有钱啊。"

小道童便有些羡慕。身上没点盘缠,也无法出远门云游四方不是。

陆沉摆摆手:"你想岔了,我在说自己是修道之人,恰好万物刍狗,道在天下。"

陆沉抬高手掌,缓缓往下,重复最后四个字,只是有个微妙的停顿间隔:"道在天,下。"

小道童哦了一声,你讲你的,我扫我的。

陆沉问道:"先前我说草木有生死,你身边那棵大树犹活,谁都知道,那么阿酉,我就要问你了,你觉得你脚边簸箕里边的落叶呢? 你想一想,是生是死?"

小道童摇摇头。

陆沉抬起双手,抱住后脑勺:"阿酉啊,可不是自夸,我这辈子,最凶险的一次与人论道,啧啧,真是凶险,差点就当不成道士了。"

小道童抬起头,嘿嘿一笑。被人打了呗。

陆沉一本正经道:"阿酉,你又想岔了,我是跟一个年纪很大、辈分很高的道士问道一场,你猜怎么着?"

其实人间最早的道士一说,是说那僧人。

小道童怀抱扫帚,眨了眨眼睛。

陆沉流露出一抹恍惚神色,脑袋后仰三下,轻声道:"就不说这鱼池了,他观一钵水,八万四千虫。我与那道士,一起在人间游历了数年之久,其间看遍了大小、多寡、长短、前后与生死,可我依旧不服气,那人便带我去了一个奇奇怪怪的世界,世界之广袤深邃,简直就是无宇无宙,拥有不计其数的小千世界,生灵之众多,当真如那恒河之沙,而我就是其中之一,历经千辛万苦,耗费无量光阴,修道有成。若是搁在此地,我就是在那方天地,只是一个嚏嘘,就能让千万星辰灰飞烟灭,一抬手,就能让成百上千的……飞升境修士悉数身死道消。最终我开始远游,去过一个个所谓的小千世界,见到了无数古怪生灵,又不知过去几个千百年,我开始选择沉睡酣眠,又不知几个千万年,当我醒来,看似亘古不变的星辰都已经不见,最后的某一天,突然天开一线,我便循着那条道路,好像裹挟了半个世界的无穷尽道气、术法、神通,一撞而去,终于得以离开那个地方,结果……"

小道童当是听说书先生说故事呢,赶紧追问道:"结果如何了?"

陆沉笑嘻嘻道:"欲知后事,且听下回分解。"

小道童叹了口气，懂了："就当我欠你三文钱，行不行？"

陆沉这才抬起胳膊，笑问道："阿酉，咱们要是被蚊子叮咬出一个包，是不是喜欢拿指甲这么一划？"

小道童抬起一根手指，像是打了个叉，笑道："我喜欢划两下。"

陆沉笑着点头，指了指自己："那个我，就是胳膊上被蚊子咬出来的那块红肿，被人随便一手指头就给按死了。"

小道童张大嘴巴，最终忍不住伸出大拇指："好故事！"

果真值那三文钱！

陆沉微笑道："所以我才始终无法破境。师父最惫懒了，又不愿意为我解惑，我这个当弟子的还能如何，只能自己去找某个答案喽。"

小道童怀捧扫帚，久久无言，只觉得道长说的这个故事不算太精彩，都没有书生狐魅，也没有真人登坛作法刬治邪祟，就是有点古怪，听得还不错，也不太舍得说给师兄师弟们听，毕竟花了自己三文钱呢。小道童最后忍不住感慨道："道长是从哪里来的？"

陆沉笑着招手道："实不相瞒，我看手相是一绝。阿酉，来，摊开手，帮你看看运程。"

小道童立即警惕起来，这是放长线钓大鱼，归根结底，还是要坑我钱？

陆沉埋怨道："不收钱！"

小道童问道："是不是被你看出了不好的手相，就要额外收钱了，才好破财消灾？"

陆沉倒抽一口凉气，自家道脉怎么出了这么个奇才。以后是跟着自己一起摆算命摊的一块好材料啊。

小道童犹豫了一下，最后还是神色黯然，抿了抿嘴，放下扫帚，打了个道门稽首，与那个道长告辞一声，然后弯腰，双手提起那只簸箕去远处倒掉落叶。

陆沉叹了口气。

孩子原本是想问一问自己的姓氏，只不过话到嘴边，临了还是觉得没有那个必要。

等到孩子倒掉一簸箕落叶，转头望去，那个坐在栏杆上的年轻道长已经不见了。

陆沉已经偷摸到了那座道观大殿门槛，朝那道袍寒酸领头背书的老观主招手又招手。老道人第一次瞧见，微笑摇头，继续背书；第二次瞧见那生面孔的年轻道士依旧在门槛那边使劲招手，老道人便微微皱眉，眼神示意，自己暂时不得闲；等到第三次瞧见了，身为一观之主的老道人便气得站起身，大步走向门口那边，正要训斥一句，不承想对方一手摸袖子，一手抓住自己的手，轻轻一拍。

老观主不用低头，掂量一番，唉，是些山下的黄白之物，罢了罢了，就是轻了些。

那个年轻道士又摸出一把"铜钱"，继续往老观主手上拍去，后者稍稍低头，视线低敛，眼睛一亮，嗯？竟然是三枚山上的雪花钱？！

老观主等了片刻，见对方不再摸袖子，便轻轻攥拳，手腕一拧，放入袖中，都不用对话言语,拉着对方往远处走,直接问道:"道友怎么知道贫道这秋毫观,还有个私箓名额?这里边的规矩,道友可懂?"

言下之意,这道观私箓毕竟不比宗门官箓,如今大骊朝廷管得严,得了一份私家授箓,将来摆摆路边摊子还可以,难登大雅之堂。简而言之,骗那帝王将相和达官显贵的银子,难了。

年轻道士会心一笑:"不懂能来? 我就是拿来跟些不懂行的显摆显摆。"

老观主哀叹一声,伸出双指轻轻捻动:"道友懂规矩却不懂行情啊,得加钱。"

老观主再压低嗓音道:"说好了,不退钱!"

陆沉笑道:"加钱就算了,我只是给那个阿酉铺路来了。"

老道人愣了愣:"你是阿酉那个失散多年的爹?"

陆沉嘿嘿笑道:"观主你猜。"

老道人不愿放过这个冤大头,继续劝说道:"道友你懂的,贫道这道观是小,可是每十年的一个箓生名额是绝跑不掉的,这可是咱们祁天君早早订立的规矩,阿酉毕竟年纪还小,观里边师叔师兄一大把呢,猴年马月才能轮到他。宗门祖师堂那边,考核严格呐,也不是谁去了就一定能授箓的,一旦推荐了人又未能通过授箓,下个十年就要丢了名额,但是在这秋毫观里边嘛,都是自家人,修道之士,不看心性优劣看啥,老祖宗订下了条规矩,'若是有人功德超群,道行高超者亦可破格升箓',真要说起来,咱们秋毫观是可以自己授箓的,不比那宗门祖师堂金贵是真,可箓生身份也是真嘛,到时候头戴莲花冠,咋个就不是道士真人了? 这些又不是贫道一张嘴胡乱瞎诌出来的,道友你说呢?"

老观主见那年轻道人点头嗯嗯嗯,可就是不掏钱。急啊。

陆沉看着这个道袍清洗得泛白的老观主,再看着他那满门心思想着给祖师爷好好镀上一层金,整个祖师殿都要重新翻修,怎么风光怎么来,回头好与相邻几座道观登门显摆去,将来再给自家祖师爷敬香时也能腰杆挺直几分……的一连串想法,一时间有些哭笑不得。不管怎么说,道观穷归穷,门风不错。

陆沉拍了拍老道人的肩膀,笑道:"行了行了,莫与我哭穷,听得我这个祖师爷都要落泪了,回头我就跟祁真说一声,让他单独开设一场授箓仪式,给咱们阿酉一个实打实的箓生身份……"

听这个年轻道士说那些大逆不道的混账话,老观主气得一拳就要捶在对方胸口:"住嘴!"

陆沉挪步侧身,躲过那一拳,倒不是觉得被一拳打中没面子,实在是担心这一拳落在实处,对老观主不好。陆沉伸出一手,嬉皮笑脸道:"这就谈崩啦? 把钱还我!"

老观主脸色铁青,叹了口气,就要去摸出那些落袋为安的钱财,嘴上说道:"道友恁小气。"

陆沉微笑道:"哦?"

下一刻,老观主使劲揉了揉眼睛。眼前年轻道人,头戴一顶莲花冠。而那顶莲花冠,不管是真道士、假道士,都绝对不敢冒天下道门之大不韪,谁也不敢擅自仿造这顶道冠,更不敢擅自戴在头上招摇过市。何况秋毫观还是在神诰宗地界。

故而再下一刻,老观主便热泪盈眶,激动不已,踉跄后退几步,一个扑通跪地,就开始为自家老祖师磕头。老道人嘴唇颤抖,愣是一个字都没能说出口,他伏地不起,满脸泪水,竟是一个没忍住,便号啕大哭起来。

这么多年,从资质鲁钝的自己这个现任观主,再一路往上推,一代代的观主,好像修道一辈子,就只修出了个大大的"穷"字,日子都苦啊。

陆沉蹲下身,拍了拍老道人的肩膀,穷得都骨头摸不着肉了,笑着轻声安慰道:"晓得了晓得了,大家都不容易。"

老道人哭得实在伤心,好不容易才记起身边蹲着的是自家祖师爷、白玉京掌教,赶紧抹去眼泪,刚要起身,一抬头才发现祖师爷不知何时坐在了地上,老观主便战战兢兢缩了缩脑袋和肩膀,一并坐在了地上。

陆沉这才站起身,笑道:"走了走了,记得等到祁真从蛮荒天下回来,你就去跟祁真说,阿酉如今是我的嫡传弟子了,让他自己看着办。"

老观主使劲点头,再一个眼花,便没了自家祖师爷的踪迹。

陆沉跨洲远游,路过两洲之间的大海,低头看了眼。

鱼相造乎水,人相造乎道。

遥想当年,好像曾经亲耳听过一场问答。

先生说:道不行乘桴浮于海。

学生答:何必读书然后为学。

陆沉抬头看了眼天幕,骤然间加快御风身形,一个停步,再落下身影,直下看山河。

来到那座披麻宗木衣山祖师堂外,陆沉只是稍稍变了些容貌。

很快就有几位祖师赶来此地,韦雨松大为意外,轻声问道:"不知真人驾临……"

陆沉咳嗽一声,开门见山道:"当年贫道给出的那件贺礼法宝?"

几位老祖师面面相觑,韦雨松第一个察觉到不对劲,怒道:"砍他!"

竟敢假装火龙真人来木衣山装神弄鬼?!

那件法宝,宗门庆典一结束,上任宗主私底下早就归还给了火龙真人。韦雨松听竺泉说过大致过程,她爹,也就是上任宗主还与那位老真人双方你推我让,很是客气了一番,老真人这才抚须而笑,一个必须给,一个坚决不能收,一个铁了心,一个就说不像话,大概就是那个前辈慈祥、晚辈懂礼数的画面了,最后老真人实在是推托不过,拍了拍自家宗主的肩膀,眼神欣慰,差不多与道贺宗门可以算是三七分账的老真人,说了句不知该当真还是场面话的言语,大致意思是老真人保证以后几百年内,每年当中的那十几天,别处地方不去管,反正一洲剑修都不宜来此问剑。简单来说,约莫就是一句"道上我熟,你们木衣山祖师堂,我罩了"?

陆沉溜之大吉,不愧是火龙真人。

一步缩地,陆沉直接来到自家道脉的清凉宗。可惜那个嫡传弟子如今并不在山中。

一座阁楼,白墙琉璃瓦,檐下四角皆悬铃铛。此外山中都是些茅屋,就算是修士府邸了。

对于一座宗字头仙家来说,无论是地盘大小,还是府邸气象,确实有点寒酸得过分了。

幸好贺小凉手上还有个小洞天。不然自己这个当师父和祖师的,是得掬一把辛酸泪了。

其实陈平安在仙簪城那边得手的拂尘,最最适合自己这位女弟子了。翩翩佳人,山中幽居,手捧拂尘,相得益彰。

只是陆沉即便敢开口讨要,哪怕得了手,却也不敢真的送人。到时候自己肯定会被陈平安追着砍,估计都没半点商量的余地。

眼前亮起一道剑光,意图不在伤人,警告意味更浓。

陆沉一个踉跄,骂骂咧咧:"好徒孙,胆敢欺师灭祖!"

女修匆匆收起飞剑,年轻道士一个摇晃,差点就要自己一头撞上她的飞剑,如果不是收剑快,就要害得她从吓人变成杀人了。

女子沉声道:"道友擅闯清凉宗,不知道后果吗?"

只见那年轻道士一拍脑袋,头顶出现一顶寻常样式的莲花道冠,急匆匆道:"自家人,是自家人!"

女子愣了愣:"道友是?"

陆沉却答非所问,笑道:"看来咱们的贺宗主,对你最器重最心疼啊。"

这位年轻女冠,道号甘吉。刚好是柑桔的一半?

她翻了个白眼。说反话是吧?喜欢戳心窝子是吧?师父最偏心了,自己最不受待见。两位师姐当年拜入师父门下的见面礼,分别是一头七彩麋鹿和一件咫尺物,到了自己这边,好了,就是几个橘子,还是山下市井最常见的那种橘子……

甘吉一开始还觉得师父是不是另有深意,橘子其实是什么灵丹妙药,等她细嚼慢咽,吃完了,真就没啥玄机,唯一不同寻常的待遇,就是师父每次出门下山游历,回山之时,都会给她带几个橘子。

陆沉转头望向一处,笑道:"天大福缘,连我这个给他当师弟的,都要羡慕。"

师尊如今不在山上，去流霞洲远游了，甘吉便先以心声通知同门速速赶来此地。顺着那个年轻道士的视线，甘吉看到了远处栅栏那里，曾经有个李先生，被师父亲自邀请到山中，为他们传道授业解惑。而且李先生当年下山前，亲手种下了些花草，有爬山虎、牵牛花，还有一只小水缸里的碗莲。说来奇怪，明明是寻常碗莲，并非仙家花卉，可是每逢花开时节，那小小水缸内，便会绿水春波，立叶出水，开出三百重艳。

陆沉一屁股坐在廊道中，伸出手指，轻轻晃动，铃铛便随之摇晃起来，叮叮咚咚，清脆悦耳。

一种爱鱼心不同，有人喜欢钓鱼吃鱼，有人只喜欢养鱼喂鱼。

除了女冠甘吉，所有留在山中的宗主嫡传都已经赶来此地。

陆沉单手托腮，怔怔出神，突然想起一事，问道："听说北边那个大剑仙白裳，曾经对贺小凉撂过一句豪言壮语？"

好像是说贺小凉就别奢望这辈子能够在北俱芦洲跻身飞升境了。

陆沉刚要站起身，就在此刻，依稀见到栅栏那边，师兄好像在多年之前，就站在那里，朝自己这边微笑摇头，而且明明白白在说一句："回了白玉京，小心将来的某场问剑，一定要护住你师兄余斗和一座白玉京。"

图书在版编目(CIP)数据

剑来36：浩荡百川流 / 烽火戏诸侯著．—杭州：
浙江文艺出版社，2023.5
ISBN 978-7-5339-7189-2

Ⅰ.①剑… Ⅱ.①烽… Ⅲ.①长篇小说—中国—当代
Ⅳ.①I247.5

中国版本图书馆CIP数据核字（2023）第044301号

选题策划　柳明晔
责任编辑　关俊红
营销编辑　宋佳音
封面绘图　温十澈
责任印制　张丽敏

剑来36：浩荡百川流

烽火戏诸侯　著

出版　浙江文艺出版社
地址　杭州市体育场路347号
邮编　310006
电话　0571-85176953（总编办）
　　　0571-85152727（市场部）
制版　浙江新华图文制作有限公司
印刷　杭州杭新印务有限公司
开本　710毫米×1000毫米　1/16
字数　322千字
印张　16
插页　2
版次　2023年5月第1版
印次　2023年5月第1次印刷
书号　ISBN 978-7-5339-7189-2
定价　48.00元